KB003032

소설 말 없는 붓, 외로운 먹
원교

소설 말 없는 붓, 외로운 먹

원 교 정강철 장편소설

초판1쇄 찍은 날 | 2021년 10월 20일
초판1쇄 펴낸 날 | 2021년 10월 31일

지은이 | 정강철
펴낸이 | 송광룡
펴낸곳 | 문학들
등록 | 2005년 8월 24일 제 2005 1-2호
주소 | 61489 광주광역시 동구 천변우로 487(학동) 2층
전화 | 062-651-6968
팩스 | 062-651-9690
전자우편 | munhakdle@hanmail.net
블로그 | blog.naver.com/munhakdlesimmian
값 14,000원

ISBN 979-11-91277-22-7 03810

소설 말 없는 붓, 외로운 먹

원 교

정강철 장편소설

동국진체의 길을 가다

문학들

| 차례 |

붓꽃

– 1777 丁酉

왕이 죽었다.

부음을 전하러 왔다며, 쭈뼛대던 아전 놈이 툇마루에 앉아 메마른 곡소리를 냈다. 먼바다에서 불어온 바람이 물하태 나루에 당도하여 솔숲을 마주한 채 쉿소리를 내지르더니 초막을 들쑤시다가 문풍지 틈으로 파고들었다. 누가 죽었다고? 되묻고 싶던 아비의 입은 열리지 않았다. 맥없이 껌벅거리던 눈꺼풀이 내려앉았다.

날 선 겨울은 여간해서 물러나지 않았다. 송곡松谷은 이름 그대로 소나무가 우거진 골짜기였다. 나무 밑둥치에 달라붙어 있던 솔 껍질이 물고기 비늘처럼 벗겨졌다. 바람 소리는 격한 아우성 같다가 애간장 끓는 울음으로 들렸다.

습기에 짓물러진 눈자위가 떨렸다. 눈을 감으니 소리가 살아났다. 영익令翊의 기척이 가까이 다가왔다. 아들의 눈망울이 묵정밭에 버려진 패랭이꽃처럼 서늘했다.

– 돌아가셨답니다. 삼월 초닷새였다니, 여드레가 지났어도 몰랐

습니다.

기침 소리 탓에 아들의 말이 온전히 들리지 않았다. 셀 수 없는 나날 동안 옥좌를 지키던 임금이었다. 오랜 자리만큼 목숨도 질겼다. 쉬이 오지 않을 것 같던, 왕의 죽음이 믿기지 않았다.

– 정녕……

말은 목젖에 맴돌 뿐 입 밖으로 나오지 않았다. 아비의 말이 혀끝에 머물러 있는 것을 보고 아들이 울음을 삼켰다. 성은을 새기고자 헤아려보니 꼬박 스물두 해였다. 죽이지 않고 살려준 은혜는 깊었지만, 길고 질긴 세월이었다. 이역 땅은 이제 낯설지 않았다. 봄이 온다는데 이슬은 차가워 서리로 내렸고 옷 벗은 나뭇가지는 제 색깔을 찾지 못했다. 담장 밑 뜰에서 수줍게 달아올랐던 자줏빛 꽃봉오리도 떨어지고 없었다. 광사匡師는 눈을 뜨고자 애썼다.

붓질이 그러했다. 붓은 쓰고자 하는 대로 따라주지 않았다. 힘주어 가져오려 할수록 붓끝은 멀리 달아났다. 숨이 차올라, 제멋대로 노는 붓질을 제어하지 못했다. 필흥筆興[1]이 돋아야 살아 있는 글씨를 쓸 텐데, 이제는 붓을 들 수조차 없었다.

– 술막에서 술꾼들이 술동이를 깨부숴 술을 마시고 춤을 춘답니다.

임금은 백성에게 술을 금했다. 정처를 잃은 술은 음험한 곳으로 숨어 다녔다. 금주령은 족쇄였으므로 임금의 죽음은 사슬을 끊어낸 셈이었다.

---

1   글씨를 쓸 때 일어나는 흥취.

- 그렇다고 춤을 춰? 망측한 놈들.

방바닥을 짚은 손목에 힘을 주며 광사가 몸을 일으키려 했다. 영익은 문틈을 파고드는 사나운 바람이 잦아들기를 기다렸다.

- 말씀, 안 하셔도 압니다. 아버지.

영익이 먹을 갈았다. 먹을 갈고 나면 아비를 대신해 붓을 들 터였다. 누구든지 남겨 놓으면 그만이었다. 남기지 않으면 먼바다로 휩쓸려가는 파도 거품처럼 흩어지고 말리라. 광사가 입을 열기 위해 안간힘을 썼다.

- 울지 마라. 영익아.

아들의 울음이 잘게 끊어졌다. 봄이 올 것이다. 곡물이 떨어지고 땔나무가 닳았다면, 봄이 온다는 징후였다. 질긴 목숨이 부끄러웠다. 죽음보다 당당한 것은 없다. 실오리로 이어져 연명하다 보니 군주의 죽음이 먼저 찾아왔다. 임금보다 더 살다니, 기구한 명줄이 불충을 가져왔다.

- 오래도 살았다. 이제 붓을 들 수 없으니, 미련도 없다.

아비만큼 늙어버린 아들이 붓을 들어 벼루 바닥을 쓸었다. 광사가 눈을 감았다. 떼 지어 몰려다니던 먹장구름이 바다 위로 넘실거렸다.

날로 꿈도 모질어졌다. 광사는 처음 붓을 잡았던 순간을 기억하지 못했다. 누구도 가르쳐주지 않았다. 이끌어주는 손길도 없었고 잡아챌 끄나풀도 없었다. 한 글자를 쓰다 멈추고, 멈추었던 글자를 되살려서 보기를 되풀이했다. 어려운 길이었다. 닳고 둔해져 밑이 빠진 벼루를 살아온 햇수만큼 내다 버렸다. 몽당붓 터럭이 뽑혀 놀랐을 때 먼동이 터 올랐다. 젊은 날은 빠르게 지나갔다. 주름은 늘었으나 글씨는 늘지 않았다. 늙어가면서도 글씨는 빼먹지 않았다. 낮에는 밥을 걸렀고 밤에는 잠을 잊었다. 글씨 쓰느라 지새운 밤이 허다했다. 잠을 자려 누우면 허공에 글씨가 날아다녔다. 손가락으로 자형字形[2]을 그려보다가 참지 못하고 일어나 붓을 들었다.

혀 안쪽에 괴어 있던 것을 오물거리다 뱉어냈다. 제 자리를 빠져나와 어슬렁거리던, 핏물도 배지 않은 잇조각이었다. 이제는 이빨 부스러기도 남지 않았구나. 어두운 장막 저쪽에서 정체를 알 수 없는 자가 다가왔다. 검은 까치등거리에 뾰족한 깔대기 차림의 의금부 나장인가 봤더니 저승사자 행색이었다.

― 한 줌도 되지 않는 것을……. 이렇게 죽는다 한들 무슨 여한이 있겠느냐.

아득히 먼 길이었다. 가파른 언덕배기를 올랐어도 숨 가쁜지 몰랐다. 붓을 잡는 것만이 도를 익히고 실행하는 방도인 줄 알았으나 의심이 난무했다. 붓은 가까이 있는데 마음이 멀어졌다. 처진 마음 몰래 붓을 앞세울라치면 손과 마음이 따로 놀았다. 우람한 장사의 기세로 온 힘을 다해 붓촉을 밀어붙였지만 소용없었다. 굳세게 놀리다가 더하거나 뺌 없이 붓을 거두어들였어도 막된 밭에 돌피 뽑는 일처럼 붓질은 어려웠다.

― 서도는 큰 도인가 작은 도인가.

<hr>

2 글자의 모양. 자체(字體).

큰 도라면 크게 나아가야 하고 작은 도라면 작게 도모해야 할 일이었다. 스승은 서도가 작은 도라 했지만 정작 크게 남기고 떠나셨다. 원교圓嶠라는 이름을 기억하는 이들에게 비웃음만 면할 수 있다면 이만 족하리. 서도는 작은 도라지만 치성을 바치기로는 큰 도에 못지않았다.

  ─ 눈을 떠 보세요. 아버지.

영익의 목소리가 멀어졌다. 아들에게 남길 게 무언가. 아들에게 써주었던 글씨는 제 모양을 감추지 않았다. 견딜 수 없을 만큼 부끄러운 글씨인데 남들은 좋다고 했다. 얼토당토않았지만 글씨는 예상과 반대였다. 마음에 들지 않는 글씨를 내놓았는데도 사람들은 탄성을 내지르며 좋은 글씨라 했다. 이상한 일이었다. 이만하면 됐다 싶은 글씨를 써주면 외려 헛기침을 하며 시선을 거두었다. 사람들 눈이 그랬다. 남이 알아주지 않아도 노여워하지 않으리라 다짐했지만 옹졸한 그릇은 어쩔 수 없었다. 탄복을 받기 위해 썼던 글씨도 아닌데, 인정받지 못한 글씨는 순정을 뺏긴 것처럼 서운했다. 아무렇지 않은 듯 태연해했더라도 섭섭함은 물러서지 않고 따라다녔다. 평생 보듬고 살아온 업業이었다. 스승께서도 그러하셨을까. 세월이 흘러 먼 훗날, 사람들은 원교 글씨를 보고 무어라 말할까.

  ─ 이빨도 없는데, 또 무엇이 흩어지고 있느냐.

귀와 눈은 어두워지고 터럭과 이가 뽑혀 나간 몸뚱이는 건져낼 것이 없었다. 그늘진 산모퉁이로 직박구리 한 마리가 날아올랐다. 노학봉老鶴峰 기슭에서 옮겨온 자주색 각시붓꽃 이파리가 스르르 떨어졌다. 광사는 눈을 뜨려 애썼다.

11

원포園逋

– 1714 甲午

마당을 덮고 있던 햇살이, 유시酉時를 넘어서면서 안채 지붕 너머로 사라졌다. 토담 아래 무리 진 담쟁이넝쿨 사이를 누군가 살랑거리며 지나갔다. 그림자도 남기지 않은 가벼운 걸음이었다. 눈을 치켜뜨던 광사의 입에서 신음이 새 나왔다.

– 아아, 어머니.

장독을 덮던 어머니가 어두워지는 하늘을 올려다보았다. 작고 흰 손등으로 이마의 땀을 닦아냈다. 어머니의 아련한 눈매에 시선을 맞추지 못하고 광사는 다시 눈을 감고 말았다. 옥색 저고리와 남색 치맛자락 매무새를 다듬는 어머니 모습이 장독대 돌확 언저리에서 살아났다. 아아, 눈물겹게 젊으신 어머니.

아버지 형제와 그 자손이 모여 살았다. 담장을 사이에 두고 종형제가 왕래하며 흉허물없이 지냈다. 어른들 근심 걱정이야 짐작조차 못했던, 철없는 유년이었다.

열 살배기 광사가 마당에서 놀고 있었다. 광신匡臣 형은 혼인한 지 얼마 지나지 않은 새신랑이었다. 떠꺼머리 광사에게 상투를 튼 광신 형은 어른이었다.

– 이런 부지깽이를 들고 맨날 뭐 하는 짓이냐?

광사 손에서 막대기를 빼앗아 사립 너머로 던져버렸다. 땅바닥에 대고 모양도 분명치 않은 그림을 끄적이던 광사는 대구하지 못했다. 자신을 나무라는 광신 형의 컬컬한 음성이 두렵기만 했다.

– 사람 노릇이 쉽다던? 책을 읽지 않으면, 논두렁을 쏘다니는 개들과 다를 게 무어냐?

광사가 작은 눈을 껌벅이다가 괴춤에 손등을 문지르고 일어섰다. 형들이 물려주었던 소학小學이나 동몽선습童蒙先習은 표지가 너덜거리도록 읽은 지 오래였다. 그걸 던져 놓고 형들은 알아들을 수 없는 말을 주고받았다.

그랬어도 싫지 않았다. 고샅을 누비다 허기에 지쳐 집에 돌아올 때면 형들은 서책을 마주하고 있었다. 광사는 그 모습을 넋 놓고 바라보았다.

– 어디를 쏘다니느냐? 해거름이 되도록 그리 보낼 셈이냐?

광신 형의 꾸지람에 광사가 고개를 떨궜다. 배 속에서 꼬르륵 소리가 났다. 형 앞에 놓인 서책을 바라보며 광사가 물었다.

– 형님. 책을 읽고 있으면 배도 부르답니까?

– 뭐야? 이놈이?

어린 광사의 물음에 광신 형이 어이없다는 듯이 웃자 종형들도 따라 웃었다.

– 그나마 다행 아니냐? 남에게 주먹질한 적 없고 나뭇가지 깎아

칼싸움하지 않는 걸 보면.

조부모께서 낳고 키운 형제 자손이 울타리 너머로 오순도순 모여 살았다. 퇴락한 집이었지만 밥을 짓고 글을 읽었으므로 밥 익는 냄새와 글 읽는 소리가 한데 어우러졌다. 나팔꽃 덩굴과 담쟁이꽃 넌출이 뒤덮인 토담으로 벌과 나비가 날아왔다. 종형제가 안팎을 구별 짓지 않고 무시로 드나들었다.

형들은 광사를 아꼈다. 가르치고자 해서 가르치는 게 아니라 데리고 다니는 것이 가르침이었다. 가학家學은 두터웠다. 무엇보다 부끄러움을 먼저 가르쳤는데, 하나의 이치를 깨우치지 못한 채 둘을 알려고 하는 욕심을 부끄럽게 여기도록 했다. 형이라 하여 아우를 가르치기만 하는 게 아니라 때로 뉘우치고 부끄럽다 실토했으니 형도 아우에게 배우기도 한다는 말이었다.

아버지가 한양을 떠나 있을 때 광사는 오롯이 큰형 광태匡泰의 그늘에서 자랐다. 광태 형은 장자다웠다. 서안을 밀쳐내고 바깥을 나돌아다니는 광사를 마주 앉혀 혼쭐을 냈다. 형들은 광사를 등한히 여기거나 외따로 버려두지 않았다. 바로 위 광정匡鼎 형은 가장 가까운 데서 광사를 돌보았다. 광진匡震 형은 원인을 알 수 없는 괴질로 죽었다. 까맣게 변한 광진 형의 낯선 얼굴을 보고 광사는 몸을 떨다가 목이 쉬는지도 모르고 울었다.

광정 형은 또래의 벗과 같았다. 여자 형제가 아니었어도 풀각시놀이를 했다. 논둑에 쪼그려 앉아 풀잎을 뜯어 인형을 만들었다. 광정 형이 꺾어 온 막대기에 이파리를 한 줌 이어 붙였다. 풀각시 머리채랍시고, 광사가 작은 손매로 그걸 쓰다듬었다.

― 계집아이 노는 것과 똑같네.

종형들이 동생들을 보고 웃었다. 저포나 고누 같은 놀이는 싸움질을 닮았다 하여 금했다. 투호나 윷놀이는 아니었어도 풀꽃 싸움이 재미있었다. 저마다 풀잎을 뜯어 감추고 있다가 돌아가면서 자기 것을 내밀어 남의 것을 뺏어왔다. 상대와 다투는 놀이를 왜 금하는지 광사는 그 이유를 알지 못했다.

어울려 사는 사촌 형제를 죄다 합하면 예닐곱은 되었다. 형과 아우의 서열이 엄격한 가운데서도 화목하게 지냈다. 누구랄 것 없이, 남의 것을 탐하지 않았고 가진 것이 있으면 서로 나누었다.

파평윤씨坡平尹氏 어머니의 심성은 따뜻하고 두터웠다. 남편을 받들어 살림을 이끌었고 부잡스러운 아들들을 오글오글 키워냈다. 머릿니가 옮겨붙은 광사의 떡진 머리빡을 뒤지더니 박박 감겨준 사람도 어머니였다. 빈한한 살림이라도 지켜내야 했으므로 마당 한편에 돌멩이를 쌓아 단을 만들고 남새밭을 가꾸었다. 거기에서 배추와 무 등속을 한 이랑씩 길렀다.

실개천 너머 붉은 흙산이 바라다보이는 뜰 한구석에 작은 정자가 있었다. 혼인을 치른 장성한 종형제가 이곳에 모였다. 술을 나눠 마시던 형들이 정자 언저리를 얼쩡거리는 광사를 불러 앉힐 때도 있었다. 한여름 복날에는 닭을 잡아먹었고 여름이 지나면 갓 시집온 형수가 국화전을 부쳐왔다. 스스럼없이 섞여 지내는 어린 아우를 형들은 불편해하지 않았다.

　－ 저게 뭔 뜻이랍니까?

　광사의 작고 마른 검지가 정자 가운데 매달려 있는 목조 편액扁額[3]을 가리켰다. 늘 궁금했던 글자였다.

園逋

　－ 무슨 글자인지 읽을 수 있겠냐?

　광신 형이 광사를 내려다보았고 종형들의 시선이 따라붙었다.

　－ 동산 '원'자는 알겠는데요. 다음 글자는…….

　광사가 콧잔등에 힘을 주어 주름을 냈다.

　－ 달아난다는 뜻의 '포'라는 글자다.

　－ 포?

　－ 어떠냐? 두 글자를 합쳐 보면?

　－ 달아난다? 그럼, 도망간다?

　－ 생각해 보거라. 글자의 뜻을 흩트리지 말고, 좋은 뜻으로 모아봐.

　－ 동산으로 달아…… 나다?

　－ 옳지. 그런, 의미다.

　－ 왜 그렇죠? 무엇 때문에 달아난다는, 겁니까?

　광신 형의 얼굴에 어색한 웃음이 감돌았다.

3　종이나 널빤지에 그림을 그리거나 글씨를 써서 방 안이나 문 위에 걸어 놓은 액자.

― 세상을 등진다는 의미는 빼먹었구나. 도망이라 하지 말고, 세상을 버리고 동산으로 달아났다는 정도로 풀이하면 되겠다. 알아먹겠냐?

형들은 씁쓰레한 표정을 술잔 너머로 감췄다.

― 폐……족, 이라 그러는 겁니까?

― 폐족이라니?

― 그렇게 들었습니다.

형들의 얼굴에서 이제 웃음기는 없었다. 낯설었지만 광사도 들어 본 적이 있었다. 알아먹기 어려웠던 말을 한 번쯤 끄집어내어 묻고 싶었다. 형들이 두렵다고 해서 가문의 내력을 짐작만 하고 묻지 않을 수 없었다.

― 과거도 안 보시면서…… 글을 읽어야 한다니…… 그렇다면 학문은 익혀 무엇에 쓰시게요?

모를 일이었다. 폐족廢族이라는 낙인을 어떤 연유로 받아들여야 하는지 의아했으나 알 수 없었다. 아무도 가르쳐 주지 않았다.

― 누가 그러더냐?

― 들은 적이 있습니다.

― 허어, 그런 말은 삼가라. 입에 올리지 마라.

광신 형이 정색하고 말했다. 광사가 고개를 떨어뜨렸다.

― 무엇에 써먹기 위해 글을 읽는 것이냐? 그렇지 않다는 걸 깨달을 때까지, 서책을 읽는 데 게을리하지 마라.

보다 못한 광태 장형이 나섰다. 아우들 입에서 폐문이니 폐족이니 하는 금기어를 말하지 못하게 다시 단속했다.

－ 고복격양鼓腹擊壤이 별거냐? 욕심을 버리면 누구나 태평한 세상을 누릴 수 있다. 우리 집안은 본디 왕족이었고, 명필 가문이니라. 서도를 지킬 것이며 우리 법도대로 살아가면 된다.

엄정해진 장형의 표정에 눌린 광사가 슬그머니 정자를 내려왔다. 가까운 곳에서 막대기를 집어 들어 땅바닥에 무엇인가를 긁적였다. 園逋, 정자에 걸려 있던 글자였다.

－ 저놈이 또 부지깽이를 들었네그려.

형들이 웃었다.

－ 우리 가업이 무엇인지 광사가 알아챘나 보다.

누대로 이어져 내려온 비첩碑帖[4]을 나눠 보며 글씨를 써 온 형들이었다. 과거를 통한 입신을 포기한 형들이 골몰한다는 수양은, 형체와 깊이를 알 수 없었다.

－ 알기만 하고 행동하지 않으면 속 빈 껍데기에 불과해.

－ 모르는 게 있거든 물어야지, 그게 학문이지.

누군가 앞서서 물으면 누군가 따르며 화답했다. 누가 스승이고 누가 제자인지 가릴 게 없었다. 스승에게 묻지 않았어도 자신만의 물음이 저마다의 내면에서 들끓었다.

－ 선대로부터 배운 게 무엇이더냐?

공맹을 향한 흠모 때문에 학주자學朱子 해야 옳다고 믿었건만, 그게 아닌 모양이었다. 훗날 광신 형이 강화도江華島로 떠난 뒤 형제들

---

4 비석에 새겨진 글자를 그대로 종이에 박아낸 다음, 첩(帖)으로 만든 것.

은 양명陽明5을 익혔다. 회암晦庵6도 벅차 담아내지 못할 지경인데 양명이라니, 광사의 머릿속이 어찔했다. 양명과 회암이 다투는 사이 오경의 참뜻은 저만치 멀어졌다. 무엇을 얻고 무엇을 버릴 겨를이 없었다. 회암은 여유로웠고 양명은 빨랐다. 광사는 이들 앞에서 머리를 조아렸으나 날로 미욱하고 막막해졌다.

죽음은 덧없이 찾아왔다. 억지를 부려 막을 수 없는 불가항력의 세계였다. 손자들을 애지중지 예뻐해주시던 할머니가 병신년에 돌아가시더니 두 해가 지난 무술년에 할아버지도 떠나시고 말았다. 아버지가 밀양으로 유배를 떠난 신축년에는 어머니마저 이승을 저버렸다. 펫장처럼 엉킨 죽음의 고리는 알 수 없는 곳에서 시작되어 원치 않은 곳만 떠돌다가 연달아 되돌아왔다.

─ 저들끼리 다 해 먹으려 들겠지. 궐 안에서 전하만큼 외로운 분이 또 계시더란 말이냐.

형들의 말은 문턱을 넘지 않고 방 안에서만 돌아다녔다. 왕을 받들겠다던 조정은 여태껏 노론 일색이라 했다. 비변사와 육조, 승정원에 삼사三司까지 그들을 따랐으며 심지어 환관과 상궁들마저도 편을 갈라 충심을 자처한다 했다. 싸움을 멈추고 숨을 고르고 있을 때도 편 가르기는 깊고 뚜렷이 다져질 것이라 근심했다. 그들을 잘라내야 할

---

5 중국 명나라 때 철학자. 주자학에 반대하여 양명학을 집대성함.
6 중국 남송 때 유학자 주희(朱熹)의 호, 주자는 존칭으로, 주자학을 집대성함.

명분은 차고 넘쳤다.

– 백부님께서 기어이 상소를 올리셨다고?

광태 형이 광신 형의 대답을 기다렸다.

– 그러셨답니다.

– 어떤 속내였기에 저놈들을 처단할 수 있단 말이냐? 이를 악물고 견디기만 하셔도 큰 화는 면하실 텐데.

– 화를 면해 뭐합니까? 갑술년 목불인견의 참상을 견뎌냈으니 목숨을 내놓고서라도 놈들을 끊어내야지요.

큰아버지[7]의 상소 내력을 광신 형이 전해주었다. 형제들이 숨을 멈추고 일제히 엎드렸다.

충의의 뜻을 받들어 전하를 모셔야 할 신하 된 자로서 바른말을 간하지 않을 바에야 죽음이 마땅한 줄 압니다. 임금은 신하의 벼리가 되고 신하는 임금을 섬겨야 할 도리가 있으니 군위신강이 으뜸이고 군신의 예가 첫째인데, 지금 궐내에서는 네 사람의 흉적이 나타나 대놓고 이를 어기고 있습니다. 저 사악한 역신들이 오만방자하게도 묘당을 비웃고 전하를 욕보이고 있다는 사실을 모르는 사람이 없게 되었으므로 저들을 당장 척결해야 합니다. 응당 삼척검으로 다스리시어 조정의 면모를 일신하지 않는다면 장차 더 큰 치욕을 감내해야 할 것입니다. 엎드려 청하옵건대 참형을 두려워하지 않고 날뛰는 저 사흉四凶을 치죄하여 상륜의 지엄함을 바로 세워주시옵소서.

---

7   이진유(李眞儒), 조선 후기 문신. 노론 숙청을 위한 신임사화(辛壬士禍)를 주도함.

광신 형의 목소리가 떨렸다. 짙은 수염발 사이로 침이 튀었다.

— 저들을 용서해서는 안 되고 말고요. 하지만, 백부님께서 다치실까 봐 그게 걱정입니다. 소초疏草[8]를 쓰셨을 뿐 아니라, 연명하신 분중 가장 연로하시다는데, 자칫 일이 엇나가면 어쩌나…….

— 무슨, 쓸데없는 소리.

큰아버지를 염려하는 광태 형의 말에 종형제 모두 고개를 끄덕였다. 정국이 쉼 없이 소용돌이치는 바람에 하루도 조용한 날이 없었다. 대의명분을 앞세워 집안 전체가 나선 격이었으므로 사촌 간 촌수의 경계가 없었다.

비극의 씨앗은 모르는 곳에서 뿌려졌다. 소문은 흉흉했다. 세상 돌아가는 속내를 알 수 없으나 삼정승의 이름이 나돌았고 너나없이 과녁 속을 넘나들었다. 어느 것이 먼저고 어느 것이 나중인지조차 가려낼 수 없었다.

— 준론峻論[9]이냐 완론緩論[10]이냐를 나누는 건 부질없어.

강경과 온건의 구분이 의미 없게 됐다고 형들이 탄식했다. 도도한 흐름을 거슬렀던 망령 난 늙은이들만 축출하면 그만이었다.

— 임금의 생모를 해친 자들이야. 저들을 살려두고는 죽어도 눈을 감지 못해. 갑술년 난리만 생각하면 치가 떨려 살아도 사는 게 아니었어. 간이 오그라들고 피가 말랐지만 막아내지 못했어.

---

8 상소문의 초고(草稿).
9 소론 중 강경한 입장을 견지한 정파.
10 온건한 주장을 폈던 정파.

형들이 전하는 소식은 광사를 움츠러들게 했다. 입신을 포기한 집안인 만큼 세간의 흐름에 귀를 닫아야 한다던 형들이었다.

― 세자가 임금이 되건 말건, 임금이 자신의 분노를 드러내건 말건 무슨 상관이야. 우린 가문을 지켜야 해.

― 그렇다고 연잉군延礽君[11]을 감싸고도는 자들을 그냥 둘 수 있겠습니까. 역도를 용서할 임금은 없지요. 자칫 용서했다가 역모보다 더한 변고를 겪을지도 몰라요.

― 기억은 모질고 질긴 법이지. 음험한 기억은 임금의 분노에 쉽게 불을 붙였을 테고.

고변이 꼬리를 물면서 정국은 피바람을 피하지 못했다. 임금을 능멸했던 중진 대신들이 연일 의금부로 끌려갔다. 신축년에서 임인년으로 이어지는 몇 달 동안 국문이 이어졌고 사대신[12]을 포함하여 육십여 명이 참형으로 죽어 나갔다고 했다. 끔찍한 소식이었다. 구천을 호곡하던 원혼들이 아득한 북망산 골짜기에 머물러 있다가 메아리로 돌아올 판이었다.

하지만 임금의 재위는 오래가지 않았다. 임금의 돌연한 죽음이 온갖 의문을 몰고 왔지만 새 임금이 등극하자 세상은 또다시 바뀌고 말았다.

을사년 여름은 유난히 더웠다. 울다 지친 새들마저 입을 다물었다.

---

11 왕세제(王世弟), 훗날의 영조(英祖).
12 노론사대신(老論四大臣), 김창집(金昌集), 이건명(李健命), 이이명(李頤命), 조태채(趙泰采).

유배지 밀양에서 돌아온 뒤 겨우 몸을 가누기 시작한 아버지는 새 임금을 두려워했다.

— 세제世弟 시절의 조심스럽던 웅크림은 찾아볼 수 없어. 보위에 올랐으니 한풀이에 나설 거야. 저들의 기세까지 합하여 하늘을 찌르겠지.

형제들 앞에서 내쉬는 아버지의 한숨은 깊고 곤궁했다.

— 탕평이라 하여, 붕당을 없애겠다고 했답니다.

광태 형이 아버지에게 말했다.

— 그게 무슨 말이냐? 누가 그런다는 것이냐?

— 서경에서 따왔답니다. 완소緩少[13]의 뜻을 따르겠다면서.

— 그게 따온 거야? 도적질한 거지?

— 어느 한쪽에 경도되지 않고 패거리도 없이 탕탕평평한 정책을 펴겠다는데, 무슨 말인지 도대체⋯⋯.

— 간교한 놈들.

아버지의 마뜩잖은 표정에서 음산한 기운이 감돌았다.

— 뜻이 갸륵한들 무슨 소용이⋯⋯. 임금께서는 세간의 흐름을 감지하고 구색을 갖추자는 거지요. 붕당을 혁파하고 사치를 금하며 음주를 경계한다는 윤지綸旨[14]를 팔도에 반포했답니다. 붕당의 뿌리를 모르는 이가 없지 않습니까.

— 붕당을 없애? 너는 그걸 믿는단 말이냐?

---

13 소론 온건파.
14 임금이 신하나 백성에게 내리는 말.

형제들이 아버지 앞에 엎드렸다. 아들을 바라보는 아버지의 눈빛이 쇳덩이를 매단 것처럼 무거웠다.

– 저들의 요사스러움이 무섭구나. 결단코 가만있지 않을 놈들 아니지 않느냐.

아버지의 예상은 며칠 지나지 않아 사실로 다가왔다. 밖에 나갔다 돌아온 광태 형이 서둘러 아버지를 찾았다. 숨이 차 말을 제대로 잇지 못했다.

– 이 일을 어찌해야 합니까. 당고개에서 참수된 김일경金一鏡[15]의 머리가 내걸렸답니다. 윤취상과 윤지尹志[16·]부자도 잡혀갔다니, 무사하지 못할 것 같습니다.

윤지는 광사의 친구인 광철光哲의 아버지였다. 광철과 광사 집안은 친분이 두터웠다. 사달의 원천은 큰아버지에게 있었다. 선왕에게 상소를 올렸던 이들이 모두 굴비 짝 꿰듯 엮여 나가는 판이었다.

– 불을 끄려고 물을 부었지만 어림도 없지. 외려 활활 타는 격이로구나.

피할 재간도 없이 아버지가 붙잡혀 가더니 기어이 강진 유배형을 받고 말았다. 벼락을 맞은 듯 집안이 무너지고 있었다. 폐족이라 자처하며 주의를 기울였으나 창졸간 몰아닥친 참화를 당해내지 못했다.

---

15 조선 후기 문신, 소론의 대표적 강경파로 신임사화를 주도하여 노론 사대신을 처형케 함.

16 윤취상(尹就商)의 아들, 김일경 일파의 역도로 지목되어 제주와 나주로 30여 년간 유배 생활을 하다가 훗날 을해(乙亥)옥사의 주역이 됨.

가세가 기울어진, 집안의 몰골은 볼품없었다. 임금의 죽음을 고하러 연경燕京에 갔던 큰아버지는 돌아오자마자 나주로 유배 안치되었다. 큰아버지가 올렸던 상소가 독하게 되돌아오는 셈이었다. 전주이씨全州李氏 가문을 내세우기 구차했다. 나주로 보내져 한숨 돌린 줄 알았던 큰아버지가 의금부로 다시 소환되었다. 김일경의 역당과 합세하여 역모를 도모했다는 죄로 문초를 받다가 압송된 지 나흘 만에 장독으로 죽고 말았다.

— 아무도 살아남지 못하겠다. 정신을 놓치면 안 돼.

백부와 관련한 연좌의 두려움이 광사 형제를 휘감았다. 하지만 새 왕조가 내걸었던 탕평책이 명분을 발휘한 탓인지 당장 소환당한 형제는 없었다.

— 이것 참…… 숨조차 쉴 수 없구나. 그래도 아버지를 살려야 해.

파당의 멍에는 졸렬하기만 하여 목숨이 하찮아졌다. 짓궂은 수레바퀴에 밟혀 어디로 흘러갈지 알 수 없는 운명이었다. 면책된 아버지가 집으로 돌아오긴 했지만 이미 얻은 병이 깊어져 구월 초아흐레에 숨을 거두고 말았다. 종형제 가족의 울음소리가 울타리를 넘나들었다. 누구에게도 알리지 못한 채 광사 형제는 소슬한 가을바람을 헤집고 고양高陽 선산에 아버지를 묻었다.

세상이 바뀌었으므로 숨죽여야 했다. 낮게 엎드리지 않은 자는 죽음을 피하지 못했다. 불안한 나날이 이어졌다. 새 임금이 즉위하고 나서도 살기 힘들다는 백성들 울음은 그치지 않았다. 전라도 변산에 도둑 떼가 출몰했다는 풍문이 장안 민심을 들끓게 했다. 겨울이 되자 전주와 나주에서 잇따라 괘서掛書[17]가 나붙었다. 사람들은 보따리를 싸서 피난길을 떠났다. 이듬해 무신년 정월에 서소문西小門에 나붙은 벽서에는 상세한 내용이 담겨 있었다. 선왕이 죽은 원인은 독살이었고 주모자는 선왕의 동생이었던 새 임금이 명백하므로 결단코 임금으로 인정할 수 없다는 주장이었다. 역심을 부정하는 방식으로 보아 누가 보더라도 준소峻少[18]의 소행이었다.

---

17 이름을 감추고 투서 형식으로 게시하는 글. 벽에 써 붙인다 하여 벽서(壁書)라고도 함.
18 소론 강경파 세력.

서결書訣
– 1764 甲申

– 남기지 않으면 흩어지고 말겠지. 허공이든 뒷간이든 자취 없이 사라지고 말리라.

숯처럼 검고 메마른 손을 광사가 내려다보았다. 먹물 밴 손톱은 탁했고 핏기 없는 손등에 검버섯이 피어 있었다. 무릎을 펼 수 없었고 뼈마디가 아파 움직이지 못했다. 걷기는 고사하고 앉아 있기도 힘들어 누워 있기 일쑤였다. 쇠잔한 몸뚱이에 혼백도 달아나는 것 같았다. 먼 데로부터 소리가 들리지 않았고 침침해진 눈으로 어두운 곳을 살필 수 없었다. 빨아서 덧댄 깃 위로 탕건을 눌러쓴 채 끙, 된소리를 낸 광사가 겨우 몸을 세워 앉았다.

– 타고 남은 장작불이 깜박거리는 것과 무엇이 다르랴. 불쏘시개로 쑤셔 본들…….

많고 적음을 셈할 수 없었다. 광사는 두근거리는 가슴을 손바닥으로 내리눌렀다. 이렇게 늙고 죽어, 송장이 되면 끝장이었다. 고랑처럼 깊어진 주름이 펴질 수 없고 수그러든 힘이 세질 리 없었다.

27

– 그래도 남겨두어야 해.

부령富寧에서도 두남집斗南集이라 이름 붙인 서책, 네 권을 썼다. 하지만 그것은 온전히 글씨만을 위한 저작이 아니었다.

– 죽어 없어지면 아무것도 아닐 터. 한 세상 살았노라 말을 들어 무엇 할까. 손에 잡히는 게 없다면 무슨 소용이랴. 머무르고자 애쓰는 자, 쉬이 떠날 수 없는 법. 알고 있는 거라고 죄다 살려낼 수 있을까. 그게 가능할지, 어느덧 이순耳順에 이르렀으니 남아 있는 나날은 얼마나 될지 알 수 없는데…….

광사가 떨리는 손으로 붓을 잡았다.

圓嶠書訣

서책의 겉표지에, 가장 오래 불렸던 호號[19]를 썼다. 조심스럽고 무거운 붓놀림이었다. 영익이 차분한 눈으로 광사의 손끝을 보았다. 빳빳한 붓끝을 지면에서 떼고 첫 장을 펼쳤을 때 영익이 침을 삼켰다. 아들의 침 넘기는 소리가 아비에게 전해졌다. 적막하고 잠잠한 기색이 붓질을 머뭇거리게 했다.

– 급하지 않다. 재촉할 일이 아니지 않느냐?

– 압니다.

– 그렇다고, 여유 있는 것도 아니다. 내가 얼마를 더 살겠느냐?

– 무슨, 그런 말씀을?

---

19 본명이나 자(字) 이외에 쓰는 이름.

– 붓을 쥘 수 없어 그런다.

광사가 붓을 내려놓고 손아귀를 쥐었다 폈다 했다. 느린 움직임이었다.

– 제가 쓰겠습니다.

영익이 무릎을 오므려 광사 앞으로 다가갔다.

– 천천히 말씀하세요.

영익이 붓을 들었다.

– 올해가 갑신년이렸다?

광사가 흰 수염발을 손으로 가다듬었다. 탄력을 잃어 힘없는 수염이었다. 앞으로 얼마나 더 붓을 들 수 있을까를 헤아려 보려 했으나 어림없는 일이었다. 장막 저쪽에 머물러 있는 어둑한 미명은 좀체 넘어오지 않았다. 아들에게 말로 전하여 남긴다는 게 가당한 일인가, 한계를 가늠할 수 없었다.

– 그렇습니다. 아버지. 편안하게 말씀해 보세요.

– 누군들 써야 하느니라. 내가 못 하면 너라도⋯⋯.

– 그리하겠습니다.

영익이 붓끝을 벼루로 가져가 먹물을 묻혔다.

– 말은 길어 봐야 부질없을 터, 담아낼 것만 추려 써라.

서두 부분이니만큼 취지를 앞세워야 했다. 광사가 눈을 감았다. 눈자위가 앞으로 쏠려 슴벅이더니 이내 뜨거워졌다. 눈 밑 잔주름이 들썩였고 흰 눈썹이 파르르 떨렸다.

– 갑신이라는 해부터 밝혀라.

– 예.

– 요즘 세간에 글씨에 미쳐 목숨 바치는 자가 있더냐? 글씨 쓰기에 진력하고자 하나 이루지 못하고 마는 것은, 선인의 길을 따르지 않은 데 있다. 서법書法[20]을 익히지 않고서는 한 글자도 바로 쓸 수 없을 터, 말이 그럴싸하여 서법이지, 서법을 말하는 자마다 제각각 다른 말을 늘어놓으니 아무리 애써 본들 공염불일 뿐이다. 지금이라도 제대로 된 서결을 남겨 놓으면 후대에서 이를 본받아 익힐 것이니, 아비의 바람은 이뿐이다.

힘겨운 말이었다. 말이 섞여 떠도는 동안 분별이 쉽지 않았다. 세상 사람을 향한 말인지 아들에게 하는 말인지 가릴 수 없었다. 영익은 광사의 말을 주워 담았다. 묵향이 문지방을 넘어 다녀도 가두어지지 않은 것처럼, 말도 제 자리를 지키지 않고 두 사람 사이를 넘나들었다. 아들이 간파한 뜻은 아비의 의도에서 벗어나지 않았다. 광사가 잔기침을 뱉어내며 말을 이어나갔다. 말은 느렸으나 지루할 틈이 없었다. 광사는 아련히 엉겨 붙는 지난날을 떠올렸다.

– 고법古法[21]을 외면하고서는 새로워질 수 없어. 시속을 맴도는 박약한 누습陋習[22]을 따라가서는 어림도 없지. 뿌리를 갖춘 법첩을 통해 쓰지 않으면 안 된다는 가르침을 주셨어. 백하白下[23] 스승께서 그리하셨고 옥동玉洞[24] 선생도 필결筆訣[25]을 남기셨지.

---

20 글씨를 쓰는 법. 문자의 결구와 집필, 운필의 방법.
21 예로부터 전해 오는 글씨 쓰는 법칙.
22 이어져 내려오는 글씨 쓸 때의 나쁜 관습.
23 윤순(尹淳), 조선 후기의 문인이자 명필.
24 이서(李漵), 조선 후기의 문인이자 명필.
25 선대 명필들의 필적과 자신의 서론을 모은 서첩.

— 흡족한 서론이겠지요?

— 스승의 서법인데, 닳고 헤지도록 읽고 쓰고 했지.

— 아쉽지는 않으세요?

— 아쉬움이 왜 없겠냐? 넓게는 같을지언정, 스승과 조금이라도 다른 생각을 가질 때는 불경스럽고 망측해서 견딜 수 없더구나. 머릿속에 나뒹구는 온갖 서법들이 거미줄 엉킨 듯 어지러워 바로잡지 않고서는 맘 편히 죽을 수도 없다.

— 왜 자꾸 그런 말씀을?

— 욕심내지 않으마. 거창하게 이름 붙이지 않아도 좋다. 조선 글씨에 붙어 있는 고루한 버릇을 떨쳐내지 못하는 연유를 알게 해주면 그만이다. 잘 쓰고 싶어 애타지만, 잘 쓰지 못하는 것은 사사로운 상념에 매몰되어 궁극의 서도를 깨치지 못하기 때문이야. 경성드뭇하다 못해 느슨하기 짝이 없는 서법은 버려야 한다.

— 추우시지요? 땔거리를 더 넣을까요?

영익이 방구들 이곳저곳을 손바닥으로 짚어 보았다.

— 그냥 두어라. 쭉정이나 돌덩이보다 가치 없는 글씨라면 불쏘시개로 헤집어 봐야 그놈이 그놈 아니냐.

영익은 자세를 바로잡고 아비의 말을 받아썼다.

— 수련이 제일이렷다. 돌이켜 보면 나는, 처음 붓을 잡았을 때가 언제인지 기억하지 못한다. 하지만 쓰고 또 썼다. 한 푼어치도 안 되는 재주만 믿고 거들먹거리기도 했겠지. 스승께 꾸지람을 듣고 쫓겨나기도 했으니.

– 기억나십니까? 아버지.

– 지금 떠올려 봐도 스승의 가르침은 번잡하지 않았다. 수련을 이기는 재주는 없다는 것, 오직 하나뿐이었다. 안평安平[26]은 재주가 낫고 석봉石峯[27]은 수련을 게을리하지 않았다지만 서로 다툰들 누가 나은지 판가름이 나겠냐. 누구랄 것도 없이 타고난 재주를 앞세워 올바른 서법으로 정진했다면 어찌 진秦과 당唐의 글씨에 뒤지랴. 오래도록 수행하고 정진하다 보면 누기와 속기는 절로 떨어지기 마련, 익히고 또 익히라는 스승의 가르침을 한시도 잊은 적이 없다.

– 처음에는 어려우셨겠지요.

– 너는 젊으니 부디 더운 몸을 간직하거라. 나는 갑년甲年을 살다 보니 맥박 속 피돌기가 잠잠해지고 몸뚱이는 점차 식어가는구나. 한평생 사리에 어두운 무지렁이로 살았으면서도 내가 좋아했던 것은 오직 한 가지였다. 흰 종이 위에 검은 붓으로 글씨를 쓰는 것, 무슨 연유로 이 길을 집착했을까. 지나간 일들이 꿈결처럼 아득한데, 숨이 멎을 것만 같아…… 돌이키기 힘들구나.

– 무슨 그런 황망한 말씀을…….

영익이 아버지의 얼굴을 바라보았다. 수심 깊은 아들의 눈빛이 아버지 못지않았다.

– 글씨가 무엇인 줄 알고 썼겠냐? 글씨를 몰랐다면 근심 없이 살았을 텐데, 글씨 때문에 자초한 고통이니 남이 알아줄 리 없고 남을

---

26 이용(李瑢), 조선 전기 세종의 셋째 아들.
27 한호(韓濩), 조선 중기의 문인이자 명필.

원망할 것도 없지. 밥만 축내는 식충이로 살다가 숨통이 끊어지면 그만인 삶이 부러웠다. 글씨 쓰는 손가락을 잘라낸다 해도, 서운할 게 무어냐? 시력은 떨어지고 종이 위에 써진 저 글자를, 모양은 물론이고 흑백조차 분간하지 못하는데…….

백하白下
— 1718 戊戌

어린 광사는 글씨를 몰랐다. 먹을 모르니, 물을 부어 갈아야만 글씨를 쓸 수 있는 먹물도 몰랐다. 하물며 검은 먹물을 묻혀야 비로소 검어지는 붓을 알 리 없었다. 붓촉으로 눌러 찍은 점이 한곳에 머물지 않고 선으로 이어지는 이유도 몰랐다. 선으로 이어붙일 때 언제 힘을 주고 어느 곳에서 힘을 빼야 하는지 터득하기에 턱없이 모자란 나이였다.

이른 봄의 마른 바람이 몰려와 댓돌 위에서 쌀랑거렸다. 바람은 또 다른 바람을 만나 마루턱에 부딪혔다가 마당에 주저앉았다. 바람을 등진 광사가 평평하고 무른 땅을 찾았다. 장독대 툇돌에 앉아 있던 그가 막대기를 집어 들었다. 왼편에서 오른편으로, 위에서 아래로 땅바닥에 붙인 막대기를 긁어 옮겼다. 선을 그을 때 힘을 주다가도 원을 돌릴 때는 힘을 뺐다. 힘을 쪼개어 나눌 때마다 생김새가 달라졌으므로 자꾸 되풀이하게 됐다. 광사의 입가가 슬며시 벌어졌다. 해 볼 만한 놀이였다.

– 가만 보자. 이 녀석이 글씨를 제법 쓰려나?

등 위에 나타난 이는 광신 형이었다. 올려다본 광신 형의 광대뼈가 봄볕에 반짝였다.

– 글씨라뇨?

광사가 막대기를 바지춤 뒤로 감추며 물러섰다.

– 글씨가 별거냐? 사내로 태어났으니 단단한 장부로 자라야겠지만 선비 노릇도 하고 살아야지. 너는 땅바닥에서 놀더라도 무엇인가 써 대는 걸 보아, 청맹으로 막혀 살 기미는 아닌가 보다.

사랑채를 나오던 광태 큰형이 헛기침을 내며 끼어들었다.

– 과연 그러한지, 어디 한 번 볼까?

광태 형이 쪽마루에서 머뭇거리던 광사를 방으로 불러들였다. 아버지 같은 장형이었다.

– 글씨는 어디까지 써 봤냐?

– 형님들이 쓰시는 건 봤지요. 몰래 써 보기도 했지만, 그걸 글씨라 부를 수 있나요?

광사가 고개를 가로저었다. 대답하는 것만도 멋쩍었다.

– 붓은 쥘 줄 아느냐?

– 모릅니다.

광사는 먹을 갈 줄 몰랐고 선지宣紙[28]를 펴거나 접을 줄도 몰랐다. 흰 것은 종이요 검은 것은 글자라 여기면서 형들을 흉내 내 보기는 했다. 광사가 붓을 잡았다면 형들을 따라 한 것이었다. 그랬어도 남의

---

28 글씨를 쓸 때나 그림을 그릴 때 쓰는 종이.

글씨를 베껴 써 보는 순간, 새롭고 야릇했던 기분만은 환히 남아 있었다.

– 글씨를 쓰고 싶을 때가 있더냐?

장형의 말에 광사가 눈을 들었다. 지체하지 않고 답하려 했는데 말이 막혀 나오지 않았다. 두근거리는 가슴을 억누르며 마른침을 삼켰다. 형들 글씨를 따라 써 보는 재미를, 한 번 썼던 글자가 자꾸 떠오르는 희한한 경험을, 하마터면 고백이라도 할 뻔했다.

– 광사야. 기왕 형님 앞에서 붓을 잡았으니 한번 써 보기라도 해라.

광신 형이 거들었다. 글씨 쓰는 시늉을 하다 형들 눈에 띈 적이 있었어도 장형 앞에서 글씨 쓰기는 처음이었다. 지필묵이 펼쳐진 자리에 광사가 앉아 장형의 명을 기다렸다.

– 편안할 안安 자를 안다면, 써 봐라.

글자까지 선택한 장형의 요구는 갑작스러웠다. 광사가 붓을 들어 벼루로 가져갔다. 먹물 묻힌 붓끝이 떨렸고 차오른 숨은 고르지 않았다. 광사가 숨을 멈추고 천천히 한 글자를 썼다.

– 편안할 강康 자도 써 봐.

– 왜 자꾸, 그런 글자를……?

광신 형이 광사를 대신해 물었다. 장형이 나지막한 소리로 말했다.

– 궁금할 것까지야? 이런 뜻의 글자를 두루 잘 써야 어려움 없이 편히 살 수 있다더라.

두 번째 글자도 단번에 썼다. 헛기침 섞인 장형의 웃음소리가 광사가 써 놓은 글자 위로 떨어졌다.

– 글씨를 배운 적이 있냐?

– 배우기는요? 써 본 적도 없는데요.

– 그래? 그런데 가만 보니, 역입逆入[29]을 구사하는구나.

– 무슨 말입니까?

– 붓끝이 지면에 바로 닿지 않고 반대로 머물렀다가 들어가는 걸 보니, 놀랍구나. 아버지께서 광사 글씨를 보셨다면, 무어라 하셨을까.

장형은 막내가 써 놓은 글씨를 놔두고 아버지를 떠올렸다.

– 우리 집은 누대로 명필 가문이었다는 사실을 잊지 말아라. 백하 선생께서도 인정하셨어.

– 누구신데요? 그분이?

광사가 눈을 꿈쩍이며 물었다.

– 아버지께서 참 좋아하셨던, 우인이시지. 아버지보다 춘추는 아래겠지만 아버지를 진정으로 따르셨다는 것을 우리 형제가 다 알고 있다.

형들은 백하에 관한 얘기를 곧잘 나누었다. 그럴 때마다 광사는 귀를 열고 바짝 다가섰다.

– 하늘이 내린 붓질이라지 않냐. 고금에 다시없는 명필이고말고.

– 준소가 아닌 게 다행이지요.

– 무슨 소리? 완소라 해도 붕당을 혁파하자는 데에 이름을 올리셨어.

---

29 글씨를 쓸 때 획의 첫머리를 바로 긋지 않고 거슬러 들어가는 방법.

- 그것 때문에 준소에게 배척당하는 것 아닌가.

광사가 슬그머니 끼어들었다.

- 형님은 그분 글씨를 본 적이 있어요?

- 볼 수가 없지. 글씨를 본 순간, 두 눈이 멀어져버린다잖아. 소경이 되고 말았는데 어떻게 본단 말이냐?

- 에이, 그럴 리가?

- 하긴, 두 눈이 멀어졌다가도 글씨를 연신 보고 있을라치면 어느새 환한 눈을 되찾을 수 있다지? 그러다가 점점……, 보고 싶은 것을 보게 돼. 땅속 깊이 뒤엉킨 노송 뿌리가 보이다가, 지붕 위로 홰쳐 오르는 난새를 보기도 하지.

- 설마?

- 상상할 수 없는 글자 모양을 붓으로 지어내는 신기를 지녔다 하지 않느냐. 글씨 좀 써 봤다는 사람들은 인정하지. 백하를 넘어설 글씨는, 조선 땅 어느 곳에도 없을 거라고.

형들이 나누는 백하 얘기는 지루하지 않았다. 대화 속에 나오는 점點[30]과 획劃[31]이란 게 무엇이기에, 백하 글씨에 담긴 결구結構[32]를 목도한 자는 그 자리에서 말문이 닫히고 눈멀어버리는지, 광사는 상상만으로도 어지러웠다.

글씨를 모르는 광사는 답답했다. 막내의 걸음마가 신기하다며 칭

---

30 글씨를 쓸 때 한 번 찍는 획.
31 글씨를 쓸 때 붓으로 그은 줄.
32 점과 획을 조화 있게 결합하여 한 글자의 짜임을 이뤄내는 것.

찬해주었던 형들의 말을 잊을 수 없었다. 엄정한 형들에게 더 나은 글씨를 보여주고 싶었지만 쉬운 일이 아니었다. 맑은 물을 벼루에 부어 먹을 문대어 갈면 물이 짙게 변했다. 검은 먹물을 묻힌 붓끝이 흰 종이 위에 머무를 때 글자는 제각각 모양을 갖췄다. 붓이 종이에 닿아 어두운 색깔로 변해 가는데 오히려 환한 빛줄기가 어둠 속에서 걸어 나왔다.

하지만 광사는 글씨를 몰랐다. 같은 글자라는데, 쓰는 이마다 모양을 다르게 하는 방법을 알지 못했다. 백하 같은 이는 어떻게 쓴단 말인가. 광사가 눈을 깜박였을 때 장형이 말했다.

– 잘 된 글씨를 흉내 내 봐.

장형의 말에 따라 광신 형도 고개를 주억거렸다. 장형이 광사를 따로 불렀다.

– 너의 재주가 기특하다. 방에 들어와 앉아 형들을 따라 써 봐라.

장형의 말을 들은 광사가 눈물을 찔끔거렸다. 지필묵을 형들과 함께 쓰도록 허락받았기 때문이다. 형들 방에서 나는 냄새가 좋아 기웃거리던 참이었는데 알고 보니 향긋한 먹과 종이 냄새였다.

남의 글씨 흉내 내는 재미가 날로 옹골졌다. 서가에 놓인 책을 아무거나 꺼내어 따라 써 보았다. 뜻을 몰랐어도 글씨 쓰는 게 좋았다. 붓 쥔 작은 손아귀가 참새 주둥이처럼 벌어졌다.

– 이만한 일이 또 없구나.

힘들지 않았다. 종일토록 아무것도 하지 않고 글씨만 쓰라 한다 해도 좋았다. 열흘이고 스무날이고 지치거나 물리지 않았다. 돌아서면 생각났고 생각나면 썼다. 과거를 보려 한다면 관각체館閣體[33]를 익혀야 한다지만, 광사는 그것 또한 연연하지 않았다. 입신의 길과는 무관했으므로 서체를 의식하지 않고 썼다. 마음 내키는 대로 쓰는 글씨다 보니 자형에 대한 상상도 자유로웠다. 모양을 주저앉혔다가 뉘어 보기도 하고, 일으켜 세우다가 날려 보기도 했다. 글씨가 광사의 손끝을 따라다녔다.

– 남들은 어떤 글씨를 쓸까.

잠을 자려 눈을 감아도 글자들이 어른거렸다. 눈을 뜨면 마룻바닥에 쪼그려 앉았다. 손가락 끝을 쪽매 이음새에 붙여 같은 글자를 되풀어 써 보는 것은 예삿일이었고 어쩌다 얻은 선지라도 있으면 여백이 사라질 때까지 썼다. 반듯한 정자체로 쓰다가 글자의 틀을 무너뜨리며 흘려 써 보기도 하고 획과 획을 멋대로 잇기도 했다. 감당 못 할 의문을 안고 있다가 혼자 쓴 글씨를 형들에게 보여주며 그들의 반응에 가슴 졸였다.

기해년 봄 진달래 꽃망울이 모악산 길마재 등성이에 움트기 시작하던 날, 구레나룻도 자라지 않은 열다섯 살 광사가 경상도 고성固城에서 데려온 안동권씨安東權氏 규수와 혼인했다. 살림살이는커녕 먹고 살 방도도 없이 형들에게 얹혀사는 신세였으나 상투를 틀고 건을 썼으며 비로소 붓을 들어 선비 노릇을 했다.

---

33 관직에 종사하는 문사들이 주로 쓰던, 격식을 갖춘 문체. 과거 시험에서 답안지에 쓰인 글씨체.

임금이 바뀌었다던 신축년, 이른 봄날이었다. 광사는 광태 장형의 부름을 받았다.

— 따라오너라.

담갈색 직령포로 행장을 갖춘 광태 형이 마루 밑 섬돌에 서 있었다. 영문을 모르는 광사가 형 앞으로 나섰다.

— 어딜 가십니까?

범상치 않은 장형의 표정을 보고 광사가 물었다.

— 때가 됐나 보다.

— 때라뇨?

— 너도 이제 성혼을 하고 속발束髮했으니, 어리다고 할 수 없다. 의관을 차려입고 나오너라.

— 무슨 말씀이세요?

발걸음을 떼지 못한 광사가 머뭇거리고만 있었다.

— 백하 선생을 찾아뵈려 한다.

장형이 뒤도 돌아보지 않은 채 말했다. 백하라니, 무엇인가 잘못 들은 것은 아닌지, 광사는 귀를 의심했다.

— 방금 뭐라 하셨습니까? 배, 백, 누구요?

— 아니, 이 녀석이 채신머리없게 왜 이러느냐? 백하 윤순 공을 찾아가겠다고 말하지 않더냐?

견디지 못한 광사가 그 자리에 주저앉았다.

— 형님. 아닙니다. 이건 아니에요. 이럴 수는 없습니다.

백하라는 이름만 들었을 뿐인데도 두려웠다. 백하를 만나 글씨를 뽐내겠다던 지난날의 결기가 순식간에 움츠러들었다.

– 무슨 말이냐? 백하 선생을 간절히 원하지 않았더냐? 애달았던 그간의 정성은 이제 소용을 잃은 것이냐?

장형의 역정을 듣고서 정신을 가다듬은 광사가 슬그머니 일어섰다. 왜 이러는지, 백하를 찾아간다는 말만 듣고도 급격히 위축되어버린 자신이 딱했다. 오장육부가 오그라드는 것 같았고 토할 것처럼 속이 메슥거렸다. 글씨 때문에 이러는 거라면, 글씨라고는 한 글자도 쓰고 싶지 않았다.

– 우리 가족의 안위를, 백하 선생도 궁금하셨던 게야. 일전에 사람을 보내서 우리 형제들 안부를 물으셨는데, 인편이나 서신으로만 인사를 전하는 무례를 범할 순 없지 않냐. 응당 찾아뵙고 문안을 여쭈어야 도리일 것 같다. 기왕 가는 길, 너를 데리고 가 보는 것이니, 더도 덜도 생각하지 마라.

두렵다 해서 장형의 뜻을 거역할 수 없었다. 광사는 새로 지은 두루마기를 내어 입고 까치걸음으로 형의 뒤를 따랐다. 언젠가는 맞이해야 할 날이라 여기더라도, 태산 같은 근심이 길을 가로막았다.

– 이놈 봐라. 이게 무슨 꼴이냐? 학질 병자처럼 왜 이리도 바들바들 떠느냐?

형의 너털웃음도 광사를 진정시키지 못했다.

– 몰라요. 견딜 수 없습니다.

햇살이 말짱한데도 온몸이 으슬으슬 떨려왔다. 눈을 고스란히 뜨지 못했고 똑바로 걸을 수 없었다. 난데없이 달려드는 불안감이 살갗마저 벗겨버릴 것 같은 이물감으로 변해 온전히 진정되지 않았다. 뒷짐을 진 채 앞서가는 장형의 도포 자락 아래로 우려하는 말이 떨어졌다.

― 예를 다해야 한다. 서툰 짓 해서는 안 돼.

백하의 거처는 멀었다. 언 땅이 녹는 자리에 봄기운이 가득했고 얼망얼망 보이는 싹마다 새순이 돋았다. 나무가 쪼개지고 불에 탄 자리를 거쳐, 어슴푸레하게 열려 있는 소로를 따라 걷고 또 걸었다. 완만한 경사에 비스듬한 황톳길은 지루하지 않았다. 가는 길 내내 장형에게 백하의 근황과 처신을 들으면서 걸었기 때문이다. 임금이 바뀌는 정국에서 백하도 위태로운 나날을 보내고 있었다. 벼슬에 추천되었다 해도 세상의 판세를 짐작한 백하는 가벼이 나서지 않았다. 한쪽이 큰소리칠 때는 그들이 진정하도록 다독였고 반대쪽 목소리가 높아지면 귀를 닫아 버렸다. 변고가 생길 때마다 백학산白鶴山 자락에 낮게 엎드려 숨을 죽였고 관직의 부름을 받으면 득병을 핑계 삼아 물리쳤다. 나아갈 길보다 머무를 집이 편했다. 아버지의 오랜 외우畏友이기도 했지만, 장형 말에 의하면 하곡霞谷[34]의 문하로도 뜻이 맞는 사이였다. 하곡 선생이라 하면 광사도 익히 들어 알고 있었다. 숙부를 모셨던 장지가 강화도였고, 숙모의 바람대로 사촌 형 광명匡明이 그곳에 눌러앉은 이유가 순전히 하곡에게 가르침을 받기 위해서라 들었다. 산사태처럼 순서를 가리지 않고 쏟아지는 장형의 말에 파묻힌 광사는

---

34 정제두(鄭齊斗), 조선 후기의 학자. 양명학을 받아들여 사상적 체계를 세우고 후진을 양성함.

백하를 만나기 전부터 얼어 있었다.

하루 밤낮을 걸었다. 나무마다 땔감을 위해 잘려 나간 붉은 산비탈 사이로 재를 넘고 들을 지났다. 백하의 집이 보였을 때 광사 형제는 비로소 걸음을 멈추고 긴 숨을 내쉬었다. 장단長湍 백학산 자락에 터를 잡은, 호사스럽지는 않았으나 기품 있는 고택이었다. 백학산 형세는 형제 걸음만큼 느리게 내려앉아 있었는데 굽은 소나무와 거뭇한 전나무가 듬성듬성 나 있는 산자락 한쪽, 그늘진 곳에 백하의 집이 있었다.

장형을 따라 대문 문턱을 넘던 광사는 그대로 멈춰버렸다. 마당 한쪽을 가리고 있는 배롱나무 너머로, 대청마루 끝에 꾸부정하게 앉아 있는 초로의 선비를 보았기 때문이다. 작고 마른 몸이었다. 저 어른이 백하 선생이신가 보다. 한눈에 알아봤다. 눈매는 메말랐고 눈빛은 냉랭했다.

― 먼 길을 찾아왔구나.

형제가 예를 다하여 무겁게 절했다. 아버지 돌아가신 이후 가족이 살아가는 형편을 백하의 물음에 따라 장형이 차근차근 답했다. 그러는 동안 광사가 숙였던 고개를 슬쩍 들어보았다. 언뜻 살핀 노인의 모습은 고약했다. 아버지와의 추억담 몇 장면을 떠올렸을 때 선뜻 지나가던 희미한 미소가 도리어 어색할 정도였다. 주름 깊은 눈자위에 퀭한 눈망울을 열고 있었는데 눈동자는 흐렸고 수염은 힘이 없었다. 고집스럽고 싸늘한 기운이 성근 수염발에 묻어났다.

― 막내인 광사이옵니다. 어쭙잖은 제 눈으로 보기에는 미약하나

마 글씨 재주가 있어 보여, 부끄러울 따름입니다.

형이 떨리는 음색으로 광사를 소개했다.

– 글씨 재주라? 그럼 그렇지, 각리角里[35] 공의 가문인데.

– 제 눈이 어둡습니다.

굼뜬 반응에 거북함이 역력했다. 백하는 바로 곁에 놓여 있는 서안을 가리키더니 광사더러 앉으라 했다. 여리고 느린 말투였다.

– 광사라 했느냐?

– 예.

광사가 허리 숙여 대답했다.

– 넌, 무엇 때문에 글씨를 쓰고 싶더냐?

난데없는 물음이었다. 꿇어앉은 광사가 답을 찾지 못하고 우물쭈물하고 있는 사이, 대답 여부에는 아랑곳하지 않고 백하가 천천히 선지를 펼쳤다. 쇠하여 가늘고 오래되어 검은 손이었다.

– 이유는 잘 모르겠습니다. 그저……, 글씨 쓰는 게 즐겁습니다.

말을 해 놓고 보니 말이 되지 않았다. 어색함을 감출 겨를도 없는데 백하가 짧게 말했다.

– 즐겁다니, 넌 글씨가 놀이와 같은 게로구나.

무슨 말인지 헤아리고자 광사가 무릎을 움츠렸는데 그가 슬며시 웃고 있었다. 누런 이가 흰 수염 사이로 드러났다.

– 과연 글씨가 즐거운 건지 한번 봐야겠다. 여기에 몇 글자 써 보아라.

---

35 이광사의 아버지, 이진검(李眞儉)의 호, 본관은 전주(全州).

쭈글쭈글한 매듭이 들러붙은 손가락으로 선지 위를 가리켰다. 무엇을 쓰라는 것인지, 광사가 눈을 들어 그의 까슬하고 탁한 입술을 쳐다보았다.

– 무슨 글자여도 좋다.

광사는 어떤 글자를 쓸 것인지 바로 떠올리지 못했다. 사실은 글자보다 먼저 필체를 정하는 게 순서일 것 같았다. 어떤 필체로 무슨 글자를 써야 하나 궁리했지만 머릿속을 하얀 보로 두른 듯 아무 생각도 나지 않았다. 가슴 한가운데로 묵직한 쇠붙이가 뻐근하게 내려앉아 답답했다.

– 무슨 서체든 상관없다. 자신 있는 글자여도 좋고, 쓰고 싶은 글자여도 좋으니, 가리지 말거라.

광사는 백하가 내어준 지필묵 앞에서 얼어붙고 말았다. 가슴팍이 오그라들었고 목구멍이 막혔는지 숨이 쉬어지지 않았다. 허리를 펼수 없었고 손마디가 욱신거렸으며 정신마저 혼미하여 무슨 짓을 하고 있는지 오락가락했다.

백하가 방금까지 썼던 것으로 보이는, 벼루 위에 놓여 있던 붓은 뭉툭하고 묵직했다. 광사가 떨리는 손을 진정시켜 겨우 붓을 잡았다. 무거울수록 나긋하게 움직이리라 마음먹고 최근 써 보았던 글자들을 떠올려 보았다. 한 획을 긋더라도 단번에 놀라게 해주고 싶었다. 솜씨를 드러내려면 반듯한 해서체보다 흘림글씨가 제격이었다. 손과정이라는 당나라 명필의 서보書譜[36]에서 따온 글귀가 어른거렸으나 온전히 떠오르지 않았다. 게다가 벼루가 마른 탓에 먹물이 부족했다. 그랬어도 붓을 벼루 끝에 쓰다듬어 먹물을 묻히려 했는데 먹물 양이 적어 제대로 묻어지지 않았다. 그러면서도 광사의 머릿속에는 손과정 서보가 살아나고 있었다. 열일곱 나이에 이런 초서를 휘갈기다니, 글씨를 보고 놀라 뒤로 넘어지시면 어쩌나, 걱정마저 맴돌았다. 감았던 눈을 뜨자마자 붓 잡은 손이 흔들리고 심장이 터질 듯 아팠다. 헛, 헛, 큰기침을 뱉어내야 숨통이 트일 것 같아, 연신 헛, 헛, 큼, 큼, 소리를 냈다. 이것 참, 쓰라는 글씨는 쓰지 않고 헛소리만 뱉고 있으니, 참으로 황망한 노릇이었다. 가슴이 터지더라도 글씨는 쓰고 봐야지, 눈에 힘을 주고 헛, 헛, 큼, 큼, 소리를 주워 담으며 붓을 움직였다. 이윽고 종이 지면에 붓끝이 내려앉는, 그 순간이었다.

– 이 노옴!

벽력같은 호통이 백하 입에서 터져 나왔다. 역정만으로 모자랐는지 지필묵이 놓인 판을 손으로 뒤집어버렸다. 그러는 사이 나무 문진文鎭[37]이 날아와 광사의 이마에 부딪혔다가 떨어졌다. 광사가 황급히 붓을 놓았다. 별안간 벌어진, 믿을 수 없는 일이었다. 놀란 눈초리를 거둔 장형이 즉각 머리를 조아렸다. 영문을 모른 광사도 핑 도는 눈물을 감추며 형을 따라 엎드렸다. 문진으로 이마를 얻어맞은 통증보다 얼굴과 무명 저고리에 튄 검은 먹물이 더 뜨악했다. 황망한 나머지 눈가와 관자놀이로 핏물이 흘러내리고 있음을 알지 못했다.

– 당장 내 눈앞에서 사라져! 이런 놈을 아들이랍시고, 그래도 문

---

36 중국 당나라의 손과정(孫過庭)이 지은 서론(書論)의 초고(草稿).
37 책장이나 종이쪽이 바람에 날리지 않도록 눌러두는 돌이나 나무.

사로 키우고 싶었을 아버지가 구천을 떠돌며 무어라 하실꼬? 이놈은 필시 근본도 없는 망나니가 되고 말 터, 문객은커녕 세상 등질 초부로도 살지 못할 놈 아니냐.

고함을 지르다 멈춘 백하가 수염을 쓰다듬으며 누런 이를 악물었다. 무슨 연유로 역정을 내는지 형제는 알 수 없었다.

— 잘못했습니다.

장형이 무릎을 당겼다. 광사가 뒤엎어진 서안을 바라보았다. 다급하게 생각을 정리해 보니, 흘림체를 쓰려고 한 게 문제였다. 어린놈이 한없이 건방져 보였을 테니.

— 정자체로 다시 쓰겠나이다.

광사도 장형처럼 몸을 고쳐 엎드린 채 머리를 조아렸다. 하지만, 말을 했으나 말이 되지 않았다. 또다시 생각해 보니, 아직 아무런 글자도 쓰지 않았다. 붓촉이 지면에 닿기도 전이었는데, 생각을 들켜 혼이 났다면 말이 되는가. 찢긴 선지 위로 핏물이 한 방울 떨어졌다.

— 각리 어른께는 죄스러운 일지만, 이런 자를 두고 볼 수는 없다. 당장 내 집에서 나가라.

형제가 다시 고개를 떨어뜨렸다. 무엇을 잘못했는지 알지 못했으므로 물러설 수 없었다. 글씨를 바로 쓰지 못하고 헛, 헛, 큼, 큼, 헛기침을 내뱉고 있던 태도 때문에 사달을 일으킨 것인가. 이렇게 물러서 가자니, 그냥 돌아서기에 너무 먼 길을 걸어왔다. 광사는 오금이 당겨 일어나지 못했다.

묵창墨瘡
– 1766 丙戌

– 무슨 소리가 저리도 요란할까? 바깥을 나가 봤느냐?

핏기 없는 광사의 입술이 바들거렸다. 턱 밑 수염발은 끝이 모여지지 않았다. 흰 수염이 거무스름하게 보이는 것은 먹물이 밴 탓이었다. 기력을 다한 호롱불이, 문틈으로 새 들어오는 바람결에 깜박였다.

– 등촉을 들고 나설 수 없는 지경입니다.

영익은 아비의 입을 바라보았다. 입술이 먹물처럼 검었다.

– 바람이 부는가 보다.

광사가 눈을 감았다. 주름 깊은 눈자위가 축축했다. 바람은 먼 데서 가까운 곳으로 불어닥쳤다. 앙버티고 선 소나무들이 바닷바람을 막으려 용을 썼지만 바람 앞에서 섬은 기운을 차리지 못한 채 떠올랐다가 가라앉았다. 광사의 숨이 가팔랐다. 숨이 멎으면 이 집에도 공포를 세울 테고 명정과 만장이 나부끼리라.

– 아궁이에 군불을 뒤적이고 장작개비를 던져두었습니다.

영익은 요를 들추어 손바닥으로 방구들을 살폈다. 미지근한 온기가 남아 있었다.

　– 말만 늘어놓아 무엇 하랴? 말이 길어지다 보면 부질없는 잡것들이 끼어들까 걱정이구나. 그렇다고 줄일 방도도 없는걸.

　– 가려내어 적고 있습니다.

　– 그래, 어디까지 얘기했더라?

　– 먹을 어떻게 써야 하는지, 말씀하시던 중이었습니다.

영익이 다시 붓을 잡았다. 붓꼬리를 벼루 바닥에 뉘어 놓고 이리저리 먹물을 쓸어 담으며 먹빛의 농도를 살폈다.

　– 스승께 된통 걸려 혼꾸멍나고 말았지. 참으로 고약한 어른이셨어.

　– 기억나십니까?

　– 아무렴, 기억하고말고. 넋이 빠져 실신할 뻔했는데, 죽는 날까지 잊을 수 있겠냐.

　– 글씨 때문이 아니었단 말씀이시죠?

　– 따지고 보면, 묵법墨法[38] 때문이었던 것을…….

　– 묵법이라면?

　– 붓끝에 먹물을 묻혀 글씨를 쓴다 해서 다 같은 글씨가 아니라 하셨어. 그건 흉내일 뿐……. 스승께서는 근본도 없이 붓을 휘두르며 문사입네 깝죽거리는 얼치기는 그냥 놔두지 않으셨지.

　– 무섭습니다.

　– 좋은 글씨를 쓰려면, 묵법부터 익혀야 한다는 걸 알게 됐어. 하

38　글씨를 쓸 때 먹을 운용하는 방법.

늘빛이 파랗다고 매양 같은 때깔이 아니듯, 먹빛이 검다고 늘 같을 수만은 없지. 먹물이 짙고 옅음에 따라 윤기가 나기도 하고 메마를 수도 있을 터, 먹물에 따라 획이 굵다가도 가늘어지며 미끄럽다가도 깔깔해진단 말이야. 묵법을 바로 세우면, 글씨가 먹물에 따라 천차만별 달라질 수 있다는 사실을 깨우치게 된 거지.

— 먹물이 진하다고 좋은 게 아닌 만큼, 옅다고 능사가 아닐 것 같습니다.

— 그렇고말고. 글씨에 웅건한 기운을 담아내려면 먹물이 짙어야겠지만 아련한 여운을 나타내려면 흐리게도 먹물을 쓸 수 있어. 힘들여 먹을 갈았으니 버리기 아까울 테고, 버리지 못하고 아끼다 보면 썩고 마는 것이 먹물이야. 먹은 그날 쓸 만큼만 갈되, 하루가 지나면 버려야 해.

— 어려운 일입니다.

— 무턱대고 짙어야 하거나 무를 필요는 없어. 먹물이 진하면 붓이 잘 나갈 것 같지만 오히려 멈추지 않아 남용하게 되고, 먹물을 적게 묻히면 붓의 움직임이 주춤한 나머지 활착하지 못하고 멈칫거리지. 둘 다 먹을 잘못 써 묵창墨瘡[39]에 걸리고 만 거야.

— 한쪽으로 치우치지 않아야 할 텐데…… 쉽지 않습니다.

— 먹을 쓰는 게 만만치 않아. 신묘한 글씨는 조화에서 나오는 법이지. 진하고 흐린 글자들이 한데 어우러져야 하고 마르거나 젖은 글자들이 서로 엉켜야 해. 욕심껏 먹물을 묻히면 획이 굵어질 테고 농도가

---

39 먹을 잘못 운용해서 글씨가 병든 것처럼 망가진 상태.

진한 만큼 획이 퍼지고 말겠지. 일필휘지란 게 무엇이더냐? 단 한 번
의 붓질, 먹물이 붓끝에서 명을 다할 때까지 굵고 당찬 건필이 되었다
가 마르고 거친 갈필이 되도록 휘갈긴 글씨야.

- 쉬었다 말씀하시지요. 아버지.

영익의 권유에 광사가 말을 멈췄다. 입속에 물을 머금었으나 목구
멍 너머로 밀어 넣지 못했다. 움직임은 둔하고 몰골은 추레하여 살아
있어도 산 것이 아니었다.

- 물 한 모금 마시기가 이리도 힘이 들다니.

물
– 1721 辛丑

　거친 말을 광사 형제에게 퍼부었다 해서 백하의 노여움이 사라진
것은 아니었다. 백학산 비탈의 고택 지붕 추녀 끝에 앉아 있던 개똥지
빠귀가 백하의 호통에 놀라 먼지를 일으켜 달아날 때까지 광사는 움
직이지 못했다. 낮고 느리게 백하가 말했다.

　– 글씨를 쓰려는 자, 먹물의 상태를 살피고 먹부터 갈아야지.

　광사가 두 손을 바닥에 붙이고 엎드렸다. 생채기 때문인지 이마가
바늘로 찔린 듯 아팠다.

　– 삼라만상 흐름에는 마땅히 처음이 있고 중간이 있으며 끝이 있
는 법이다. 글씨에서 첫걸음은 으레 먹을 가는 일일진대, 걸음마도 떼
지 못한 갓난아이가 걷거나 달릴 수 있다고 보느냐?

　– 미처 헤아리지 못했습니다.

　장형이 겨우 대답을 찾았다.

　– 이걸 보아라.

　백하의 손끝이 연적을 가리켰다. 무엇을 본떠 만든 건지, 형체도

짐작할 수 없는 못난 연적이었다.

  — 여기에 담겨 있는 물을 벼루에 떨어뜨리는 것부터가 시작이다. 지금 이곳은 글씨 쓰려는 정갈한 자리가 아니었더냐? 몸가짐을 바로 하고 정좌한 자세로 먹을 갈아야 하거늘, 이 벼루를 봐. 먹물이 없잖 느냐? 먹물도 없는데 무슨 방도로 글씨를 쓴단 말이냐? 요술이라도 부릴 심산이냐? 쓰고자 하는 글씨를 떠올렸다면, 쓸 수 있을 만큼 먹 물을 묻혀야 할 텐데, 메마른 붓질로 무얼 하겠다는 거냐? 마른 붓을 놀리는 건 호미질도 없이 씨 뿌리는 것과 마찬가지, 하나를 보면 열을 알 수 있는 법.

  이제야 광사가 목을 앞으로 길게 늘어뜨렸다.

  — 광사라 했겠다?

  — 예.

  이마에 찐득한 기운이 느껴졌으나 머리를 들 수도, 말을 이을 수도 없었다.

  — 너는 싹수부터 잘못되었다. 근본 없는 자가 해낼 수 있는 일은 아무것도 없으니, 글씨를 두고 볼 필요도 없다. 한 글자뿐 아니라 한 획도 내려놓지 마라. 문고리를 열고 바깥으로 나가면 즐거이 놀 수 있 다. 봄도 돌아와 백화난만에 만화방창 호시절인데 방구석에 쪼그리고 앉아 붓질에 매달려 자빠져 있을 순 없지. 사방천지 가는 곳마다 잡기 는 풍성하고 놀거리가 넘쳐날 것이다. 서안을 대하면 근심만 쌓일 터, 놀고 싶거든 붓을 잡지 마라. 붓을 들어 즐거울 건 없다. 장차 붓과 글 씨를 도구 삼아 무얼 도모하지 마라. 너는 그럴 위인이 못 돼.

  쏟아지는 백하의 말에 짓눌려 광사가 몸을 펴지 못했다. 뜨거워진 눈자위 탓에 눈도 뜨지 못하고 엎드려 있는 광사의 옆구리를 장형이 손끝으로 찔렀다. 광사가 윗몸을 조아리며 더듬거렸다.

— 진정 모, 몰랐습니다. 아무것도 몰랐습니다. 노, 논두렁에서 개들과 나뒹굴어야 할 개차반 같은 줄 압니다. 감히 올려다보지 못할 곳을, 넘겨봤습니다. 용서해주시옵소서.

광사의 눈에서 눈물이 떨어졌다.

— 거두어주십시오. 다시는 이런 망령된 행실을 되풀이하지 않도록 바르게 가르치겠나이다. 광사를 거두어주시옵소서.

코가 방바닥에 닿도록 장형이 거듭 엎드렸다. 방 안에 흩어지는 백하의 헛기침 소리가 허전했다.

— 닦아라.

광사 앞에 흰 무명천이 던져졌다. 쓰린 이마를 눌러 핏기를 지웠으나 적삼 앞섶을 묻힌 먹물은 닦아내지 못했다. 꾸지람이 이어지는 동안 숨을 참았다가 조금씩 내쉬었다. 쪼개지는 것처럼 아픈 가슴은 헛, 헛, 큼, 큼, 소리 내어도 나아지지 않았다.

— 거, 거두어…… 주시옵소서.

광사가 상체를 당겨 허리를 굽혔다. 비틀어 앉아 있던 백하의 몸이 돌아섰다. 그의 손에 들려 있던 또 다른 천을 광사에게 던졌다.

— 옷에 밴 먹물은 잘 지워지지 않는다. 돌아가거든, 뜨거운 밥을 한 주먹 이겨서 문질러 봐라.

광사가 손등으로 눈자위를 쓸었다. 먹물이 뒤섞인 검붉은 핏물이 묻어났다. 참담한 몰골이었다. 그래도 글씨를 배울 수 있다면…… 마른침을 목구멍 안으로 집어삼켰다. 백하가 입을 열기까지 광사는 더 움직이지 않았다.

－글씨를 쓰겠다고?

백하의 꼬깃꼬깃한 눈길이 광사를 찍어 눌렀다.

－예.

광사가 숨을 멈췄다.

－좋아하는 것을 등져야 하는데, 그래도 글씨를 쓰겠느냐?

－예, 쓰고 싶습니다.

－글씨 쓰는 일이 어찌 즐겁기만 하랴. 흔한 즐거움을 버려야 하는 데도, 원할 테냐?

－예.

－누구도 알아주지 않고 거슬리기만 하는데도, 쓰겠단 말이냐?

－쓰겠습니다.

－삿된 길을 피할 수 있겠느냐?

－피하겠습니다.

－홀로 가야 할 외로운 길인데도?

－예, 그 길을 가겠습니다.

－그렇다면, 이것부터 치워라.

광사는 백하의 손짓에 따라 어지럽혀진 지필묵을 한쪽으로 옮겼다. 널브러진 벼루를 수습하고 흐트러진 종이를 정리했다.

－수적에 담긴 물을 따르면, 무얼 해야 한다고 했지?

－먹부터 갈아야 합니다.

─ 그래, 먹을 갈아라.

광사는 조심스러웠다. 백하 곁에 앉아, 벼루를 무릎 앞에 두고 천천히 먹을 갈기 시작했다.

─ 만만한 건 없다. 먹을 가는 게 시작인데, 발걸음을 내딛는 것처럼 수월치 않다. 먹을 갈아라 하니 아무렇게나 먹을 잡고 벼루에 문지르라는 말이 아니다. 작고 연약한 아이의 손이 되어 먹을 잡아라.

─ 예.

─ 어허, 그렇게 꽉 쥐어선 안 된다.

먹을 쥔 광사가 손아귀에서 힘을 뺐다.

─ 힘을 준다고 먹이 잘 갈리는 게 아니다. 둥근 원을 그리며 천천히 갈아라. 먹을 가는 순간이 왜 중요한 줄 아느냐?

광사는 입을 열지 못했다.

─ 숨을 고르면서, 써야 할 글자를 마음에서 끄집어내야 하는 순간이기 때문이다. 아무 뜻 없이 먹을 갈아서는 아니 된다는 말이다. 알겠느냐?

─ 알 것 같습니다.

─ 먹 가는 일이 하찮은 과정 같지만 그렇지 않다. 먹 가는 시간은, 쓰고자 하는 글씨를 떠올려 매듭짓는 시간이다. 무슨 글자를 쓸지 어떤 필체로 쓸지 정한 뒤, 글자 모양을 세우고 크기를 내걸고 상하좌우를 짐작하여 평평하고 곧음을 가늠해야 한다. 아무 생각 없이 붓을 들어서는 안 되느니라. 글자의 형세나 붓을 놀릴 계획을 구상하지 않고서 무작정 붓만 들어봐야 무엇을 쓸 수 있겠느냐? 크게 쓸까 작게 쓸까, 먼저 쓸까 나중에 쓸까, 취할 것과 버릴 것을 따져 보며 먹을 갈아

야 한다. 그러니 그보다 소중한 시간이 어디 있겠느냐?

광사가 고개를 주억거렸다. 지금껏 들어본 적 없는 말이었으나 그 지없이 가깝고 무겁게 들렸다.

─ 미욱한 광사를 받아주소서.

장형이 간청했다.

─ 어떻게 받아달라는 말인가.

─ 채비를 갖추어, 이곳으로 보내겠습니다.

─ 보따리를 싸서 오겠다고? 상투를 튼 성인인데, 가솔을 건사해야 할 가장이 집을 떠날 수 있겠는가?

─ 과하지 않도록 하겠습니다.

백하가 가늘게 눈을 열어 형제의 표정을 살폈다.

─ 물리치진 못하겠다. 각리 어른께서 살아 계셨다면 같은 당부를 하셨을 테니…….

─ 염치없습니다.

─ 더러 이곳을 찾거든 비워둔 방이 있으니 거처는 마련되겠지만 불 때서 밥 지어 먹는 문제는 형편껏 알아서 하여라.

허락이었다. 돌연 광사의 콧날이 시큰거리고 눈시울이 뜨거워졌다.

─ 스승님.

광사가 엎드려 머리를 조아렸다.

─ 허나, 명심하여라. 근본 없는 글씨, 앞을 고르지 않고서 한 글자도 쓸 수 없다. 붓과 벼루 역시, 글씨 쓰는 도구만이 아니다. 탁한 물

로 먹을 가는 자는 글씨 쓸 자격이 없어.

방 안을 광사가 바라보았다. 색 바랜 광목과 누런 선지가 갑자기 친근해 보였다.

– 몸뚱이부터 닦아라. 한번 쓰고 난 붓은 모필이 상할 수 있으니 정한 물로 빨아 반듯하게 걸어두어야 한다. 먹 찌꺼기가 쌓이도록 벼루를 허투루 두지 말 것이며, 벼루의 봉망鋒芒[40]도 싸리 빗자루처럼 한쪽으로 두어야 한다. 선지도 마찬가지, 햇볕을 받게 놔둬서는 안 된다.

– 명심하겠습니다.

– 지키지 못할 것 같으면 아예 붓 근처에 얼씬도 말아라. 바꾸지 못할 바에는 한 발도 내 집에 들여놓을 수 없다.

– 지키겠나이다.

– 먹도 쓸 만큼만 갈아 쓰고, 묵은 먹물은 남겨두지 말고, 고된 일을 하고 떨리는 손으로 붓을 잡지 마라. 머리는 흔들리고 몸은 고단하여 손목 피돌기도 불안한데, 좋은 글씨가 나오겠느냐.

먹을 가는 동안 광사의 가슴 한복판에서 시작된 방망이질이 멈추지 않았다. 벼루에서 시선을 거둔 백하가 탄식했다.

– 어허. 쫓기는 기분으로 먹을 갈거나, 그렇게 둔탁한 소리가 나서는 안 돼. 잘 갈아진 먹물은 짙은 검은색이 아니라 아이의 눈망울처럼 맑아 보이기 마련이다. 붓놀림보다 앞선 것이 묵법이니, 묵법을 무시

---

40 벼루 바닥의 먹을 갈아주는 날.

하고서 붓으로 무엇을 나타낸단 말이냐. 먹은 자신을 위해서 갈지만 남을 위해서 갈 수도 있느니라.

　광사의 콧마루가 쓰렸다. 남을 위해 먹을 갈아야 한다면, 백하의 글씨를 위해 갈고 싶었다. 백하의 오래 묵은 벼루를 지켜보며 광사가 오래도록 먹을 갈았다.

심획心劃
– 1766 丙戌

중천에서 물러나 한참 기울어져 있던 해가 서녘으로 넘어가면서 하늘과 바다를 붉게 물들였다. 서결을 쓰는 동안 동이 트고 날이 저무는, 하루의 경과를 알지 못했다. 생각났다는 듯이 광사가 서론을 뱉어 놓으면, 영익이 흘리지 않고 주워 담았다. 꾸준하고 참된 대서代書[41]였다. 글씨가 채워진 종이를 조심스레 빼내어 순서대로 말린 후 모서리를 맞춰 가지런히 모았다. 그러던 영익이 붓을 내려놓고 귀를 세웠다. 귓전에 들리는 아버지 목소리가 일정하지 않은 탓이었다. 영익의 근심은 아버지 숨결이 고르지 못한 데에 있었다.

– 대……를, 생각해 봐라.

– 대라뇨? 대나무를 말씀하시는 것입니까?

– 글씨는 대나무와 같다. 강하면서도 드세지 않고 유약해도 무르지 않는 대나무.

---

41 다른 사람을 대신하여 글이나 글씨를 써 주는 일. 대필(代筆).

- 알아들었습니다.

- 글씨 쓰는 자의 속내도 마땅히 그러해야 할 것이다. 겉만 내세울 게 아니라 속을 채워야 한다.

- 예.

- 대나무가 그러지 않느냐? 속이 비어 허허로울 것 같지만 단단하고 강하며 뿌리도 역시 굳고 깊다. 글씨는 마땅히 대나무 뿌리처럼 써서 웅숭깊이 파고들어야 한다는 말이다.

- 서두르지 않으셔도 됩니다. 천천히 말씀하세요. 아버지.

아들의 염려를 듣고 아비가 숨을 돌렸다. 축축한 눈을 끔벅이며 앞을 바라보았다. 영익은 효자이면서 수제자였다. 광사가 말을 이었다.

- 이렇게 서결을 써서 남기는 이유를 무엇이라고 썼느냐?

- 서법의 근본을 익혀 좋은 글씨를 쓰기 위함이며, 안목을 넓히고 수양을 다지고자 함이라고 썼습니다.

- 옳지. 그러기 위해선 글자보다 마음이 앞서야 한다. 손끝과 붓털로 놀리는 획이 아닌, 마음에서 터져 나오는 심획心劃이어야 한다는 말이다. 일찍이 스승께 숱하게 들었던 말이지만, 실천은 가볍지 않았다. 스승 말씀으로는, 심획이 이루어지면 글자마다 인의기人意氣가 스며든다 했는데, 막상 써 보면 기운은 스러지고 용속한 욕심이 글자마다 똬리를 틀고 있으니 얼마나 허망한 노릇이냐. 글씨를 쓰기 위해 붓을 들었던 초심은 사라지고 용렬한 거짓 획만 남발하고 말았던 것을…… 돌이켜 생각해 보면 심획과 멀었던 탓이다. 글씨는 사람의 마음을 꼭 그만큼 비춰 드러내는 경대鏡臺 같은 것이니, 어진 사람에게서 어진 글씨가 나오고 심경이 사나운 사람은 어지러운 글씨를 감추

지 못하는 것이다.

– 그렇게 받아 썼습니다.

– 심획을 위해 속인의 욕망을 감춘 글씨, 속기를 털어낸 발속拔俗
한 글씨는, 평생을 썼어도 자신할 수 없으니…….

– 애가 탑니다.

– 석고문石鼓文[42]을 알렸다?

– 중국에서 온 법첩法帖[43] 아닌지요?

흐릿한 영익의 대답만큼 광사의 말도 머무적거렸다. 아비의 목젖
깊숙이 가래가 끓어오르는 탁한 소리를 듣고 아들이 황급히 타구唾口
를 찾았다.

– 석고문을 익힐 때, 담담하고 무거워 보이지 않더냐?

– 전서篆書[44]이기 때문이라 여겼습니다.

– 그렇기도 하겠지. 석고문 글자를 낱낱이 살펴보면, 서로 흩어지
지 않고 나란히 키를 맞추고 있어.

– 전서는 행초行草와 달리 크기가 일정합니다.

– 전서니까 그렇지. 글자마다 장단과 대소가 가지런할 뿐 아니라
광협廣狹과 윤갈潤渴이 본래 모양을 지탱하고 있으니 그게 무거워 보
이는 거야. 싸움도 그러했을 터, 병법에 나오는 전술만으로는 전투에
서 이길 수 없어. 규정된 진법만 능사가 아닌 것처럼, 글자도 일정한
법칙에서 벗어났을 때라야 비로소 분방해질 수 있다는 거지. 법칙이

---

42 중국에 현존하는 가장 오래된 각석(刻石).
43 옛사람들의 잘 쓴 글씨나 유명한 필적을 돌이나 나무에 새기고 탑본하여 만든 책.
44 고대 한자의 서체 중 하나로, 전자체(篆字體)로 쓴 글씨.

라는 사슬로 글자를 옭아맨다는 게 가당하다고 보느냐? 용필用筆[45]
도 마찬가지. 획의 길이와 곡직曲直을 규정해 가두어서는 안 돼. 왕희
지王羲之[46]도 그랬어. 글자마다 의기가 다른 법이니 같은 글자를 다시
쓰더라도 똑같게는 쓰지 말라 했지.

　– 같은 모양이 반복되면 지루하지 않겠습니까?

　– 지루함을 막기 위한 이유뿐이겠냐? 사람들이 내 글씨를 보고 결
구가 일정치 않아 들쭉날쭉해 보인다고 하지만 글자에 어려 있는 의
기가 다르다는 사실을 모르고 하는 말이야. 큰 획과 작은 획이 섞여야
하고 곧은 획과 굽은 획이 엉킬 수밖에 없는 게 글씨 아니냐? 글자끼
리 서로 조화를 이루고 감응해야 하는 것을 알아야지.

　– 아무래도, 획이 어렵습니다.

　– 이리 줘 봐라.

영익의 손에서 붓을 건네받은 광사가 헛, 헛, 큼, 큼, 소리를 내더
니 느릿느릿 글씨를 썼다. 붓놀림은 떨렸으나 획의 구사는 무거워 빗
나가지 않았다.

絟直屈曲上間

　– 무슨 뜻이옵니까?

　– 한 글자 안에서 획은 자유자재로 숨 쉬며 엉키어야 한다는 말

45　붓을 쓰는 방법. 운필(運筆).
46　서성(書聖)이라 불리는, 중국 진(晉)나라 때의 명필.

이다. 쇠줄처럼 팽팽하던 획도, 활처럼 유연하게 구부러질 수 있어야
해. 획이 살아 있는 생명체라면 획을 움직이는 동력은 운필運筆[47]이
야. 운필이 자유로우면 획이 꿈틀거려 구름에 섞인 비와 같고말고.

– 획법…… 그게 어렵습니다.

– 아무렴.

– 쓸수록 어렵습니다.

– 글씨의 생명은 획이 불어넣어 주는 법. 나무뿌리나 사람의 뼈처
럼 획에도 그런 게 있지? 그게 무어냐?

– 근골筋骨[48] 아닌지요?

– 옳지. 필력이 활기찬 글씨는 뼈대가 굵겠지만 필력이 허약한 글
씨는 육질만 많을 뿐이지. 뼈대는 굵어도 육질이 적으면 힘줄만 도드
라진 근서筋書가 되고, 육질만 많고 뼈대가 약하면 돼지처럼 뚱뚱한
묵저墨猪가 되고 마는데, 둘 중 넌 어느 게 낫더냐?

– 둘 다 미치지 못합니다.

– 그렇지. 다 못마땅하지. 뼈대가 굵고 힘만 앞세운 근서는 외려
병자의 글씨와 다를 게 없어. 자칫 건필이나 갈필이 되고 말겠지. 천
천히 쓰면 아름답고 빠르게 쓰면 굳세다고 한다면, 넌 어찌 쓸 테냐?

– 붓 잡은 처음에는 빠르게 쓰고 끝날 때는 붓을 천천히 놓겠습니
다. 시종 천천히만 쓰면 답답할 것 같습니다.

– 옳거니, 제대로 보았구나. 글씨는 그렇게 써야 한다. 봄날 아지

---

47 글씨를 쓰기 위해 붓을 놀리는 것.
48 글자 안에 내재된 근육과 뼈.

랑이 피어오르듯 느리게 쓴다 해서 미려한 글씨가 되고, 솔개가 병아리 채가듯 후다닥 쓴다 해서 굳세기만 하겠느냐. 천천히 쓰면 근골이 함축되어 신묘한 느낌이 나겠지만 건강한 기운이 모자랄 것이다. 그렇다고 빠르게 쓰기만 하면 굳세게 보일지 모르나 근골이 허약해 힘을 잃은 글씨가 되고 말 터이니, 이를 잊지 마라.

　─ 명심하겠나이다.

　─ 마음을 가다듬고 붓을 잡되 천천히 써야 한다. 일진광풍 몰아치듯 붓을 휘두른다고 해서 능사가 아니야. 붓 좀 잡았네, 글씨 좀 써 보았네, 뻐길 수 있을지 모르나 좋은 글씨를 써낼 순 없지. 소용돌이치듯 빠르게 붓을 놀리는 자를 부러워해서는 안 돼. 왕희지가 난정서蘭亭序⁴⁹를 쓸 때 만취 상태의 무아지경이었다고는 하나, 쓰는 순간의 침착함까지 버렸겠느냐.

49　왕희지의 행서첩(行書帖).

임서臨書
- 1724 甲辰

　대나무 대롱 매듭이 뭉툭하게 다물어진 자리에, 뿌리째 묶여 있는 터럭을 붓이라 불렀고 투박한 몸집 끝으로 삐져나온 날랜 꼬리를 붓촉이라 했다. 뾰족한 끝자락이 자잘하게 떨고 있는데도 광사는 이를 진정시키지 못했다. 붓이 그랬다. 당기려 하면 제멋대로 달아나다가도, 놓으려 하면 슬금슬금 다가왔다. 붓촉을 물고 있는 먹물이 방울져 떨어질까 봐 붓대를 바삐 움직였다. 오른쪽 어깨에서 시작된 힘이 팔꿈치를 들썩이게 하더니 손목을 거쳐 손가락 끝으로 비집고 내려갔다. 숨을 머금고 붓끝을 내려다봤을 때 누런 종이에 드러난 글씨는 흐트러진 모양이었다. 쓸 거라면 제대로 써 보라. 스승이 쓰라고 명한 손과정의 서보는 흘림체였다. 획이 지나간 자국이 눈앞에서 흐려지는 순간 붓을 쥔 손아귀에 힘을 주었다. 이 글씨를 스승이 본다면 뭐라 하실까. 가정만으로도 심장이 쿵쿵 뛰고 낯빛이 붉어졌다.

　멀리 걸어 들어온 백하의 문하였다. 스승 눈치를 살피며 나름대로 간격을 두었다. 장단 백학산 자락, 고즈넉한 고택에서 달포쯤 머물고

나면 스승 글씨를 체본體本[50]으로 받아 한양으로 떠났다. 한양에 있는 동안에도 쉬지 않고 백하 글씨를 따라 썼기 때문에 머무르는 것과 떠남 사이에 구별이 없었다. 해가 저무는지 몰랐고 날이 새는 순간을 잊었다. 손가락에 쥐가 나서 붓을 놓으면 이제는 무릎이 펴지지 않았다. 방 가운데 우두커니 앉아 여명을 맞이하던 광사가 중얼거렸다.

  ─ 스승의 글씨와 다르지 않게 쓰리라. 똑같은 모양이 될 때까지 쓰고 또 써서, 누구 글씨인지 가려낼 수 없게 하리라.

  몸이 한양에 있더라도 마음은 백학산에 두었다. 왕래가 거듭되어도 어디가 목멱木覓[51]이고 어디가 백학인지 분별하지 않았다. 무딘 붓 놀림이 걱정일 뿐 서울이든 백학산이든 한가지였다. 써 놓은 글씨를 바라보다가 낯설고 촌스럽게 느껴지면 행장을 꾸려 백학산으로 떠났다. 먹구름 휘감긴 산자락을 지나 흔들거리는 나무 그늘에서 앉아 쉬면서도 어수룩한 붓질 걱정만 맴돌았다. 길고 긴 황톳길을 걸어 고갯마루를 넘으면 층층이 이어진 야트막한 봉우리가 광사를 맞았다.

  ─ 글씨에 미친 자가 되었단 말이냐?

  백하가 딱하다는 표정으로 광사를 내려보았다. 광사의 행색은 남루했고 다듬지 않은 몰골은 초라하다 못해 흉했다.

  ─ 미, 미쳤습니다.

  머뭇거리던 광사가 말을 더듬었다. 고샅 언저리에서 개 짖는 소리

50 직접 보고 따라 쓰며 배우기 위한 용도로 스승이 써 준 글씨.
51 예전에, 서울의 '남산'을 이르던 말.

가 드문드문 이어졌다.

  - 허어, 큰일이구나. 미친놈이 되고 말았다니, 이제 어찌 살아간
단 말이냐?

  - 미친 듯이 쓰라 하지 않으셨습니까? 정녕 미쳐버렸다면, 소원을
이뤘으니 더 바랄 게 없습니다.

  - 이런 어리석은 놈을 봤나. 아무리 그렇다고, 진짜 미친놈이 되다
니.

  - 어찌할 수 없습니다.

  - 허허. 가련한지고.

  백하가 어이없다는 듯 헛웃음을 지었다.

  - 바랄 게 없다니…….

  - 채워야 하니 그럴 수밖에 없었습니다.

  - 채우긴 뭘 채워? 내가 너의 그릇을 아는데, 아무것도 채우지 못
했으면서 더 바랄 게 없다니, 말이 되느냐, 이놈아.

  - 글씨를 잘 쓰면 되는 것 아닙니까?

  광사도 의아하다는 눈길을 보냈다.

  - 한심한 놈. 문자를 알아야 글씨를 쓰는 거지. 무슨 문장이고 무
슨 뜻인지도 모른 채 글자만 써댄다고, 그게 글씨라더냐? 모양만 흉
내 낸, 얼뜨기 개수작이지.

  백하의 말에 눌린 광사가 우물쭈물 답하지 못했다.

  - 글씨만 잘 쓰면 무슨 소용이냐? 선비가 걸어야 할 궁극의 길은
학문이니라. 글씨야 학문의 도구일 뿐……. 헛된 걸음을 딛고서야 어
찌 참된 길을 갈 수 있겠느냐?

행장을 차려입고 길을 나서는 백하에게, 광사가 허리를 숙이고 물었다.

– 강화에 가시옵니까?

– 언젠가는, 너도 함께 가자꾸나.

스승의 행차가 강화도에 머물 때마다 찾아가는 분이 하곡이라 들었다. 좀체 남에 대한 논평을 내놓기 꺼리던 스승이었지만 하곡만큼은 남다르게 대했다. 자신도 하곡과 학문의 결을 같이한다는, 하곡의 문하임을 밝히는 데 주저하지 않았다.

– 하곡이라는 분은 주자를 밀어내고 양명을 따른다는데, 견문이 모자란 저로서는 주자와 양명에 관한 시비를 알지 못합니다.

– 어디 그뿐이겠냐? 무슨 말을 해 본들 너는 알아듣지 못할 테니, 안타까울 따름이지.

– 양명도 모르고 하곡이란 분이 누구인지도 모릅니다만, 알고 싶습니다.

백하가 미간에 주름을 모았다.

– 때가 오겠지.

– 알고 싶습니다.

– 욕심을 앞세운다고 해서, 알게 되는 것은 아니지 않느냐.

– 그렇습니다.

– 언젠가는 데리고 갈 것이니 서두르지 말고 기다리거라. 하지만 무엇보다 한 가지 사실만은 말해주고 싶다. 천학淺學에다 비재非才였던 나에게 그나마 오늘이 있게 한 것은, 온전히 양명 때문이었다. 마

음이 있으니 이치가 생기는 거고, 이치를 닦아야 내실을 다질 수 있으며, 모든 일에 부응하라는 가르침을 새기고 살았느니라. 내 말을 알아듣지 못하겠지?

— 글씨와도 연관이 있는 것입니까?

— 세상만사 다 똑같지.

— 주자인들 다를 게 있습니까? 조선은 주자의 나라 아닙니까?

— 쉽지 않지. 이 나라에서 주자를 외면하고 산다는 게 가당키나 한 일이냐? 허나, 어찌할 도리가 없다. 사대부 입장에 서서 백성을 바라보는 눈이 다른데, 양명이 회암과 같을쏘냐? 딱딱하고 엄정한 필획이 아닌 분방하고 진솔한 글씨에 빠지고 보니, 회암보다는 양명으로 기울어지는 걸 어찌 막을 수 없더구나. 자신을 속이지 않는 본성 그대로, 그게 바로 양명이니…….

백학산 자락에서 광사는 외롭지 않았다. 백하가 강화에 머무르는 동안 물을 긷고 방을 닦았으며 서적과 지필묵을 정리했다. 별반 허드렛일이 없는 날이면 외딴 사랑채에서 해가 넘어갈 때까지 글씨를 썼다. 인시寅時에 눈을 떠 아침을 맞이하고 해가 지는 술시戌時에는 잠들어야 하는데, 시간을 분별할 줄 몰랐다. 글씨 쓰는 광사의 모습을 백하가 지켜보는 일은 그다지 없었는데, 그런 경우가 있었더라도 글씨에 몰입된 나머지 광사는 스승의 기척을 알지 못했다.

소소리바람에 떨어진 옥잠화 흰 봉우리가 백학산 고택 담벼락에 나부끼던 가을날이었다. 스승의 방을 정리하던 광사가, 백하의 필적이 분명한 글씨 한 점을 넋 놓고 바라보고 있었다. 똬리를 푼 구렁이가 빠른 몸짓으로 나뭇등걸을 휘감는 듯한 흘림체였다. 언뜻 다시 보니 스승의 필체가 아닌 것 같기도 한, 참으로 묘연한 글씨였다. 인기척을 느낀 광사가 뒤를 돌아보았을 때 흰 수염을 늘어뜨린 백하가 서 있었다.

– 무엇을 보고 있느냐?

– 이 글씨는 무엇입니까?

대관절 무엇이기에 이토록 사람의 혼을 빼놓는단 말입니까, 묻고 싶었다. 아무런 표정도 드러내지 않은 백하가 냉담하게 말했다.

– 내 글씨를 처음 보느냐? 글씨가 어떻단 말이냐?

스승의 글씨가 분명하지만 어딘지 스승의 글씨가 아닌 것 같다고 말하려 하는데, 광사의 속내를 알아차린 듯 백하가 쉰 목소리로 되물었다.

– 다른 이의 필체가 보이느냐?

– 그걸 모르겠습니다.

백하가 허탈한 웃음을 지었다.

– 오늘은 언제까지 글씨를 썼느냐?

– 방금…… 해거름 때까지 썼습니다.

– 온종일 글씨만 써대다 보니 사리마저 가려내지 못하는 지경이 되었구나. 아둔한 놈. 허허.

백하는 평소와 다르지 않게, 광사를 가엾다는 눈빛으로 바라보았다.

– 왕희지체를 벌써 잊었느냐?

– 무엇……을?

– 왕희지체를 섞어 써 본 것인데 그리도 모른단 말이냐? 왕희지는 사라지고 내 글씨만 보이더냐? 허허.

– 아아.

이제야 광사는 눈을 감고 고개를 숙였다. 머리를 쥐어박고 싶을 만큼 부끄러웠다. 스승의 필체와 왕희지가 섞인 글씨를 보고 잠시간 착각을 일으킨 것이었다. 백하가 광사에게 새로운 종이를 펴게 했다.

– 왕희지를 아직도 모르다니 그래서 너는 멀었다. 여기에 진체 하나를 써 봐라.

광사가 떨리는 마음을 가라앉히고 붓을 들었다. 진체晉體[52]라면 흘려 써야 했으므로 차분하게 붓을 놀리기 어려웠다. 따지고 보면 스승으로부터 글씨를 써 보라 명을 받은 적이 별로 없었다. 방금까지의 머쓱함은 걷어내고 흔치 않은 기회인 만큼 스승의 눈에 들고 싶었다. 붓을 움직이는 순간 숨이 차올라, 헛, 헛, 큼, 큼, 가빠진 숨을 뱉어냈다.

– 무슨 짓이냐? 무슨 소리를 내는 것이냐?

– 저도 모르게, 그만.

– 왜 그러냐? 아예, 습관이 된 게냐?

– 평소에는 그렇지 않은데, 이상하게도 글씨만 쓰려하면 그런 증상이 나옵니다. 가슴이 벅차올라 터질 것 같습니다. 헛된 숨이라도 뱉지 않으면 견딜 수 없습니다.

– 허어, 거참 몹쓸 놈의…… 해괴한 버릇이로고.

가슴 한복판이 패는 듯 아팠다. 헛, 헛, 큼, 큼, 끌어모은 헛숨을 뱉

---

52 중국 진(晉)나라 왕희지의 글씨체.

어내며 운필을 시작했다. 분방한 흘림체를 쓰려 했으나 정성을 기울일수록 글씨가 가지런해졌다. 백하가 물었다.

– 난정서를 쓴 것이냐?

– 그렇습니다.

– 이걸 가만 봐라. 내 글씨와 어떤 차이가 있는지 보이냐? 잘 봐. 무조건 베끼려고만 들었지 정작 너의 것은 없다는 게 문제다. 왕희지를 썼어도 왕희지가 드러나지 않는 천연덕스러운 경지, 그렇게 되려면 왕희지를 완벽하게 떼어야 가능해진다. 흉내 내는 글씨에 머물러서는 안 된다는 말이다. 왕희지는 이 대목에서 왜 이렇게 썼는지를 헤아려야 해. 고인의 붓질을 너만의 솜씨로 가져와야 하는데, 그게 안 되는구나.

– 왕희지를 따라야 합니까?

– 난정서를 쓰는 건 당연하다. 경지란 게 무어냐? 죽는 날까지 써도 경지에 오르기는 쉽지 않을 것이다. 왕희지를 넘어서고 싶거든 왕희지를 써야 한다. 알아야 이길 수 있는 것 아니냐? 왕희지체라면 눈감고도 쓸 수 있어야 하는데, 그게 그냥 이루어지기야 하겠느냐?

– 어떻게 해야 합니까?

– 방법은 하나밖에 없다.

– 그걸 모릅니다.

– 날마다 하고 있으면서도, 정녕 모른단 말이냐?

– 가르쳐주십시오.

– 허허, 가르치고 말 것도 없다. 한 가지 길로 매진하면 돼.

– 그 길이 무엇입니까?

바짝 애가 탄 광사를 보며, 백하가 검은 손으로 수염을 쓸어내렸다.

― 임서臨書[53]이니라.

― 임서라뇨?

― 무슨 말인지 모른다는 게냐?

― 임서라 하면, 남의 걸 베껴서 그대로 따라 쓰는 것 아닙니까?

― 그렇다. 그걸 해야 한다.

광사가 고개를 주억거렸다. 산머루를 머금은 듯 검어진 스승의 입술이 들썩였다.

― 비법이 어디 있냐? 글씨를 익혀 필력을 늘리고 싶다면, 임서만이 유일한 방법이다. 다른 편법이나 지름길은 있을 수 없다. 끊임없이 임서를 반복해야만 마침내 그걸 뛰어넘는 자신만의 진짜배기 솜씨를 얻을 수 있느니라.

― 아아, 며…… 명심하겠습니다.

― 그렇다고 해서, 남의 글씨를 무조건 베껴 쓰기만 하면 된다는 말이 아니야. 배임背臨[54]에 이르렀으니 다 끝났다고 좋아할 건 아니다. 배임만을 위한 임서는 왕도가 될 수 없어. 모양만 같아질 게 아니라 뜻도 따라와야 해.

― 그건 잘…… 모르겠습니다.

― 그렇겠지. 처음에는 모르겠지만 쓰면서 알게 돼. 임서를 거듭하

---

53 선대의 훌륭한 비첩이나 법첩을 체본 삼아 글씨를 써서 익히는 방법.
54 체본 없이도 똑같이 쓸 수 있는 임서의 경지.

다 보면 당초 깨닫지 못했던 용필의 흥취를 느낄 때가 올 것이다.

– 체본 없어도 똑같이 쓰겠습니다.

– 옳지. 그게 배임이겠지만, 임서의 마지막은 없으니 찾으려 하지 마라. 쓰는 사람마다 다 다를 터이니, 정해진 답도 없어. 몰랐던 것을 깨닫게 되고 보이지 않던 게 보일 때까지 부지런히 쓰는 수밖에……, 전예해행초篆隸楷行草 오체를 두루 익히는 길, 모든 것은 너에게 달렸다.

백하의 말은 명료했다.

– 잊지 않겠습니다.

광사가 엎드렸다. 백하가 떠난 자리에서 오래도록 엎드린 채 스승의 말을 되새겼다.

세상이 변했다. 영락한 명明에 미련을 둔 자는 모두 죽어 없어졌다. 청淸은 명보다 밝고 새로웠다. 한때 조정에서 활개를 쳤던 북벌은 명분을 잃고 떠돌았다. 손에 잡히지 않는 허론은 무용했으며 취할 수 있는 인식만 살아남았다.

– 중국 글씨가 제일인 줄 알지만 조선 글씨를 써야 해. 옥동 선생이야말로 제대로 짚은 글씨이고말고.

옥동이 누구인지 광사는 묻지 않았다. 백하가 말하지 않았어도 고민하던 참이었다. 왕희지를 익히라 해 놓고 조선 글씨를 써야 한다니, 이런 이율배반이 어디 있을까 광사가 세차게 머리를 흔들었다.

– 글씨는 다 같은 거지, 중국 글씨 조선 글씨가 따로 있습니까.

– 한자의 근본이 중국에서 왔다 해도 우린 달라야 해. 중국 것에

목맬 필요 없이 우리 글씨를 쓴다면 무엇이 부럽겠냐. 옥동 선생도 그렇지마는, 전라도 땅끝에서 공재恭齋[55]라는 분이 새로운 서풍書風[56]을 펼치셨다 하니, 얼마나 반갑고 대견한 일이냐. 조선 글씨가 어찌 일관되기만 하더냐. 응당 변하는 것이 글씨이고, 무엇보다 세상이 바뀌었어. 좋은 유행이라면 따라야 하고말고…….

— 새로운 글씨가 어떤 것인지 보고 싶습니다.

누구인지 몰랐어도 스승이 높여 말하는 사람이었으므로 광사는 이름만 듣고도 고개를 숙였다.

— 만나서 말해야만 알고 눈으로 확인해야만 통할까. 만나지 않아도 서로 느끼고 통할 수 있느니라.

스승의 말은 믿음으로 가득했다. 알 만한 사람끼리는 천 길 떨어져 있어도 교류할 수 있고 저마다의 서법을 나눌 수 있다고 보았다. 명필 대가의 손을 거쳐, 표류하는 서법을 바로 잡아 조선 글씨를 세워야 한다는 당위가 그의 말에 박혀 있었다.

— 송설체松雪體[57]는 그만 쓰거라.

— 반듯한 획이 지루합니다만, 익혀두어야 하지 않습니까.

— 의뭉한 놈. 그래, 판국이 뒤집히길 기다려 과거라도 보겠다는 심산이냐?

— 그렇다고, 쓰지 말라시는 이유는?

광사가 허리를 곧추세웠다. 촉체蜀體[58]는 스승 글씨 같은 현란한

55　윤두서(尹斗緖), 조선 후기의 화가.
56　붓으로 글씨를 쓰는 방식이나 양식.
57　중국 원(元)나라 조맹부(趙孟頫)의 서풍(書風).

마력이 없었기 때문에 점차 흥미를 잃어가던 차였다. 세상을 떠돌던 이름난 글씨라 해도 스승의 글씨 앞에서는 차분한 모양으로 바뀌거나 밋밋해졌다. 사람들은 그런 이유로, 백하 글씨를 진체眞體라 불렀다. 떠돌다 잊힌 글씨도 스승의 손길을 만나면 제 이름을 찾았다.

　ー 관각체로 쓰이는 게 어디 송설체뿐이더냐? 석봉체도 매한가지지.

　ー 옥동 글씨는 다릅니까.

　ー 사람들은 그러지. 나와 옥동 선생의 글씨가 닮았다고 말이야. 그도 그럴 것이, 둘 다 왕희지를 따랐기 때문이야. 미불米芾[59]과 동기창董其昌[60]을 찾은 것도 그렇고.

　광사가 귀를 세웠다. 미불과 동기창이라면, 들은 적만 있을 뿐 써 보지는 못했다. 닿을 수 없는 먼발치에 있는 이름이었다.

　ー 관각체는 무엇 때문에 밀어내시는 겁니까?

　ー 조맹부 서체는 참으로 아까운지고. 모양을 보기 좋게 키우려 했지만 헛되고 말았어. 투박하게 큰 걸음만 걸었을 뿐 쌀눈 같은 사뿐한 잔걸음은 무시했기 때문이지.

　ー 남과 다른 글씨를 쓰지 않아서입니까?

　ー 관각체로 불리기 시작하면 글씨로는 끝난 거야. 남과 똑같이 써 대기 때문에 망했다고 봐야지. 송설체가 그렇단 말이야. 판에 박힌 듯 죄다 똑같고 딱딱하기만 할 뿐 새롭지 않아. 병든 달구새끼 같아.

58　조맹부의 글씨체.
59　왕희지의 서풍을 이은, 중국 송(宋)나라 때의 서예가.
60　중국 명나라 때의 서화가.

– 그렇다면, 누구를 따라 써야 합니까?

백하가 제시하는 대안은 한 가지였다.

– 왕희지 글씨지. 거침없는 기질과 미려한 감각, 왕희지 서법을 익혀야 해. 철 지난 촉체보다는 왕희지 진체가 낫고말고.

백하의 말이 광사의 귓바퀴에 웅숭깊게 파고들어 징징거렸다.

– 글씨의 바탕을 왕희지에게 배우되 왕희지를 뛰어넘어, 우리 조선 글씨를 모색해야지. 한 가지 서체에 집착하다 보면 우물 안에 갇히는 편협에 빠질 수도 있을 터, 넓게 보고 멀리 가야 한다. 죽는 날까지 걸어야 할 길이라면.

드높아 경외롭고 후박厚朴하여 매혹적인 길이었다. 길은 멀고 아득해 보였다.

언필偃筆 산봉散鋒
- 1767 丁亥

기다리지 않아도 새해가 왔다. 초목은 메말라 벗겨진 지 오래, 찾아오는 발길 없이 단출한 정월이었다. 눈발도 쌓이지 않는 남녘 섬마을의 하루는 금세 지나갔다. 날이 저물어 어둠이 깃들 때 영익이 서안에서 물러나 방을 나갔다. 아비 홀로 지내는 밤은 질척대며 늘어졌다. 잠자리에 든 늙은 아비는 잠을 설치다가 동트기 전에 일어났다. 깨우지 않아도 아들보다 먼저 눈을 떴다.

눈보라가 사납게 휘몰아칠 뿐 눈은 흔적도 없이 사라졌다. 바람에 섞여 도는 게 눈인지 모래인지 알지 못했다. 모진 바람에도 섬은 끄떡없었다. 일말의 동요도 드러내지 않고 섬은 제 자리를 지켰다. 아들이 먹을 가는 동안 아비는 기침을 참지 못했다. 타구를 든 아들이 아비를 부축해 타액을 받아 거두었다. 희아리처럼 처진 노인의 수염발은 침이 묻어 더러웠다.

- 누워 말씀하세요. 아버지.

영익이 붓을 들어 광사의 말을 받아썼다. 붓끝이 흰 종이에 스쳐 지나가도 아무 소리가 나지 않았다.

盡力推展而貴迴

영익이 뜻을 물었다. 광사의 말이 글씨 위로 힘겹게 떨어졌다.

— 그냥 풀어 생각해라. 전력을 다해 붓을 밀어 올려야 획의 굳셈을 귀하게 펼칠 수 있다는 말이다.

— 귀하게 나아가는 게 붓입니까, 글씨입니까.

— 글씨는 솔직담백한 것이어서 누구를 속이려 하거나 스스로 속지 않는다. 필력이 강하면 골기가 흔해지고 필력을 온전히 누르지 못하면 근육이 살찌는 법이다. 점과 획, 결구에서만 힘이 필요한 게 아니지. 파임과 삐침에서도 힘을 들여야 하고 굴곡을 그을 때도 붓끝에 힘을 줘야 한다.

— 예사로운 붓놀림과 다르다는 말씀이십니까.

— 필법筆法[61]…… 바로 필법이 다르다는 말이다. 점획결구를 이루기 위한 용필은 맘대로 휘젓는 손끝 재주로 충분할 것 같지만 필법에 따라 달라질 수 있어. 대저 필법이란 게 무엇이더냐. 필법은 점을 찍고 획을 긋기 위해 붓을 놀리는 게 아니더냐. 붓을 다루되, 아무렇게나 찍어 바를 순 없어.

— 힘이 있어야겠지요.

— 그래, 힘은 어디에서 나오느냐?

---

[61] 붓을 바르게 움직이고 쓰는 방법.

– 글자의 힘이 되는 원천은, 근골筋骨……이라 알고 있습니다.

– 옳지. 바로 알아야 한다. 근골은 짧은 수련으로 얻어진 알량한 잔꾀로 이루어지지 않는다는 사실을 말이다. 지배紙背를 뚫고 말겠다는 일념으로 오랜 세월 공력을 다해야 근골을 얻을 수 있어.

– 힘 있는 글씨가 쉽지 않습니다.

– 힘을 쓰려면 붓촉을 세워야 하고, 그러기 위해선 붓을 바로 잡아야 한다. 붓 잡는 게 뭐 어렵겠냐며 소홀히 할 것 같지만 붓도 제대로 못 잡는 자들이 허다해.

– 어떻게 해야 하는지요?

– 받아써라.

– 말씀하세요.

– 마음먹은 대로 쓰려면 붓끝을 자유자재로 움직일 수 있어야 하지 않겠느냐. 손가락 마디마디 감각이 붓 대롱에 맞닿아 있을 때라야 모든 붓털이 힘을 발휘하는 법이다. 붓을 세우고 붓끝을 펴야만 상하좌우 구애받지 않고 고루 힘을 쓸 수 있다. 붓을 잘못 잡으면 언필偃筆[62]이 되기 십상, 한쪽으로 치우친 붓으로는 좋은 글씨를 쓸 수가 없어. 붓끝이 종이에 닿는 순간, 산봉散鋒[63]이 되어서는 안 될 일이지.

– 필경, 언필은 산봉이 되고 말겠습니다.

– 그렇지. 붓을 제대로 잡지 못하면 그리되고 말겠지. 기필起筆[64]이 그렇지만 행필行筆[65]도 일관되어야 해. 백하 스승의 붓놀림을 보

---

62 붓끝을 눕혀 쓰는 필법이나 글씨.
63 붓끝이 무리 지어 퍼져 버린 글씨의 상태.
64 붓을 들어 글씨를 쓰기 시작하는 단계.

면, 붓끝이 획 속에 감추어져 드러나지 않다가도 붓을 세우기만 하면 거침없이 나아가는 거야. 붓끝에 첫 힘을 가하는 역입의 순간부터 붓이 어떻게 뉘어지는지 물 흐르듯 자연스러웠어.

– 정말 그렇습니까?

– 그걸 따라 하기 쉽지 않았어. 획을 그을 때 위쪽과 왼쪽은 획이 시작하는 부분이기 때문에 묵색이 짙고 또렷하며, 아래쪽과 오른편은 붓이 머무르는 곳이니 묵색이 묽고 희미한 것을 피하지 못했어. 그러니 한쪽으로 쏠리기만 하는, 미흡한 글씨로 보일 수밖에…….

– 붓 잡기를 장부처럼 하라는 말이 있잖습니까.

– 허허, 그런 말이 어디 있단 말이냐? 붓을 굳게 꽉 잡아야 한다는 것이냐?

– 사내와 계집은 붓 잡는 게 다르지 않겠습니까. 타고난 힘이 다를 텐데요.

– 무슨 소리? 붓 잡는 것에 남녀의 차이가 어디 있단 말이냐? 마음을 굳게 다지라는 말이지 힘껏 붓을 잡으라는 뜻이 아니다.

– 좀 누우시지요? 아버지.

광사의 몸이 비스듬히 기울어졌다. 느릿느릿 일러주는 말을 영익이 받아쓰었다.

大劃小劃相雜

---

65 글씨를 쓰기 위해 붓을 움직이는 단계.

– 크고 작은 획을 서로 섞어 써야 한다는 뜻이다. 글씨에 정법이 있겠지만 정법만을 앞세우지 말고 자유자재의 필법을 구사해야 한다.

– 무슨 말씀이신지 알 듯합니다.

영익이 다시 아비의 몸을 부축했다. 장침에서 팔꿈치를 떼고 몸을 일으킨 광사가 자리끼 물을 두어 모금 마셨다. 영익이 사발을 받아 내려놓았다.

– 결구가 어렵습니다.

– 결구란 게 무엇이더냐. 점과 획을 짜고 맞춘 것이 아니더냐. 결구는 응당 글자 모양에 숨어 있는 필세筆勢[66]를 드러내기 마련이다. 점은 뼈대와 같고 획은 살점과 같은 법, 튼튼한 뼈대를 만나면 굵은 살점을 붙이고 날렵한 뼈대에는 모나고 날카로운 살점을 붙여야 한다. 그런 점에서 점획과 결구를 보면 붓의 움직임을 단번에 알아차릴 수 있지. 한 획의 수평과 수직에 또 다른 점획이 엉겨 붙고, 거기에 여러 살점이 보태지더라도 정제되고 균일한 모양을 잃지 않아야 좋은 결구가 된다. 한 글자도 백 글자 같고 백 글자도 한 글자 같아야 한다는 말이다.

– 좀 쉬시지요. 아버지.

영익이 서첩의 끈을 매만지며 책이 접히는 자리를 가늠하다가 화롯불 곁으로 다가갔다. 온기가 떨어졌는지 광사의 입에서 김이 피어나는 것을 보고 부젓가락을 들어 화로의 불씨를 뒤적였다. 병세가 깊어 기운이 빠져나간 몸뚱이처럼, 숯불의 기세도 희미해져 갔다. 광사는 쉬이 몸을 일으키지 못했다.

---

66 글씨의 획에 드러난 붓놀림의 기세.

속필俗筆

– 1726 丙午

수수 빗자루가 비스듬히 세워진 토담 너머에서 인기척이 들렸다. 평소 사람의 내왕이 드물었던 대문간인지라, 벼루에 붓을 내려놓은 광사가 마당 쪽으로 기름하게 난 외짝 창을 열었다. 검은 복건을 쓰고 심의를 입은 두 사내가 대문 안쪽을 기웃거리고 있었다.

– 뉘시오?

광사보다 어려 보이는 청년 서생들이 허리를 숙였다.

– 숙부님 심부름으로, 백하 공을 뵈러 왔습니다.

출타 중인 스승이 언제 돌아올지 몰랐기 때문에 그들을 밖에 세워둘 수 없었다. 말과 표정이 진지해 보이는 그들을 우선 방으로 들게 했다. 글씨를 쓰던 중이었던 만큼 방은 정돈되지 않고 어질러진 상태였다. 파지를 걷어치우려 하는 광사를 그들이 말렸다.

– 그냥 두시지요. 그대로 두고, 보여주시지 않겠습니까?

– 이것을요?

– 글씨를 보고 싶습니다.

– 아무것도 아닙니다. 백하 스승의 미천한 제자일 뿐입니다.

광사가 고개를 숙였다. 해진 망건과 곤때에 찌든 창옷 차림의 몰골이 맥쩍었으나 이를 감추지 않았다.

– 이 글씨는 무엇입니까?

그들은 광사에게 방금까지 쓰고 있던 글씨를 물었다. 광사는 대답 대신 종이를 한 뼘 더 펼쳤다. 광사에게 한가한 나날은 없었다. 빌붙어 얹혀사는 주제에 밥값이라도 해야 한다는 것을 알기 때문에 스승 없는 틈이라 하여 죽치고 앉아 매양 글씨만 쓰고 있지 않았다. 땅을 갈고 두엄을 나르며 밭을 매는 농사일은 아니더라도 장작을 패서 땔감을 쌓거나 바지게를 지고 뒷간을 치우는 허드렛일을 했다. 옥돌을 씻은 듯한 정갈한 풍모나 학 같은 처신을 드러낼 계제가 아니었다.

– 난정서……라고, 왕희지 서체입니다.

– 백하 공의 제자가 또 계신다고 하니 놀랍습니다. 운이 좋아 이렇게 뵙게 되어 영광입니다. 한 글자라도 직접 보여주시지요.

광사를 향해 그들이 허리를 숙였다.

– 영광이라뇨? 택도 없는 말입니다.

광사가 붓을 들어 먹물을 다듬었다. 우쭐한 기분이 광사를 들떠 오르게 했고, 붓을 휘두르기 전에 헛, 헛, 큼, 큼, 헛기침 소리를 냈다. 광사는 몇 글자의 왕희지 흘림체를 써 내려갔다.

– 미흡한 안목으로 드리는 말씀입니다만, 좋은 글씨라는 게 한눈에 보입니다. 감히 논할 수는 없지만, 숙부님과 견주어도 손색없을 것 같습니다.

– 대관절 누구길래?

— 제 숙부님도 백하 선생 문하의 제자인데, 모르십니까?

백학산 근동의 송산 금릉이라는 동리에서 왔다는 그들은, 일허—
虛라는 호와 임치경林治耕이라는 숙부의 이름을 전했다. 어디서 한 번
쯤 들어본 것도 같고 아닌 것도 같은, 아리송한 느낌만이 광사의 머리
에 맴돌았다. 스승의 방에서 차를 가져와 나눠 마셨고 광사가 쓴 글씨
를 펼쳐 두고 어쭙잖은 평을 나누던 참이었다.

광사는 백하의 기척을 몰랐다. 툇마루 앞 댓돌에 지팡이를 내려찍
는 소리에 놀란 광사가 황망히 일어났다. 남색 물을 들인 백하의 답호
자락이 어지러이 흩날렸다.

— 이놈이 필경 미친 게로구나.

광사의 심장이 쿵 내려앉았다. 스승의 목소리에 노기가 서려 있기
때문이었다.

— 아아.

영문 모르는 젊은 서생들도 당황한 낯빛을 띠며 따라 일어났다.

— 천한 놈. 점획도 모르고 결구도 터득하지 못한 주제에……. 먹
물인지 구정물인지도 가려내지 못하는 놈이, 속기에 빠져 남 앞에서
글씨 자랑질을 해? 제 글씨에 스스로 목을 치는 망나니가 되었구나.
개 꼬리 묵혀 둔다고 황모 된다더냐? 어디, 서도가 눈앞에 어른거리
던?

— 그게 아니라…….

— 가당치 않아, 한심한 놈. 일허 글씨를 따라가기는커녕 일허 글씨
절반도 미치지 못하는 주제에.

마룻바닥이 내려앉도록 한숨을 내쉬던 백하가 혀를 차며 방으로 돌아섰다. 광사가 섬돌 아래로 내려가 머리를 조아렸다.

– 넋이 나갔나 봅니다. 온전한 정신으로야 어찌⋯⋯.

얼굴을 들지 못하는 광사에게 백하는 눈길을 주지 않았다.

– 해가 밝고 달이 높으니, 아무렇게나 낯짝을 쳐들고 길바닥을 돌아다녀도 된다더냐? 글씨 좀 끄적거려 보니 과거를 보고 싶은 욕심이라도 발호한 것이냐? 사람들 불러 모아 난장이라도 벌일 심산인 거냐? 이제 곧 네놈의 천박한 글씨에다 낙관落款[67]을 찍어 팔아먹겠구나. 내 일찍이 너를 알아봤지만, 이제 더 두고 볼 것도 없다. 개 꼬리는커녕 쥐꼬리만도 못한 놈. 쥐꼬리에 터럭 나는 것 봤더냐?

백하의 말이 쇠수레 바퀴처럼 무겁게 굴러와 광사의 속을 후벼팠다. 숙부 일허의 심부름을 왔다는 서생들이 용무를 끝내고 돌아간 뒤에도 화를 거두지 않았다. 꼬장꼬장한 성질에 말수가 많지 않은 스승이라, 쏘아대는 말마다 송곳처럼 날카로웠다. 더러 광사 글씨를 지나치며 이곳저곳 흠결을 찾아내 쑤시긴 했어도 광사 글씨를 두고 좋다는 말 한마디 내놓은 적이 없었다. 백하의 말은 대못이 되어 광사의 귀에 따갑게 박혔다.

– 일허가 보낸 조카를 앉혀두고 글씨를 뽐내다니, 그래, 붓 잡은 손에 힘깨나 들어갔나 보네? 일허를 이겨 먹을 수 있겠다는 자신감이 샘솟더냐?

– 아아, 일허라뇨? 누군지도 몰랐습니다.

---

67 글씨에 작가가 자기 이름이나 호를 쓰고 도장을 찍는 일.

광사가 허리를 꺾었는데 별안간 눈물이 핑 돌았다.

─ 글씨 팔아 먹고사는 게 별거냐? 두고 봐라. 아둔한 치기가 필시 네놈의 격을 무너뜨리고 말 것이다. 진귀한 보석이 자갈마당에서 나온다던?

─ 제가 어리석었습니다.

─ 아무짝에도 쓸모없는 글씨를 남발하다가, 파지를 주워 모아 저잣거리에 퍼질러 앉아 놋그릇이나 닦고 자빠져 있을 놈.

백하의 언성이 차츰 가라앉았으나 노기를 거둬들인 건 아니었다. 아직도 여차하면 지필묵을 뒤엎고 벼루를 던질 태세였다. 광사가 무릎을 굽히고 스승의 말을 새겼다.

─ 아무에게나 보여주기 위해 글씨를 쓰지 않겠습니다. 어디 비할 데도 없는, 터무니없고 하찮은 글씨…… 누구에게도 자랑하지 않겠나이다.

─ 제 손으로 썼으니 제법 근사해 보일 거고, 이제는 뽐내고 싶어 미칠 지경이겠지. 속기를 버릴 수 없거든 일찌감치 집어치워라. 천박한 창기의 웃음과 꽹과리 닐리리 소리가 네놈 글씨에 가득해. 광인처럼 이죽거리며, 남에게 인정받고 싶은 마음만 앞서 있는 네놈 글씨가 가여워서 더는 두고 볼 수가 없구나. 그럴 바에야 차라리, 일허 글씨와 다투든지 일허를 쫓아다니는 게 낫겠다. 이놈아.

순녕사달順寧舍達
- 1727 丁未

거동이 편치 않은 추운 겨울은 피하고 봄가을 계절이 바뀌는 동안, 광사는 달포쯤 기간을 정해 백학산과 서울을 번갈아 오고 갔다. 광사가 백하의 고택을 찾아갔으나 백하는 광사를 기다리지 않았다. 멀리서 온 광사의 지친 기색을 보고도 무덤덤했으며 사랑채에 머물러 글씨를 쓰고 있어도 별 관심을 보이지 않았다. 명색이 스승인데, 무릎 아래에 앉혀두고 글씨를 쓰게 한 적도 없었다. 건성인 듯 지나쳤고 말을 아꼈으며 싸늘한 눈매는 광사 글씨를 내려다보는 데에 쓰지 않았다. 그뿐이었다.

– 근본을 다지지 못한 놈이 백날 써 봐야 헛지랄이다. 네놈 글씨가 꼭 그 모양이니 어떡하냐? 천박하게 달라붙어 있는 겉멋을 떼어내지 못하면 평생 허세나 부리며 거들먹거리고 다닐 것이다.

– 어떻게 떼어냅니까?

– 외형에만 치우친 글씨, 공력을 들인다 해도 헛걸음일 뿐이야. 힘줄은 보이지 않고 욕심만 가득해.

- 글자에 힘줄이란 게 있습니까?

- 답답한지고. 그걸 모르니, 넌 매양 시늉만 내다마는 거다. 힘줄을 드러내되, 붓이 지나간 자국은 감추어야 하거늘.

- 그걸 어떻게?

- 용필의 핵심은…… 붓이 멈추고 나아갈 때 힘을 맞추는 데에 있다. 멈추면서 힘을 빼고 나아가면서 힘을 주어야 하는데.

- 힘…… 주는 것을.

- 어허, 네놈 글씨를 봐라. 닭 모가지처럼 피둥피둥 살찐 획을 냅다 휘두르고 있으니. 힘줄과 뼈가 따로 떨어져 매가리가 없어 보인다. 이유도 모르고 쓰는 글씨가 제대로 된 글씨냐?

백하의 말을 곧이곧대로 알아먹을 수 없었지만 광사는 굽은 허리를 펴지 않았다.

- 그러합니다. 알지 못합니다.

- 붓이 지나갈 때 삐져나오는 헐거운 기운…… 이래서는 같은 글자를 골백번 되풀이해 써 보아도 깐깐하고 질긴 글자가 나올 수 없다. 이걸 가만 봐.

백하가 다시 광사 글씨를 가리켰다.

- 붓의 중심이 획의 복판을 짱짱하게 밟고 지나가야 하는데 삿된 상념에 빠졌는지 슬쩍 비껴간 흔적, 똑똑히 봐. 이제 보이느냐?

- 아아…….

광사의 앓는 소리가 백하의 귀에 전해졌다.

- 붓보다 마음이 앞서야지, 마음은 멀리 둔 채 손끝 기술만 다져 봐야 쓸모가 없어. 마음이 비속한데, 아무리 좋은 모양을 갖춰 본들

헛수고일 뿐, 자주색을 채우기도 전에 시들어버린 창포 붓꽃이 따로 없어.

백하가 광사를 바라보던 눈을 돌렸다. 외형에 치우쳐 만족에 젖었다 해도 실속을 다지지 않은 글씨는 인정하지 않겠다고 했다. 회초리를 맞지 않았어도 광사는 아팠다.

― 점을 찍고 획을 이어 모양만 갖추면 글씨가 된다더냐? 비속한 짜임에 현혹되고 말았다면 글씨가 아니야. 뜻이 앞선 연후라야 온전한 글씨가 된다. 뜻 없는 글씨는, 피가 돌지 않는 나무토막과 같아.

사랑채 마루턱을 벗어난 백하의 시선이 울타리를 타고 오르는 능소화에 머물러 있는 동안 광사가 숨을 가다듬었다. 그러다가 마음에 담아두고 있는 의문을 슬쩍 떠올렸다.

― 일허라는 분은 누구입니까?

― 일허? 임치경이?

― 제자이옵니까?

백하 윤순 문하의 제자가 이광사 말고 또 누가 있었냐고, 외쳐 묻고 싶었으나 말이 입에서 떨어지지 않았다.

― 일허가 그렇게 말하고 다닌다 들었다만, 내 알 바 아니다.

― 조카가 와서 체본을 받아갔잖습니까?

― 일허는 여기서 멀지 않은 송산 금릉에서 사는 자인데, 근동에서는 글씨 솜씨가 제법 알려진 모양이야. 서울에 있는 서실로 왔다 갔다 하면서 어찌어찌 인연이 닿아 몇 번 찾아온 적이 있어. 글씨를 보니 필력도 있어 보이고 내 글씨를 받아가기도 했지. 더러 조카를 보내기도 하고 그럭저럭 지내는 사이인데, 사람들한테는 대놓고 백하의 제

자라고 말하고 다닌다더구나.

– 제자요?

– 허어, 그래서, 내가 알 바 아니라고 했잖냐?

– 말이 됩니까? 제자가 또 누가 있단 말입니까?

너무 분해 울음이라도 터질 지경이었다.

– 이놈 봐라. 너 아니면, 제자가 없다더냐?

– 아무리 그렇다고…….

광사가 말을 잇지 못했다.

– 오기를 부려 남을 제압할 것 같으면 글씨는 그만둬. 글씨로 남을 뛰어넘을 자신이 없다면 당장 집어치워라. 속기를 떨쳐낸 글씨가, 손끝으로만 적당히 버무려서 이뤄진다던? 심신을 가다듬어 수양하고 헛된 욕심을 빼내고 부지런히 써서 붓으로 토해냈을 때 진짜 글씨가 되는 법인데, 너에겐 어림없는 노릇이야.

백하의 말이 지나가자 광사의 고개가 맥없이 떨어졌다.

– 모자랍니다.

– 어려운 일이다. 어찌 붓이 쓰려고 하는 대로만 움직여준단 말이냐. 쓰고자 해도 참아야 하고 나아가려 해도 멈출 줄 알아야 한다. 참아내는 절제가 획에 숨어 있어야 해. 그러다 보면 여백의 묘미도 얻을 수 있어. 점과 획 사이가 멀어지다가도 가깝게 뭉칠 수 있는 것처럼, 맘대로 써 갈겨야만 뜻이 전해지는 게 아니다. 때로는 비워두거나 남겨두기도 해야 한다.

흰 수염발을 쓰다듬는 백하의 손가락이 가냘프고 길었다. 손등에 거무스름한 검버섯이 퍼져 있었고 손톱은 먹물 자국이 배어 침침했다.

– 묵은 것을 버리고 새로운 것을 써야 해. 남이 쓰는 방법을 쫓아 간다면 영혼 없는 흉내일 뿐이다. 묵은 것과 오래된 것은 버릴 줄 알 아야 새로운 글씨를 쓸 수 있어.

– 그걸 가려내지 못합니다.

물고기 비늘처럼 촘촘하게 박힌 돌다리를 건너 둑길을 타고 걸었 다. 헐벗은 민둥산 등성이를 가로질러 소슬한 바람이 몰려오더니 광 사의 목덜미를 훑고 지나갔다. 가을 햇살이 냇가의 수달래꽃 무리에 머물렀는데 냇물은 이제 따스하지 않았다.

백학산 자락 백하의 고택을 찾아가는 길은 멀었다. 필낭筆囊[68]을 담고 미투리를 매단 괴나리봇짐에는 백하에게 보여줄 글씨 서너 장이 들어 있었다. 칭찬 한마디 들려주지 않는 스승이었으나 야속하지 않 았다. 이만하면 됐다 싶어 내민 글씨도, 알곡이 차지 않은 낟가리 보 듯 외면했다. 그런 중 무심한 듯 던져 놓은 말에도 마음을 가다듬고 새겨들었다. 스승의 시선이 자신의 글씨에 머물러 있지 않아도 좋았 다. 글씨를 받아 체본 삼아 쓰고 싶지만 어느 짬에 스승의 체본을 받 을지 장담할 수 없었다. 스승이 내려주는 체본은, 그만큼 박했고 박한 만큼 귀했고 귀한 만큼 소중했다. 체본이 없으면 탁본拓本[69]이라도 뜰 요량으로 숨겨진 비석을 찾아 헤매기도 했다.

백학산이 바라다보이는 너럭바위에 걸터앉아 있던 광사가 손을 털

---

68 붓을 넣어서 차는 주머니.
69 비석에 새겨진 글씨나 무늬를 종이에 그대로 떠냄. 탑본(搨本).

고 일어났다. 손에 잡히지 않는 무형의 글자들이 손 앞에 고물거렸다. 손가락 글씨를 쓰기 위해 검지를 곧게 폈다.

　광사가 백하의 부름을 받았다. 체본 써 주기를 기다리는 광사의 심정은 여느 때와 다르지 않았다.

　－ 우물이라도 들여다보려무나. 행색을 지켜보기 괴롭구나.

　－ 제 몰골이 그러합니까?

　－ 먹고 산다는 게, 글씨보다 힘든 법이다.

　백하가 서안을 펼치며 물었다.

　－ 무슨 뜻인지…….

　광사는 백하의 말을 알아듣지 못했다. 먹고 사는 일이 힘들긴 했다. 출세를 등지고 아내와 함께 장형 집에 얹혀사는 마당에 생계의 방편이란 게 곤궁하고 기박하기 짝이 없었다. 광사가 하는 일은 글씨 쓰는 일 말고는 아무것도 없었다.

　－ 글씨가 아무리 중하다 해도, 먹고 사는 것보다 앞서겠냐? 사람이 살고 봐야 글씨도 있는 거지.

　－ 그야 옳은 말씀이지만.

　－ 사는 게 별거냐? 맛없는 음식에서 맛을 느끼고, 의심 없는 서책을 읽고 기뻤다면 그게 사는 것이다. 글씨를 쓰다 보면 그럴 때가 있겠지. 속되지 않은 길을 걷고 싶거든, 글씨를 남발해서는 안 돼.

　－ 글씨가 호구책이 될 수 있는 것입니까?

　－ 글씨를 팔아먹고 산다? 생각해 봐라. 팔아먹는 순간, 그걸 글씨라 볼 수 있겠냐?

– 그럼, 무엇입니까?

– 뭐긴? 이놈아. 팔아먹었으니, 쌀이고 고기고 피륙이지.

– 먹고 살길이 없다 해서, 말업未業인 장사를 해 먹고 살 수는 없지 않습니까?

– 말업이라니? 아직도 장사를 말업이라 본단 말이냐? 양명을 익히고 하곡을 따르겠다는 놈이, 사농공상의 진부한 척도를 여전히 입에 올리다니.

– 아무리 그렇더라도, 사민四民이 평등하다는 하곡 선생의 순리에는 굶어 죽는 것은 없잖습니까. 글씨가 재화는 아닐진대.

– 죽는 건 쉽다더냐?

– 어찌 살아야 할지 모르겠습니다.

– 가련하기 그지없는 너한테, 해줄 말이 있다. 지금부터 내가 쓰는 글씨를 잘 보아라.

작심한 듯 선지를 펼치고 문진을 내리누르는 백하의 손길을 광사가 바라보았다. 체본을 써주려나 싶어 광사가 숨을 멈췄다. 백하가 붓을 들어 움직이기 시작했다. 운필은 빨랐고 점과 획의 모난 어깨가 서로 부딪쳤다. 필압筆壓[70]을 두드러지게 하기 위해서인지 필봉을 내리눌렀다가 떼었는데, 떼고 붙임의 흔적을 가려낼 수 없을 만큼 거침없는 필치筆致[71]였다. 꿈틀거리던 용이 머리를 쳐들고 비상하는 순간, 흰 구름 맴도는 산 구멍에서 박차고 오르는 매를 만나 서로 치고받는

---

70 글씨를 쓸 때 붓끝에 주는 일정한 압력.
71 글씨에 드러나는 개성과 운치

형세였다.

順寧舍達

백하의 붓끝을 떠난 글귀는 네 글자였다. 읽을 수는 있되 뜻은 알지 못했다. 광사가 백하의 허리춤에 엎드려 물었다.

– 순녕사달……이라 쓰신 겁니까?

– 바로 읽었구나. 무슨 뜻인 줄 알겠냐?

– 잘은 모르겠으나…… 순녕과 사달이옵니까?

광사가 눈도 깜박이지 않고 백하의 말을 기다렸다.

– 순녕과 사달은 다르지. 순녕과 사달을 떼어서 읽을 줄 아니, 뜻도 금세 통하겠구나.

– 순녕이라 함은 순리와 편안함 아닙니까.

– 그대로 풀어 보자면, 순리에 따르라는 것이지. 살아생전에 순리에 따라 매사를 섬기면 죽어서도 편안하다는 뜻이야. 세상만사 순리에 따라야 한다는 말이긴 하나, 순리라는 게 무엇을 말하는 건지 알수 없으니 막연하기는 하구나. 사는 게 그렇지. 흐르는 물과 같다고해도, 어찌 물이 정해진 대로만 흘러가랴.

– 순녕은 어디에 있습니까.

– 가깝고 쉬운 것부터 찾아보려무나. 살아서 정성을 다하면 죽어도 부끄러움 없이 편안할 것이니, 순녕은 그런 게 아닐까.

광사가 머리를 들어 백하 글씨를 새로이 바라보았다.

– 사달은 무엇입니까?

– 순녕과 사달이 다르듯이, 사와 달은 또 다르다.

– 사달에서, 사와 달도 따로 떼어내야 합니까?

광사의 조심스러운 물음에 백하가 앉은 자세를 바꾸며 답했다.

– 한 선비가 배를 타고 가는데 난데없이 풍랑을 만난 거야. 사람들은 공포에 질려 우왕좌왕 난리가 났고, 비바람에 휩쓸려 뱃전으로 쓰러지는 와중에 가만 보니, 유독 선비만은 동요하지 않고 무슨 방정이 난 식으로 태연하더란 말이지. 넋 빠진 사람들은 그런 선비를 이해하지 못했지. 허세가 아니고서야, 멀쩡할 수 없는 곳에서 멀쩡한 척하고 있으니 사람들이 그를 가만 놔두었을까. 풍랑이 가라앉고 나루에 당도하여 배에서 내리는 길에 모두 안도의 한숨을 내쉬었는데, 내내 마음 졸였던 사람들이 참지 못하고 선비에게 물었어. 어찌 이럴 수가 있소? 그토록 험하고 모진 지경에도 아무런 동요도 없다니……. 선비가 세상 시름없이 편안하게 웃더니만, 사捨해서 그런 건지 달達해서 그런 건지 둘 중 하나니, 생각들 해 보시오. 아리송한 말을 남기고 대답도 기다리지 않고 자리를 떠나버렸단다.

광사가 놀란 눈을 떠 백하를 올려다보았다.

– 사와 달, 둘 중 하나란 거지요?

백하가 눈을 지그시 감았다.

– 넌 어찌 생각하냐? 사는 불안과 잡념을 버린다는 의미일 거고, 달은 아무리 어려운 지경에 이르렀다 해도 이를 달관하고 말겠다는 뜻일 터.

광사가 다시 머리를 숙였으나 말의 뜻을 온전히 알아먹은 것은 아니었다.

― 사달, 이 글자들을 써 보아라. 녹록지 않은 세상, 살다 보면 사해야 하는 때가 있고 달해야 할 순간이 있을 것이니, 그걸 가려낼 수 있다면 어떤 세상이 두렵겠냐?

― 아아.

― 두고두고 써 보거라.

백하는 감은 눈을 뜨지 않은 채 하얀 수염을 어루만졌다. 광사가 백하의 글씨를 무릎 앞으로 당겼다. 곱게 말아서 간직해야 할 터인데 그렇게 하지 못했다.

― 이렇게 받는 것이 온당치 못하나 감히 물리치지 못하겠습니다.

백하가 감은 눈을 뜨며 나긋하게 말했다.

― 너는 나에게 인정받고 싶냐?

― 제가 어찌…….

― 그렇다면 너를 구부리려 애쓰지 말고, 굽히지도 말거라.

― 무슨 뜻인지…….

― 굽히면 당당하지 못하고 구부리면 미혹에서 벗어나지 못할 것이다. 나에게 인정받으려 애쓰지 말고 네가 가진 것을 누구에게도 자랑하지 마라. 내가 너를 인정해줄 만한 그 무엇도 너에게는 없다. 그러니, 헛심 쓰지 말라는 얘기다. 내가 너의 스승이든 아니든 상관없다. 스승에게 인정받는다는 건 옷매무새를 수습하고 예를 갖추는 것만이 아니다. 스승의 글씨가 무엇을 추구하였는지, 스승의 필첨筆尖[72]이 어디를 향해 있는지를 가늠하고 따르면 된다.

---

72 붓끝.

― 잊지 않겠습니다.

― 살다 보면 순녕과 사달의 때가 찾아올 것이다. 아무나 만나지 말고 아무에게나 마음 던지지 마라. 너의 처지가 곤궁하다 하여 세상을 원망하거나 탓하지 마라. 재능 없는 불민한 붓놀림을 부끄럽게 여길망정 벼슬아치의 현란한 길을 부러워 말 것이며 속물 가득한 재주꾼들이 걸었던 천박한 누습을 멀리해라. 내가 온전히 너를 받아들이겠다는 말은 아니니, 방자함을 버려라.

― 예.

― 세상과 담을 쌓아라. 왕희지를 완벽히 써야 왕희지에게서 떠날 수 있다. 선인들의 서법을 제대로 익히는지, 지켜볼 것이다.

― 헤아리고 새기겠습니다.

― 글씨에 만족은 없다. 자기만족을 느끼는 순간 더 쓸 것도 말 것도 없다. 글씨의 틀도 잡히지 않았는데 만족이라니, 그러면 의욕도 생명도 끝난 것이다.

광사는 엎드려 어두워질 때까지 백하의 글씨를 바라보았다.

順寧舍達

아무리 되짚어 보아도 모를 말이었다. 스승이 수련했을, 지나간 기나긴 세월을 가늠하기 어려웠다. 아득하고 먼 길이었으리라. 백하가 내려준 글씨 앞에서 일어서려는데 식은땀이 나고 어지러웠다.

법첩法帖
– 1729 己酉

– 늙은이 쇠고집을 누가 당해?

알지 못하면서, 사람들은 백하를 말했다. 말은 떠돌다 커졌고 머무르다 굳어졌다. 말이 머문 자리에 또 다른 말이 보태졌다.

– 전란이 나더라도 제 몸부터 피할 분은 아니지.

백하의 위상은 누구도 건드리지 못했다. 길이 정해져 가기로 하면 뒤도 돌아보지 않는 사람이었다. 삭정이처럼 야위었으나 강골이라는 평판을 들었다. 장기판 뒤집히듯 조정이 바뀌는 정국에도 한쪽으로 쏠리지 않았다. 관직에 들었어도 진퇴를 되풀이하다 보니 집 한 채 남지 않았다. 청렴했지만 이마저도 드러내지 않았고 문사의 격을 알았으므로 처신이 신중했다. 백학산 고택도 형 윤유尹游의 집이었다. 형이 아니었다면 만년에 몸을 누일 방 한 칸 없을 뻔했다.

– 스승은 나에게 산이야. 어디에도 견줄 수 없는 봉우리.

백하를 떠올리며 광사가 되뇌었다. 백하 글씨가 중국 글씨와 비교될 때 광사는 가슴이 뛰었다. 조선의 촌티를 벗어던지고 중국 서법과 맞설 수 있다는 평이 장안에 나돌았다.

– 뒤져 보라. 눈을 씻고 찾아보라. 백하 이전에도 없었고 백하 이후에도 없으리라. 꿰맨 자국조차 찾을 수 없는 천상의 옷 같으니…….

세간의 칭송이 풀을 먹인 듯 꼿꼿했다. 백하의 그늘에서 글씨를 깨친 광사는 더 얻어내려 덤비지 않았다.

– 조선 글씨라 하여, 고루하고 용렬하다 하지 말라. 왕희지 획법을 취하더라도 중국 글씨와는 다르게 써야 하느니라.

백하는 광사에게 말을 앞세우지 않았다. 일없다는 듯 심드렁하게 광사를 대할 뿐이었다. 광사는 백하의 글씨만 지켜보았다. 초서를 쓰더라도 단정했고 해서를 쓰는데도 모양을 가벼이 무너뜨렸다. 정해진 틀에 억지를 부려 짜 맞추지 않았으나 홰치며 푸덕거리는 장끼처럼 분방했다. 예서는 전서에 비해 자획이 간략했고 글자의 향배가 뚜렷했다. 획은 섣불리 쪼개지지 않았고 용필의 흔적은 구름 속에 감춰진 햇살인 양 예측할 수 없었다.

– 왕희지를 쓴다고 하여 중국을 무작정 따라서는 안 돼. 조선 글씨의 습속을 떨어내기 위해서라도 난정서와 성교서聖敎序[73]를 가까이 익히되, 왕희지를 뛰어넘는 글씨를 얻어내야 해.

백하의 말을 새겨들은 광사는 왕희지를 놓치지 않았다.

– 두 글씨를 가려내려 하다니…… 부질없구나.

광사가 나직이 중얼거렸다. 왕희지를 쓰면 백하 글씨가 보였고 백하의 체본을 쓰면 왕희지의 자태가 나타났다. 왕희지를 쓸수록 백하

---

73 왕희지의 행서(行書)를 모아 석각(石刻)한 것.

글씨가 또렷해졌다. 서로 손색없는 글씨였으나 광사는 여전히 어수선했다. 왕희지를 버리지 말고 조선 글씨를 쓰라 하니, 중국 글씨를 통해 우리 글씨를 모색하라는 말과 같았다. 아아, 우리 글씨란 무엇이며 어떻게 펼쳐나가야 하는지, 광사의 신음이 깊었다.

글씨를 쓰지 않고 보내는 하루는 없었다. 잠들어 있으면 모를까, 잠에서 깨어난 순간부터 글씨 쓸 욕심이 광사를 지배했다. 며칠이 지나갔는지 몇 달이 흘렀는지 그렇게 몇 년을 보냈는지 셈하지 못했다. 그러는 동안 광사의 붓끝에도 힘이 붙었다. 형들의 글씨를 넘어선 지 오래였다. 눈을 뜨면 먹을 갈았고 손가락을 펴면 붓을 잡았다. 목적을 정해 쓰지 않았으나 쓸수록 험난했고 더할수록 흥미로웠다. 닻을 올려 출항하는 돛배 같았다.

그랬어도 광사는 백하에게 여전히 인정받지 못했다. 한 번쯤 지나치는 말이라도 듣기 좋은 평을 내려줄 법했으나 백하는 그러지 않았다. 마르지 않는 칭송을 바라는 것도 아니면서, 스승을 향한 속내는 감추기 어려웠다.

백하가 광사를 따로 불렀다.

― 즐겁기만 하랴? 언제까지 여길 다닐 셈이냐?

― 황송할 따름입니다. 허락하신다면, 계속 머무르고 싶습니다.

광사가 웃음기를 감췄다. 스승의 뜻을 물어야 마땅한 일이었으나 선후를 알지 못했다. 이어지는 백하의 말이 허허로웠다.

― 멀고 불편하거든, 이제 발걸음 거두어도 된다. 너도 나이가 들었고, 이 집은 득여가 와서 지킬 수 있으니.

아들이 없었던 스승은, 근래 들어 형 윤유의 셋째 아들 득여得輿를 양자로 맞아들였다. 서울 사는 득여가 간혹 백학산 고택을 찾아와 양부의 문안을 살피고 집 안 구석을 살펴보고 가기는 했다. 나이는 몇 살 아래였지만 득여를 대할 때마다 광사는 스승의 유일한 혈육을 모시는 정성으로 예를 갖췄다.

— 아직 멀었습니다. 부족하지만 그런 말씀은 말아주십시오.

— 부족할 뿐이냐. 어이없기도 해. 네 글씨를 가만 보면, 좋은 힘을 가졌지만 쓸모없는 흥에 치우쳐 있어. 풍악을 울리는 것도 아닌데, 글씨에 흥이 돋아 오르고 나발 소리가 들리다니, 터무니없지 않은가.

— 연유를 모르겠습니다.

— 필흥이 돋는 글씨를 쓰기도 수월하지 않지만, 너는 그걸 누르지 못하고 오히려 키우고 있어. 자유롭게 날아다니다 못해, 흥을 주체하지 못하고 천방지축 덤벙대는 글씨, 어찌할 셈이냐?

— 제가 감히……

— 두고 보면 안다. 흥을 절제할 수 있다면 천하에 없는 글씨를 쓰겠지만, 흥에 빠져 허우적거리면 시정의 새끼줄만도 못한 속서俗書[74]로 전락하고 말겠지. 장안에 내놓아 견줄 데 없는 글씨를 써낼 것인지, 저잣거리를 떠돌며 파지나 팔아먹는 장돌뱅이가 될 것인지, 두고 봐야지.

백하의 쉰 소리에 광사는 답하지 못했다. 백하의 표정을 살피다가 고개를 떨어뜨릴 뿐이었다.

---

74 속되고 저급한 글씨.

– 어떤 글자가 쓰기 좋더냐? 간략한 획으로 된 글자가 편하더냐?

– 아닙니다. 단조로운 글자보다, 획수가 많은 글자가 쓰기 좋습니다.

– 어찌하여 그렇다는 것이냐?

– 복잡한 획수를 쓰다 보면 간단한 글자보다 쓸 거리가 많기 때문입니다.

– 허허, 그럴 줄 알았다. 지금 넌, 딱 그만큼이다.

– 그, 만큼……이라뇨?

– 언젠가는 알게 되겠지. 단조로운 획을 구사하기가 더 어렵다는 사실을……. 그게 더 마음에 드는 날이 올 것이다. 그런 날이 오면 여길 떠나도 된다.

형들이 모여 앉은 자리였다. 큰형 광태가 광사 글씨를 앞에 두고 광사보다 아홉 살 많은 종형 광신에게 말했다. 광사가 두 손을 모으고 앉아 형들의 얘기를 들었다.

– 광사를 백하 선생께 보낸 것은, 그분의 명성보다도 아버지와의 교분을 믿었기 때문이지. 하늘이 점지해 주었다는 그 어른의 글씨를……. 광사가 가까이서 배웠으면 했는데, 신통하게도 광사가 해낸 것 같아 장하구나.

광신 형이 고개를 끄덕였다.

– 스승의 뜻을, 광사가 잘 받들었나 보다. 그렇지?

광신 형이 광사를 대견스럽다는 표정으로 바라보았다. 광사가 형들에게 공손히 말했다.

– 뜻을 온전히 담아 쓰라는 가르침을 생각하며 스승의 글씨를 보고 배웁니다. 워낙 별난 분이라, 까다롭고 불편한 심기가 나타날 법도 한데 스승의 글씨는 볼 때마다 기세등등합니다. 무엇보다 초서가 으뜸이지요. 우뚝 솟은 봉우리 같고, 산마루까지 내려와 자유로이 떠다니는 구름 같아요. 심사가 뒤틀리거나 몸이 아플 때도 스승의 글씨를 보면 바로 풀어져 버립니다.

– 글씨가 아니라…… 약이로구나.

광태 형이 수염을 쓰다듬었다.

– 스승의 글씨는, 볼 때마다 기분이 달라집니다. 왜 그런가 보니, 일정한 틀에 박힌 글자가 하나도 없습니다. 둥글게 보이던 글자가 다시 보면 모가 나 있고…….

– 하, 그런 글자도 있다더냐?

– 오묘한 글씨입니다. 누에가 실을 뽑아내는 것처럼, 모난 것도 둥근 모양으로 바꾸어 놓습니다. 빽빽하다가도 성기고 뚱뚱하다가도 늘씬해지며 강해 보이는 것 같지만 다시 보면 한없이 부드럽습니다. 달리는 말이 급하게 멈춰 선 것 같고, 술에 취해 싸우려던 술꾼이 갑자기 겸손해지는 느낌입니다. 누워 쉬다가도 갑자기 일어나 힘껏 달리는, 능수능란함이 스승 글씨에 가득합니다.

– 광사의 말이 재미있구나. 그렇다면 너도 따라서 그렇게 쓸 수 있는 것이냐?

– 제 글씨가 애처롭습니다. 보는 이를 매료시킬 만한 구석이 어디에도 없습니다. 어쩌다 필흥이 돋아 붓을 휘돌릴라치면 의도치 않은 기교들이 엉겨 붙어 깜짝 놀랍니다. 그럴 때마다 스승의 꾸지람이 떠

올라 황급히 붓을 내려놓습니다.

　– 음지에 은둔할 수밖에 없는 우리 처지도 글씨에 드러나더냐?

　– 그래서 더 혼납니다. 기교만으로는 예스럽고 고졸古拙[75]한 맛을 낼 수 없다 하셨습니다.

　– 광사와 백하의 글씨가 똑같더라고 소문이 났던데.

　광신 형이 끼어들었다. 깜짝 놀란 광사가 손사래를 쳤다.

　– 당치 않아요. 스승께서는 제 글씨를 다른 사람 글씨와 마구잡이로 섞어 놓아도 금방 가려내는데요.

　– 공재와 옥동도 백하보다 앞섰던 명필이 아니더냐.

　광태 형의 말을 듣고 광사는 몸이 달았다. 백하에게서 들었던 무지개 같은 이름들, 귀담아두려 하지 않아도 그들의 글씨가 광사 눈앞에서 살아 꿈틀댔다.

　서늘한 가을바람을 맞아 백학산 자락이 군데군데 붉게 물들었다. 억새가 휘날리는 황톳길을 걸어 백하의 고택으로 갔다. 안채 마당을 덮었던 감나무 가지가 옥잠화 떨어진 담장 너머로 밀려나 있었다. 당도하자마자 광사는 지게를 지고 솔가지와 도토리나무 토막을 쓸어 담아왔다. 장작을 패고 땔감을 마련하고 나서야 사랑에 들어앉아 글씨를 썼다.

　광사는 백하의 말을 소홀히 넘기지 않았다. 왕희지 임서에 전념했고 당송과 위진 고법까지 전서와 예서의 비문을 찾아 썼다. 간지簡

75　별다른 기교 없이 예스럽고 소박한 멋.

紙[76]에 세자細字[77]로 쓴 간찰簡札[78]을 모아 만든, 스승의 간첩簡帖[79]도 놓치지 않았다.

출타했던 백하가 돌아왔다. 광사가 황급히 나아가 절을 올려 문안을 여쭈었다. 백하는 광사의 무릎 앞에 서책 몇 권을 내려놓았다.

— 이것들도 써 보아라.

— 아니, 이게 무엇입니까?

백하의 집안에 남아 있는 서첩이라 했다. 모두 합하여 대여섯 권은 되어 보였다. 광사가 떨리는 손으로 책갈피를 넘겼다. 종이는 누렇게 떴고 묵색은 바랬으며 글자들은 모양을 잃어 희미했다. 광사가 엎드려 고개를 처박고 훌쩍였다.

백하가 짐작해왔던 광사의 허전한 심사는 한 치도 틀리지 않았다. 계절은 깊어지는데, 먼 데서 들려오는 타작마당 소리에도 시름이 가시지 않던 차였다. 광사가 울음을 거두어 목 너머로 삼켰다. 먹고 사는 재주도 없는 주제에, 선인의 글씨를 임서하라는 스승의 가르침을 받들기에 한계가 있었다. 솜씨도 부족하거니와, 무엇보다 서첩이 없다 보니 새로운 글씨를 써 볼 방도가 없었다. 이따금 가뭄에 목줄 타다 만난 것 같은 법첩은 그 수효가 적어 광사의 갈증을 해소해주지 못했다. 새로운 법첩을 쓰고 싶은 욕망이 누더기가 되어 너덜거렸다.

— 어찌 이것을 저에게?

---

76 두껍고 품질이 좋은 편지지.
77 가늘고 잘게 쓴 글씨.
78 간지에 쓴 편지.
79 간찰을 모아 책처럼 묶은 것.

서첩에서 눈을 뗀 광사가 백하를 올려다보았다.

― 모르는 바가 아니다. 너를 보면서, 옛날 생각이 날 때가 있어. 나도 그랬으니까. 우물을 파겠노라 괭이질을 해 봐야 무엇 할꼬? 물길이 잡히지 않는데…….

― 죄스럽습니다.

― 결핍도 적당해야지, 미약함이 너무 지나쳐도 안 된다. 생채기로 새겨져 회복 불능의 지경에 빠지고 만다면……. 아찔한 처지를 어찌한단 말이냐.

광사가 코를 훌쩍였다.

― 이 서책은 무엇이옵니까?

― 우리 집안, 가보와 다름없다.

― 귀한 걸, 저에게도…….

― 귀하고말고. 비첩이라 하면 모름지기 고래로부터 이어 내려온 법첩이 아니더냐? 이 비첩이 만들어져 누군가의 손길을 거쳐 사라지지 않고 오늘에 이르렀으니, 어찌 귀하지 않겠냐? 법첩을 따르지 않는 수련이란 있을 수 없는 법, 너도 익혀 보라는 뜻이다.

― 몸 둘 바를 모르겠습니다.

― 좋은 글씨를 쓰려면 흉한 기운을 덜어내야 한다. 서체를 바로잡으려면 오롯이 필법을 안정시켜야 하거늘, 필법은 끊임없는 임서를 통해 혹독하게 검증하고 매진해야 완성할 수 있다. 글씨를 잘 쓰는 비법은 오직 하나뿐이다. 글씨가 반듯한 것이라면 그걸 쓰고 있는 사람의 본성이 반듯한 것이고, 사람의 본성이 비뚤어지면 글씨도 비뚤어질 것이다.

광사가 머리를 조아렸다. 백하의 고택에 여러 법첩이 있는 줄은 알았으나 죄다 얻어 쓰지 못했다. 귀한 법첩을 스승과 공유하다니, 믿어지지 않았다. 시정에 떠도는 왕희지 필적을 집자集字[80]한 서첩은 화려함이 넘쳐 인기가 있었으나 모작模作이 많았다. 황정경黃庭經[81]이나 악의론樂毅論[82]은 귀한 편이어서 부르는 대로 값을 매겼다. 광사는 순화각첩淳化閣帖[83] 낱장을 펼쳐 왕희지와 헌지獻之 부자의 서체를 따랐다가, 나중에 종요鍾繇[84]와 장지張芝[85]를 구하러 다니기도 했다.

서첩이 곧 법첩이었다. 정법에 따른 용필을 구사하지 못했던 광사도 서첩을 임서하며 이를 이겨냈다. 법첩은 어두운 밤길을 밝히는 등불 같았다. 방을 나와 마루턱을 밟은 광사가 아무도 모르게 중얼거렸다.

– 스승의 문하를 먹칠하지 않으리.

서른 살이 넘도록, 광사는 백하 글씨를 임서했다. 과거 시험장에도 새로운 기운이 움텄다는데, 송설체보다 백하체를 쓰는 이가 많아졌다고 했다. 백하가 대세였다. 그러는 가운데, 백하와 광사의 글씨를 마주한 사람은 둘을 가려내지 못한다는 소문이 났다. 말하기 좋아하

---

80 문헌에서 필요한 글자를 찾아 모음.
81 중국 위진시대에 구성된 초기 도교의 경전. 왕희지가 흰 거위와 바꾸어 비단 위에 써주었다고 전함.
82 중국 전국시대의 연나라 장군 악의(樂毅)에 대해 위나라의 하후현(夏侯玄)이 쓴 인물론. 왕희지가 해서로 써서 법첩이 됨.
83 중국 송나라 대의 10권으로 된 법첩. 왕희지 왕헌지 부자의 각첩이 수록되어 있음.
84 중국 위나라 대의 정치가이자 서예가. 해서와 행서에 능함.
85 중국 한나라 대의 서예가. 초서에 능해 초성(草聖)이라고 불림.

는 사람들이 이를 전파했고 내기를 걸어 진위를 따지려는 자도 나타났다. 일허 임치경이라는 자가 거론되기도 했으나 아무래도 이광사와 견줄 상대는 아니라는 얘기를 광사도 들은 적이 있었다. 광사는 우쭐함을 감춘 채 묵은 장맛처럼 깊은 백하의 가르침을 따랐다. 위진의 비첩을 써 나갔고 석고문에서 전서를, 예기비禮器碑[86]로 예서를 익혔다. 마루 위에 선 광사가 먼 들판을 바라보며 백하의 가르침을 되새겼다.

  – 농사와 다를 게 없으니, 오곡의 씨앗을 뿌리고 가꾸듯 하리라.

  종형제 모두 가정을 꾸렸다. 하지만 누구랄 것 없이 가난하여 먹고 살 만한 게 없었다. 시속의 형편이 그랬다. 사대부 가문이면서 공맹을 익히고 입신을 도모해야 할 욕망을 서둘러 지워야 할, 폐족이라는 처지가 형제를 주저앉혔다. 관직을 넘보지 말고 자중자애하라 했다. 신분이 기박하여 벼슬길에 나아가지 못할 입장이라면 다른 살길을 찾아야 했다. 농사를 지어 굶는 것은 면하더라도 장인바치나 장사치가 될 수는 없다는 성리학적 인식은 버린 지 오래였다. 서화에 몰두하는 일은 소외의 소회를 풀어낼 나름의 방도였다.

  광사는 스스로 학문의 박약함을 탄식했다. 글씨에 몰입했던 시간만큼 학문에 매진할 여유가 없었다. 광사의 한계를 형들이 알았고 백하도 알았다.

---

86 중국 노(魯)나라 재상 한래(韓勑)가 공자묘(孔子廟)를 수리하고 제기를 바친 공적을 기념하기 위하여 세운 것으로 주로 예서의 법첩으로 쓰임.

— 선비의 길은 저마다 다르다. 결이 다르니 가는 길도 다르겠지. 강화로 가서 하곡 선생을 찾아뵈어라. 학문은 그런 것, 새롭고 경이로운 세상을 만나는 것이다.

백하 글씨가 장단 나루 동남쪽을 가로지르는 임진강 큰 줄기라면, 광사 글씨는 강어귀에도 미치지 못한 못물에 불과했다. 학문도 마찬가지였다. 백하의 말은 황해로 향하는 임진강처럼 깊고 아득했다.

— 참된 글씨란 읽는 것에 머무르는 게 아니라, 보는 글씨로 나아가야 한다. 학문도 마찬가지야. 글을 읽어 아는 것을 뽐내려 말고, 세상을 보는 혜안을 길러야 한다. 읽고 또 읽고, 쓰고 또 써야 할 것이다. 눈을 감고도 글자가 보일 때까지 쓰고 또 써 보아라.

백하의 말을 새기며, 날마다 광사는 먹을 갈고 글씨를 썼다.

형네 집에 얹혀사는 처지였지만 광사도 가정을 이룬 가장이었다. 넉넉하지는 않더라도 살림을 나야 했다. 지필묵은 밥과 국이 아니었다. 해묵은 회의가 광사의 가슴에 빗장을 채워 무겁게 했다.

— 글씨 써서, 먹고 살 수 있을까?

속엣말로 스스로 물었을 뿐 광사는 대답하지 못했다. 쓸모없는 몽당붓 한 자루를 퇴필총退筆塚[87]에 묻었다.

---

[87] 닳아서 쓸모없는 붓을 묻는 무덤.

강화江華

− 1731 辛亥

― 필낭에 붓도 채우지 못한 주제에, 문객 노릇이라니…… 고기반찬은커녕 소채로만 때워도 배부르면 마찬가지……. 짐승도 제 새끼는 돌보는데, 하물며 인두겁을 쓰고?

기울고 허물어진 사립문을 광사가 바라보았다. 먹고 살기 힘들었다. 가족을 챙기지 못한 지 오래, 버거운 살림에 한 끼니 곡식을 보탤 여력도 없었다. 식솔의 밥도 마련하지 못하는 주제에 방 안 구들에 죽치고 앉아 책이나 읽고 글씨만 써대는 자신의 행태가 비루했다. 일단 먹어야 죽지 않는다면, 쪽박 차고 유리개걸하는 비렁뱅이가 더 나았다.

― 글씨는 재물이 아니라고 스승께서 말씀하셨으니, 글씨 팔아서 먹고살 순 없잖은가. 동냥 거지나 유걸승으로 나서면 굶지는 않지.

광사가 한숨을 내쉬었다. 옹색한 식솔을 이끌고 양근 용진 땅에서 일 년을 살다가 강화로 갔다. 봄이 되어 날이 풀리자 강화행 결심을 실행했다.

혼인하고 십삼 년을 함께 살았던, 광사보다 두 살 많은 안동권씨 아내가 세상을 떠나고 말았다. 모란꽃 지던 오월이었다. 극심한 난산 끝에 혼절을 거듭하다가 마침내 숨을 거두었는데 죽은 아이를 보니 쌍둥이였다. 갓난애를 안아 보지도 못하고 죽은 아내가 가여웠다. 글씨에 미쳐 집 밖으로 떠도는 철부지 남편 때문에 호강은커녕 풀죽도 제때 쑤어 먹지 못하고 살았다. 광사의 글씨는 재인방才人坊 고리장이가 만든 고리짝보다 가치 없었다. 한 푼어치도 안 되는 글씨는 아내를 먹여 살리지 못했다.

일찍 부모를 여의고 아내까지 잃은 터라 광사는 마음 둘 데가 없었다. 궁하면 통한다던가. 그런 마당에 하곡과 인연이 맺어진 것은 어찌 보면 필연이었다. 하곡의 제자임을 자임하던 광신 형이나 광명 형에게 하곡에 대해 들어왔으며 백하 스승도 무시로 하곡의 제자임을 밝히며 그의 학문을 들먹였다. 운명처럼 하곡이 다가온 셈이었다.

– 불행한 처지가 되면, 학문은 더 깊어지는 겁니까?

하곡의 불우한 삶에 대해 광사가 광신 형에게 물었다.

– 불행을 자초할 자가 어디 있겠냐만, 불행한 형편에 처하게 되면 깨닫는 게 많아지니 그럴 수도 있지. 학문이란 결국 깨달음 아니겠냐.

형들이 한마디씩 보태는 차에, 광사가 다시 물었다.

– 형님들은 아예 주자를 물리친 겁니까?

이번에는 광명 형이 광사를 보며 말했다.

– 젊은 날에야 주자를 따랐지만, 백성을 새롭게 하자는 주자의 관

성으로는 답을 얻을 수 없었지. 사대부도 백성의 일원이니, 신민新民이 아니라 친민親民해야 옳다는 양명의 관점에 눈이 확 뜨인 거야.

— 사농공상의 위계는 헛것인가요?

광사가 형들을 번갈아 쳐다보았다.

— 그렇지. 업業은 달라도 백성이라는 점에서 보면 모두 같다고 봐야지. 사대부는 정성을 다해 정치를 이끌고 농민은 먹을 것을 장만하고 장인은 물건을 이롭게 다루고 상인은 재화를 풍요롭게 하면 되는 것을, 각자의 자리에서 정성을 다하면 모든 업이 유익한 것이 돼.

광사는 형들의 말에 귀를 기울였다. 광신 형도 말을 이었다.

— 난감한 선택이야. 조선 땅에 살면서 양명을 추종한다는 것은……. 주자 아닌 학문을 좇다니, 눈과 귀가 어두운 반편이 취급받았을 게 아닌가. 주자와 다른 길이 가당키나 하겠나. 양명을 파고들수록, 명분을 내세우는 주자와 어긋났지. 속으로는 양명을 추종해도 겉으로는 주자를 내세우는, 외주내양外朱內陽하는 사대부도 있다지 않은가.

— 하곡 선생도 그러셨습니까.

— 그럴 수가 있나. 자신을 속일 수 없는 분이니, 아예 대놓고 외양내양外陽內陽하신 게지.

광신 형을 바라보는 광사의 가슴이 뛰었다. 주자는 나라의 근간이고 사대부의 뿌리였다. 양반들은 주자를 신봉하는 나라에서 살고 있었다. 그런데도 주자를 밀어내다니.

— 글씨도 마찬가지, 학문을 등진 글씨는 없어. 연미한 겉모양에 치우친 회암보다, 양명의 사유가 유순하고 참된 심미를 가능하게 한다

고 믿었던 거지. 하곡의 그늘로 사람이 모여드는 이유가 있어. 위선을 떨어내고 평등을 펼치며 진경 세상을 꿈꾸는 사람들, 그들이 무얼 담아내려 하는지 잘 봐.

형들이 저마다 고개를 끄덕였다. 광신 형이 광사에게 물었다.

─ 부자기不自欺를 아느냐?

─ 자신을 스스로 속이지 말라는…

─ 옳지. 하곡 선생 말씀이야. 공맹 같은, 누대로 내려오는 경서를 수용하면서도, 하곡의 가르침을 우리 형제들이 따르는 이유가 바로 여기에 있어.

신해년 봄에 광사가 강화를 찾았다. 아득한 경강京江 둑길을 걸어 양화진楊花津에 닿았고 배를 대어 섬으로 들어갔다. 메마른 비탈길을 걸으며 언덕배기에 정성드뭇 핀 찔레꽃을 꺾어 허기진 배 속을 달랬다. 양화나루를 내려다보고 있는 잠두蠶頭 봉우리가 글씨의 획과 닮아 있었다.

문을 열어 광사를 맞이한 사람은 하곡의 아들 후일厚一이었다. 그는 가학을 이어받은 수제자라고 했다. 광사는 몸가짐을 바르게 하고 예를 갖추어 후일에게 인사했다.

하곡은 흰 수염을 가지런하게 늘어뜨린 채 온후한 눈길로 광사를 바라보았다. 각이 높게 선 동파관을 쓰고 소매가 둥근 심의 차림이었다. 수염발과 구분되지 않는 흰 살갗의 얼굴, 잘게 패인 주름살에 깊은 경륜이 묻어 있었다. 후일의 손길에 따라 광사는 하곡에게 엎드려 절했다. 가문끼리의 인연, 아버지 형제와의 기억 들이 하곡의 입으로 되새겨졌다.

— 각리의 아들이고 광명과 광신의 아우라면…… 두고 볼만 하겠구나.

광사가 백하 스승의 안부를 전했을 때 하곡은 반가움을 이기지 못했고 아련한 표정을 감추지 않았다.

하곡에게 다가갈수록 광사는 조심했다. 하곡은 경계심을 드러내지 않았다. 나중에 안 일이지만, 광사에게만 그러는 게 아니라 그를 추종하는 모든 이에게 그랬다. 분방하면서 사려 깊은 하곡을 헤아리기 위해 광사는 책을 읽고 정신을 가다듬었다. 고목 등걸에 달라붙은 삭정이처럼 메말라 비틀어질 수는 없었다.

— 행여 남에게 속내를 뺏긴 적이 있던가?

— 있습니다.

— 부끄럽지 않던가? 글씨를 써놓고 마음에 들지 않다고 해서 붓끝에 달큰한 침을 발라 슬쩍 가획加劃[88]하거든, 누구도 보지 않았으니 아무도 모른다고 마음 편하더란 말인가?

가획이라는 말을 듣고 광사가 깜짝 놀랐다. 몹쓸 짓을 하다가 들킨 심정이었다.

— 그럴 때도 있었습니다.

진정 부끄러웠다. 획이 지나간 자리에 슬쩍 덧칠해 놓고 모른 척 시치미 떼기도 했다.

---

88 이미 써 놓은 글씨에 획을 덧붙여 써넣음.

– 귀신이 들지 않았다면 진실을 이길 수 없네. 작은 키를 억지로 늘린다고 커질 수 없듯, 한 획이 끝나거든 가획해서는 안 되지. 덧칠은 위선일 뿐, 가필로 획을 바꾼다면 사기술과 다를 게 무언가. 글씨를 쓰는 순간 언제나 임진부작위를 새기게. 거짓은 진실을 물리칠 수 없는 법.

– 임진…… 부작위입니까, 부자기입니까?

– 말이 흐려 어지러운가?

– 어렵습니다.

– 임진任眞이 무엇이던가? 꾸미지 않아야 부작의不作意이고 자신을 속이지 않으면 부자기不自欺이며, 이걸 모아야 부작위不作爲를 이루지 않겠는가. 꾸며서 드러낼 것 없고 속여서 감출 것 없는 속마음 그대로가 부작위가 아니겠나?

말이 어려워 광사가 바로 알아듣지 못했다.

– 자신을 단속해야 하네. 안과 바깥에 흩어져 따로 놀지 않는 바에야 안과 바깥이 일치할 테니 스스럼없이 내실을 다질 수 있을 것이네. 마땅히 글씨도 그러하겠지. 삿된 가획과 같은 유혹을 뿌리치는 것.

광사가 침을 삼켰다. 목마른 땅에 비 내리듯, 하곡의 말이 광사의 머릿속을 적셔 몸을 떨게 했다.

이듬해인 임자년에도 양명에 대한 갈망과 빈궁한 처지를 해결할 방도로 강화에 들어갔다. 여러 달 동안 광사는 절절하고 명료한 심정으로 하곡의 곁에 머물렀다. 광명 형이 터를 잡고 있고 집안끼리 교분도 두터웠으므로 하곡은 광사를 물리치지 않았다.

– 학문에 정진하겠노라고 날을 세우지 말게. 살아남는 것이야말로 학문보다 소중하네. 학문이 무어 대수란 말인가? 학문 이전에 글씨가 있고 글씨 이전에 생존이 있는 것이지, 살아남아야 그나마 지킬 수 있지 않겠는가?

광사는 가문을 생각했다. 어른들이 뒤집어쓴 멍에가 안쓰러웠다. 소수파로 내몰린 엄혹한 현실에서 쇠락한 집안을 지키는 게 중요했다. 하곡이 그러했고 그의 문하가 비슷한 처지였다. 바깥을 내다볼 겨를이 없었다. 몸을 닦고 집안을 돌보는 것보다 시급한 것은, 가문을 지키고 자손을 잇는 것이었다. 안으로 뭉치기 위해 혼맥과 학맥을 엮어야 했던 만큼 광명 형이 하곡의 손녀와 혼인한 것은 자연스러운 일이었다. 전주이씨 가문으로 결속을 다졌고 종형제들 모두 하곡의 학맥으로 스며들었다. 선왕 시절 급격한 환국으로 곤경에 처할 때마다 그들이 선택했던 거처가 강화였다. 중심에서 벗어나 성 밖 외곽에 숨은 격이었다.

– 사문난적斯文亂賊[89]이라는 올가미를 씌어 모략해도 도리 없지. 극단으로만 치닫지 않으면 돼. 강하면 부러지는 법이거늘.

회암을 밀어내고 양명을 받아들이면서도 두려워하지 않았다. 고립을 피하려고, 회암의 맹점을 조목조목 따지면서도 시비를 일으키지 않았다. 허점을 발견했으나 드러내지 않았으며 대놓고 떼어놓지 않았다. 하곡은 과격하지 않았고 부드러웠다. 회암을 비난하지 않고 절충했다. 강화라는 이름으로 숨은 그들은, 살길만은 찾아두었다.

---

[89] 교리를 어지럽히고 사상에 어긋나는 언행을 하는 사람을 이르는 말.

– 어떤 길을 걸을 것인가.

헛되지 않기 위해, 되돌아보며 성찰했고 나아가지 않고 자성했다.

– 회암은 이제 끝난 것인가. 실사實事가 아니면 고답高踏일 뿐, 그게 곧 공소空疏라 말하는 이들이 있다던데…….

양명은 새로운 풍조를 열망하던 부류와 죽이 맞았다. 회암을 회의하는 자에게 제격이었다. 남의 눈치 보지 않고 모양에 의존하지 않으며 분방하면서도 사람의 내면을 외면하지 않았다.

– 뻔하디뻔한, 소나무와 참새마저 실증하자 하니, 반할 수밖에.

하곡은 박학의 학풍을 열었다. 자신을 속이지 않는 자기 검증에 매료된 광사가 말했다.

– 솔직한 감정을 담아내라 배웠습니다. 거짓으로 감춘 마음은 들키기 마련입니다. 글씨는 마땅히, 거울에 비친 듯 그대로여야 하고 송골매처럼 멀리멀리 자유롭게 날아야 합니다.

관직에서 멀어진 가문은 주위를 의식했다. 벼슬에서 소외될수록 안으로 움츠러들며 두리번거렸다. 입신을 접었으나 속은 거북했다. 권력의 허방다리를 좇을 바에야 가학을 가다듬는 게 옳았다. 광사는 하곡과 양명을 추종하면서 위선이 아닌 본심 그대로 살고 싶었다. 자유가 지나쳐 두려울 뿐, 가학을 다듬고 다지는 것이 광사가 가야 할 길이었다.

안동권씨 부인을 여의고 이태가 지난 후였다. 돌아볼 겨를 없이, 쉬지 않고 달려온 길이었다. 하지만 아내 없는 집은 부실하기만 했다. 학문도 글씨도 지지부진하여 맥 빠지던 무렵, 문화류씨文化柳氏 아내를 새로 맞았다. 류씨 부인은 선하고 후덕한 사람으로 집안에 생기를 돌게 했다. 가정이 안정되자 광사의 학문과 글씨에도 힘이 생겼다. 새로운 가족을 이룬 뒤에도 틈나는 대로 강화를 찾았다. 글씨에도 학문에도, 광사는 늘 허기졌다.

병진년 여름이었다. 버드나무 늘어진 양화진에서 광사가 보따리를 옮겼다. 작정하고 강화로 들어가는 길이었다. 짐을 싸서 나선 것은 거처를 하곡 곁으로 옮기고자 했기 때문이었다.

양화나루 건너편 나룻배를 소리 내어 불러 잡았다. 선유봉과 잠두봉이 엇갈리는 능선을 뒤로 하고, 강화 어귀 갑곶나루에 배를 댔을 때 먼 데서 나부끼는 하얀 만장을 보았다.

— 보이는가? 저게 무엇인가?

색색의 만장이 어지럽게 흩날렸다. 불길한 예감이 들어 사람을 불러 확인해 보니 붉은 명정의 주인공은 놀랍게도 하곡이었다. 기가 막힐 노릇이었다. 불측하기 짝이 없는 우연이었다.

— 무슨 해괴한 운명인가? 선생의 부음을 듣고 찾아온 제자가 되어 버렸으니.

하곡의 주검 앞으로 미친 듯 달려간 광사가 목놓아 울었다. 광명 형을 따라 굴건을 쓰고 삼베옷을 입고 상을 치렀다. 강화를 떠나던 광사가 하곡이 없는 섬을 돌아보았다. 갑곶돈대와 진해루의 탱자나무 가지가 수선스럽게 머리를 풀었고 까마귀들이 어지러이 날아다녔다.

— 이제는 강화에 발을 딛지 못하리.

광사 가족이 겨우 마련한 거처, 돈의문敦義門 밖 금화산金華山 자락 둥그재로 돌아왔다. 세상은 그대로인데 하곡만 이 땅에 없었다. 하곡이 남긴 그림자는 짙고 넓었다. 의지할 곳을 잃어버린, 광사의 사지에 힘이 남아 있지 않았다. 살림살이는 별반 달라지지 않아서 끼니를 잇기 어려운 가난이 광사를 괴롭혔다.

– 이겨낼 재간이 내게 남아 있던가.

내실을 다지고 거짓을 밀어내며 합일을 꾀하면 된다는 하곡의 가르침대로, 살길을 찾아 나섰다.

– 이렇게 살 순 없질 않나.

우선 해결해야 할 것은 먹고 사는 문제였다. 멀고 가까운 곳에서 학동들이 찾아와 광사에게 글씨와 문자를 배웠다. 육촌 동생인 광려匡呂도 광사 집에 드나들었다. 나이 차이가 십오 년은 낮아도 극진히 광려를 가르쳤다. 열서너 살쯤 되는 광려 또래의 아이들이 광사의 가르침에 순응했다. 그들이 가져다주는 곡물과 땔감으로 어렵사리 겨울과 봄을 보낼 수 있었다. 광사는 그들에게 글씨와 문자만이 아닌, 집 안팎을 드나들 때 몸가짐을 가르쳤다.

– 글씨와 학문이 다를 바 없다. 한 획을 그었다고 해서 모든 뜻을 표현할 수 없는 법, 매일 일정한 양을 익히고 모르는 것을 물어보라. 듣는 게 아니라, 묻는 것이 학문이다. 글씨를 쓰는 동안 자신에게 간여함을 섭섭히 여기지 말고 진실을 다해 행하라. 벼루 주변을 정돈하라. 붓을 미루지 않고 잘 빨아서 말려두어 다음 글씨 쓰기에 대비하라. 정좌한 자세로 먹을 갈며 정해진 바를 어기지 마라. 잠을 잘 때 누울 자리를 미리 정리하고 자기 손으로 이부자리를 펴고 갤 것이며 잠

이 든 이후 섬돌 아래를 내려가지 말라.

광사의 가르침을 아이들이 받아들였다. 가르치고 배우는 종류도 분방하여 명심보감明心寶鑑이나 소학 같은 경서에만 치우치지 않았다. 분류가 분명치 않은 패서悖書[90]와 잡서 따위의 사서도 마다하지 않았는데, 아이들은 외려 그것을 더 좋아하였다.

---

90 도리에 어긋나 세상을 어지럽히고 백성을 미혹하게 만드는 책. 유학이 아닌 다른 책.

진경眞景

- 1737 丁巳

　해가 바뀌어 광사가 서른세 살이 되었다. 사는 것은 그대로여서, 나이 빼고는 달라진 게 없었다. 울타리를 치고 밭을 갈았어도 먹고 살 길은 막막했고, 고민은 쌓여 날로 무거웠다. 달이 넘어가는지도 몰랐고 계절이 바뀌어도 의식하지 못했다. 구들장이 빠지도록 죽치고 앉아 글씨를 쓰고 있긴 했으나 딱딱한 붓질은 궁벽한 하루만 덧붙일 뿐 무엇 하나 멀쩡하게 내세울 것이 없었다. 밥벌이의 힘겨움도 모른 채 좋아하는 글씨에만 집착하는 것이 능사가 아니었다. 차라리 농사지어 곡식을 벌어먹는 편이 나을지 몰랐다. 나락은 튼실하게 영글 테고 거두어들일 때 옹골진 기쁨이라도 남을 것 아닌가, 광사의 기운 빠진 한숨에 군색함이 역력했다.

　이게 전부인가. 누더기마저 벗겨진 채 바람 부는 야산에 내던져진 기분이었다. 이대로 어쩌란 말인가. 글씨 말고는, 할 수 있는 게 무엇이 있을까. 광사가 머리를 흔들었다. 그렇다고 글씨라도 제대로 완성했다 말할 수도 없으니……. 서너 자 너비의 선지에 쓰인 글씨를 한

길도 못 되는 거리를 두고 바라보았다. 글씨가 사람을 닮는구나, 자신이 쓴 글씨마저 꾀죄죄하고 초라해 보였다.

― 중국을 넘어설 수 없다고?

낮은 신음을 뱉던 광사가 손등으로 선지를 쓸어내렸다. 지난밤 종형제가 모인 자리에서 나누었던 말을 되뇌었다.

― 재인말 저잣거리 굿판도 아니고, 조선 글씨는 촌스럽다고 욕하는 자들과 상종하지 말거라. 한 줌도 안 되는 땅뙈기에서, 우리 것이라곤 아무것도 펼치지 못한다면 말이 되는가. 우리 글씨를 바꿔야지, 중국만 쳐다보고 있으면 뭐라도 나오는가.

광신 형이 하는 말을 흘려듣지 않았다. 광사의 생각도 같았기 때문이었다. 고루한 조선 글씨의 색깔을 바꾸고 편벽한 틀을 깨고 싶었다. 하곡의 학문이 대안이라고 형들이 그랬다. 주자에 대한 회의와 상관없이, 새로운 용기가 움터 올랐다. 무작정 공맹을 버리자는 말이 아니었다.

― 중국과 우리는, 사람이 다르고 산수가 다르며 토양도 다르잖아요? 어찌 같은 모양이 나올 수 있답니까?

광사의 고민이 깊었다.

― 그래서 어찌해 볼 셈이냐? 하물며 넌 왕희지를 추종하지 않느냐?

광신 형이 광사를 바라보았다. 광사의 입에서 난데없이 된소리가 났다.

― 그랬지요. 왕희지를 쓰라 하면서 우리 글씨를 써야 한다니, 백하스승의 가르침이 처음에는 확실히 알쏭달쏭하긴 했어요. 하지만 이제

는 알 것 같아요.

─ 그게 무언데?

─ 왕희지를 익히라 명한 것은 서법을 깨치기 위해 수련을 하라는 뜻이었지, 중국 글씨를 그대로 따르라는 말이 아니었지요.

─ 아아, 그랬구나.

─ 중국 산천이 우리와 다르고 중국 사람이 우리의 성정과 다를 텐데, 언제까지 중국의 본을 따르고만 있을 겁니까? 중국과 다른 그림을 그리고 다른 글씨를 써야 마땅하지요.

광사 혼자만의 고뇌가 아니었다. 나이 차이가 적은, 바로 위 광정 형이 광사를 달랬다.

─ 그런 고민을, 너만 하는 게 아니야.

─ 아무렴, 있겠지요. 형님 같은 분, 생각이 같은 사람들, 어딘가의 자리에서 애쓰고들 있겠지요.

─ 농암農巖[91]과 삼연三淵[92] 형제분들, 알고 있지? 살아 계셨을 때부터 그분들을 추종했던 제자들도 꽤 있고, 지금도 만나서 화풍을 서로 나눈다던데.

─ 농암과 삼연의 제자들이라면, 저도 만나고 싶어요.

광정 형이 흥미롭다는 표정을 지으며 수염을 만지작거렸다.

─ 따로 모여 놀면서 시를 짓고 뜻을 나눈다는데, 이름이 기이해.

─ 뭐랍니까?

---

91 김창협(金昌協), 조선 후기의 학자. 문장과 서예에 능함.
92 김창흡(金昌翕), 조선 후기의 학자이자 서예가. 김창협의 동생.

– 진시眞詩라지, 아마?

담장 너머로 들려오는 소문을 광정 형이 확인해주었다. 솔깃한 얘기에 광사가 귀를 열었다. 광정 형과 말이 통했다.

– 그게 무슨 말이지요?

– 시로 여는, 새로운 세상이란다. 그림도 그리는데, 그림으로 치면 무엇이겠냐?

광정 형의 물음에 광사가 허공을 보며 잠시 생각했다.

– 그림으로 친다면?

– 진경화眞景畵라 한다잖아. 삼연 선생이 일찌감치 진경시의 기반을 다져 놓았고.

– 진경시와 진시는, 같은 건가요?

– 우리 글자를 기반으로 했다면 그렇겠지. 겸재謙齋[93] 어른도 삼연의 문하였다고 하니까, 서로 통하는 게 있을 거야.

겸재라는 이름을 듣고 광사는 가슴이 뛰었다. 그의 그림을 본 적이 있었다. 한양을 둘러싼 산세를 담아낸 그림이었다.

– 아아, 언젠가 회동 잿골에 놀러 갔다가 겸재 그림을 봤어요.

– 그래?

– 독특한 그림이었어요. 여태껏 보던 그림과는 달랐어요.

– 무엇이?

– 조선 그림이 어떤가요? 산과 강을 그린다면서, 헛된 꿈을 꾸듯

---

93 정선(鄭敾), 조선 후기의 화가. 진경산수화(眞景山水畵)라는 우리 고유의 화풍(畵風)을 개척함.

헛것을 그리잖아요. 한 번도 가 본 적 없는 대륙의 모습을 베껴대는 게 안타까웠는데, 겸재는 그게 아니었어요. 우리 산천이 중국과 다르다는 걸 보여주었어요.

– 오호, 그래?

– 거짓을 진실이라 우길 수 없지요. 촘촘히 치솟은 봉우리에 새치처럼 듬성듬성 돋아난 소나무, 안개가 뒤섞인 강가에 고기잡이배 한 척이 지나가는 중국 그림들. 천편일률이잖아요. 삿갓 쓴 어옹이 낚싯대를 드리우고 있는 모습은 우리 것일 리는 없고, 숱한 화가들이 그렇게 그렸지만 겸재라는 분의 그림에는 그런 게 없더란 말이지요.

겸재 그림을 보고 탄복했던 순간이 떠올랐다. 솔숲에 우뚝 솟은 바위는 서쪽 필운산弼雲山이나 동쪽 멀리 금강산金剛山에서 볼 수 있다던 우리 산천의 것들이었다. 머릿속에서 상상하던 중국의 산하는 허상일 뿐이었다. 필선筆線[94]은 간결하면서 후박했고 수더분한 필치는 뭉친 데가 없었다. 열에 들뜬 듯 광사의 얼굴이 달아올랐다.

– 형님. 그림이란 게 무엇입니까? 우리 그림은 중국과 달리, 우리 것을 그려야 하는 것 아닌가요? 우리 산을 그리고, 우리 사는 모습을 그리고, 주변의 풍물을 그려야 하잖아요. 묵법이 질박하면 어때요? 조선의 복식을 갖춘 사대부가 등장하면 되는 것이고 조선 농부가 일하는 모습을 그리면 그만이에요. 우리의 송아지와 개가 사람들 곁에 돌아다니는 그림, 그래서 진경화 아닌가요?

– 시는 진경시, 그림은 진경화라 부른다니, 진짜 진경이 열린 셈이

---

94 글씨를 쓰거나 그림을 그릴 때 드러나는 붓의 선.

구나.

광정 형이 고개를 끄덕였다. 광사는 입이 타들어가고 가슴이 두근거렸다. 벼슬길 막힌 선비가 녹봉을 탐하지 않고 명승을 유람하며 보고 들은 바를 사생하고 다닌다니, 생각만 해도 가슴이 벅차올랐다. 광사도 그 대열에 합류하고 싶었다. 글씨로 쳐도, 지금과는 다른 글씨를 쓰고 싶었다.

– 형님. 시와 그림에만 진경이 있으란 법 있나요? 글씨도 우리 식으로 쓰면 진경이지요. 중국 글씨와는 판이 다른, 우리만의 글씨.

– 백하 선생 글씨를 그렇게 부른다던데?

– 어떻게?

– 진체라고 말이야.

– 아아, 그렇지요. 스승의 글씨를 진체라 부르지요.

광사는 조바심이 났다. 누구에게 말해 고민을 나눌 것인지 따져 보았다.

– 헤맬 게 뭐 있냐? 백하 선생께 여쭈어라. 그리고 너도 진체를 쓰면 돼.

돌부리에 걸린 듯 광사의 심사가 편치 않았다. 스승께 묻고 싶었다. 중국의 산하가 우리와 다르고 되놈의 언어가 우리말이 아닌데, 우리 글씨는 어찌 써야 하는지.

옥동玉洞

− 1738 戊午

겨울이 지나가는 사이, 해가 바뀌었다. 봄이 돌아와 날씨가 풀리자 광사는 기다렸다는 듯이 행낭을 꾸려 집을 나섰다. 스승께 문후를 드리고 겨우내 썼던 글씨를 내놓기 위해서였다. 무악재를 넘어 백학산 자락 백하의 고택으로 가려면 노자가 필요했다. 망해산望海山이 보이는 공릉천恭陵川 바윗돌에 앉아 도포 자락에 달라붙은 가막사리 풀을 떼어내던 광사가 한숨을 내쉬었다.

― 동냥치로 내몰릴 처지라면 글씨라도 팔아먹어야 하나.

오가는 길에 스승께 보일 글씨를 슬쩍 흘리기라도 하면, 사람들이 탄복하며 노자를 보태줄 것이었다. 뒤꿈치를 한 발 물리며 모른 척 눈감을 법도 했지만 그럴 때마다 스승의 불호령이 떠올랐다. 오만과 유혹에 빠진 글씨는 혼쭐만 날 뿐이라는 것을 알았다.

― 어쩌란 말인가. 남에게 보여주지도 못하고 속으로 감추기도 어려우니, 글씨는 수렁 같구나. 내 글씨는 제대로 쓴 것인지 가늠할 수도 없고, 쓸수록 헤어나오지 못하고……

첫 글자를 쓸 때 몰려온 회의가 백 글자를 쓰나 천 글자를 쓰나 똑같은 형상을 띤 채 사라지지 않았다.

─ 쓸수록 모르겠다. 어찌하면 좋을지 물어볼 데도 없는데…….

고민을 들어줄 사람, 모자람을 일깨워주고 채워줄 상대가 없었다. 스승께는 치기 어린 투정으로 비칠까 섣불리 꺼내기 두려웠다. 스쳐 지나가는 문사들에게 속내를 털어놓기도 멋쩍었다.

─ 옥동 선생의 필결을 찾아보거라.

백하가 핏기 없는 입술을 열어 말했다. 광사의 고민을 알고 있었다는 듯 담담하고 평온한 어투였다.

─ 아아, 옥동이라니…….

광사는 터져 나오는 신음을 억누르지 못했다. 듣기만 해도 설레는 이름, 시시때때로 되뇌었고 언젠가 꼭 마주하리라 작정했던 필결이었다.

─ 옥동의 필결을 본 적이 있더냐?

─ 없습니다.

─ 옥동 글씨는?

─ 진경화라는 화풍이 새롭다던데, 옥동은 진경 세상을 글씨로 재현시킨 분이라 들었습니다.

─ 내 글씨를 진체라 부른다는 것도, 아느냐?

─ 익히 들어 알고 있습니다.

─ 굳이 진체라 부른다면, 그 뿌리는 내 글씨 이전에…… 옥동에게 있다.

– 진체의 뿌리…….

진창 속을 뒹굴다가 만난 샘물처럼 눈을 씻고 찾아 헤매던 글씨였다. 진체라는 이름은 듣기만 해도 반가웠다.

– 옥동이라는 분은 돌아가셨다 들었습니다만, 필결은 어디에서 볼 수 있는 것입니까?

천 리 길도 마다하지 않고 찾아갈 기세였다. 백하 스승이 아닌 다른 이의 서법을 찾아다니다니, 눈치가 보여 망설이던 참이었는데 스승의 허락이 떨어진 셈이었다.

– 옥동 선생이 살아 계실 때는 공재 선생 찾아 남쪽 해남 땅을 유랑객 삼아 다녀오길 좋아하셨다만, 이젠 두 분 다 돌아가시고 이 세상에는 없는데, 지금쯤 황화방皇華坊[95] 서실은 누가 지키고 있는지 모르겠다. 필담을 나누며 회포를 풀 어른으로는 옥동 선생이 제격이었는데.

– 거기 가면 그분의 자취가 남아 있을까요?

– 찾아가 보거라. 생전에 옥동 선생은 명리에 관심 없는 떠돌이다 보니 세상을 등지고 묻혀 살았지만, 서실은 누군가 지키고 있을 터, 필결을 청해서 읽어 봐라.

– 어딥니까?

– 정릉을 가 보았느냐?

– 물어…… 찾아가겠습니다.

– 늘 삼가고, 부디 조심하여라.

95　조선시대 한성부 서부 9방 중 하나.

배오개를 지나 광통교廣通橋 흙다리 개천開川[96]을 건너 정동 황화방으로 갔다. 숨은 장안 문객의 발길이 멈춰 머리를 조아리고 돌아갔다는 옥동의 서실이 거기에 있었다.

– 이광사라면, 들은 적이 있는 이름이오. 백하 선생 문하의 제자 아니오?

사랑채를 나와 광사를 맞이한 사람은 놀랍게도 광사를 알고 있다고 했다. 그는 서실의 집사執事라고 자신을 소개했지만 누런 창의와 색 바랜 탕건을 쓴 외관으로 보아, 서실의 주인이라 해도 손색없었다. 광사보다는 많은 나이에 움푹한 뺨을 덮은 기품 있는 수염까지, 허투루 대할 사람이 아니었다.

– 편액 글씨가 어렵습니다.

처음부터 광사의 눈에 들었던 것은 집사를 자처하고 있는 이의 머리 위 문틀에 걸려 있는 편액이었다. 무슨 글자인지 쉽게 알아차릴 수 없을 만큼 자유로이 휘갈긴 초서였는데, 끝 글자가 밤율栗 자인지 조속粟 자인지 헷갈려 손가락 끝으로 써 보는 중이었다.

– 밤톨만큼 작고 하찮은 존재, 일속一粟으로 읽어야지요. 서실의 주인이셨던 옥동 선생의 글씨입니다.

그랬는데 집사의 표정이 좋지 않았다. 처음 보는 자신과의 인사에 집중하지 않고 딴전을 피우고 있는 광사의 태도가 못마땅한 눈치였다. 그걸 깨달은 광사가 자세를 고쳐 앉았다.

---

96 서울 청계천의 옛 이름.

- 글씨에 빠져 헤어나오지 못했습니다. 저 병풍 글씨에도 눈이 떨어지지 않습니다. 어떻게 글씨가 저럴 수 있는지…….

- 옥동 선생의 글씨요.

글씨는 사람이 쓰는 것인지라, 글씨와 그 글씨를 쓴 사람이 닮더라는 말을 곧잘 하는데, 옥동이라는 분이 궁금했다. 글씨와 사람이 닮은 게 분명하다면, 옥동은 저 글씨처럼 힘차고 웅건한 사람일 것이라 짐작했다.

- 백하 선생은 무탈하시지요?

- 스승님을 잘 아십니까?

- 그럼요. 옥동 선생 돌아가신 뒤로는 백하 글씨를 보고 배우는지라.

백하 글씨를 배운다? 대체 글씨를 얼마나 쓸 줄 안다고……. 집사의 말이 거슬렸으나 광사는 티를 내지 않았다. 스승의 글씨를 흠모하면서 제자를 자처하는 자들을 여럿 보았기 때문이다.

- 글씨는 어디까지 써 보셨길래?

광사가 한껏 누그러뜨린 목소리로 물었다.

- 어허, 지금 나한테 묻는 말이오?

집사가 가벼운 웃음을 싱긋 흘리며 광사를 바라봤다.

- 이 서실을 지키고 계셨다 하지 않았습니까?

- 내가 묻고 싶은 말이었는데, 그래, 그대는 어떤 글씨를 써 봤는지?

다소 고압적인 태도로 바뀐 집사는 느리게 움직였고 천천히 말했다. 광사가 그를 새삼스러운 눈으로 바라봤다. 온화했던 첫인상과는 사뭇 달라진 차갑고 야멸스러운 고집이, 처진 눈매의 주름에서 묻어 나왔다. 붉은색을 잃고 검어진 입술이 서서히 벌어졌다.

－ 주로 왕희지를 썼습니다. 백하 스승의 체본도 받아썼습니다만. 왕희지와 스승의 글씨를 구분하지 못해 애가 탑니다.

－ 왕희지를 쓰셨다?

－ 스승께서는 왕희지를 쓰라 명하시면서 왕희지를 넘으라 하시니, 미약한 제 능력으로 감당하기 어렵습니다.

－ 붓을 든 자라면 석봉체나 송설체를 쓰느라 난리인 판국인데, 다른 건 쓰지 않으셨소?

－ 그래서 묻고 싶습니다. 무엇을 써야 하는지?

－ 백하 선생께 배웠으니, 왕희지는 제대로 써 보았을 것 아니오?

집사가 제안했다. 말로 해 봐야 무슨 소용이냐며, 서안을 펼치더니 서로 한 글자씩만 써 보자고 했다. 먹물은 갈아져 있고 붓과 종이가 갖춰진 마당에 광사는 마다할 이유가 없었다. 직접 글씨를 써서 보여 줌으로써 그의 기를 주저앉히고 싶은 마음에, 제안을 바로 수용했다.

－ 아무런 글자라도 한 글자만 떠올려 보시오. 그 글자를 자기 손으로 써 보기로 하고.

집사의 표정이 호기로웠다. 서실의 집사 노릇 좀 해 봤다고 한들 그 정도 솜씨로 감히? 어처구니없어 하던 광사가 글자를 찾았다. 복잡하고 많은 자획을 가진 글자보다 단순한 글자가 쓰기 어렵다고 했던 스승의 말이 떠올랐다.

－ 살 생生 자를 써 보시지요.

허리를 곧추세우기 버거웠는지 집사의 몸이 한쪽으로 기울어지며 먼저 쓰라는 손짓을 건넸다. 자신은 나중에 쓸 테니 광사더러 먼저 붓을 잡으라는 신호였다.

그러든지 말든지, 붓을 잡은 광사가 헛, 헛, 큼, 큼, 소리를 뱉으며 살 생 자를 썼다. 지면에 닿은 붓촉이 한 번도 떨어지지 않고 잽싸게 이어지도록 붓질을 했다. 광사의 글씨에 아무런 반응을 내보이지 않던 집사가 붓을 넘겨받았다.

― 그대가 쓴, 흘림체와는 다를 거요. 자, 보시오.

집사의 붓질은 단순했다. 과하거나 지나침이 없는 투박한 물그릇 같았는데 한 번도 본 적 없는 필체였다. 사방침에 허리를 기대고 있던 광사가 몸을 일으켰다. 무릎 앞으로 다가온 집사의 글씨, 광사가 고개를 갸웃거리며 조심스럽게 들여다보았다.

― 이것이 무슨 글씨요? 이런 글씨가 어디 있답니까?

― 왜? 살 생 자가 아니라 죽을 사 자 같아 보이오?

집사가 콧등을 찌그러뜨렸다.

― 그게 아니라 왼편과 오른편이 이렇게 어긋나서 되겠습니까? 오른편을 이렇게 턱없이 높여놓으면 균형이 깨질 수밖에요. 글자에도 상식이라는 게 있는 법인데, 이거야 원.

혀끝을 쩝쩝 끌어당기는 광사에게 집사가 차분하게 말했다.

― 살 생이란 글자를 쓰면서, 글자에 깃들어 있는 음양陰陽[97]을 따져 보고나 쓴 거요? 왼편이 양이고 오른편이 음이 되는 모양 말이오.

---

[97] 만물에 깃들어 있는, 상반하는 성질의 두 가지 기운. 음(陰)과 양(陽).

– 음, 양……이라니.

– 내가 쓴 글자를 보시오.

– 보고 있습니다.

– 보이시오?

– 보고 있다니까요.

– 글자 보는 것 말고, 글자에 깃든 음양이 보이느냐 이 말이오.

– 글자에 음양이라니, 그게 무슨 소리인지.

알 수 없는 말을 뇌까리는 집사가 이상해 보였다. 짓물러진 자신의 글씨를 합리화하고자 하는 괴이한 말장난 같았다.

– 양이 상승하면 음은 하강하고, 양이 가벼우면 음은 무거운 법이오. 글자가 오른쪽이 상승해 왼쪽보다 치솟는 것은 당연한 이치지.

집사의 말은 더디고 빡빡했다. 광사가 상체를 앞으로 당겼다.

– 거참, 너무하군. 이따위 황당한 글씨를 써 놓고 듣도 보도 못한 궤변으로 나를 가르치려 들다니, 내가 누군 줄 아시오?

– 이광사 아니오? 백하 윤순의 제자. 그게 어떻다는 거요?

– 오호, 말씀은 제대로 하시네. 그렇소. 내가 바로 천하제일의 명필 백하 스승에게 글씨를 배우고 익힌, 이광사외다. 그런데, 그따위 되먹지 않은 말장난에 가벼이 놀아날 사람으로 보이오?

언성을 높이다 못해 자리를 박차고 일어서려는 광사를 내버려둔 채 집사는 제 일만 하겠다는 듯 묵묵히 붓질을 이어나갔다. 살 생 자를 나란히 썼던 종이를 치우더니 새로운 선지를 펼쳤다. 어이없다는 표정을 감추지 못하던 광사가 뒤로 물러나 사방침에 다시 허리를 기댔다.

– 그대를 가만 보니, 정신을 놓은 미치광이 같소.

예정된 길을 찾아가듯 붓을 빠르게 움직이는 동안 집사가 중얼거렸다.

─ 뭐요?

화가 난 광사의 소리에 아랑곳하지 않고 집사는 횡으로 이어지는 글씨를 써 나갔다. 그랬는데, 그 글씨를 바라보고 있던 광사가 일어서려던 몸을 스스로 주저앉혔다. 집사의 붓을 떠난 글씨를 한 글자씩 확인했을 때 광사의 눈알이 수레바퀴처럼 구르다 홉떠졌다. 벽에 세워진 병풍 글씨와 집사의 글씨를 번갈아 확인하던 광사의 입에서 신음이 새어나왔다.

─ 아니, 이 글씨는…….

그 곁에 세워진, 옥동이 썼다는 병풍 글씨와 똑같이 쓰고 있었다. 조금 전 방에 들어섰을 때 병풍 글씨를 본 순간의 감흥이 다시금 꿈틀거렸다. 지금까지 본 적 없는 독특한 글씨였다. 마술 재주를 펼쳐나가듯 병풍 글씨의 점획과 결구를 한 치의 어긋남이 없이 그대로 재현시키고 있는 집사의 솜씨가 놀라울 따름이었다. 글씨를 보던 광사가 손가락 끝이 꿈틀거리는 것을 참느라 주먹을 쥐었다 폈다 반복했다. 당장 글씨를 써 보고 싶은 충동을 내리누르는 중이었다. 보통 글자보다 갈수록 필획이 굵어지는 모양의, 기묘한 서풍이 담긴 글씨였다.

─ 당신은 누굽니까? 사람을 어찌 이렇게 놀라게 하십니까?

병풍 글씨와 집사의 글씨를 번갈아 확인해 보던 광사가 간신히 정신을 추스르고 물었다. 비로소 벼루에 붓을 내려놓은 집사가 광사를 바라보았다.

─ 그대는 무엇 때문에 글씨를 쓰려 하시오?

자신이 누구인지 말하지 않고 엉뚱한 질문을 던졌다. 광사는 의아한 나머지 바로 대답하지 못하고 머뭇거렸다.

– 글씨 쓰지 않는다고 큰일 날 턱이 있소? 글씨를 써도 살고 안 써도 살 수 있을 텐데, 글씨 쓰기에 안달 나서 미친놈처럼 달려드는 이유가 뭐요?

광사가 옥동의 병풍 글씨로 다시 눈을 돌렸다.

– 가뭄이 들면 곡식은 죽습니다. 김을 매도 죽고 김을 매지 않아도 죽을 것입니다. 쭉정이만 남은 밭을 우두커니 바라보고 있다 해서, 사는 것과 죽는 것이 무엇이 다릅니까. 글씨는 가문 들판에 나가 김을 매는 것과 같다고 생각합니다.

– 앗, 저런.

집사가 검은 입술을 지그시 열었다. 광사가 놀라 몸을 숙였다.

– 주제넘은 말입니다.

– 김맨다고 죽은 곡식이 살아나겠소?

– 죽든 살든 상관없습니다.

– 죽어도 상관없다?

– 곡식이 죽더라도 김을 매겠습니다.

– 허어, 가엾은 일이로구먼. 나도 글씨를 써 온 사람이오만, 그렇게까지 글씨에 매달려 무엇 한단 말이오?

– 당신은, 누구십니까?

광사가 눈과 귀를 앞으로 바싹 당겼다. 쓸쓸레한 웃음을 짓던 집사가 비로소 자신이 누구인지 밝혔다.

– 나주 임가, 이름은 치경이라 하오. 알아주는 사람 없이, 스승의

서실을 지키는 집사일 뿐이오. 하하.

– 알아주는 사람이 없다뇨? 저는 들은 적이 있습니다.

광사가 벌어진 입을 다물지 못했다. 백하 스승으로부터 몇 차례 들었던 기억이 불현듯 살아났다.

– 내 이름을 들어? 그럴 리가?

– 암요. 들었지요. 혹여 일허, 라는 호를 쓰지 않습니까?

– 허허, 그렇소만. 옥동 선생께서 내려주신 호가 일허, 지요.

– 송산 금릉에 댁이 있으시고.

– 아니, 어떻게 그것까지.

광사가 지나간 기억 하나를 끄집어냈다. 백하산 고택에 일허의 조카가 다녀간 뒤 백하 스승께 된통 꾸지람을 들었던 얘기였다. 지금은 웃으며 말하고 있지만 돌이키기에도 아찔한 순간이었다고 말했다.

– 글씨를 배우려고 송산 금릉 본가에서 서울 황화방으로 옥동 선생을 찾아다녔소. 행복했던 나날이었지. 그러다가 옥동 선생께서 돌아가신 후에는 여기에 머무는 날이 더 많아졌고. 백하 선생께도 가끔 문안을 드리러 다녀가기도 했소만, 세상에 이름이 알려지기로는 이광사 근처도 못 따라가지요.

– 아이구, 무슨 말씀을…….

황망해진 광사가 말을 잇지 못했다. 옥동의 서실을 찾아온 이유를 말해야 하는데 일허의 필력을 확인하고 기가 눌린 마당에 선뜻 말을 꺼내지 못하고 있었다. 뜸을 들이던 광사가 용기를 냈다.

– 감히 청하옵니다. 옥동 선생의 필결을 보고 싶습니다.

– 오호라, 그것 때문에 먼 길을 찾아왔나 보오.

― 그렇습니다.

― 옥동 선생이 뒷방으로 물러난 늙은이로 취급당하지 않기 위해서라도 필결을 알려야지요. 먼지 나풀거리는 책을 남겨두신 선생의 뜻이 바로 그거 아니겠소.

일허는 옥동 서실을 지키고 있는 마지막 한 사람이었다. 그가 서궤書櫃[98]에서 내온 옥동의 필결은 필체부터가 달랐다. 먼지가 나풀거리기는커녕 손때 하나 없이 깨끗하게 보관된 흔적이 서책의 낱장마다 배어 있었다. 필결을 보기 전부터 밀려드는, 필결을 체본 삼아 옥동 글씨를 따라 써 보고 싶은 충동을 가만히 눌러야 했다.

어깨너머로 들어왔던 옥동의 평가가 필결을 보는 동안 새삼 살아났다. 자신의 서론을 펼쳐온 대가라는 평판에 빠진 구석이 없었다. 글씨는 물론이거니와 서론에 강해서 서법 논쟁에서 옥동을 따를 자가 없다 했다. 왕희지는 물론이고 송나라 미불까지 섭렵한 명필로서 누대로 내려온 글씨를 추종하는 데 멈추지 않고 자신의 서체를 세웠다고 했다. 내내 진력해온 학문과 글씨의 세계를 필결이라 명명한 서책에 온전히 담아두기도 했다.

옥동의 필결은 정일하고 농밀했다. 광사는 조바심이 나서 숨을 쉴 수 없었다. 글자를 단순한 글자로만 보지 않고 글자에 배어 있는 속성을 파악해내려 애쓴 흔적이 압권이었다. 획법과 필법, 묵법의 용법도 특별했다. 필법과 묵법도 정법을 통하지 않고서는 이룰 수 없다고 보

---

98 책을 넣어두고 보관하는 궤.

았다. 그러면서도 모든 서법의 종착지를 자신의 서체로 귀착시켰다. 서단과 대가들을 논평해 놓은 마지막 장을 본 광사는 어지러웠다. 천하는 넓고 대가는 많구나. 얼마만큼 내공이 쌓여야 이런 저술을 남길 수 있을까. 광사가 숨을 깊게 들이마셨다.

광사가 필결을 읽는 동안 바깥을 다녀온 일허가 다시 광사 앞에 앉았다.

– 어떠시오? 그대 눈을 보니, 놀란 멧토끼 눈처럼 붉게 충혈되었소.

광사를 단박에 사로잡은 것은, 모든 획은 개성이 있으므로 그 성질에 맞게 운필해야 한다는 주장이었다.

– 묻고 싶습니다.

– 무엇을 말이오? 무얼 안다고 나한테 물어?

– 과문한 허릅숭이다 보니 묻기도 두렵습니다. 조선의 산천은 토질이 비슷할지 몰라도 겉으로 보이는 모양은 죄다 다르지 않습니까? 패이고 오목한 산천을 각기 다른 모양으로 그려야 온당한 일 아닙니까?

광사가 두 손을 무릎 위에 내려놓은 채 일허의 말을 기다렸다.

– 내가 그걸 답할 수 있는 사람으로 보이오?

– 그렇습니다. 옥동 선생의 문하에서 글씨를 시작하여 가장 오랜 세월 서실을 지켰다 하지 않으셨습니까? 옥동 선생의 서론을 잘 알고 있고 온전히 전할 수 있는 유일한 분이라 믿습니다.

– 믿다니, 참으로 민망하구먼. 그대의 물음에 답을 해도 되는지 모

르겠소.

일허가 양 볼을 뒤덮은 수염을 손바닥으로 쓰다듬었다.

– 부탁입니다. 묻고 싶은 게 너무도 많은, 사리 분별 못 하는 당달봉사입니다. 너그러이 헤아리셔서…….

– 좋소. 아는 대로 답할 뿐, 내 말이 전부는 아닐 것이오. 뭣이 궁금하단 말이오?

– 조선의 산하를 눈으로 보는 것 그대로 나타내면 되는 것이지, 무엇이 다르다고 그걸 따질 수 있냔 말입니다.

필결에서 본 옥동의 생각을 다시 끄집어냈다. 그가 옥동이 아닌 이상, 옥동을 대신할 수 있을까 싶기도 했다.

– 보는 이가 그렇게 느꼈다면 그런 것이오. 그림으로 차이를 드러냈을 뿐 근본으로는 다를 게 없을지 모르지요. 패이고 오목한 모양이라 했소? 말 한번 잘하네, 그게 무엇을 뜻하는지 아시오?

– 움푹 들어간 부분과 불쑥 나오는 모양을 말했습니다. 생긴 대로 달리 그려야지, 그걸 법칙에 집어넣어 규정지으려 한다면 온당한 일입니까?

– 보이는 것만 그린다면야 그럴 수 있지. 하지만 보이지 않는 것은 어떻게 그릴 수 있겠소?

– 보이지 않는데 어찌 그릴 수 있단 말씀이십니까?

– 어허, 보이는 것만 그린다면 그게 그림이오? 사생寫生[99]에 머무르고 마는 거지.

---

99 실물이나 경치를 있는 그대로 그림.

– 보이지 않는 것이, 어찌 보인단 말씀이신지?

일허가 숨을 멈추고 야릇한 웃음을 띠며 광사를 쳐다보았다.

– 그대는 음양을 아시오?

– 음양……이요?

처음 마주 앉았을 때 했던 얘기를 일허가 다시 꺼냈다.

– 저 그림을 보시오.

일허가 가리키는 손끝에 산수가 그려진 그림 한 점이 걸려 있었다.

– 저기 산과 강 중에서, 무엇이 음이고 무엇이 양으로 보이오?

– 산은 양이고 강은 음, 당연한 것 아닙니까?

뻔한 물음에 광사가 바로 대답했다. 생각할 틈을 주지 않고 일허가 말했다.

– 허허, 위로 튀어나온 산은 양이고 움푹 팬 강은 음으로 보이겠지만 겉으로 드러나는 모양일 뿐.

– 아니란 말씀입니까?

– 강이라고 해서 모든 강이 음이 아니듯, 산이라 해서 모든 산이 양이 아니라는 걸 알아야지요. 암벽으로 둘러싸인 바위산은 양으로 보아 합당할지 모르나 흙으로 메워진 토산까지 양으로 봐서야 쓰겠소? 토산은 부드러우니 어떻소? 음에 가깝지 않소? 안 그렇소?

– 산이라 해서 무턱대고 양으로만 보는 것은 그릇됐다는 말씀이십니까?

– 그렇소. 산은 산이로되 흙만으로 뒤덮인 산이라면 양이 아니라 음이라는 거지요.

– 아아.

광사가 정신을 가다듬었다.

― 글씨도 다를 바 없다고 하셨소.

일허는 옥동의 생각을 더 보태어 전했다. 지금껏 생각해 본 적 없는 견해였다. 주역의 이치와 음양을 글씨에 접붙인 것은 범인이 범접할 경지가 아니었다.

― 모든 글자에 음양과 오행이 깃들어 있다는 게, 사리에 맞는 겁니까?

광사가 숨을 머금자 일허가 희미하게 웃었다.

― 그렇소.

― 아무리 그렇다 하더라도, 그걸 붓으로 써서 나타낼 수 있는 것입니까?

― 그렇고말고.

일허의 말이 아득했다. 침을 삼킨 광사가 다급하게 물었다.

― 글자에 깃든 음양을, 붓으로 나타낼 수 있다고요?

― 그렇다지 않소? 옥동 선생께 배운 그대로요.

음양 이치를 글씨에 적용하는 것은 허론에 불과한, 억지일지 모른다는 의심이 들었다. 글자에 음양이 배어 있다면 모든 글씨에 해당하는 것인지도 알 수 없었다. 일허의 말이 무겁고 힘겨웠다.

― 그대는 주역을 읽었소?

― 읽은 적이 있습니다.

― 주역의 이치는 세상의 근본이니 삼라만상 만물에 적용할 수 있소. 글자도 예외일 순 없지. 세상의 어떤 글자도 예외는 없으며, 모든 글자에 한 글자도 빠짐없이 음양이 존재한다고 하셨소. 음양이란, 들

고 나는 법칙이니 거역할 수 없는 물길과 같소. 물 흐르는 것처럼 자연스러운 법이오.

– 모든 글자에 음양이 어떻게?

– 말이 길어지는구려. 이 글자를 보시오.

광사는 일허의 손가락 끝을 바라보았다. 춤을 추듯 꼬여 있는 옥동의 병풍 글씨가 눈에 들어왔다.

– 두 획이 마주치면 음이 되고, 세 획으로 이어지면 양이 되지요. 양으로 접어든 획은 필경 세 번 멈추고 다시 세 번 이어지기 때문에 조화를 이루는 것이오.

– 획에도 음양이…….

광사가 고개를 한쪽으로 기울였다.

– 운필도 마찬가지요. 붓이 세 번을 지나가야 할 글씨라면, 붓끝이 이어지다가 멈추고 또 나아가 이어질 것 아니오. 그래야만 균형을 이루겠지. 점과 획이 부딪치고 글자의 길이나 폭이 좌우 대칭으로 균일을 이루는 것이 바로 음양 아니겠소.

– 획이 많고 복잡한 글자는 그렇다 치더라도, 한 일ー 자나 갈고리 궐ㅣ 자 같은 단순한 획을 가진 글자도 그러합니까.

– 모든 글자가 똑같다 하지 않았소. 한 일 자라 해서 다를 게 무어요?

– 한 일 자에도 음양이?

– 옥동 선생이 말씀하시길, 음양을 알고 붓을 들어야 참된 글씨를 쓸 수 있다고 하셨소. 음양을 모르고 달려드는 것은 밤새 허깨비를 쫓아 골짜기를 헤매는 승냥이 꼴일 뿐, 음양을 모르는 글자는 모양을 잡

지 못하고 흐트러지고 말 거요. 음양을 채운 글자는 기울어지지 않고 유약하지도 않소. 뾰족하지도 않고 완만하지도 않으며 강하지도 않고 급하지도 않을 거요.

－ 오묘합니다.

－ 물과 불이 만나 글자가 되고, 나무와 쇠가 만나도 글자가 되며, 거기에 흙이 보태지면 활기를 얻게 되고.

－ 오행……입니까?

－ 그렇소. 본디 획은 하나의 점에서 시작하지요. 하지만 생각해 보시오. 그냥 찍어 바른 점 하나에 무슨 음양이 있겠소. 붓을 끌어와 가로로 잇고 세로로 붙여가는 사이에 음양이 생기는 법이지. 글씨란 게 무릇 자연에서 비롯된 것이고 자연은 음양이 뚜렷한 법이니, 한번은 음이 되고 한번은 양이 되는 게 글씨의 원천이오. 글자에 감춰진 움직임과 고요, 강하고 부드러운 기운이 음양에서 나온다는 사실을 모르면서 어찌 좋은 글씨를 쓸 수 있겠소.

－ 아아.

이럴 수가 있나. 광사의 탄복이 깊었다. 주역에 나올 법한 음양 이치를 글씨에 접목한 발상을 어떻게 이해해야 하나. 생각해 본 적도 없었고 들어본 적도 없었다.

－ 옥동 선생 말씀을 잊은 적이 없소. 글씨를 쓸 때 붓끝에만 집착하지 말고, 한 번쯤 내 몸을 내려다보고 주위도 둘러봐야 한다는 말씀 말이오. 사실, 겪어 보면 어떻소? 계절의 변화에 따라서 몸과 마음이 달라지지 않았소? 봄이나 여름이 되면 몸이 나른해지고 가을과 겨울이 되면 마음이 우울하여 정처를 잃고 방황하게 되는 걸, 이게 다 무

엇일까요? 음양이 조화를 찾고 오행이 심술을 부린 탓 아닌가?

— 글자마다 고유한 법이 존재한다는 사실, 이제야 알았습니다.

광사가 일허의 눈을 바라보았다.

— 물론이지요. 모든 글자에는 고유한 법에 따른 본연 그대로의 원칙이 있지요. 하지만 원칙은 원칙일 뿐 영원히 변치 않는 건 없어요. 시간이 지나다 보면 살아 움직여야 하고 변해야 하는 거고, 옛것을 지키는 것이 원칙이고 시대의 흐름을 좇는 것이 변화라 한다면 둘 다 추종하면서 조화를 꾀해야지, 한길만 고집부려서야 되겠소?

한 번도 본 적 없는 옥동이지만, 필결을 펼쳐 들고 그에 따라 글씨를 써 보았다. 옥동이 아닌가 착각할 만큼, 일허는 광사의 말과 요구를 받아주었다. 마치 옥동이 환생하여 서실을 지키고 있는 것 같았다.

— 숨쉬기 어렵습니다.

— 그 자리에 앉아 글씨를 써내다니, 이렇게 글씨 욕심이 많은 사람은 여태껏 본 적이 없소.

필결 말고도 일허는 옥동의 진적眞跡[100]을 여럿 꺼내와 보여주었다. 생전 처음 보는 글씨에 매료된 광사는 어지럼증을 이겨내며 말했다.

— 모르겠습니다. 같은 글씨를 반복해 쓰다 보면 지루합니다. 변화를 주려고 해도 근본이라는 게 잡아당기니 자꾸 걸립니다. 새로운 글씨를 쓴답시고 근본을 버릴 수 없잖습니까?

---

[100] 손수 쓴 글씨, 실제의 유적.

– 그대 생각은 어떻소?

– 근본이고 뭐고 없이, 마구 풀어헤치고 싶습니다.

일허가 옥동의 글씨를 가리켰다.

– 여기를 보시오. 어느 한구석이라도 불편한 데가 있소? 막무가내
로 변화를 꾀한다고 해서 될 일이오?

– 이건 옥동 선생의 글씨 아닙니까?

– 자꾸 달아나려고 하지 마시오. 균제를 잃은 변화는 추한 충동일
뿐, 아름답지 않소.

– 균제가 무엇이길래, 치우쳐서는 안 된다는 말씀입니까?

– 나는 성현의 말씀을 새겨들으려 하오. 변화를 꾀하려면 원칙을
지키라 했소. 글자에 깃든 원칙을 무시해서는 좋은 글씨를 쓸 수 없다
는 말이오. 그렇다고 해서 원칙만 고지식하게 집착하면 법노法奴라는
수렁에 빠지고 말겠지요. 임기응변으로 대응하지 않고서 좋은 글씨를
쓸 수 없다니, 이런 얄궂은 모순이 어디 있소? 원칙만 고집하고 변화
를 무시하면 아둔한 청맹과니일 테고, 변화만 추구하고 원칙을 멀리
하면 경박한 망동일 뿐이지요. 온고溫故나 법고法古의 기반에서 새로
움이 나와야 하고, 원칙에 따른 변화를 꾀해야지 원칙에 반하는 변화
를 추구해서는 안 될 일이오. 왕희지 서법을 익혔다 하니 몸소 겪었을
터, 왕희지에게 없던 새로운 획이 움터 오르지 않던가.

– 백하 스승께서도 그리 말씀하셨습니다.

일허가 전하는 옥동의 논리는 거침없었다. 하루를 보내고 밤을 새
워도 모자랄 것 같았다.

– 획은 고양이 걸음처럼 사뿐하게 내디뎌야 한다고 배웠소. 시작

을 조심하고 마침을 살피라 하시던 말씀, 출발을 엉성히 한 사람이 제
때 닿을 리 없지 않겠소. 마침을 짐작하지 않고서야 좋은 시작을 펼칠
수 없는 법, 시작과 마침이 소홀하지 않고 정갈하다면 과정도 잘 이룰
것이오. 점과 획은 따로 노는 것 같아 언뜻 끊어진 것처럼 보이지만,
점과 획이 떨어져 있어도 필세나 필의筆意[101]는 끊어지지 않고 이어진
다고 했소. 따져 보건대 글씨는, 쓰는 자의 성정 안에서 멈추지 않아
야 하고, 모르는 사이에 앞선 글자의 기운과 형세를 받아 다음 글자로
이어진다는 말이오.

 - 점과 획이 그러하다면, 결구는 어떻습니까.

 - 남의 글씨 수준을 판단하려면 점획을 먼저 보고 나중에 결구를
보라 하셨소. 글씨 쓰는 모습을 보지 않았더라도 얼마나 붓을 빠르게
움직였는지 얼마나 무겁고 거칠게 다루었는지 훤히 알 수 있다는 거
고, 묵색의 농담濃淡만 보아도 글씨 쓴 자의 필력을 짐작할 수 있소.
글자는 성긴 데가 있고 농밀한 곳도 있기 마련인데, 농밀한 곳이 있으
면 반드시 성긴 데를 통해 농밀한 곳으로 귀결되는 법이니 성기거나
농밀한 곳 사이에 점획과 결구가 서로 조화롭게 이어지면 그만이라고.

 - 그게 어렵습니다.

 - 나도 마찬가지요. 대가의 글씨를 따르겠다고 똑같이 쓰려 한다
면 편법에 불과한 모방이 아니겠소. 심법心法[102]을 무시한 채 획의 모
양만 베껴 봐야 뭐하겠나 싶고, 그러다간 필경 폐필弊筆[103]로 전락할

---

101 붓을 놀릴 때의 마음가짐.
102 글씨를 쓸 때 마음을 쓰는 법.
103 망가져 쓸모없는 붓질

것이라 불안하고, 아무쪼록 처음 붓을 잡던 초심을 잊지 말고 예봉을 꺾지 않는 마음으로 정진해 보십시다.

– 잊지 않겠습니다.

– 나뭇가지처럼 휘어져 늘어진 글자, 생명력 없는 획은 맹목의 획책일 뿐 글씨가 아니라 믿고 있소. 정신을 전하는 글씨를 써야지, 뜻만을 전하는 글씨는 쓰지 맙시다. 정신을 담지 않고 모양만을 전하는 글씨를 쓰려면, 나도 붓을 들지 않을 거요.

– 명심하겠습니다.

– 옥동 선생께서는 늘 비인부전非人不傳이라는 말씀을 하셨는데, 그대와 말을 나누는 재미가 제법 쏠쏠하여, 오늘은 선생 생각이 많이 나는 날이오.

옥동의 필결에 따른 글씨는, 쓸 때마다 새로웠다. 배우고 다듬어야 할 것들이 쓸수록 또렷해졌다. 쓰고 싶은 점획이 틀어막히고 결구가 부서질 때 필결을 떠올렸다. 길은 멀었으나 보이지 않는 것도 아니었다.

임금의 뜻이 광사에게도 전해졌다. 기미년 경칩에 임금은 사치풍조를 금하고 친경親耕하고 권농勸農하라는 윤음綸音을 내렸다. 하지만 광사에게는 허황한 노릇이었다. 사치할 만한 재물은커녕 갈아먹을 땅뙈기조차 없었다. 짧은 봄을 견디지 못하고 기황이 극심한 탓에, 전국 팔도에 굶어 죽는 자가 차고 넘쳤다. 오월이 되자 흉년으로 감했던 공물가를 원상회복했고 팔월에는 대동미를 걷었으며 군포를 목면으로 낼 수 있게 했다. 시월에 태풍이 불어닥쳐 태묘 전사청 남문이 바람을 이기지 못하고 무너졌다. 살기 힘든 세상에 백성들 시름은 날로 깊어졌다.

둥그재
– 1739 己未

충청도 성주산聖住山 기슭 웅천熊川에서 난다는 남포 벼루는 석질이 짙고 빽빽하여 먹이 잘 갈렸다. 광사가 정좌하여 남포 벼루에 먹을 갈았는데 묽었던 묵색이 점차 짙어졌다. 검은빛으로 변해가는 먹물에서 비릿한 갯내가 났다.

방바닥이 어지러웠다. 순백의 화선지가 펼쳐져 있었으나 정돈되지 않았다. 먹 가는 광사의 머릿속에 지난 몇 년간의 세월이 스쳐 지나갔다. 임자년 봄에, 돌아가신 아버지의 행장을 지었다. 서른 살을 앞둔 나이에 감궂게 달려든 재앙이었다. 강화로 들어가 하곡 선생을 뵙고 가르침을 받았다. 이듬해인 계축년 봄에 혼례를 치렀다. 나주목羅州牧 모산茅山으로 내려가 문화류씨 규수를 데려왔다. 재혼이었으므로 누구에게도 알리지 않았던 조촐한 혼례였다. 새로 얻은 류씨 부인은 속이 깊고 차분했으며 남편에 대한 존경심을 지닌 여자였다. 가을에는 부모님 선영을 장단의 송남松南으로 이장하는 데에 형제들 뜻을 모았다.

갑인년에 한양으로 돌아왔다. 초가을 마른 햇살이 고양 삼휴리三休里 초가 처마에 내려앉았다. 앙상한 나무에 말라붙은 이파리와 생선 가시처럼 날카로운 가지가 광사를 맞이했다. 자존심마저 깃들지 않은, 내세울 것 없는 빈한한 살림살이였다. 늦가을이 되어서야 돈의문 밖에 세를 얻어 겨우 살림을 났다. 붓 한 자루 장만하기 어려웠던 가난을 견뎌낸 결과였다.

보름달이 초승달로 바뀌었다가 그믐달로 멀어지는 동안에도 글씨 쓰기는 게을리하지 않았다. 쓰고자 하는 글자에 맞는 붓이 있어야 했는데, 욕심껏 붓을 갖출 형편이 아니었다. 모난 글자를 쓰려 하면 뻣세고 강한 붓이 좋았고 둥글고 펑퍼짐한 글자를 쓰려면 단봉 붓이 필요했다. 자유로운 획을 구사하는 행초서를 쓰려면 장봉이 적절했지만, 광사는 아무 붓이나 잡고 썼다. 붓을 가릴 계제가 아니라는 것을 알았다. 더 좋은 붓과 먹, 벼루와 종이에 대한 욕심은 과분한 것이었다. 퇴필총에 묻어야 할 몽당붓 한 자루도 아까웠다. 몽당붓은 헐벗고 굶주린 광사의 처지와 똑같았다.

방금까지 썼던 글씨를 광사가 가만히 들여다보았다. 추레한 걸인의 누더기에 비단 조각을 가져와 억지로 꿰매 놓은 것 같았다.

— 몹쓸 허세라니, 허접스러운 글씨를 써 놓고 부유한 티를 내고 있구나. 부끄러운지고.

탄식이 절로 나왔다. 씨줄과 날줄, 잉아와 결을 다듬어 흠결 없는 옷을 만들었다면 누더기를 기웠더라도 벼슬아치의 사모나 비단 관복이 부럽지 않을 텐데, 광사는 깊은 한숨을 들이마셨다. 꽃송이가 수놓아진 요나 화사한 구슬 방석에 앉고자 하는 욕심이 아니었다.

  ─ 낮은 흙벽에 움막집 이엉 얹고 사는 초부도 제힘으로 살진대, 붓질로 허송세월하면서 이뤄낸 것이라곤 아무것도 없으니…….

  버선발에 가죽신을 신은 정자관 차림의 세도가 흉내가 아니었다. 하곡의 가르침대로 한 치의 위선 없는 삶인지 돌아보았다. 광사가 자신의 글씨를 발밑에 펼쳤다. 고아한 필치는 고사하고 중후함이라고는 찾아볼 수 없는 글씨로, 명주실을 헤쳐 놓은 듯 난삽하기만 했다. 글씨에서 눈을 뗀 광사가 고개를 떨어뜨렸다. 가늘지언정 철사처럼 단단한 글씨를 쓰고 싶었으나 힘을 뺐어도 홀가분해지지 않았다. 야위어짐으로써 단단해지고 가늘어짐으로써 튼튼해지는 글씨는, 손에 잡히지 않는 먼 곳에 있었다.

  남의 집에 빌붙어 살았으니 머슴의 드난살이를 나무라지 못했다. 셋방살이를 전전하던 병진년에 아들을 낳았다. 이름을 긍익肯翊이라 지었다. 젖먹이를 안은 채 일가를 이끌고 강화로 가던 중 갑골 나루에서 하곡의 부음을 맞았던 게 바로 그해 여름이었다.

  정사년 봄, 광사가 집을 장만했다. 돈의문 밖 둥그재 아래의 누옥이었다. 맞배지붕의 풍채 좋은 기와집은 아니었으나 서실을 대신할 사랑채가 있었고 안방과 대청, 행랑채를 갖춘 집이었다. 거처를 마련한 기쁨은 말로 표현할 수 없었다. 조촐한 음식을 차려 광사 부부가 예를 갖췄다. 박꽃 피어난 초가지붕 아래 삿자리를 깔고 앉아 옹기종기 모여 살고 싶은 소원을 이룬 셈이었다. 식솔들 호강은 못 시켜줘도 목구멍에 풀칠이라도 해야 하지 않겠느냐, 곳간은 허랑할망정 식구들 누울 초가삼간이라도 마련하고 싶었는데, 이제야 처자식을 볼 면목이 생겼다고 여긴 광사는 괴란쩍었던 기분을 걷어냈다. 학문에 전념하고 글씨를 쓸 수 있게 해주십사 하고 성주城主와 제석신帝釋神에게 절을 올렸다. 집을 도톰하게 감싸 안고 있는 원교산의 이름을 따서 스스로 원교圓嶠라는 호를 지었다. 원교산을 바라보던 광사가 나지막하게 중얼거렸다.

　- 이제는 나를, 원교라 불러주오.

　좋은 붓과 먹을 쓰는 것까지 바라지 않더라도 종이를 구하는 게 문제였다. 가난한 형편에 넉넉하게 종이를 쓸 수 없었다. 먹물이 잘 스며들어 글씨를 빛나게 하는 생지는 꿈도 꾸지 못했다. 파지 걱정 없이 써댈 수 있는 반숙선지라도 있으면 그나마 낫겠지만 곤궁한 처지에 언감생심일 뿐이었다. 이유는 그렇게 딱 하나, 선지값이라도 마련해야겠다는 심정으로 아이들을 모아 가르치기로 했다.

　원교라는 이름이 알려지면서 분주한 날이 잦아졌다. 세가世家[104]들이 드문드문 늘어선 돈의문 안쪽 원근의 학동들이 몰려들었기 때문에 먹고 살 방편이 해결되었다. 광사의 글씨를 받고자 먼 데서도 찾아왔다. 광사는 서실을 정돈해 아이들을 가르쳤다. 필봉이 나아가는 역

---

[104] 대대로 권세나 특원을 누려온 집안, 세족(世族).

입과 평출朱出[105]부터 다섯 손가락을 붙여 붓 잡는 법을 가르쳤다. 붓을 쥔 아이의 손이 앙증맞았다. 광사가 아이들이 알아들을 수 있도록 일렀다.

아이들은 예를 갖추어 대답했다. 광사는 아이의 표정을 하나하나 살폈다. 코 밑에 수염발이 돋아 제법 소년티를 벗은 아이가 광사의 말에 고개를 끄덕였다.

– 사람만이 뼈와 살이 있는 게 아니다. 글자에도 뼈가 있고 살이 있으니, 당연히 피가 흐른다. 글자 속 핏줄을 쌩쌩하게 돌게 하려면 생각을 모아야 한다. 손끝 솜씨보다 생각이 앞서야 한다는 말이다. 눈을 감아 보라. 눈을 감아도 환히 떠오르는 글씨, 고요한 마음속 깊은 곳에서 우러나오는 글씨의 자획을 예상하고 붓을 들어라.

광사는 아이들을 가르칠 때마다 백하 스승을 떠올렸다. 스승에게 배운 바를 누군가에게 전한다는 것이 사람의 도리였다. 스승은 글씨를 소도小道라 했다. 선인들이 걸었던 길을 따라 걸어야 할, 작은길이라는 의미였다. 굳고 정한 뜻을 앞세워야 자신만의 글씨를 쓸 수 있다고 스승에게 배웠다. 뜻이 앞서고 학문의 깊이가 있어야 한다는 말이었다. 소도라 했던 스승의 글씨는 작지만 않았다. 광사도 작게 머무르고 싶지 않았다. 설사 글씨가 소도이더라도 배우는 자는 겸손하고 후덕하며 넓고 굳센 뜻을 가져야 한다고 믿었다.

계절의 변화와 날씨의 추이에 신경 쓰지 않았다. 궂거나 맑거나 비

---

[105] 붓을 움직여 글씨를 쓸 때 붓털을 고르게 움직여 나아가는 방법.

가 오나 눈이 오나, 무악재를 넘고 봉일천 둔치를 지나 걷고 또 걸었다. 때려죽인 개를 삶아서 뼈와 살을 발라 먹은 자취가 공릉천변 버드나무 길에 흩어져 있었다. 백하를 찾아가는 길은 한결같았다.

백하는 물기 빠진 갈필渴筆[106] 같은 노인이었다. 망건이 훤히 비치는 복건 아래, 눈썹과 낯빛은 생기를 잃었고 말은 심드렁했다. 그는 날이 갈수록 늙어가 어느덧 초췌한 노인이 되어 있었다. 이마를 쥔 상투를 매만지는 움직임은 느렸고, 기력이 쇠한 나머지 손끝이 떨렸다. 빠진 치아 바깥으로 말이 새어 나왔다. 한 글자도 써내기 어려울 것 같은 추레하고 병약한 모습이었지만 메마른 눈빛만은 농롱했다. 몸이 편찮으신 게로구나. 절을 하고 난 광사가 낮게 엎드렸다. 스승의 얼굴을 가만 들여다보니 입술 가운데가 더욱 까매졌다. 오랜 세월 동안, 붓끝을 가지런하게 모으기 위해 입으로 빨아들인 흔적이었다.

– 잘 쓴 글씨가, 좋은 글씨입니까?

아무리 되물어도 흡족한 답을 들을 수 없다는 것을 광사는 알았다. 스승에게 보여줄 자신의 글씨를 펼쳤다. 백하의 말이 메마른 낙엽처럼 뒹굴며 떨어졌다.

– 뜻이 통했는지부터 살펴라. 글씨의 기백이 충만하면 깊이가 생기고 중량감이 묻어온다. 기예에만 눈이 멀어 속서를 휘갈기는 버릇, 바로잡았느냐? 여백을 알고 조화를 이룬 글씨, 문자형에 강경한 뜻이 담긴 글씨를 쓸 때도 되었는데…….

---

106 빳빳한 메마른 털로 맨 붓.

백하가 구부정하게 앉아 글씨를 바라보는 동안 광사가 상체를 곧추세웠다. 한 마디도 놓치지 않고 새겨 담기 위해서였다. 두문불출, 방문을 걸어 잠그고 공들여 쓴 초서였다. 가까스로 한 장을 넘기고 두 장째 머물렀을 때 백하가 손을 휘저어, 선지를 넘기던 광사의 손을 멈추게 했다. 백하의 눈빛과 말투에 못마땅한 기색이 뚜렷했다.

– 이런, 이런…… 이게 무어냐?

– 무슨 문제라도?

– 거참, 어쩌면 글씨가 이렇게도 무례하단 말이냐?

– 네? 무례하다뇨?

광사는 백하의 눈초리를 따라 자신의 글씨를 보았다.

名無翼而長飛 道無根而永固[107]

– 세상에 이런 글씨가 어디 있단 말이냐? 남의 눈치라고는 조금도 살피지 않고 제멋대로 써 갈겨버렸으니, 이런 글씨가 나올 수밖에……. 날개 없는 이름이 날아다니는 게 아니라 몹쓸 흥이 도져 주체를 못 하는 네놈 글씨가, 봉두난발로 머리를 풀어 헤치고 날아다니는 것 같구나.

노여운 기색이 깊어지기 전에 광사가 머리를 조아렸다.

– 헤아리지 못했습니다.

---

[107] 이름은 날개가 없어도 멀리 날아다니고, 도는 뿌리가 없어도 영원히 견고하다는 뜻으로 부처의 말씀, 법어(法語).

– 맑은 날만 이어지는 게 인생이 아니라 눈이 오고 비가 오는 날도 있듯이, 정자체로만 글씨를 쓰란 법 있다더냐? 행서도 쓰고 초서도 써 보고 싶은 욕구를 억누를 순 없겠지만, 그렇다고 몹쓸 생억지를 부려서야 되겠느냐?

– 아무리 주의를 기울인다 해도…….

– 흘려 쓰는 글씨는 조심해야 해. 자칫하면 이렇게 무례하게 보일 수 있다. 초서라 하여, 획과 획끼리 부딪히고 글자와 글자끼리 이어 쓰는 것으로만 생각하지 마라. 두세 글자를 단숨에 이어 쓰는 것이 초서지만, 한 글자 안에서도 두어 번 끊어 쓸 때도 있어. 붓을 움직여 나가는 길이 통렬하여 거침없이 이어진다 해도, 제풀에 힘이 꺾여 끊어질 때도 있다는 말이다.

– 그러합니다.

– 이 글씨를 보아라. 새를 그린 것처럼 머리와 꼬리가 날렵하지만, 급한 마음을 감추지 못하고 멋대로 활개를 쳐서 엇되고 되바라져 있지 않냐? 붓 가는 대로 자연스럽게 써야지, 억지를 부려 잇거나 끊어 쓰면 안 된다. 배암 여러 마리가 똬리를 틀고 서로 엉켜 있는 것 같구나. 장초章草[108]에서 나온 것이 초서지만, 장초도 무조건 글자를 이어 쓰지만은 않았어. 붓의 움직임이 단출하고 운필이 빨라야 좋은 초서가 되는 법이다. 글자의 모양을 깨뜨리더라도 빈 곳을 채워나가야 하는데 너처럼 이렇게 마구 뭉개버리면, 이게 그림에 가깝지 어찌 글자

---

108 예서에서 초서로 변해가는 과도적 서체로, 예서를 빨리 쓰기 위해서 자연적으로 발생한 서체.

란 말이냐?

　－ 초서라 하여 빨리 쓰다 보니.

　－ 그렇다고 속도에 집착하지는 마라. 빨리 쓰다 보면 먹물이 종이에 스며들지 않고 지나가고 만다. 흘림체라 하니, 갯벌을 가로질러 지나가는 낙지 발가락 같아서야 쓰겠냐?

　－ 흘림체는 단번에 쓰는 게 좋지 않습니까?

　－ 무엇이 급한 게냐?

　－ 일필휘지라는 말도 있는데요.

　－ 일필휘지, 말이 좋구나. 아무렴, 기세 좋은 말이긴 하나 필흥이 있어야 가능하다. 기운이 생동하지 않는 글씨는 생명력이 없겠지. 기운이 무어냐? 잠재된 의식 속에 웅크리고 있다가 일거에 터져 나올 때 살아나는 것 아니냐. 삼라만상에 떠도는 기운생동을 글씨에 담아 내려면 필흥을 살려야 해. 필흥이 돋으면 붓을 자유자재로 놀릴 수 있고, 필흥을 움직이면 골법과 용필도 가져올 수 있다. 삽세澁勢도 흥이 돋아야 가능하겠지.

　－ 삽세……라 하셨습니까?

　－ 마음에서 움텄을 때 순식간에 획을 휘두를 수 있는 경지이니라.

　－ 붓놀림이 빨라야겠지요.

　－ 처음에 붓을 느리게 움직이다가도 끝에서는 급하게 휘둘러야 한다. 그래야만 끊어지지 않지. 구렁이와 용이 서로 얽혀 노는 모양으로 이어져야 해. 글씨란 게 가만 들여다보면 모나게 보이다가도 기울어져 있기 일쑤이고 스스로 일어서다가도 제풀에 엎드리기도 하지. 점획이 끊겨 멈춰 있다고 해서 생각마저 멈춰서는 안 되고말고. 하긴,

네놈만큼 흥겨움을 주체하지 못하고 필흥이 넘치는 글씨를 남발하는 자가 세상에 또 있다더냐? 나아갈지 머무를지 억지를 부리지 않고 마음 가는 대로 휘두르는 건 좋다만, 격을 잃은 필흥을 붙잡아두지 않고서야.

— 단 한 번도 본 적 없는, 그런 글씨가 있습니까? 낯설기만 하던 옥동 선생 글씨도 반복해서 쓰다 보니 생소함은 금세 사라지던데요.

새로운 글씨를 쓰라 했다. 필체를 가다듬어 늘 새롭게 써 보라 했지만 다른 관점을 찾기 쉽지 않았다. 광사는 백하의 흘림체를 주목했다. 백하 글씨가 흔치 않았으므로 낙관 없는 체본을 간직했다. 귀하게 전해지는, 백하의 기이하고 수미한 글씨는 사람들이 흉내 내지 못했다. 광사는 백하 글씨를 따라 쓰며 마르고 굳셈을 본받고자 했다.

— 장안에 떠도는 글씨는 어떻습니까? 누구 글씨가 낫습니까?

광사가 백하에게 물었다. 깔깔하고 고집 센 백하는 남의 글씨에 너그럽지 않았다. 세간의 이름난 글씨에 거칠고 박한 평을 내리기 예사였다. 백하의 웃음이 허전했다.

— 붓 잡은 자라고, 누구나 좋은 글씨를 쓸 순 없지. 선대 명필을 우러르고 따라야 하지만, 요사이 글씨는 그렇지 않아 문제야. 선인의 그림자를 밟지 않겠다고 피해 다니는 게 능사라더냐? 요즘 풍조를 봐. 송설체는 어디로 가고, 안평은 재주가 승하다고 일가를 이루었더냐? 솜씨만 앞세우면 좋은 글씨로 대접받을 순 없어.

— 누구 글씨가 좋습니까?

— 그래도 옥동이지. 옥동 선생 글씨는 달라. 그 어른의 학문이 박

약하다고 서론마저 무시할 순 없어. 옥동의 필결을 보니 어떻더냐? 글씨를 오래 써 온 관록으로 주역을 접목한 필법은 탁견이고말고. 행서와 초서도 교묘하고 탄탄해. 우물처럼 깊고 봄날처럼 태탕駘蕩한 필체는 송과 원의 고첩과 견주어 손색없고, 졸박하기가 명과 청에 비할 것 없이 조선의 으뜸이야.

광사가 백하에게 머리를 들지 않고 물었다.

— 언젠가 봉래蓬萊[109]의 글씨를 최고라 치지 않으셨습니까? 저는 아직껏 이해하지 못하겠습니다. 봉래의 초서가 장초를 따랐다지만 어딘지 힘을 얻지 못하고 뼈대 잃은 근육처럼 흐물흐물하게 보입니다. 글씨란 어쨌든 사람들 눈에 들어야 하지 않습니까.

광사는 말을 이어가지 못했다. 송설체를 반발하고 싶은 백하의 뜻을 알았기 때문이었다. 백하는 흐릿한 눈빛을 거두고 수염을 쓸어내렸다.

— 그렇지만은 않아. 사람들이 알아본다고 해서 무턱대고 좋은 글씨라 할 수는 없지. 있는 듯해도 없고, 없는 듯해도 보이는 게 글씨야. 도무지 알 수 없는 글씨도 단 한 사람의 고수에게 인정받게 되어 고질하고 연미하다는 찬사를 들을 수 있지. 근골이 튼튼한 글씨는 눈에 띄지 않더라도 필의가 선명하면 숨겨지지 않아. 많은 사람 눈에 들었다 하여 최고의 글씨는 아니라는 거야. 지나치게 깔끔한 자태를 뽐내는 글씨는 외려 질릴 수 있어. 배롱나무 맨살처럼 미끌미끌하다고 좋은 글씨라더냐. 투박하고 굳센 글씨가 미끈하게 쫙 빠진 글씨보다 낫다

---

109 양사언(楊士彦), 조선 전기의 문인이자 서예가.

는 거지.

　― 아무리 써도 나아지지 않으니, 견디기 어렵습니다. 같은 글자를
되풀어 쓰면 뉘가 나고, 쓸 때마다 달리 써 보라 하시는데, 어찌합니
까.

　― 변화는 끝이 없어. 서법을 연마하는 자라면 종생토록 추구해야
할 길이지. 변해야 한다는 강박에 시달려 마구잡이로 흐트러뜨리는
자가 있는데, 변화는 질서를 바탕으로 이루어져야지 억지를 부리면
안 돼. 변화라는 것은 오묘한 것이라서, 변하고자 해서 변하는 건 참
된 변화가 아니야. 변화를 약속하지 않았어도 알지 못하는 사이에 저
절로 변한다면 자연과 상응한 변화여서 거부감이 없지. 물 흐르듯 자
연스러운 변화, 그게 참된 변화야.

　― 법칙을 꿰뚫고 있어서입니까.

　― 글씨 쓰는 자가 미처 알지 못했던 변화나 예정에 없는 변화라도
내장된 법칙에 따라 움직이고 있는 거야. 정작 자신은 몰랐다 해도.

　― 그렇다면, 글씨도…….

　― 그렇지. 변화를 예단하고 붓을 놀린다 한들 그걸 질서라 할 수
있을까. 글씨는 평이하다가도 험난해지지. 옥동 선생 말씀처럼 음양
이 조화를 부리기 때문에, 바르다가도 흩어지고 길다가도 짧아지고
굵다가도 가늘어지고 넓다가도 좁아질 수 있어. 그뿐이더냐. 어렵다
가도 쉬어지고 날카롭다가도 무뎌지고 점잖다가도 사나워지고 굽었
다가도 펴지고 둔탁하다가도 부드러워지는 게 글씨 아니더냐. 사람의
심성도 일정하지 않아 하루에도 열두 번씩 바뀌는걸. 오욕과 칠정이
시시때때로 변하는 게 사람의 심사니, 글씨나 사람이나 다를 게 없어.

— 글자에 담긴 뜻보다 글자의 모양이 더 중한 것 아닙니까.

— 천연스럽고 온후한 글씨를 쓰려면 뜻을 앞세워야 해. 그렇지 않으면 속서로 전락할 뿐이지. 정신 차리고 새겨들어라. 붓을 지면에 대기 전에 무엇을 쓸 것인가 결정해 두어야 해. 붓을 움직여 붓끝이 지면에 닿는 순간, 글씨 쓰는 자의 속내에서 난리가 일어나는 거야. 노루가 뛰어다니고 까투리가 날개를 푸덕거리며 날아다닐 테니 정신을 차릴 수 없어.

— 제가 그러합니다. 글씨 쓰기 직전에, 가슴이 터질 것 같고 숨이 차올라 견디지 못하겠나이다. 헛기침이라도 헛, 헛, 큼, 큼, 뱉어내지 않으면 도저히 쓸 수가 없습니다.

— 그 지경이 되도록 방치했더란 말이냐?

— 진정시키려 해도 심장이 터질 것 같아, 맘대로 되지 않습니다.

— 가만 놔두면 몹쓸 습관으로 굳어질 터, 큰일이구나.

— 고쳐지지 않습니다.

— 붓을 꺾고 제치며, 눕히고 떼면 마음을 억누를 수 없는 거지. 그러니 글씨 쓰기 전에 마음을 가라앉히고 붓보다 뜻을 앞세워야 해. 먹 가는 시간에 정신을 집중시킨 뒤 자획을 크게 잡을까 작게 잡을까 획을 눕힐까 일으켜 세울까 결구는 어떻게 마무리할까 짐작해둬야 능란한 글씨를 쓸 수 있어.

— 솜씨와는 다릅니까.

— 손끝에 매달린 기예로 쓴 글자는 손과 마음이 따로 놀게 되어 속서로 떨어지기 마련이니, 글자 형태를 가늠하고 난 뒤 쓰라는 말이다. 흉중에 의기를 채울 때 힘이 넘치는 글씨가 나오는 법, 재주가 뛰어날

지라도 뜻이 없으면 한낱 환쟁이 나부랭이의 비루한 속기에 머무를 뿐 천기 조화의 묘를 꿰뚫어낸 글씨라 할 수 없겠지. 서법을 무시하고 나름의 붓놀림을 자랑하고 싶다면 지금 당장 붓을 꺾는 게 나아.

한숨을 돌리던 백하가 광사의 이름을 불렀다. 광사가 깊이 머리를 숙였다.

— 누가 너에게, 격조도 없고 안목도 없는 글씨를 쓰라 했냐? 마음이 올바르게 닦였을 때 붓도 반듯한 것이고 바른 자세로 붓을 놀릴 때 글씨도 바르게 된다.

— 욕심을 감추지 못했습니다.

— 순연한 본성을 채우고 천기를 구현할 글씨여야 하는데, 어찌할 것이냐. 바깥 시선에 눈치 보지 않고, 막무가내로 내지르는 용필과 획법은 너의 길을 가로막을 것이다.

백하의 말은 일정하고 단호했다.

— 끝이 없는 겁니까. 정녕 멀었습니까.

백하의 무릎 앞에 엎드린 광사는 움직이지 못했다. 기침을 거둔 백하가 마른 뽕잎을 우린 차를 한 모금 마시더니 종이를 떠들어 보았다.

— 멀었지. 멀었고말고. 활력이 무궁한 글씨, 근골 묘리의 역동을 갖춘 글씨를 쓴다는 게 쉬운 일이냐? 글씨의 그루터기를 파낼 때까지 쓰고 또 써 봐라. 글씨의 세계에 마지막이 어디 있겠냐? 너만 멀었다는 게 아니라, 나도 역시 멀었다.

— 어찌 황망한 말씀을…….

— 경지에 이른다는 것은 어림없는 일. 어떤 글자를 쓰더라도 하나같이 자신 있게 붓놀림이 나오는 경지. 점과 선이 균형 있게 배치되어

혼연한 여백을 이루고, 획이 크거나 가늘지 않고 길거나 짧지 않고, 필압이 세거나 약하지 않고 가볍거나 무겁지 않은 경계를 아는 경지, 운필의 지속에 막힘과 다툼이 없는 경지, 사물을 베껴서 될 일도 아니지. 단숨에 휘갈기면서도 우연히 형성된 공백도 놓치지 않는 경지.

— 아아.

— 먹을 쓰는 것도 다르겠지. 네 눈으로 보기엔, 먹은 흑색으로만 보일 뿐 어찌 다섯 가지 채색이 보이겠냐. 운필에 따라 엷은 묵색을 짙게 하고 메마른 것을 윤이 나게 하여 전혀 다른 글씨가 되게 하는 경지. 누가 그런 경지에 올랐단 말이냐.

— 진정 멀었습니다.

— 멀었지. 멀어도 아득히 멀었지. 경지라 하면, 영묘한 결과로 나타나야 하고 어색함 없이 딱 맞아떨어져야 하는데, 닿을 수 없는 먼 곳이 아닌가.

— 꿈결 같은 말씀이십니다.

광사가 깊은숨을 들이마셨다. 묵법도 필법도 모른 채 임서를 위해 달려들던 시절이 떠올라 괴로웠다. 붓촉을 조심스레 다루어 가볍고 경쾌하게 용필해야 함에도 똑같은 모양으로 베끼기에 골몰했던 시절.

— 부끄럽습니다. 둥근 것과 모난 것을 가려내지 못했고 평평하게 뻗는 획을 몰랐으며 갈고리와 파임을 몰랐습니다. 붓을 들어 올릴 때 기러기 꼬리처럼 뽑아 올려야 하는데도 생각 없이 붓을 거두어 버렸습니다. 때로는 화급을 다투듯 재촉하다가도 구렁이 똬리 틀 듯 늘어져 포개어질 수 있는 게 글씨인데, 그걸 모르고 썼습니다.

— 글씨는 문자가 바탕이기 때문에 문자의 법도를 떠나 이루어질

수 없다. 여러 글자를 어울려 쓰려면 글자끼리의 법도를 지켜야 한다. 행과 구, 점과 획이 따로 놀면 안 돼. 글자와 자획이 행간 안에서 호응하며 긴요하게 관계를 맺어야 한다는 말이다. 붓이 종이에 닿는 것은, 사람이 풀과 나무에 말을 거는 것과 같지. 허허.

백하의 말은 놓칠 것이 없었다. 광사가 크게 머리를 끄덕였다. 백하가 돌아간 뒤, 사경四更 축시丑時가 되어 닭이 울 때까지 호롱불 아래에서 글씨를 썼다.

전처인 안동권씨에게서 얻은 딸아이가 경신년에 죽었다. 겨우 여덟 살이었다. 광사는 작은 시신을 끌어안고 울었다. 며칠 지나지 않아 둘째 아들이 태어났다. 한 아이가 죽고 한 아이가 태어났으니, 죽음과 생명이 한 울타리에서 공존했다. 둘째 아들 이름을 영익令翊이라 지었다.

상고당尚古堂

− 1741 辛酉

신유년 봄날, 백하 스승이 돌아가셨다는 부음訃音을 듣고 말았다. 애오개를 넘나들던 삭풍이 멈추고 붉은 진달래가 둥그재 건너 복주산 등성이를 물들일 때였다. 백하가 예순두 해를 사는 동안, 광사의 나이 서른일곱이었다.

백하의 죽음은 광사의 넋을 빼놓았다. 처음 백학산 고택으로 찾아갔을 때가 떠올라 괴로웠다. 백하가 던진 벼루에 이마가 찢기고 지필묵 서판을 뒤집어썼다. 괴팍한 방식이었을 뿐 스승의 드센 가르침이었다. 새삼 헤아려 보니 무려 스무 해를 백하 문하를 드나들었다. 먹먹한 밤하늘을 올려다보던 광사가 몸을 떨었다. 이따위 썩어빠진 정신머리로 무슨 글씨를 쓰겠다는 것이냐? 스승의 꾸지람을 듣고 싶어도 다시는 들을 수 없었다. 정미년 환국 때도 무사했고 무신년 난리통에도 살아남았던 스승이었으나 줄곧 고사하던 끝에 평안도 관찰사 명을 받들어 임지로 떠난 것이 문제였다. 마침내 압록강鴨綠江 벽동碧潼에서 순직하고 말았다는, 청천벽력 같은 흉문이었다. 광사는 뒤주

169

를 털어 쌀 닷 말을 내주고 말 한 필을 빌려 백학산 고택으로 달려갔다.

시신도 없는 백하의 방에 앉아 넋을 놓고 울다가 삼베옷으로 갈아입고 머리 고깔에 수질首絰을 둘렀다. 생전에 자식을 두지 못해 양자로 들인 조카 윤득여가 당도할 때까지 광사가 상주 노릇을 했다.

백하의 형인 윤유의 셋째 아들 득여는, 스승의 가계를 잇는 양아들이었다. 하관이 좁고 목덜미가 가늘어 약골의 기색이 역력했다. 나무 지팡이를 내려놓고 득여의 청에 따라 제문祭文을 썼다. 헛, 헛, 큼, 큼, 터질 것 같은 가슴을 진정시킨 뒤, 붓을 들어 스승의 행장을 써 내려갈 때 죽음이 일깨우는 무상함에 진저리 쳤다. 백하의 언행과 필체가 눈물에 엉켜 제문을 마저 쓰지 못했다. 오장육부를 쥐어짜는 격정은 이제 부질없었다. 어쭙잖은 학문과 늘지 않는 글씨에 대한 환멸이 백하의 죽음 앞에서 입을 다물고 돌아섰다.

─ 다시는 스승 앞에서 글씨를 쓸 수 없으리. 웅혼하고 수려한 붓놀림을 이제는 만날 수 없으리.

제문을 쓰다 말고 또 울었다. 열일곱 나이에 백하의 문하에 들었다. 서른일곱 살까지 깊고도 넓은 서풍을 배웠다. 왕희지 고법을 바탕으로 당송과 위진의 글씨를 수련하면서, 공교하고 미려한 스승의 글씨를 지켜보았다. 조선 글씨는 고질적인 누습을 떼어내고자 애썼을 뿐 옹졸하다고 배척하지 않았다.

─ 이제 어찌해야 합니까?

제문을 쓴 광사가 붓을 내려놓고 눈을 씻었다. 붓을 놓자마자 달려든 생각이 아니라 작정한 듯 들어앉아 괴롭히던 고민이었다. 아무것도 이루지 못했고 그 무엇도 할 수 없는 무기력한 자신을 놔둘 수 없었다. 헛것에 휘둘려 시간만 허비하고 있는 스스로가 한심했다.

– 이걸 열어 보시지요.

광사 앞에 투박한 문양이 새겨진 목조 필함이 놓여 있었다. 득여는 스승의 시신을 수습하며 압록강 임지에서부터 필함을 가져왔다고 했다. 생전의 스승께서 가장 아끼던 물품이 간직된 필함이라 말하며, 득여가 눈시울을 닦았다.

– 아버님의 유품을 원교 선생께서 보셔야 할 것 같습니다.

– 무엇인데요?

– 보시면 압니다.

필함에는 붓 대신 글씨 몇 점이 포개져 있었다. 스승의 글씨에 섞여 무엇인가 낯익은 필선이 드러난 선지를 펼쳐 보고 화들짝 놀랐다.

– 아니, 이것은?

名無翼而長飛 道無根而永固

스승 글씨 곁에 놓인 자신의 글씨는 언젠가 무례함이 지나치다고 혼이 났던 바로 그것이었다. 득여의 말이 담담했다.

– 장차, 조선을 대표할 글씨라 하셨습니다. 두고두고 지켜보아도 물리지 않는 글씨, 가르치지 않았어도 순연히 내뿜는 분방함이야말로 타고났다 하셨습니다. 왕희지를 익히라 했더니 마침내 왕희지를 뛰어넘는 글씨를 써낸 제자라 하셨습니다.

– 무, 무슨, 말씀을……

– 조선 최고의 명필, 아버님께서 원교 이광사의 글씨를 두고 하신 말씀입니다. 허무맹랑한 필흥인 줄 알고 광사를 나무랐는데 어찌 된 일인지 놔두고 볼수록 영묘한 감흥이 일렁이게 하는 걸작이라 하셨습니다. 참으로 오묘한 일이라며, 보면 볼수록 진가가 묻어나는 글씨, 누구도 흉내 낼 수 없는 조화를 부린 거라며, 저에게 당부하셨습니다. 이 글씨를 진본으로 지키고 가보로 전하라 하셨습니다.

– 당치…… 않으신…….

광사는 눈을 뜨지 못했고 말을 붙일 수 없었다. 득여의 말을 믿을 수 없었다. 필흥이 솟구치다 못해 남의 눈치를 살피지 않고 멋대로 휘갈겨버린 글씨라 하여 엄히 단속했던 그 글씨가 필함 속에 간직되어 있었다.

– 이럴 수가……. 이건, 말이 되지 않아요.

선학이 내리는 것 같고 바닷물이 밀려오는 것 같던 백하 글씨와는 달랐다. 다시 볼 수 없는 스승의 자리는 높았다. 넘볼 수 없고 가늠할 수 없는 경지였다. 지엄한 조물주의 명을 받은 듯, 붓 한 자루로 일세를 풍미했던 신필神筆이었다. 거기에 일천한 자신의 글씨를 대고 붙이다니, 가당치도 않은 일이었다.

– 거짓이지요? 믿을 수 없는 일입니다.

– 아닙니다. 아버님께 똑똑히 들었습니다. 여러 차례 들었으니, 지나가는 말씀으로 가벼이 하신 게 아닙니다.

– 말도 안 돼. 스승 앞에서 저는, 하찮은 청맹일 뿐입니다.

– 청어람靑於藍할 수 있는 유일한 제자는 오직 한 사람, 원교 이광사라 하셨습니다.

– 왜 그런 말씀을? 말이 되지 않아요.

광사가 엎드려 울음을 토했다. 스승을 넘어서리라는, 망령 난 생각은 추호도 해 본 적이 없었다. 마침내 목이 쉬어 쓰러진 광사가 일어나지 못했다.

– 저를 용서하지 마옵소서.

장단현長湍縣 반룡산盤龍山 비탈에 스승을 묻었다. 봄날의 소소리 바람이 산자락을 휘감았다. 광사가 곡기를 끊고 울었다. 며칠 동안 쓰러져 일어나지 못했다.

임술년 봄, 전국 팔도에 정체 모를 역병이 창궐하여 죽는 자가 속출했다. 사대문 안팎에 가마니에 덮인 시체가 부지기수로 나뒹굴었다. 끔찍한 나날이었다. 괴질이 두려운 광사는 바깥출입을 끊은 대신 지필묵을 마주하며 지냈다. 여름에는 팔봉산八峯山과 치악산雉嶽山에 도적 떼가 출몰하여 백성을 불안하게 했다. 흉흉한 민심이 가라앉지 않더니, 종루鐘樓에 큰불이 나서 번졌다. 불을 피해 목숨을 건진 사람들이 보따리를 싸서 집을 떠났다. 몸을 숨겼던 피맛골까지 불길이 이어졌다.

쇠라도 녹일 만한 더위가 둥그재를 덮쳤다. 황톳길 너머 쥐똥나무 이파리가 색을 잃었고 연못가에 피었던 백련이 시들었다. 서안 앞에서 부채질하던 광사가 벼루에 놓인 붓을 바라보았다. 드러누운 붓도 매가리 없었다. 아침부터 글씨를 써 왔으면서 남은 게 무엇인지 헤아리지 못했다. 글씨는 흔적을 남기지 않은 채 스쳐 가는 바람 같았다.

글씨랍시고 쓰고는 있으나 한 줌 쓸모도 없다는 사실이 아팠다. 햇볕이 뜨거워 출타하기도 만만찮은 나날이었다.

– 여보게, 원교. 자네를 보자는 사람이 있는데, 만나 볼 텐가?

글씨를 배운답시고 둥그재 광사 집에 드나들던 홍문관弘文館[110] 수찬修撰[111] 박천朴펴이 물었다. 광사는 건성으로 흘려들었다. 하루 나절도 추스르지 못하고 당장 앞가림도 못하는 형편에 누구를 만날 기분이 아니었다.

– 나를 보자고? 그런 사람이 있단 말인가?

– 혹시 아는 사람일 수도……?

– 아는 사람?

광사는 실없는 웃음을 흘리며 박천을 바라보았다. 눈가에 잔주름이 자글자글한 그는 광대뼈가 높아 살이 찔 수 없는 인물이었다.

– 바쁜 사람한테 바늘귀를 꿰어달라 부탁한 셈인가?

– 그건 아니네. 내가 바쁠 게 뭐가 있겠는가?

– 무슨 말씀? 장안 제일의 명필, 원교가 아닌가?

– 어제와 오늘이 같고 오늘이 내일과 같을 텐데, 새로움도 없이 늘 반복되는 하루가 나른하기는 하네.

광사의 말에 박천이 상체를 바싹 붙였다.

– 아무나 보자는 게 아니라, 명필 이광사를 보고 싶어 하는 사람일세. 혹시 아나? 원교에게 귀인이 되어줄지…….

---

110 조선 시대 궁중의 경서 및 문서를 관리하고 임금의 자문에 응하는 일을 맡아보던 관아.
111 서책을 편집하고 펴내는 일을 하는 관리.

내키지 않은 걸음이었지만 따라나섰다. 담장 사이로 홰나무 가지가 산들거리는 운종가雲從街를 지나 개천으로 갔다. 심의와 도포 차림 선비들이 흔하게 돌아다녔다. 세상은 달라졌다. 빠르게 변해가는 시속에 편승해 돈의문 안 이곳저곳에 색색의 옷을 차려입은 부자들이 활개 쳤다. 그들은 누대로 내려온 권문세족 자손이 아니었으므로 품위와 운치를 지니지 못했음에도 광사 같은 백면랑은 그 틈에 어울리지 못했다. 게으르게 늘어지고 어수선하게 퍼져 있는 그들을 볼 때마다 광사가 고개를 저었다.

– 내가 낄 자리가 아닐세.

누구 집인지는 모르겠으나 주인을 만나기 위해 사람들이 찾아왔다. 처음 보는 사람끼리 맞절하고 마주 앉았다. 통성명을 나누고 글씨와 그림을 위한 준비를 했다. 시서화詩書畵[112]를 나누며 즐기는 풍조는 사대부의 멋과 운치였다. 그들 속에 비록 역관이나 의관, 화원 출신의 중인이 있을지라도 양반처럼 살고 싶은 욕심까지 막을 수는 없었다.

소반에 들여온 다담상을 물리치자마자 한 사내가 집주인에게 다가섰다. 구겨진 남색 창의 차림의 그가 침착한 손매로 비단 주머니를 폈다. 집주인의 머리에 씌어 있는 검은 사방건만큼이나 단정한 서첩이 그의 손에 펼쳐졌다. 집주인의 입에서 탄성이 새 나왔다.

– 백하 윤순의 글씨 아닌가? 진적이 분명한가?

---

112 시와 글씨와 그림.

글씨 쓰기에 지치면 붓을 내려놓고 차를 마셨다. 지난봄 비 오기 전에 딴 찻잎을 덖어서 만들었다는 첫물차를 더운물에 우려냈다. 금주령이 두렵지 않은지, 쉬쉬하면서도 귀한 술을 어렵지 않게 내왔다. 취흥이 오르자 필흥도 기세를 올렸다. 입을 열어 대화하지 않아도 웃음을 나누었다. 차향과 묵향이 꽃향기와 어우러져 떠다녔고 한쪽에서 먹 가는 소리가 들렸다.

— 가만 보니 꽃향기가 아니라 묵향일세. 먹물에서 자칫 생선 썩는 냄새가 날 법도 하거늘, 먹물이 향기롭기만 하네.

박천이 소리 내어 웃었다. 인근 서생들이 용마루와 서까래 사이로 모여들어 호기심 어린 눈망울을 반짝이며 구경했다. 그 수가 여남은 명은 족히 넘어, 어떤 필객筆客도 부럽지 않은 서장이 들어선 셈이었다. 속세를 벗어난 방외인方外人 같았다. 시정의 여항인과 어울리며 노는 기분이 이런 것이구나, 광사가 허리를 펴고 주위를 둘러보았다.

— 원교 선생 아니신가요?

붓을 옮겨 점 하나만 찍어도 사람들이 알아봤다. 명성을 들었다며, 추켜세우는 자들이 광사 앞에 있었다.

두보杜甫[113]의 시를 쓰려고 광사가 붓을 들었다. 동정호洞庭湖에서 악양루岳陽樓를 바라보는 시인의 마음을 떠올리고자 했다. 허리를 왼편으로 절반쯤 꺾고 헛, 헛, 큼, 큼, 헛기침을 내뱉은 끝에 떨리는 붓끝을 눌러 앉혔다. 가늘게 들어 올렸다가 두껍게 내리찍는 필법이었다.

---

113 시성(詩聖)이라 불렸던 중국 당나라 대의 시인.

– 두보는 어떤 심정이었을까.

광사에게는 익숙한, 형산비衡山碑[114]의 필의에서 얻은 전서체였다. 두보 시 특유의 쓸쓸함이 광사의 글씨에 섞이기 시작했고 시에서 풍기는 운치가 광사의 붓끝에서 살아 움직였다. 두보 시는 우울했다. 언덕 위 오래 묵은 소나무와 강나루 빈 배 위를 노닐던 까마귀가 불우한 두보의 주변에 머물렀다. 물결을 다독이며 불어온 남풍이 노을 진 강가에 쓰러져가는 두보의 초막으로 몰려갔다. 눈앞에 어른거리는 두보의 더딘 몸짓을 붓끝에 담았다. 고양이가 웅크린 듯 점을 찍었다가 장끼가 가지에 앉은 듯 획을 접더니 뱀이 용트림하듯 붓을 뽑아 올려 날랜 광채가 글자 위로 나타나게 했다. 구운 소금을 뿌린 것처럼 검은 묵색 위로 흰빛이 어우러졌다.

– 먹물이 부족하지 않은가?

곁에 있던 박천이 의아하다는 표정을 지었지만 광사는 나긋하게 웃었을 뿐 붓을 빼지 않았다. 다시 마른 붓을 세워 강한 힘으로 휘몰아쳤다. 그런데 그 순간, 집주인에게 백하 서첩을 건넸던 남색 창의 차림의 사내가 끼어들었다. 집주인이 아는 사람인 것은 분명했지만 양반 복색은 아니었다.

– 묵법이 비상합니다. 일부러 먹물을 묻히지 않고 쓰시는군요. 마른 붓을 쓰면 글씨가 막혀 뻑뻑하지만 축축한 붓보다 나을 때가 있지요. 먹물을 많이 묻히면 뼈대가 흐물흐물해지고 지나치게 골격을 잃

---

[114] 중국 하(夏)나라 우왕(禹王)의 치수 사업 기념비 중 조선의 허목(許穆)이 임금의 은총과 수령으로서의 치적을 기리기 위해 48자를 골라 쓴 비문(碑文).

어버려 품위가 떨어지니까요.

광사가 고개를 돌려 사내를 바라보았다. 사선으로 처진 눈꼬리가 흔들렸고 수염이 덮인 입가에 찢어진 주름이 씰룩거렸다.

– 지금, 먹물을 말하는 거요?

– 그렇소. 농묵濃墨을 쓰시는 걸 보니, 글자 안에 서린 명암을 나타내고 싶으신가 보오. 담묵淡墨으로는 담담한 기분을 눌러 앉히지 못하니까요.

– 허어, 먹물의 농담을 알고 하는 말이오?

– 물론입죠. 글자의 태세와 건습을 먹물의 농담으로 조절할 수 있다는 걸 왜 모르겠습니까? 먹물을 많이 묻혀 쓰면 빠르고 뭉툭한 필선을 구사할 수 있으니 태세와도 관련이 있지요.

수염발을 쓰다듬는 사내의 말을 끊고 박천이 큰 소리로 웃었다.

– 장안 제일의 원교 글씨를 보고 감히 묵법을 논하는 자가 있다니, 세상에 이런 일이 다 있는가? 그대는 대체 누구신가?

좌중의 시선이 갑작스레 사내에게 집중됐다. 양반은 아니었으나 집주인을 쉽게 상대하는 처신이나 광사 글씨에 끼어드는 언사로 보아 예사롭게 보이지 않았다. 그는 조금 전에 집주인에게 백하 서첩을 내어주었던 사람이었다.

– 하하, 이 사람은 내가 잘 알지요.

집주인이 불쑥 나서서 사내를 소개했다. 오두길旿斗㐀이라는 이름을 가진 사내는 흔해 빠진 반가 출신 중인이었다. 떵떵거렸던 선대 문중을 거론했는데 지금은 몰락한 나머지 중인보다 못했다. 백탑白塔 부근에서 서쾌 거간꾼 노릇을 하고 있노라며 겸손을 떠는 품새가 시중 잡배와는 달라 보였다. 음산한 표정과 힘주어 깨문 입술, 눈빛은 흐렸으나 혈색이 붉었다. 골동 서화를 좋아하는 집주인에게 진귀한 물건을 몇 번 대주었는지 신망이 상당했다.

오두길이 펼쳐 든 글씨를 놓고 집주인이 되물었다.

─ 백하 선생 진적이 분명하다면, 만 냥을 주고도 얻지 못할 건 없지 않은가?

사람들이 고개를 끄덕였다. 광사가 다리를 뻗어 백하 서첩을 보았다. 골백번을 되풀어 썼던 스승의 글씨, 백하체였다. 여러 장으로 펼쳐진 서첩을 애써 살펴볼 것도 없다는 투로 광사가 말했다.

─ 이건…… 허허.

─ 무엇이오?

─ 백하의 글씨가 아닙니다.

─ 아니라니?

─ 모작模作[115]입니다.

─ 모작?

─ 가짜라는 말입니다.

광사의 말이 탐탁하지 않았다.

─ 진적이 아니란 말이오? 이렇게 낙관이 많이 찍혀 있는데도?

집주인이 놀라 물었다. 오두길은 붉어진 얼굴을 감추며 한 걸음 물러섰다. 백하서첩白下書帖이라는 허세를 뽐내며 인장印章이 여러 개 찍혀 있었으나 광사는 단번에 알아봤다.

---

115 남의 글씨를 그대로 본떠서 만든 위작(僞作).

– 허허, 백하의 진적이 아닙니다. 시중에 떠도는 왕희지 판본이 죄다 가짜인 것처럼 백하 글씨도 위작이 많습니다. 똑같이 베껴 쓴 모작이거나 집자한 것일 테지요. 제가 똑같이 써드리면 믿겠습니까? 백장을 쓴다 해도 똑같이 쓸 수 있으니까요.

– 아아.

집주인 입에서 신음이 새 나왔다.

– 이걸 보십시오. 획은 두터우나 육중하지 못하고 강세가 사라져 좌우로 흩어져 버렸습니다. 백하 흉내를 내다 들킨 것이지요. 허허.

광사가 너털웃음을 지었다.

– 대단한 감식안이올시다. 장안에 떠도는 백하 모작 중 하나를 가져와 봤는데, 한눈에 가려내시는군요. 소문대로 대가이십니다. 하하.

오두길이 뒤늦게 너스레를 떨었다. 웃음이 사라진 집주인의 눈치를 살피다가 이내 입을 다물었다. 좌중의 헛기침도 잦아들었다.

– 원교 선생, 익히 들어 알고 있습니다.

집주인이 광사 앞에 단정히 앉았다.

– 대단치 않습니다. 스승 글씨를 즐겨 임서하다 보니, 남들은 못 보는 것이 제 눈에는 잘 보이는 것입니다. 그게 안 보이면 붓을 놓아야지요.

– 다른 글씨도 보아주실 수 있겠소?

집주인이 마른침을 삼켰다. 놀랄 만한 안목이라며, 옛 물건과 글씨에 대한 착오 없는 시선이 자신에게 필요하다고 했다.

– 명성을 듣던 대로입니다. 조금도 무리가 아닙니다. 백하 선생과 견주기에 충분합니다.

광사는 자신을 추켜세워주는 집주인의 말이 불편했다.

– 온당치 않은 말씀입니다. 죽었다 깨어나도 스승의 경지에 이르지 못한다는 것을 잘 압니다.

– 천만에요. 제 눈에는, 그렇게 보입니다.

– 그만두시지요. 스승의 이름을 더럽힐 수 없습니다.

집주인이 자리를 비운 사이, 광사가 박천에게 낮은 소리로 물었다.

– 누구인가? 저 사람?

– 어디에 내놔도 부러울 게 없는 사람이네.

– 돈이 많다는 말인가? 행색은 그럴듯하네만, 도대체 누구란 말인가?

광사는 집주인이 궁금했다.

– 김광수金光遂[116]…… 들어본 적 있나?

– 김광수라, 글쎄…….

광사가 그를 주목했다. 훤칠한 체구에 잘 차려입은 비단 중치막이 눈에 띄었다. 튀어나온 광대뼈와 흰 뺨 아래 가늘고 부드러운 수염발이 덮여 있었다. 안경을 썼다 벗었다 하는 버릇은 어색했다. 안경은 부유한 귀족의 상징이었다.

– 한눈에 봐도 부자로 보이는구려.

– 오늘 이 자리는, 원교를 위해 만들었다네.

광사는 김광수의 초청을 받은 셈이었다. 글씨든 그림이든, 한양 땅

---

116 호는 상고당(尙古堂). 조선 후기의 문인, 서화가, 골동 서화 애호가.

에서 신흥 명장 반열에 오르기만 하면 김광수의 초청을 받는다고 했다. 그렇다면 기분 상할 것도 없었다. 나중에 들은 얘기지만, 광사를 초청하기 위해 김광수가 진즉부터 신경을 써서 준비해왔다고 했다.

 − 상고당尙古堂이라 했는가?

 − 그래, 저 이가 바로 상고당이네.

 − 상고당이라면, 들은 적이 있지. 옛것을 숭상한다는 말처럼, 호고好古 취미가 대단한 부자라고 들었네.

 − 그렇지. 알아주는 명사일세. 상고당에게 인정을 받았다면, 장안 명필로 손색없는 것이네. 상고당의 안목이 그걸 말해주는 거지.

 − 아아, 상고당, 바로 저 사람이란 말이지?

상고당 김광수의 집은 솔숲처럼 아늑했다. 개천 아래 남촌南村까지 보아도 가장 큰 기와집이었다. 모골 틀에 점토를 넣어 구워 만든 기와가 위용 있었다. 대청 누마루와 사랑채, 침방이 있는 안채가 따로 지어진 집이었다.

 − 장안을 훑어보게. 상고당만한 사람이 있는지.

세간의 평판은 속됐다. 서화 골동 기호와 장서 수집에 재산을 아끼지 않는다고 소문이 났다. 하지만 광사는 고개를 가로저었다.

 − 골동 취미라니, 가난하여 배곯는 백성에게는 꿈같은 얘기 아닌가. 모두 굶어 죽어 가는 판국에, 무슨 탐욕인가? 내 참, 내력 없이 남을 헐뜯어 봐야 무슨 쓸모이겠는가마는.

광사가 중얼거리는 말을 듣고 박천이 놀란 표정을 지었다. 세도가에서 태어난 상고당은 평생 어려움을 모르고 자랐다고 했다. 양근楊

根 군수를 지내기도 했다지만 그 이상 벼슬을 하지 않아 집에 들어앉았다고, 박천이 옹호했다.

— 이보시게, 원교. 상고당은 그런 사람이네.

— 아무래도 내가 상대할 위인은 아니라고 보네.

광사는 박천에게 위축된 심정을 드러내지는 않았다. 상고당은 광사보다 나이가 서너 살이나 많았고, 남부럽지 않은 재화를 축적한 부자였다. 한나라와 위나라의 비문 탁본이나 서화 장서를 소장했으며 중국에서 들어온 차를 마셨다. 장안에서 그의 호고 기호를 따를 자가 없다 했다. 금석과 서화를 즐겼으며 젊고 새로운 명장들과 흔연히 교류했다.

그렇다고 광사가 기죽을 것은 없었다. 상고당이 박천에게 말하길, 광사의 글씨가 으뜸이라 했기 때문이었다. 서가를 중심으로 원교라는 이름이 알려지던 참에, 우쭐함을 눌러 감추며 광사가 생각했다.

— 박천의 말처럼, 상고당은 귀인인가.

남이 모를 고민에 빠졌다. 상고당이 소장하고 있다는 진귀한 고비첩古碑帖은 백하 스승에게서도 받아 써 본 적 없던 귀물일 것이므로 빌려볼 수만 있다면 더없는 수련 자료가 되어줄 것이다. 새로운 서체에 목마른 광사에게 비첩은 단물 같았고 법첩에 대한 갈망은 고칠 수 없는 고질痼疾이었다.

왁자했던 소란이 가라앉고 모든 객을 물리친 뒤, 광사와 박천이 상고당의 큰방에 남았다. 먼발치에서 광사를 향해 상고당이 웃으며 다가왔다. 그의 손에 들린 서책은 불경이었다.

– 불자가 아니니 취할 게 없다고 미루는 게 문제지요.

광사의 반응에 상고당은 불경에 대한 존중을 드러냈다.

– 경서로 보면 되질 않습니까.

– 그렇지요. 법첩으로 보아도 흡족합니다.

광사는 글자에 담긴 의미를 벗어나 경전을 손에 넣었다는 것만으로도 좋았다. 상고당은 뜻을 해석하고 받아들일 줄 알았다.

– 미불이 왕헌지王獻之[117]에게서 나왔다는 사실을 아시지요?

상고당은 그윽한 시선으로 광사를 바라봤다.

– 미불의 행서, 촉소첩蜀素帖[118]을 익힌 적이 있습니다.

광사가 왕희지 서첩에 대해 말했다.

– 졸렬한 위작인 줄 알면서 임서했던 적도 있어요. 하지만, 시중에 나도는 왕희지 글씨는 집자한 것이 아니라면 죄다 모작입니다.

– 무엇 때문에 모작을 만드는 걸까요?

– 가짜는 긴요한 악惡과 같아요. 진적을 손에 넣고 싶지만 그럴 수 없으니까 모작이라도 갖고 싶은 겁니다. 대부분 속아 넘어가니 잘 모르지요. 오랜 글씨처럼 위장하기 위해 별 기술을 다 부립니다.

– 아하, 그걸 쉽게 가려낼 수 있습니까?

– 만만치 않아요. 종이를 누렇게 변색된 것처럼 보이기 위해 물감을 들이기도 합니다. 감쪽같이 속아 넘어가기 다반사지요. 중국 글씨도 위작이 많아요. 심양瀋陽에도 가짜 골동이 판을 치고 있다잖아요.

---

117 중국 진나라 때의 명필, 왕희지의 아들.
118 중국 송나라 때의 명필 미불의 서첩.

흙 속에 오랜 시간 묻혀 있었던 것처럼 보이기 위해 구덩이를 파고 소금물로 버무려 묻었다가 꺼내 말리기를 반복하면 진품과 똑같이 나온답니다.

— 위작에 속지 않으려면 감식안을 길러야 하는데, 그게 쉽습니까? 감식안을 지닌 분에게 맡기는 수밖에요.

언젠가 백학산 스승의 집에서 악의론을 보고 밤새는 줄 모르고 익힌 적이 있었다. 한위漢魏의 비첩과 마찬가지로 어렵사리 만났던 고첩이었다. 하지만 지금 생각해 보면 진위를 알지 못한 채였다.

— 보기 드문 수적水滴[119]입니다. 청나라 사람들 고상한 정취가 실용을 뛰어넘는다 들었소만, 이 정도일 줄 몰랐습니다. 문갑이나 사방탁자 위에 놓아두면 제격이겠네요.

광사가 상고당에게 말했다.

— 꾸밈없는 질박함이 으뜸이로세. 원교 덕분에 좋은 구경을 하는군.

박천이 곁에서 거들었다.

— 완상의 즐거움을 아시는군요.

상고당이 느린 동작으로 접선 부채를 펼쳤다. 광사가 특이하게 생긴 연적을 이리저리 둘러보고 있을 때 열린 창문으로 실바람이 새어 들어 왔다. 오리나 두꺼비 모양으로 생긴 조선 연적과 달리 용이나 원숭이 모양도 있었고 도자기가 아닌 주석으로 만들어진 것도 보였다.

---

119 벼룻물을 담는 작은 그릇.

반달 모양은 그나마 단순했다. 광사는 물을 담는 구멍과 물이 나오는 구멍이 어디인지 살폈다. 고상한 한묵翰墨[120] 정취를 살리기에 적격인 연적이었다. 상고당의 서실에는 갖가지 벼루가 있었다. 보령 성주산 남포 벼루도 좋았지만 청나라 벼루는 광사를 단숨에 매료시켰다.

– 글씨 진위를 가려내는 감별은 원교를 따라올 자가 없을 걸세.

박천의 말에 상고당이 웃음으로 화답한 뒤 자리를 벗어나더니 해묵은 고첩 하나를 내왔다.

– 이걸 여기서 보다니…….

광사의 입이 저절로 벌어졌다. 빛바랜 테두리 귀에 묵은 때가 낀, 오랜 세월을 보낸 자국이 역력했다. 닳고 해진 금색 비단 표지의 묵첩墨帖[121]을 내온 상고당이 양양한 웃음을 지었다. 광사가 떨리는 손으로 서첩을 한 장씩 넘겨보았다. 점과 획이 굳세게 가라앉았고 선이 부드러우며 선질의 탄력이 넘치는, 중후한 글씨였다. 모양이 공교했고 골격이 튼튼했다. 필세가 뚜렷하고 획이 풍부하여 당장 옮겨 써 보고 싶은 충동이 일었다.

– 명나라 동기창의 서첩이지요.

– 아아, 동……기창.

– 이왕二王[122]은 말할 것도 없고, 이장二張[123]의 서첩도 그렇지요. 조선 글씨로는 도저히 따라갈 수 없는 경지라 이거죠.

---

120 문한(文翰)과 필묵(筆墨)이라는 뜻으로 글을 짓거나 쓰는 것.
121 이름난 사람의 글씨나 잘 쓴 글씨를 모아 묶은 서책.
122 중국 왕희지(王羲之)와 왕헌지(王獻之) 부자(父子).
123 중국 장지(張芝)와 장욱(張旭) 부자.

– 무슨 말씀을? 조선 글씨가 어떻다고?

– 조선 글씨야, 필법이 무질서하고 획법도 무너져 내세울 것이 없지 않은가요.

– 뭐라고요?

듣지 못할 얘기를 들었다는 듯 광사가 상고당을 향해 눈을 치켜떴다.

– 허허, 못마땅하신가 봅니다. 중국 글씨는 행초를 넘어서면서 더욱 오묘한 조화를 부리는 게 사실 아니오. 조선 글씨가 어찌 중국 글씨를 따라갈 수 있단 말이오?

상고당의 말을 듣던 광사의 낯빛이 돌연 어두워졌다. 진귀한 고첩을 만난 흥분이 일시에 가라앉고 말았다. 광사가 불편한 기색을 참지 못하고 헛기침을 했다.

– 아무리 그렇다고, 조선 글씨를 그리도 낮춰 말씀하시니, 무어라 할 말이 없습니다.

언짢아하는 광사의 기색을 살피면서도 상고당은 말을 그치지 않았다.

– 나는 조선의 풍속이 좁아 문제라고 봅니다. 문장은 번잡하고 표현도 진부하고……. 학문 또한 대국에 미치지 못한 게 분명하지요. 고아하면서도 능숙하고 정갈하면서도 담백한 대국의 풍속을 어찌 넘어설 수 있단 말입니까. 조선이 중화中華를 숭앙하는 나라라는 사실을 부정할 수 있단 말이오?

광사가 상고당의 말을 더 듣지 못하고 일어섰다. 수염발이 떨렸고 손아귀에 힘이 들어갔다.

– 허어, 내 불찰입니다. 조선이 중화를 따르는 나라라고 대놓고 떠들다니, 그래서야 어찌?

– 내 말이 무엇이 틀렸소?

– 들을 수 없는 말을 들었고, 보아서는 안 될 것을 보았습니다. 나는 조선의 백성이지 중국의 백성이 아니란 말이외다. 여기는 내가 머무를 자리는 아닌 듯하니, 이만…….

돌아서는 광사를 박천이 붙잡았다.

– 이보게 원교. 진정하시게나.

마루 밑 섬돌 아래로 내려가는 광사를 상고당이 꼿꼿하게 바라보았다.

– 조선 글씨가 중국보다 낫다, 이거요? 어디 한번 해 보시오. 그게 어디 무모한 결기를 내세운다 해서 가능한 일이오? 이광사라 하셨나? 중국과 겨룰 만한 글씨를 쓸 위인인지, 두고 지켜보겠소.

광사가 이를 악물었다. 마루 아래에 서서 치밀어 오르는 울화를 견디며 뒤를 돌아보았다. 상고당과 박천이 지지 않고 광사를 노려보았다. 광사가 내던지는 목소리에 노기가 또렷했다.

– 중국 글씨가 능란하기 짝이 없고 청의 문물을 감당할 수 없다 하여, 언제까지 그리 살 셈인가? 조선 글씨를 캐내어 쓰지 말란 법을 우리 입으로 말하고 우리 손으로 다그치다니, 이런 어이없는 갓똑똑이를 봤나. 참으로, 가련한지고.

대문을 박차고 나가는 광사를 막아서는 사람이 있었다. 광사가 나오기를 기다렸는지 담장 아래에서 한 사내가 달려들더니 광사의 심의 자락을 붙잡았다. 좀 전에 상고당 집에서 쫓기듯 사라졌던 오두길이었다.

— 진위를 가려 무엇하겠소? 가짜에게 속아 보기도 해야 진품의 가치를 알 거 아니오?

— 무슨 말인가? 뭘 어쨌다고?

— 원교 나리. 나와 손잡읍시다. 큰돈을 벌게 해주겠소.

덥수룩한 수염발 사이로 오두길의 누런 이빨이 드러났다. 가운데로 몰린 그의 눈매를 광사가 바라보지 못했다. 글씨 한 점을 놓고 진위를 따져가며 우의를 다지자는. 돼먹지 않은 몇 마디 말을 주워듣던 광사가 별안간 소리를 질렀다.

— 무슨 말을 하는가? 그따위 못된 심보를 어디에다 풀어 먹겠다는 것인가? 나를 어찌 보고? 무지렁이 소리를 들을망정 약삭빠른 무뢰배와 어울리지 않아.

악물었던 광사의 이가 부르르 떨렸다. 오두길은 예상하지 못했다는 듯 의아한 표정으로 물러섰다. 판로는 자신이 알고 있으니, 중국 대가들의 글씨를 대신 써서 건네주기만 하면 부를 누리게 해주겠다는 제안을 던져놓던 참이었다.

— 한몫 잡게 해드린다니까요. 조선을 뒤흔들 솜씨를 가지고, 어찌 감추고 산단 말이오? 솜씨가 아깝지 않소?

오두길의 말에 광사는 더 참지 못하고 주먹을 들었다.

— 솜씨? 이런 도적놈을 보았나?

— 도적놈이라니? 말이 너무 심하지 않소? 편히 먹고 살게 해주겠다는데.

- 도적이 아니고 뭐야? 나를 모작이나 대필하는 모사꾼으로 보았단 말인가? 아니, 그렇지 않아도 속이 뒤틀려 죽을 맛인데, 이런 못된 주둥이를 때려 막아야!

광사의 고함을 들었는지 상고당과 박천이 대문 밖으로 뛰쳐나왔다. 오두길은 자신이 뱉은 말을 주워 담지 못한 채 외마디 비명을 남기고 도망치고 말았다.

내도재來道齋

– 1743 癸亥

상고당 집을 찾아가는 광사의 발걸음이 사뿐했다. 상고당은 소장된 고첩의 진위와 우열을 거뜬히 가려내는 광사를 존중했다. 그는 광사의 감별을 믿었다.

– 이걸 가만 보시게. 이런 걸 반명盤銘[124]이라 하지 않았나? 촌스럽고 투박한 모양에다 굴곡이 깊어 어울리지 않는 것 같지만 이쪽에서 보면 기름 위에 쓴 글씨처럼 반질반질 윤이 나지 않은가? 그렇게 보이지 않나?

광사의 말을 상고당은 더하지도 않고 빼지도 않은 채 그대로 받아들였다. 화려함을 내세웠더라도 기력이 다한 글씨는 광사가 바로 가려냈다. 고본古本에 대한 감식안이 필요했던 상고당은 장안을 떠도는 선대의 비첩을 갖게 되면 광사를 불렀다. 고비첩 감식 능력은 광사를

---

[124] 중국 은(殷)나라 탕왕(湯王)이 자신을 경계하기 위해 세숫대에 '苟日新　日日新　又日新'이라 새겨놓았다는 글.

따라올 자가 없다고 믿었기 때문이다.

필낭을 갖춘 광사가 돈의문 밖 둥그재를 나섰다. 길은 멀었어도 지루하지 않았다. 발걸음이 가볍다 보니 지나치는 사람들마저 친근했다. 옥색 쓰개치마로 반쯤 얼굴을 가린 반가의 여인 뒤로, 소채가 가득 담겼을 법한 함지박을 머리에 얹은 아낙네가 뒤뚱거리며 지나갔다.

상고당 집에는 장안 서화계의 중후한 명문가들이 때를 가리지 않고 찾아왔다. 아무리 그랬어도, 광사를 맞이하는 방은 따로 있었다. 광사가 주인의 환영을 받으며 마루턱에 올랐다. 격자 문양의 여닫이 문을 열었을 때 방문 위에 걸린 글씨를 본 광사의 입이 벌어졌다.

來道齋

나무판에 새겨 편액으로 걸어놓은 글씨였다.

– 이게 무언가? 언제부터 이게 걸려 있었지?

광사가 놀란 눈을 동그랗게 떴다. 가만 생각해 보니 무슨 의미인지 짐작이 갈 만했다.

– 동기창을 부러워했잖은가? 내중루來仲樓[125]가 별 건가?

상고당의 호탕한 웃음을 광사가 쉬이 받아넘기지 못했다. 내도재라면, 광사의 자字인 도보道甫를 감안하여 '도보가 오는 집'이라는 뜻

---

125 중국 명나라의 동기창이 벗인 진계유(陳繼儒)의 자호(字號)인 중순(仲醇)을 따서, 중순을 오게 하려고 지은 집.

이었다.

　– 이것 참, 염치없게……, 몸 둘 바를 모르겠네그려.

　광사가 상고당을 온전한 눈으로 쳐다보지 못했다. 동기창의 내중루를 본떠 만들었다는 사실을 금세 깨달았기 때문이었다. 광사가 갓끈을 풀며 딴청을 부렸다.

　– 기분 나쁘지는 않으나, 괜스레 쓸데없는 짓을 하셨네. 허허.

　상고당 집은 광사에게 더할 나위 없이 안온했다. 깊이 감춰둔 곶감을 내어주는 할머니 손길처럼, 상고당은 광사에게 새로운 고첩을 보여주었다.

　맨 처음 광사가 상고당 집을 찾았던 날을 잊지 못했다. 조선 글씨에 대한 광사의 격정이 대국을 추종하는 상고당과 맞부딪혔으나 오래지 않아 풀어지고 말았다. 박천의 중재로 다시 상고당의 집을 찾았을 때 광사는 극진한 대우를 받았다. 광사의 식견과 안목을 존중했던 상고당은 정도 이상의 고집을 부리지 않았다. 광사보다 나이가 많았으나 박천과 그랬던 것처럼 광사와도 벗으로 지내기로 약조했다. 달이 가고 해가 바뀌는 동안, 광사와 상고당은 막역한 밀우密友가 됐다.

　오체를 익히는 데 주저함이 없던 광사도 전서와 예서는 초서만큼 자신할 수 없었다. 행초서를 쓸 때 왕희지를 본받아 수월했지만 전예서는 마땅한 전범이 궁하던 차였다. 행초가 붓을 놀리는 맛은 있어도 전예의 오묘함은 따르지 못했다. 오체가 감응하여 서로 통하는 글씨를 쓰고 싶었던 광사의 간절함을 상고당이 알고 있었다.

　– 도보, 이걸 써 보시게.

석고문이나 예기비 말고도 조전비曹全碑[126]나 장천비張遷碑[127] 같은 예서 법첩을 흔쾌히 내주었다. 서첩 수장가인 상고당은 고립무원의 광사에게 둘도 없는 지원군 역을 마다하지 않았다.

새로운 글씨를 쓰고 싶은 충동이 일렁일 때마다 광사는 내도재로 달려갔다. 내도재는 광사에게 자유롭게 열려 있는 집이었다.

내도재의 서탁 앞에 정좌한 광사가 넋을 놓고 서책에 빠져 있었다. 나무 창살의 격자무늬의 문양은 상고당의 두터운 인품을 대신했다. 빗소리가 들렸던 것 같아 소낙비가 오는 줄 알았는데 창을 열어 보니 어느새 날이 개어 있었다. 한기에 젖어 몸을 움츠리자 햇살이 창을 넘어 들어왔다. 감나무 이파리가 담장 아래로 떨어졌다.

— 변덕 좀 봐. 호랑이 장가가는가 보네.

흐리지도 않고 맑지도 않았다. 비가 내렸다가 그치더니 구름 사이로 해가 나타났다 사라지기를 반복했다.

광사가 종이를 펼쳤다. 서탁에 놓인 서책을 몇 장 넘겨보다가 갈피속 문장을 뇌까렸다. 석고문이나 한나라 비갈碑碣[128]을 들여다보고 있으면 사방관을 쓴 상고당이 말없이 향을 피우고 차를 우렸다. 열흘이고 스무날이고 그렇게 지냈다. 창문 틈새 창호에 비치는 햇빛은 아침에는 회색빛을 띠더니 한낮에는 젖빛으로 변했고 해 질 무렵에 붉어

---

126 중국 한나라 조전(曹全)의 공덕을 찬양한 비로 예기비(禮器碑)와 함께 한례(漢隸)의 대표적 작품으로 꼽힘.
127 중국 한나라 대의 비문(碑文).
128 사적을 후세에 전하기 위하여 쇠붙이나 돌에 글자를 새겨 세우는 것으로, 비(碑)와 갈(碣)을 아울러 이르는 말.

졌다. 땅거미가 내려 광사가 집으로 돌아갈라치면 그게 아쉬워 상고 당은 어쩔 줄 몰라 했다.

– 도보, 여기가 어딘가. 내도재이지 않은가. 언제든 찾아와, 마음 대로 쓰시게나.

광사는 상고당이 소장한 골동 진적과 서화의 진가를 알았다. 기꺼 이 서재를 내준 상고당을 달리 대했다. 고서품에 대한 조예를 지닌 그 를 대인이라 믿었다. 그는 좋은 서화를 만나면 쌀가마를 내주고 사들 였다. 광사는 미안해하면서도 좋아하는 기색을 감추지 않았다.

– 장안 갑부라지만, 언젠가는 축나지 않을까?

광사는 상고당의 재산을 헤아리지 못했다. 좋아하는 서화만 사들 인다면 끼니를 걸러도 상관없다는 사람이었다. 반비飯婢가 내오는 술 과 음식을 광사는 물리치지 않았다. 술상을 받으면 술을 마셨고, 술에 취하면 글씨를 썼다. 상고당이 귀하게 사들였다는 명품 벼루와 먹을 어루만졌다.

– 무엇인 줄 아는가?

– 먹 아닌가?

– 이게 바로, 청묵이네.

바닥이 깊고 기이한 벼루를 받은 지 얼마 지나지 않았는데도 상고 당에게 먹까지 선물 받았다. 먹 똥과 찌꺼기가 생기지 않는다는 신비 로운 먹이었다. 평안도 해주나 한양 먹골에서 가져온 유연묵油煙墨도 좋았고 소나무 끄름에 향료를 섞어 만든 송연묵松煙墨을 쓰기도 했으 나 청나라 물건에 비길 바가 아니었다. 좋지 않은 먹과 벼루는 정성껏 갈아 봐야 쌀뜨물처럼 묽어져서 붓촉을 상하게 하고 거품이 생겨 글씨의 윤택을 앗아가 버렸다. 먹물이 좋지 않으면 붓질만 빨라지고 점획이 거칠어지는 질삽疾澁에 빠지기도 했다.

– 청묵이 부럽기만 하네. 먹을 갈면 갈수록 검고 진한 빛이 나고 당장 글씨를 쓰고 싶은 충동이 일어나다니, 이렇게 좋을 수가.

청에서도 귀하다는 물건을 상고당이 가지고 있기도 했다. 희귀한 탑본搨本[129]과 금석문金石文[130]을 그의 집에서 보았고, 연경이나 심양에 사행을 다니는 역관과 거래하다 보니 중국에서도 귀하다는 술잔과 청동 솥단지가 그에게 있었다. 원과 명의 금석이 천만리 건너에서 조선에까지 들어왔다니 믿어지지 않았다.

지음知音[131]이 부럽지 않았다. 상고당이 나귀를 보내 광사를 초대했다. 주찬을 차려놓고 진귀한 소장품을 번갈아 감상하며 술을 마셨다. 대수롭지 않은 대화로 웃고 바라보다 취흥이 돋으면 붓을 잡았다. 필흥이 움직이는 대로 글씨를 쓰는 광사를, 상고당이 바라보았다. 한 번 일어난 흥은 좀체 가라앉지 않았다.

– 관아에 속한, 이름난 필장筆匠[132]이 만든 붓이라네.

– 얼마나 붓을 잘 만들었기에?

– 아홉 번 정도가 아니라 무려 아흔아홉 번씩이나 손질을 거쳤다니, 써 보게나.

---

129 비석이나 종, 기와 등에 새겨져 있는 문자나 무늬를 그대로 박아 내는 것.
130 쇠붙이나 돌로 만든 비석에 새겨진 글자.
131 중국 춘추시대 거문고의 명수 백아(伯牙)와 그의 친구 종자기(鍾子期)와의 고사에서 비롯된 말. 지기지우(知己之友)와 같은 뜻.
132 붓 만드는 장인(匠人).

상고당이 대나무 뿌리로 묶은 붓을 광사에게 선물했다. 백필白筆133이나 녹모필鹿毛筆134도 좋지만, 광사가 써 본 붓 중에서는 족제비 털로 만든 황모필黃毛筆135이 으뜸이었다. 호 길이가 짧았으나 넘어져도 바로 일어서는 힘이 있었다.

— 흔한 게 염소 털 아닌가. 추울 때 잡은 동물이라야 터럭에 윤기가 나고 기름지네. 부드럽기만 하지 힘없는 흑염소 털은 세필細筆136로도 쓸모가 없을 걸세.

상고당의 안목과 욕심은 거침없었다. 그랬어도 붓은 광사가 훨씬 많이 잡아 본 사람이었다. 붓의 호를 뉘어 보며 광사가 말했다.

— 이걸 보게. 털끝이 주변에 너저분하게 흩어지지 않고 뾰족하지 않은가. 이렇게 털끝이 둥글게 모이고 가지런해야 한 획을 긋고 나면 바로 일어설 수 있네.

— 그거야 붓 잡은 사람이 누구냐에 따라 다른 것 아닌가.

— 하긴 필법을 모르는 자가 좋은 붓을 잡아 봐야 무슨 소용이 있겠나? 붓을 정성껏 일으켜 세울 때 바르고 곧은 획이 나오는 법이지. 퉁퉁하게 살찐 듯이 붓을 놀리다가 천천히 지면에서 빼면 온화한 획이 나오지만 가지런하지 못한 붓을 빨리 빼버리면 쇠꼬리 같은 획의 파임만 남아 글씨도 방정맞은 모양이 되고 말거든.

— 좋은 붓이, 좋은 사람을 만나야겠구먼.

---

133 양털로 만든 붓.
134 사슴 털로 만든 붓.
135 족제비 꼬리털로 맨 붓.
136 잔글씨를 쓰는 가는 붓.

– 붓도 사람처럼 운명이 있단 말인가?

– 붓이 좋지 않아도 글씨만은 잘 쓸 수 있지 않겠나? 명필이 붓 가리느냐 말일세.

– 그건 무지한 비아냥이고 조롱이야. 먹물을 잘 받아들이는 붓, 부드러운 종이에 낭창낭창한 탄력을 가할 수 있는 유호필柔毫筆[137] 한 자루만 있다면 글씨 쓰는 자가 더 무얼 바라겠는가.

---

137 부드러운 털로 만든 붓.

홍매문紅梅文
– 1746 丙寅

　　햇발 사라지고 우렛소리 나더니 세찬 비가 내렸다. 빗줄기에 갇혀 퍼져나가지 못한 먹 냄새가 방 안에서 부대꼈다. 글씨는 억지를 부리지 않았다. 비 오는 날은 술이 생각나 스스럼없이 술상을 받았고 취기가 오르더라도 일부러 깨려 하지 않았다. 뜨락의 나뭇잎에 부딪히는 빗소리에 맞춰 글씨 쓰기에 좋았다. 글씨는 꾸미지 않은 그대로 나타나 이곳저곳을 떠다녔다. 먹비를 따라 뒤뜰 연당蓮塘으로 달려간 글씨는 하염없이 떨어지는 느티나무 잎새에 머물렀다가 물기를 가득 품고 돌아왔다.

　　– 술기운이 그득한데, 술 마시고 쓴 글씨는 괜찮은가?

　　술상을 곁으로 돌린 뒤 서안을 펼치는 광사를 보고 상고당이 물었다.

　　– 필흥이 앞서는지 취흥이 앞서는지, 나는 모르겠네. 둘 중 하나는 앞서고 하나는 뒤따를 테니, 매한가지 아닌가. 허허.

　　– 필흥이든 취흥이든, 흥이 돋기만 하면 그만이란 뜻인가.

안경을 벗어 손끝에 쥔 상고당이 엷은 미소를 입가에 흘렸다.

ㅡ 난정서가 만취 중에 나왔다는 사실을 아는가?

ㅡ 왕희지의 난정서 말인가?

ㅡ 백하 스승께서는 취중 글씨에 대해 말씀하실 때마다 난정서를 빠뜨리지 않으셨네.

ㅡ 놀랍구먼.

ㅡ 화창한 봄날이었다네. 왕희지가 춘흥을 이기지 못해 대낮부터 술잔을 홀짝거렸단 말일세. 그러다 그만 대취하고 말았는데, 하필 그 순간에 필흥이 돋아 오른 거지. 천하의 왕희지 아닌가. 갑자기 솟구치는 글씨 쓰고 싶은 충동을 이기지 못한 나머지 지필묵을 펼쳐 놓고 미친 듯이 붓을 휘둘렀다네. 그러다가 마침내 쓰러져 잠들고 말았는데, 나중에 술에서 깨어 정신을 차리고 보니 취중에 써 놓은 글씨가 명작인 거야. 다시 같은 글씨를 써 보려 했지만 똑같은 글씨가 나오지 않더라네. 소나기가 지나가고 씻은 듯 말끔한 세상이 펼쳐진 기분인데, 조금 전에 쓴 글씨가 생각이 안 나니 기가 찰 노릇이지 않은가.

광사도 그랬다. 상고당 집에 초대된 인사들은 근심을 내비치지 않았다. 웃음소리가 끊이지 않았고 어느 때는 삼현三絃 기악과 더불어 기녀가 움직였다. 날렵한 버선코에 가체를 머리에 얹은 여인들이었다. 짙은 색깔의 짧은 저고리에 외씨 같은 손목을 놀렸다. 금주령 탓에 주효는 단출했으나 소리꾼을 부를 때도 있었다. 장악원掌樂院[138] 출신 악공의 연주와 기녀의 가무가 어우러졌다. 가야금에 맞춰 악공

---

[138] 조선시대 음악에 관한 일을 맡아보던 관청.

이 부는 생황 소리가 맑고 시원하게 퍼져갔다.

붓을 잡은 광사의 손에 음률이 따라다녔다. 음은 광사의 몸속 혈관을 돌아 손끝으로 갔다. 평조 노래가 들리면 평조 분위기를 살려 글씨를 쓰다가도, 계면조 가락으로 바뀌면 문득 침울해져 천천히 썼다. 우조 가락이 들리면 손가락 마디에 힘을 주어 웅혼한 필치를 드러냈다. 국화주를 한 잔 마시면 행서를 썼고 여러 잔을 마셔 취흥이 돋으면 초서를 썼다. 글씨는 흥에 따라 자연스러웠다. 도도한 주흥이 글씨에 어김없이 나타났다. 붓을 들면 비가 몰려왔고 붓을 휘두르면 비바람이 몰아쳤다. 광풍과 소나기가 종횡으로 굽이쳤다. 그러는 동안 상고당은 광사 글씨에 흐르는 기운을 음미했다. 행간을 헤쳐 나온 기운이 오롯이 상고당에게 전해졌다. 우정을 넘는 감흥이 광사 글씨에서 살아움직였다. 광사가 상고당에게 말했다.

— 상고당이 세간의 평판으로부터 자유로운 대인이라면, 나야말로 하찮은 서법으로 사람들 눈을 속이는 졸보일세. 졸법을 내세운 채 앞가림도 못하는 얼빠진 서생이라는 말이네. 상고당을 만나면 얼마나 신이 나는지 몰라. 말을 보내주어 이리도 쉽게 찾아올 수 있게 해주니 어찌 이를 물리칠 수 있겠나. 청명한 날씨와는 상관없네. 궂은날이어도, 내도재를 찾은 날이 내겐 화창한 날이네.

— 이게 무언가?

광사 앞에 놓인 시전지에 '홍매문紅梅文'이라는 제자題字[139]가 붙어

---

[139] 서적의 머리에 제목으로 쓴 글자.

있었다. 붉게 채색된 조그마한 매화꽃이 눈에 들어왔다. 검은 먹으로 나무 밑동을 세웠고 붉은 물감으로 매화를 찍었다.

— 빈 곳을 채워주시게.

상고당의 청에, 광사가 붓을 들었다. 전지 표면에 뭉툭한 필법으로 글씨를 써 나갔는데 왼쪽 아래에 다소곳하게 피어난 붉은 매화를 비껴갔다. 화사한 꽃술과 예서체 글씨가 화답하는 동안 길게 뻗은 획을 횡으로 내리눌렀고 파책波磔[140]으로 변화를 주었다. 한쪽을 비워두어 자신의 마음을 대신했다. 성글게 비워 놓은 지면을 채우지 않고 남겨 두는 뜻은 여백을 중시하는 심미안 때문이었다. 먹물이 닿지 않은 곳이 여백이라면 먹물이 묻어 있는 곳에는 마음을 담아야 했다. 비울까 채울까를 고민한다면 일단 비워두고 보라는, 백하 스승의 말이 생각났다. 마음을 비워야 뜻이 들어오고 마음을 채워야 헛된 물욕이 들어올 자리가 없으므로, 마음을 비운 이후라야 채우는 것도 가능하리라. 글씨는 자신을 드러낸 결과이니 기품과 품성이 배어 있는 법, 인품이 고매할수록 좋은 글씨가 나오고 글씨가 좋으면 인품도 높아지는 것은 당연한 이치였다.

광사는 상고당 집에서 많은 이들과 교유했다. 시속은 빠르게 변하고 있었다. 은둔으로 일관했던 재야 사림이 완고한 입장을 버리고 새 임금의 탕평 정국에 힘입어 벼슬길을 찾았다. 경화京華의 신흥 사족으로 부상한 이들은 서울에도 많았다. 도봉서원이나 석실서원 같은

---

[140] 예서에서 옆으로 긋는 획의 종필(終筆)을 오른쪽으로 흐르게 뻗어 쓰는 운필법.

큰 서원 말고도 서쪽의 양화도나 고양 덕수원, 심지어 모래내 따라 난 지도에서도 사족은 융성했다. 위항인委巷人 입장에서는 그들과 사귀는 것이 즐거웠다. 기술직이나 화원 가문이 서울의 신흥 거족으로 떠오르기도 했다. 그러는 가운데 자신들의 생각은 버리지 않고 여론의 눈치를 살폈다.

선왕 때 조정은 피를 불렀다. 당파를 갈랐고 융화를 불가능하게 했다. 이인좌李麟佐[141]를 평정했던 세력은 조정에서 확고한 우위를 점했다. 하지만 새 임금은 탕평의 기치를 걸고 당파를 깨고자 했다. 임금에게는 붕당보다 명분이 무거웠다.

미개한 족속이니 상종하지 않아야 한다던 오랑캐에 씻을 수 없는 능욕을 당한 뒤 나라는 시들어갔다. 풍향을 잃은 바람개비처럼 갈피를 잡지 못하는 세월이 이어졌다. 중화가 학문의 본산이라 여기며 맹목적으로 신봉했던 논리가 힘을 잃었다. 대신 현실을 직시하자는 풍토가 기세를 얻었다. 저잣거리에 활기가 넘쳤고 돈이 돌아다녔다. 한양은 통상의 중심에 있었고 경화 사족이 새로운 풍속을 이끌었다. 시전市廛과 반촌에서, 인왕산 밑 육전 거리에도 신흥 사족이 모여들더니 패거리를 지어 사귀었다. 정세를 판단하고 정사를 논하며 소리 내어 떠들었다. 상고당 같은 장서가는 중국의 진귀한 물건을 소장했고 남다른 인맥을 구축하며 신흥 문벌과 교유했다. 서화 골동의 취미가

---

141 조선 후기의 난신(亂臣). 신임사화(辛壬士禍)로 득세했으나 영조 즉위로 몰락한 소론파를 규합하여 무신(戊申)년에 군사를 일으켰다가 실패하고 처형됨.

고상한 인격이었고 박학의 척도였다. 새로 지은 부잣집에서, 골동을 수장하는 자와 감상하는 자가 섞여 놀았다. 시골 유생은 상상하지도 못할 고급스러운 문화였다. 육조를 장악한 북촌北村 세력이 향음에 빠져들 때 경화 사족은 자기들끼리 서화를 즐기는 취미를 나누었다.

겨울 한강에서 얼린 얼음을 봄이 되면 서빙고西氷庫에서 풀어 궁궐에서 썼다. 쓰고 남은 것들을 관리들에게 나누어주었는데 빙표를 내면 골동으로 바꿔줬다. 상고당은 깊고 넓게 골동을 사들였다. 양주 송계원이나 중랑포에서, 낙타산과 장안평에서도 물건이 들어왔다. 제물포나 소사, 김량장보다 더 먼 옥구에서까지 넘어온 물건도 있었다. 물산은 풍족했다. 해등촌海等村의 누원점樓院店은 도성으로 들어오는 요충지였다. 흥인지문의 이현梨峴이나 숭례문의 칠패七牌, 도성 아래 경강京江에 큰 장사꾼과 도고都賈들이 집결했다. 어떤 날 광사는 조랑말을 얻어 타고 상고당을 따라 하릴없이 해등촌 누원점을 돌아다니다 희귀한 물건을 건져오기도 했다. 하삼도下三道로 내려가는 길목인 동작나루를 기웃거리기도 했고 약방과 방물점을 전전하다가 의외의 귀물을 만날 때도 있었다.

시대가 변했다. 반가의 허세를 버린 잔반殘班이 농사를 지었고 허망한 명분에 사로잡혀 있던 지난날을 뉘우쳤다. 주자가 능사가 아니었다. 허학虛學에 반하는 실학實學이 나타났다. 믿었던 학문이 새로운 학문에 부닥쳐 깨져나갔다. 그러는 가운데서도 당쟁은 멈추지 않았다. 당론에 이용당하는 도학은 부실해졌다. 세상은 투명하다는 인식과 실사를 중시하는 논리가 저항 없이 대두되었다. 실용을 앞세운 학문이 앞뒤 가리지 않고 힘을 얻기 시작했다. 북학北學이란 개천 북쪽인 북촌의 학문이 아니었다. 한때 오랑캐라 비웃고 낯 뜨겁다며 천대하던, 청의 학문이었다.

개천 상류에 버드나무를 심어 홍수에 대비하는 대대적인 준천 공사가 벌어졌다. 이도 역시 실용적 인식의 실천이었다.

애꾸

– 1749 己巳

돈의문 밖 촌락 농부들이 베잠방이를 걷어붙인 채 보리 베고 씨 뿌리는, 망종芒種 무렵이었다. 내도재에 현재玄齋[142]가 와 있다는 기별을 듣고 반가운 마음에 광사가 바삐 걸음을 옮겼다. 내도재에 도착할 즈음 느닷없이 장대비가 내렸다. 짧은 순간이었으나 흙탕물이 튀어 하얀 줄무늬가 새겨진 태사혜는 물론 버선까지 젖어 버렸다. 갈모는커녕 도포 자락을 추스를 겨를도 없었다. 쫄딱 비를 맞았어도 광사는 언짢은 기분을 드러내지 않았다.

– 누구지?

방 안의 왁자지껄한 소란이 신경 쓰였다. 내도재에는 심사정만 있는 게 아닌 듯했다. 상고당과 심사정을 빼면 한 번도 본 적 없는 사람들이었다. 심사정은 내도재에서 만나 깊게 사귀어온 벗으로, 장안에서 내로라하는 화원이었다. 겸재에게 그림을 배우고 다듬은 만큼 우

---

[142] 심사정(沈師正), 조선 후기의 문인화가.

리 산천을 그리는 방식이 겸재와 비슷하다고 알려져 있었다. 주안을 마주하고 있던 그들은 거나하게 취해 있었다. 의아한 일이었다. 평소 술을 입에 대지 않고 차를 즐겼던 심사정의 정서와 맞지 않았기 때문이다.

낯선 사내 중에 유별나게 눈에 띄는 자가 있어 가만 보니 인상이 좋지 않아 거슬렸다. 작달막한 키에 꼽추처럼 허리가 굽어 있었다. 깨진 안경을 걸쳤는데 안경알을 묶은 끈이 귓등 아래까지 풀려 내려왔다. 눈자위 상처가 깊다 싶어 언뜻 보니 한쪽 눈이 감긴 애꾸였다. 다시 보고 싶지 않을 만큼 끔찍한 몰골이었다.

– 저 사람…… 누구인가?

광사가 상고당에게 낮게 물었다. 애꾸눈 사내는 다른 사람의 시선을 무시한 채 혀 꼬인 목소리로 지껄이고 있었다. 웃음은 오만했고 언행의 품격은 낮았다. 단정치 못한 상투와 가슴께를 풀어헤친 무명 저고리가 눈에 거슬렸다. 양반 복색도 아닐뿐더러 언사가 돼먹지 않았다. 해지고 꾀죄죄한 차림도 그랬지만 거칠게 달려드는 기운과 독한 눈썰미가 불편했다. 어쩌자고 상고당은 저토록 망가진 자를 집에 들여 자비로운 웃음을 던지는지, 광사가 마른 헛기침을 뱉었다.

– 자아, 석농石農[143]의 인사를 받으시게. 나이답지 않게 뜻이 바르고 눈이 밝은 사람이라 볼 때마다 기분이 좋아지네. 나를 찾아오는 객이지만, 젊은이에게 배울 게 많으니 누가 스승이고 제자인지 가릴 게 없네. 석농이 두 분을 뵙고 인사를 드리겠다고 간청해서 마침 이리들

---

143 김광국(金光國), 조선 후기 서화 수집가이자 비평가.

모셨네. 원교는 글씨로, 현재는 그림으로, 통이 크고 널찍널찍한 사람들이니 잘 통할 걸세. 허허.

상고당이 가리키는 사람은 애꾸눈 사내가 아니라, 고개를 돌려 마시다가 점잖게 술잔을 내려놓던 젊은 선비였다. 애꾸의 소란을 비집고 그가 말했다.

— 내도재의 주인이시라는 말씀을 익히 들었습니다. 두 분을 뵙고 싶었습니다.

석농의 인사가 깍듯했다. 살지고 기름기 흐르는 부잣집 자제 행색이 없진 않았으나 예를 갖추는 태도가 진지했다. 하지만 광사는 젊은 석농의 인사에 제대로 답하지 못했다. 애꾸눈 사내의 수선 때문이었다. 빗방울이 댓돌까지 들이닥치는지 청지기가 신발 정리를 하느라 부산을 떨었다. 대문을 닫고 사랑채 처마로 뛰어간 아이가 비를 맞고 있었다. 애꾸가 광사의 시선을 의식했는지 힐끔 노려봤다.

— 다들 모였으니, 이제 됐네. 이렇게 좋은 날이 있을 수 있단 말인가. 그림도 글씨도 맘껏 나누어 보세나.

상고당의 웃음소리가 방 안 가득 퍼졌다. 광사가 늦게나마 석농을 향해 목을 굽혀 예를 차렸다. 눈짓을 나누고 술잔을 권하여 마시려던 참에, 애꾸눈 사내가 끼어들었다.

— 나도 한 잔 주시우.

거들먹거리는 그의 태도가 못마땅한 나머지 광사가 정색하며 손사래 쳤다.

— 어허, 어딜…….

풀 먹인 쑥색 직립을 차려입은 석농과 달리 애꾸는 소매는 짧고 구

겨진 답호 차림이었다. 아무리 보아도, 기품이라고는 찾을 길 없는 방
정맞은 행색이었다. 그가 양반이라면 같잖은 흉내일 뿐이라고 생각했
다. 풍채가 허름하다는 이유로 만만히 보고 업신여기는 자리는 아니
었으나 그는 해도 너무했다.

　- 아이고, 잘나 빠진 유자 어르신이라 나 같은 불한당한테는 술 한
모금도 아까운 게로구먼.

　상고당을 향해 뇌까리는 말이었으나 광사로서는 모욕을 당한 기분
이었다. 흉측한 눈초리를 치켜드는 애꾸눈을 그냥 둘 수 없었다.

　- 허어, 이런 망측한 자를 봤나.

　광사가 꼿꼿하게 허리를 세워 애꾸를 내려봤다. 서장에서 마주친
서생의 목소리가 아니었다.

　- 오호라. 이분이 조선 최고의 명필이란 말씀입죠? 나리께서 그리
말씀하셨나? 그런데도, 술 한 잔 못 따라주는 좀생인데, 조선의 명필
이라? 하하하.

　애꾸가 상고당을 향해 대놓고 웃었다.

　- 이런 화적 같은 자가, 어디에 대고 앞뒤 없이 망발인가?

　명백한 도발이라 여긴 광사가 참지 못하고 소리쳤다. 그랬는데, 애
꾸눈이 상체를 펴지 못하고 작은 체구를 앞으로 당겼다. 무엇이라도
집어 던질 기세였다.

　- 큰소리치는 걸 보니, 잘난 양반 행세 깨나 해먹은 뿐새로구먼.
허허, 그 양반 꿉꿉한 속내가 제대로 전해 오네그려. 하지만 이게 무
언가. 위엄은커녕 똥물 부어 놓은 것처럼, 냄새가 진동하는걸.

　- 아니, 이 자가!

참지 못한 광사가 자리에서 일어섰다. 그랬는데, 힘을 쓴 쪽은 광사가 아니었다.

– 으랏차!

애꾸가 해괴한 비명을 내지르며 술상을 들어 엎어버린 것도 동시에 벌어진 일이었다.

– 이런, 죽일 놈! 누가 저런 자를…….

광사는 애꾸를 때려잡을 기세로 노려봤다.

– 하찮은 미관말직조차 꿈꿀 수 없는 빌어먹은 처지야 다들 한가지일 텐데. 무슨 양반 노릇이야? 한심한 작자로고. 이래 봬도 나도 귀하신 몸이라, 심사정 나리가 오는 자리라 해서 어찌어찌 찾아왔더니만 썩은 냄새가 진동하는 통에 더는 참을 수 없어, 이만 가야겠소.

애꾸가 비틀거리며 일어나더니 끄억, 소리를 질렀다. 댓돌을 내려가며 기어이 한 소리를 더 쏟아냈다.

– 부랑패와 다를 게 뭐야? 가련하고 헛된 무리로고. 글씨와 그림에 귀천이 어디 있을 것이며, 신분이 무슨 대수란 말인가? 양반 행세가 그리 대단한가? 글씨를 쓰든 그림을 그리든 자기들 집구석에서 홀로 처박혀 할 일이지, 이렇게 무리 지어 다닌다고 제대로 이루기나 하겠어? 못난 떨거지들 같으니. 허어.

떠나는 걸음을 멈춘 애꾸가 뒤를 돌아 가래침까지 뱉었다.

– 저런 막돼먹은 놈.

술상을 뒤집어쓴 광사가 분을 삭이지 못하고 씩씩거릴 때 상고당이 황망히 빗속으로 뛰어들었다. 무슨 영문인지, 심사정이나 다른 사람들은 애꾸를 나무라지 않았다. 기막히다는 눈빛으로 광사가 두 사람을 번갈아 쳐다보았다.

　남아 있는 사람끼리 다시 술상을 받았다. 상고당이 술잔을 채우며
분위기를 돋우었다.

　― 날씨가 궂은 탓이로세. 다들 잊으시고 기분도 풀어버리시게.

　상고당이 잔을 권했다.

　― 호사다마 아닌가. 현재 그림과 원교 글씨를 보여주고 싶어 겨우
귀한 자리를 만들었는데, 이리될 줄 어찌 알았겠나? 마음 쓰지 마시
게. 원래 그런 사람인 걸, 어쩌겠나. 그놈의 고약한 성질머리를…….

　― 날궂이 치곤 참으로 모질구먼. 다시 보고 싶지 않은 자일세.

　광사는 애꾸를 떠올리기도 싫었다. 광사의 표정을 살피더니 심사
정이 크게 웃었다.

　― 이보게, 원교. 방금 그 사람, 다시 보면 생각이 달라질 텐
데…….

　― 무슨 말씀? 그럴 일 없네.

　― 허허, 내가 여기에 있으니 다시 올 거네. 나를 만나자고 왔다잖
은가. 어디서 술이라도 한잔 얻어 마시고 떠돌 테지만, 천성이 그러하
니……. 이제 와선 어찌할 도리가 없네.

　심사정은 신중한 사람이었다. 상고당이 술병을 들어 광사의 잔을
채웠다.

　― 현재가 그리는 그림을 볼 수 있는 것만으로도 행운이지. 겸재 선
생 문하에서 배웠으니 화도에 들어선 예인으로 더할 나위 없네. 겸재
그림과 똑같이, 진경 화풍을 그대로 받은 거지. 산수를 그리던 사람을

그리든, 다시없는 진품일세.

상고당 곁에 있는 석농은 재산가라고 했다. 중인이었지만 의원 가문이었던 만큼 풍족한 생활을 누렸는데, 특히 서화에 능했다. 외모가 수려했고 풍채가 당당했으며 얼굴빛이 옥을 씻은 듯 빛났다. 목소리 또한 봄날 시냇물처럼 통랑하여 호감을 주었다. 고급스럽게 테 넓은 진사립을 썼고 청색 도포에 붉은 술띠를 맸다. 합죽선을 쥔 손은 희고 고왔다. 반가 출신이 아닌데도 고생을 모르는 손이었다. 상고당 만큼은 아니었으나 그도 역시 부자였고 젊은 나이답지 않게 호고 취미와 감식안이 높았다. 상고당을 본받아 궁색한 서화단 문객을 만나면 가리지 않고 돕는다 했다. 거문고와 비파 소리가 좋아 악공을 부르기 좋아했고 호방한 품성이라 상고당과도 잘 어울리는 눈치였다.

– 현재의 그림을 어떻게 보았던가?

광사가 물었을 때 석농이 차분하게 대답했다. 언변도 능란하여 듣기에 편안했다.

– 빗으로 머리카락 빗는 것처럼 가지런하게 붓을 쓸어내립니다. 필획이 농밀하고 빛이 나서 보는 이의 혼을 뺏어가는 것 같았습니다. 단연 돋보였습니다.

애꾸가 돌아왔다. 심사정이 예상했던 대로였다. 글씨를 쓰다 말고 광사가 소리 나는 쪽을 쳐다봤다.

– 으험.

빗소리 사이로 들려온 그의 기침 소리에 모두 돌아보았다. 자리를 박차고 나갈 때의 등등한 기세가 조금도 꺾이지 않았다. 섬돌 위에 선

그가 어디서 주워 입었는지 모를 도롱이를 벗고 해진 갈모를 내려놓
았다. 빗줄기가 가늘어졌어도 그친 것은 아니었다. 그를 반겨 맞이한
사람은 심사정이었다.

– 거, 보시게. 분명 다시 온다지 않았나?

광사의 붓놀림을 기다리던 사람들이 애꾸를 바라보았다.

– 저런 요망한 자가 있나?

광사는 헛웃음을 지었다. 어색하기 짝이 없었다.

– 어서 올라오게.

상고당이 애꾸를 이끌었다. 청지기가 바삐 달려와 애꾸의 창옷과
답호에 묻은 빗물을 닦아냈다. 의관을 파탈하며 놀 수 있는 허물없는
사이라도 된 듯 애꾸가 낄낄거렸다. 흐트러진 맨상투를 매만지던 애
꾸는 새우처럼 구부러진 척추를 펴지 못하면서도 의연한 척했다. 헛,
헛, 큼, 큼, 소리를 뱉어낸 광사가 쓰다 만 글씨를 마저 쓰기 위해 붓
질을 이어나갔으나 어수선한 분위기는 여전했다.

– 저리도 느린 걸음으로 무슨 사냥을 하겠다고? 으허허.

모두 숨죽인 가운데 광사의 붓놀림을 보고 있는 상황에서 애꾸 혼
자서만 낄낄거렸다. 황당한 소리에 김이 빠진 광사가 붓을 내려놓았
다.

– 어허, 무슨 소린가? 원교 선생, 글씨 쓰시는데?

보다 못한 상고당이 애꾸를 향해 근엄한 표정으로 나무랐다. 그랬
어도 기세를 꺾지 않은 애꾸가 혼잣말처럼 뇌까렸다.

– 붓을 들고, 좌고우면할 게 뭐람? 들개의 눈빛을 반짝이며 거세
고 빠르게 몰아붙여야지. 생각이 많으면 다 놓치고 말 텐데 저리 느린

발걸음으로, 발톱 빠진 승냥이가 무얼 잡겠다고?

　글씨를 바로 쓰지 못하고 벅차오르는 가슴을 진정시키고자 헛기침을 내뱉고 있던 광사의 습관을 보고 조롱하는 말이 분명했다. 눈을 감은 광사가 분을 삭였다. 조금 전에 그랬던 것처럼 다시금 불같이 화를 내야 하나? 보는 눈이 많으니 이럴 때일수록 화를 내는 만큼 손해로 돌아올지 모른다고 생각했다. 광사가 침착하기 위해 애쓰면서 애꾸가 있는 쪽으로 내던지듯 말했다.

　― 아둔한 그 머리로 내가 하는 말을 이해할 수 있을지 모르겠네만, 뜻을 앞세우지 않은 글씨가 제대로 된 글씨겠는가? 좌고우면이라니, 붓이라도 한 번쯤 잡아 본 자라면 그게 할 소린가? 생각을 키우고 그걸 굳혀서 글씨로 나타내야, 그게 붓질이지, 아무 생각도 없이 무작정 휘둘러 버리면 그게 붓질인가? 낫질이고 칼질이지?

　애꾸에게 콕 찍어 뱉은 말이라기보다 모두에게 던지는 말이었다. 그런데, 킬킬거리던 태도를 바꾸지 않은 애꾸가 광사의 말을 받았다.

　― 낫질이고 칼질이면 그나마 다행이오만, 괭이질도 아니고 호미질도 못되니 하는 말이지.

　― 아니, 이런 망할 놈.

　― 솜씨가 우선이지, 뜻을 앞세우면 뭘 하나? 뜻이 거창한들 솜씨가 젬병인데, 솜씨도 없는 붓을 써 봐야 죽도 밥도 아닌걸. 히히.

　광사가 더 참지 못하고 소리쳤다. 이 장면을 지켜봤다면 백하 스승은 뭐라 하셨을까. 먼발치에서 백하의 호통 소리가 들리는 것 같았다.

　― 뜻을 앞세우지 않고 알량한 손끝 기술만 믿고, 그런 번지르한 글씨를 백날 써 본들, 그런 건 죄다 천박한 속서일 뿐 아무것도 아니네.

붓이 지면에 닿기 전에 무엇을 쓸 것인가 결정하지 않으면 번잡한 속 내에서 뛰어다니는 노루를 어떻게 잡을 것이며, 꼬리 치며 날아다니 는 까투리를 어찌 묶어둘 셈인가. 붓 잡은 떨리는 손과 터질 것 같은 가슴은 어찌 진정시키란 말인가.

화지가 펼쳐졌고 지필묵이 가지런히 정돈됐다. 먹을 갈고 물감을 내린 심사정이 그림을 그리기 시작했다. 모두 숨죽인 가운데 심사정 의 붓끝이 빠르게 움직였다. 무엇을 그리는지도 모른 채 하얀 지면에 내려앉은 붓끝이 꿈틀대는 모양을 지켜보고 있었다.

─ 하아, 이런 걸 그리다니.

광사의 입에서 탄성이 새 나왔다. 여린 풀 섶에 벌레가 움직이는 그림이었다.

심사정이 붓을 내려놓자 이번에는 애꾸가 붓을 들었다. 두 사람이 번갈아 그려 넣기로 약속된 셈이었다. 불룩 솟아오른 등허리의 무게 에 눌려, 휘어진 왼쪽 팔을 바닥에 대고 오른손을 쳐들었다. 몸 전체 를 방바닥에 밀착시킨 듯한 자세를 취한 애꾸가, 그나마 자유로이 움 직일 수 있는 건 오른손뿐이었다. 그랬는데, 심사정의 그림 위에 애꾸 의 붓질이 덧붙여진 순간, 광사는 벌어지는 입을 다물 수 없었다. 눈 알에 불이라도 데인 듯 정신이 번쩍 들었다. 풀숲을 지나가는 소와 나 귀 그림이었는데, 그토록 빠른 붓놀림은 처음 보았다. 필첨이 지면에 닿았다 떨어지기를 반복하는 동안, 물방울이 튀듯 모양이 살아났다. 목을 늘어뜨린 나귀의 갈퀴는 심지어 손으로 그렸다. 붓을 내려놓은 그가, 나귀의 목덜미가 부실했는지 붓도 들지 않고 손톱 끝으로 먹물을 찍어 날렵하게 붙여넣었다. 순식간에 손톱으로 가획하는 솜씨, 붓으로 그려낸 것인지 맨손으로 그려낸 것인지를 가려낼 수 없게 했다. 붓 대신 손톱을 쓰는 자, 처음 보았다.

– 혼이 달아나는구나.

광사는 정신을 차릴 수 없었다. 죽립을 쓴 두 사람이 소와 나귀를 타고 가는 모습을 그린 그림이었다. 사람의 무거운 무게를 이기지 못해 힘들어하는, 소와 나귀가 안쓰러웠다. 상고당과 석농의 입에서도 탄복이 터져 나왔다. 아무런 배경이 없는데도 그림 속 두 사람이 얘기가 무엇인지 궁금할 정도였다. 심사정의 그림에 덧붙인 솜씨, 애꾸가 조화를 부려놓은 그림을 본 광사가 자신도 모르게 중얼거렸다.

– 아아, 이건……, 진정…… 진경이로세.

진경화가 어떤 것인지 실감 났다. 살아 있는 그림이었다. 벌레가 미세하게 움직였고 소와 나귀가 힘겨워했다. 실제 동작만 살아나 허둥거릴 뿐 세속의 시름은 없었다. 소와 나귀와 사람이 살아 움직이는 것 같았고 두 사람의 대화마저 들리는 듯했다. 사람과 짐승의 눈빛이 실제와 똑같은, 사실감의 극치였다. 곡선은 온화했고 기맥이 뚫려 화의가 활발했다. 길바닥 풍경이었으나 그림의 기품은 높았다. 화려함을 배제하고 흔하디흔한 고유색을 썼다. 진경 화풍의 그림은 정밀하지 못하더라는 세간의 우려는, 적어도 이 그림만은 해당되지 않았다.

붓을 내려놓은 애꾸 앞으로 광사가 바짝 다가앉았다.

– 당신, 누구요?

광사가 그를 향해 눈알을 부라렸다.

– 비렁뱅이 환쟁이, 이름은 알아 뭐할 거요? 거, 아끼지 말고, 술이나 한잔 쳐주시오.

애꾸는 낄낄거리면서도 자신의 이름을 밝히지 않았다. 상고당이 그를 따라 호탕하게 웃었다.

– 허허, 그만 다투고 인사들 나누시게. 현재를 따르는 이 사람은 최북崔北이라는 화원일세. 두고 보게나. 이 사람 그림이 장안을 평정할 테니. 허허.

– 최북이라?

광사가 애꾸눈 화가를 깊은 눈으로 바라보았다.

– 술이 너무 과한 것 아닌가? 술을 줄여야지. 흐트러진 의관으로 저잣거리를 배회하는 건 그렇다 쳐도, 자네는 술이 지나쳐 큰일이야.

상고당이 술을 따르다 말고 소맷자락을 걷었다. 애꾸도 잔을 거두며 짐짓 화난 표정을 지었다.

– 피부에 스민 병은 뜸 놓아 고치고, 핏물에 도는 병은 침놓아 고치고, 가슴속 울화병은 술로 고쳐야 하거늘, 술잔을 멈추라 하다니 이게 무슨 되먹지 못한 횡포요? 취한 눈으로 꽃을 보면, 피지 않은 꽃이 어디 있단 말이오?

말을 마치자마자 방금 그렸던 그림을 그대로 찢어버렸다. 깜짝 놀란 사람들을 헤치고 상고당이 소리를 질렀다.

– 이게 무슨 짓인가? 그렇다고 그걸 찢어? 그러니, 미치광이 소릴 듣는 게지?

어이없는 일이었다. 자신이 그린 그림을 그 자리에서 제 손으로 찢어버리다니, 광사는 쿵쿵대는 가슴을 진정시키지 못한 채 그를 바라보았다.

─ 홍이 돋아 그렸는데, 술기운도 떨어지고 홍도 다하고 말았으니 다시 되돌리는 수밖에. 크하하핫.

그의 웃음은 좌중의 왁자지껄한 소란과 어수선한 소동을 한순간에 잠재우고 말았다.

최북은 광사보다 일곱 살 아래였다. 키가 작고 허리까지 굽은 체구에 성정이 괴망하여 주위 사람을 견디지 못하게 했다. 중인이라지만 지조와 강단이 단단했고 광기에 물든 화혼을 닥치는 대로 풀어낸다 했다.

─ 스스로, 칠칠이라 부른다네.

─ 칠칠이? 거, 무슨 천한 소리인가? 이름이 있지 않은가?

─ 물론 있지. 최북이라는 이름 말고도, 호생관毫生館이라는 호도 있고.

─ 호생관이라면, 붓으로 먹고사는 사람이라는 뜻인가? 참으로 망측하네그려.

─ 붓으로 살아 보겠다는 절박함도 있지 않은가.

─ 붓 대롱에 혼이라도 담아 보겠다는 심산이야 뭐야? 근데, 왜 하필 칠칠이야?

─ 이름이 북北, 아닌가. 그걸 뜯어 보면, 칠칠七七이 되는 거고.

광사는 최북의 돌출행동이 편치 않았다. 그도 그럴 것이, 최북의 호구 방편은 그림이었다. 돈 되는 그림이라면 어디든 마다하지 않고 달려가 그린다고 했다.

– 한쪽 눈은 왜 저 모양인가?

– 애꾸눈이면 어떤가? 두 쪽 눈을 다 가진 사람보다 밝게 본다고 큰소리치고 다니는걸.

상고당이 들려준 최북의 이야기는 씁쓸했다.

– 타고난 천성이 그런 걸 어쩌겠나? 그리고 싶은 그림이야 뚝딱 그려내지만, 원치 않는 그림은 죽이겠다고 칼을 들이밀어도 그리지 않는다네. 어떤가? 두려움이 많은 사람보다 두려움 없는 사람이 더 두렵지 않은가. 모가지에 칼을 들이밀어도, 그리고 싶지 않은 그림은 결단코 그리지 않는단 말일세.

– 설마, 그림 그리지 않는다고, 눈을 찔리기라도 했단 말인가?

– 어떤 우라질 양반 놈이, 그림을 그릴 것을 명령했다네. 최북이 누구인가. 겁을 내며 원하는 대로 그려줄 사람인가? 그리지 않겠다는 데도 죽이겠다고 겁박해대니까 느닷없이 쇠꼬챙이를 집어 자기 눈을 찔러버렸다네.

– 뭐라? 자기 손으로 자기 눈을 찔렀단 말인가?

– 격분은 양반이 한 게 아니라 최북 자신이 해버린 거지. 남의 손으로 자신을 저버리기 전에 자신이 먼저 자기 눈을 저버린 것 아닌가.

– 거참.

광사가 낯이 뜨거워져 고개를 숙였다. 최북의 거친 기질과 광기 어린 눈빛이 무서웠다.

– 그런 사람이네. 어떤 지위 높은 양반을 상대한다 해도 기죽을 사람인가? 원교에게 가했던 패악질이 이해되는가?

– 하하, 이제 좀 알 것 같네. 저 사람.

– 최북을 보면 나는 되도록 말하지 않으려 하네. 무슨 말을 해 봐야 자신이 풀어낸 방식으로 해석할 테니, 난 그저 듣기만 하고 지켜보고만 있을 뿐이네.

– 알겠네. 그 뜻을.

– 누구에게도 굴하지 않겠다는 기개를 어찌 꺾을 수 있겠는가. 말한다 한들 들어주고, 말리려 한들 말릴 수 있는 사람이 아니라는 걸 알게 됐으니, 좋아하는 술을 마음껏 마시게 하고 그리고 싶은 그림 실컷 그리게 하여, 원하는 만큼의 그림값으로 보답하면 된다고 믿네. 돈을 원치 않아 내동댕이칠 때도 있으니 그땐 또 그대로 지켜보면 되는 것이고.

상고당이 넉넉한 손길로 자기 턱수염을 쓰다듬었다.

그림뿐 아니었다. 그림 솜씨 좋은 자가 글씨도 잘 쓰기 마련인 것처럼, 최북은 글씨도 능란했다. 그림을 그린 화지 귀퉁이에 반흘림의 화제를 흔연히 써 붙였다. 필법도 그림만큼 독특하고 기이했다.

– 광초狂草[144]라는 말, 들어봤나?

– 미친 듯 붓을 휘둘러 흘려 쓴 글씨 아닌가?

– 노상 취해 있는 사람, 허허. 술 취한 최북이 쓰는 초서는 볼 만하다네. 술에 취해 비바람 몰아치듯 붓을 휘갈기는데 획의 굴절이 미친 놈처럼 요란하지 않은가. 광초는 최북에게 맞는 말이 아닐까? 그림 팔아 술 사 먹고 술에 취해 쓰러진 사람. 비단을 들고 와 그림을 사겠다

----

[144] 중국 당(唐)나라 명필 장욱(張旭)이 술에 대취한 상태에서 휘갈겨 쓴 흘림체 글씨.

는 양반에게는 가짜 그림을 그려줘 능멸하고서야 직성이 풀리는 사람.

— 붓을 들어 다행이네. 서툴고 거친 붓질 대신 칼을 들었으면 여러 사람 목숨이 날아갔겠네그려.

— 신 내린 무당 같아. 남이 모르는 것을 아는 척 생색내지 않잖아. 어디서 유래한 것인지 모른다 한들 무슨 상관인가. 광기를 품을망정 잘해 보겠다고 애쓰지도 않네. 돌이켜 보게. 무얼 해 보겠다고 발버둥 치지만 오히려 작아지고 옹졸해지는 순간이 얼마나 많은지.

상고당의 호의에도 불구하고, 최북에게 느끼는 불편함은 풀어지지 않았다. 정감 없는 인상, 웅크린 작은 체구에 흉측한 애꾸눈, 품 안에 비수를 감춘 자객 같은 허세가 두려웠다. 하지만 최북의 그림을 본 사람은 달라졌다. 방자한 태도에 혀를 차다가도 이내 풀어졌다. 광사도 그랬다. 졸렬하고 좀스러운 품성으로 그를 대했다는 자책이 뒤따랐다. 마음을 열고 다시 돌아앉아, 나무랄 수 없는 그의 그림을 바라보았다. 귀한 보물을 그리는 게 아니라 흔하고 버릴 잡것을 그렸다. 필법과 구도가 기이했고 변화를 바라는 기예가 역동적이었다. 모양은 투박했으나 뼈와 힘줄은 웅건했다. 자신의 화광和光은 감추고 세속에 섞여 살아가는, 붓질 그대로였다.

기사년 봄, 광사 나이 마흔다섯 살이었다. 황토색 흙산에 핀 진달래꽃이 화창한 자취를 뽐낼 무렵, 충청도 단양丹陽으로 유람을 떠났다. 진경화에 애가 타는 화가들은 계곡과 산수를 직접 답사한 후 그려야 한다는 신념이 서로 통했다. 일행들은 한껏 들떠 있었다. 충청의 산천이 그대로 다가왔고 층층이 덧대어진 사인암舍人巖 암벽을 넘을 놓고 바라보았다. 도담島潭에서 뱃놀이를 한 뒤 한곳에 모였다. 상고당 집에서부터 동행했던 외눈박이 화가 최북이 절세 명승인 도담삼봉을 그려 나갔다. 최북의 그림에 누군가 화제畫題[145]를 써야 할 순간이었다.

새벽에 비가 쏟아졌는지 갓 피어난 목단 잎에 이슬이 맺혀 있었다. 계곡에는 차가운 물이 넘쳐흘렀고 드문드문 핀 진달래꽃이 앞산을 붉게 물들였다. 시냇물은 골이 깊어 물살이 가팔랐다. 물은 최고선이니, 만물을 이롭게 하여 다투지 않는다는 말이 실감 났다. 서울의 운종가나 개천에서는 볼 수 없는 풍광이었다. 혼을 빼앗긴 듯 모두 입을 다물었고, 구름을 머금은 세 봉우리의 신비로운 경관을 아련한 눈으로 살폈다. 댓돌 위에는 나뭇가지로 덮인 신발이 가지런했다. 최북이 깨진 안경 너머로 패인 눈자위를 찔끔거렸다. 언제부터인지 갓은 벗겨져 없고 상투는 헐거워 찌그러졌다. 윗도리와 아래가 맞붙은 심의 차림에 둥근 소맷부리를 감아올린 손을 움직였다. 붓끝이 화선지 위를 노닐었는데 심사정의 필치와 유사한, 진경 화법이었다. 광사가 놀란 눈을 떴다. 최북이 붓을 찍어 누르고 넘어트리다 다시 일으켜 세운 끝에 그림을 완성했다. 빠른 붓놀림이 미끄러져 닿는 지면에, 먹빛마다 창윤한 빛깔이 드러났다.

― 지당한 말씀이로고. 제발題跋[146]은 원교가 쓰시지.

---

145 그림으로 다 나타낼 수 없는 화의(畫意)의 부족 부분을 보완하고 작가의 창작 동기와 기분 등을 돋보이게 보이기 위해 적어 넣은 글.
146 그림 앞에 제목이나 배경와 기분을 나타내는 제사(題辭)와 그림의 평과 감상을 밝히는 발문(跋文).

이구동성으로 몰아붙인 제안을 광사가 받아들였다. 숨통이 막히는 듯 벅차오르는 가슴부터 진정해야 했다. 헛, 헛, 큼, 큼, 소리를 뱉어내고 호흡을 가다듬은 광사가 해제의 뜻을 담아 썼다. 그림 앞쪽에 제題를 쓰고 끝부분에 발跋을 붙였다. 그림을 그리게 된 사연과 그림을 지켜보는 사람을 제발에 녹여냈다. 그림의 완성도를 뽐낼 수 있는 글씨를 덧붙이고 싶었다.

　　기사년 봄에 한벽루에서 글씨를 쓰고 월성 최와 더불어 놀면서
　그림을 그리다.

끝에 '道甫'라는 자를 붙였다. 그림을 그리고 글씨 쓰는 일이 차례로 끝나자 일행들이 탄성을 내질렀다. 광사는 속이 터질 것 같았다. 가슴 밑바닥 알 수 없는 곳에서 숨 가쁜 기운이 차오르는 것을 느꼈다. 험한 산중인들 어떠랴. 깊은 숲을 헤매고 다닌 흔적은 없었다. 그래도 좋았다. 광사는 최북과 더불어 시서화를 나누는 지금이 좋았다.

최북의 그림은 거침없었다. 자연을 가지고 놀 줄 알았다. 그의 그림에는 온통 산만 있었다. 산을 사랑하는 화가의 안목은 달랐다. 산속에 은거하며 유유자적하는 행려자의 특권을 담아냈다. 암벽과 노을이 자리를 다투었고 외로운 봉우리에 맑은 햇살이 내리비쳤다. 산허리 구멍마다 구름이 머물렀고 깊은 계곡에 폭포수가 넘쳐흘렀다. 능숙한 붓질로 거친 수묵을 놀려 바위산의 깊은 곳을 그려냈다. 광사가 오래도록 최북의 그림을 지켜봤다. 평상심으로 볼 수 없는 그림이었다. 다르게 보이니 기이했고 볼수록 출중했다.

― 신세가 똑같네그려.

최북은 메추라기도 곧잘 그렸다. 꼬리를 감춘 못난 새가 남루하고 볼품없는 자신의 꼬락서니와 닮아 보인다는 이유였다. 산과 들, 나무와 풀에서는 볼 수 없는 생동감이 넘쳐났다. 움직이는 생명체를 그릴 때는 거칠고 빠르게 붓을 움직여 생명의 뼈대만 솎아냈다. 봉황이나 난새 소리보다 까마귀나 까치 울음이 듣기 편했다. 구렁이와 표범의 현란한 무늬보다 개나 양의 모양이 빛났다. 돌과 토담보다 금과 옥이 부담스럽다면, 억지가 아니라 자연스러운 그림이었다. 개를 그리면 개 짖는 소리가 들리는 것 같았고 소를 그리면 소 울음소리가, 닭 그림에는 홰치는 소리가 따라다녔다.

최북의 낡은 필낭에는 색이 다른 물감이 들어 있었다. 등자나무에서 뽑은 수액으로 노란색을 만들었고 쪽 풀에서 얻은 이파리를 말려 푸른색을 냈다. 흰색은 그냥 두어도 나오려니 싶었는데 오래된 조개껍데기를 빻아서 만든 가루를 개어 만들었다. 칠하지 않은 색은 흰색이 아니었다. 오방색의 방향에 맞춰 동서로 청색과 흰색을 그렸고 남북으로는 적과 흑을 담았다. 색에도 오감의 맛이 들어 있으니, 가운데는 황색의 단맛이었다.

영원한 벗으로 지내기에는, 넘기 힘든 준령을 만났을까. 몸이 멀어지면 마음도 멀어진다는데, 날이 갈수록 만남은 뜸해지고 시들해졌다. 심사정도 그랬고 최북과도 그랬다. 인연은 지쳐 머무르고 마는가. 광사가 상고당에게 말했다.

– 만물이 이루어지고 흩어지는 것은 다 때가 있는 법, 만나기도 하고 헤어지기도 하는 것이 사람은 팔자이거늘, 지금의 완성에 어찌 만족하기만 할 것인가. 언젠가 모래알처럼 흩어져 버릴지 모르는데.

신미년 여름이었다. 겸재 정선이 당나라 사공도司空圖[147]의 '이십사시품二十四詩品'을 소재로 시품詩品[148]에 맞는 시화첩을 꾸미고자 했는데, 젊은 필객을 찾아 나섰다며 광사에게 글씨를 맡겼다. 겸재 나이가 일흔하나, 광사는 마흔일곱이었다.

놀라 자빠지고, 죽어 넘어가도 이해할 수 없는 일이었다. 광사는 정신을 차릴 수 없었다. 양반 출신 도화서 화원이자 천하제일 명장 겸재의 그림에 화제를 쓰다니, 꿈인지 생시인지 가려낼 수 없었다. 겸재의 그림이 남촌의 집 한 채 값이라는 소문이 흔하게 돌아다니던 차였다.

– 신이 내린 그림이지, 사람의 솜씨가 아니다.

광사가 예의를 갖추었다. 겸재 그림에 자신의 이름을 붙였다. 필첩을 빼내어 일거에 퍼져 나가도록 써 나가다가 한 번에 붓을 거두었다. 겸재 그림에 대한 외경이 글씨에 묻어났다. 그림은 늠름했다. 실재하는 모양을 대상으로 마음 느낀 그대로 그린다는 진경화의 흔적이 두드러졌다. 장자의 말이 떠올라, 광사는 별다른 기교를 부리지 않았다. 마음이 노니는 곳에 덕이 일치해야 하므로 겸재가 내세운 뜻에 도달

---

147 중국 당나라 대의 시인.
148 시의 품격. 시격(詩格).

하기 위해서는, 그림과 차별을 드러내지 않아야 했다. 볼품없는 미천한 재주를 겸재 그림에 덧입혔다 싶어 얼굴이 화끈거렸다. 호매豪邁한 필력에 봉황이 날아갈 듯한 대찬 기운을 가진 겸재 그림에 비하면 하찮은 필부의 몸짓에 불과했다. 자연과 사람과의 경계 없는 공감대가 그림에서 퍼져 나왔다. 표일하고 아름다운 모습을 갖춘 겸재 그림 앞에 광사가 머리를 숙였다. 자신을 고집할 것 없이 형체도 소리도 없는 자신을 그려내는 것이 글씨의 본질이라고 여겼다. 겸재 그림에 자신의 글씨를 붙이다니, 광사는 당장 죽어도 여한이 없다고 생각했다.

상고당이 말했다.

– 원교에다, 겸재와 사천槎川¹⁴⁹을 보태면 새로운 삼절三絶일세.

광사가 깜짝 놀라며 손바닥을 좌우로 흔들었다.

– 큰일 날 소리. 그 무슨 망언인가.

삼절이라 하면 겸재와 사천, 그리고 백하였다. 스승께서 돌아가셨다고 해서 이름을 대신하다니, 넘볼 수 없는 자리이며 범해서는 안 될 무례였다.

기사년에 딸을 얻었다. 눈에 넣어도 아프지 않을 딸이었다. 임신년에는 둘째 아들 영익을 혼인시켰다. 하곡 문하로서의 학맥과 혼맥은 거스를 수 없는 운명이었으므로 하곡의 막내 손녀를 며느리로 맞아들였다. 비로소 세상이 평온해졌고 큰 짐을 덜어낸 기분이었다. 달포를

---

149 이병연(李秉淵), 조선 후기의 문인. 진시운동을 계승하여 조선의 산천을 시로 형상화함.

기다려 영익 부부에게 글씨를 써주었다.

　나날이 평온했다. 글씨가 잘 되면 어떻게든 거들먹거리게 될 터이고 이를 피하려면 사람을 만나지 말아야 했다. 외출을 삼가고 있는 광사에게 상고당은 구종驅從을 딸려 조랑말을 보내왔다.

　— 원교 나리께서 이렇게 사시는 게 좋으시냐고 물었습니다.

　머리를 땋아 늘어뜨린 총각이 조랑말에 안장을 올리며 상전의 말을 전했다. 고의에 행전을 차고 겹겹이 입은 동옷 차림에 무릎 대님을 매던 광사가 껄껄 웃었다.

　— 암, 좋고말고. 밤이면 꿈도 꾸지 않고 잠만 잘 잔다. 아무런 근심 걱정이 없다고 일러라. 이보다 더 좋을 수 없도다. 허허.

을해지옥乙亥地獄
- 1755 乙亥

　다시 붓을 잡을 수 있을까. 이를 악물려 해도 입이 다물어지지 않았다. 살가죽 타는 냄새가, 뒤엉킨 뼈마디 사이를 거쳐 낭자한 피고름 위를 떠돌았다. 턱이 빠졌는지 입아귀가 벌어져 따로 놀았다. 핏물이 튀고 살 껍질이 벗겨진 채 누구인지 분간할 수 없는 자들이 하나둘씩 실려 나갔다. 몸뚱이는 정물일 뿐이었다. 문초하는 사람과 공초를 받는 사람 사이에 경계가 무너졌고 묻는 말과 대답하는 말에 순서가 없었다. 죄의 자복을 요구하는 초사招辭는 애당초 무용한 절차였다. 죄를 다그치는 고함과 대답 대신 토해낸 비명이 뒤섞인 끝에, 이를 내지른 자를 알지 못했다. 신음이 이어졌다가 멀어지고 마는 것은 심문 도중 숨이 멎은 탓이었다. 형장刑杖을 맞고 실신한 자의 입에서 피거품이 흘러나왔고 인두로 몸을 지지는 작형을 당하던 자에게서 나오던 비명이 끊어져 어느 순간 다시 들리지 않았다. 모든 소리는 이명으로 전이되어, 외마디 단말마 소리가 현실인지 헛소리인지 가릴 수 없었다. 제 자리에서 떨어져 나간 뼈와 살이 너덜거려 맞춰지지 않았다.

광사가 눈을 감았다. 지옥에 떨어지고 말았구나. 이제 죽으면 그만인데, 다시 붓을 잡을 수 있을까 헤아리고 있다니.

의금부가 피로 물들었다. 창과 몽둥이가 사람의 몸에 부딪혔다. 음산한 지옥 불이 들끓었다. 검은 더그레를 입고 삐죽한 깔때기를 쓴 의금부 나장이 병조와 사헌부에서 파견 나온 장교들과 함께 죄인을 문초했다. 어차피 매의 강도 조절은 없었다. 붉은 핏물이 나장 얼굴로 튀었다.

을해년이 되자 불길한 조짐이 사실로 드러나기 시작했다. 이월 초 닷새, 나주목 객사 외삼문 망화루望華樓 기둥에 임금과 조정을 비방하는 벽서가 나붙었다는 장계가 전라감사로부터 올라왔다. 심상치 않은 전갈을 담은 소문이 꼬리를 물고 떠돌아다녔다. 임금은 선왕을 독살시킨 주범이고 조정은 간신들로 가득하여 나라가 도탄에 빠졌다는 것, 만백성을 구제하려 봉기할 것이니 주저하지 말고 따르라는 내용이었다. 임금은 분노했다. 두말할 나위 없이, 무신년 이인좌의 잔당이라 믿었다. 임금이 소탕을 명령하자 소수파로 몰려있던 소론이 바싹 엎드렸다. 이 기회를 놓치지 않고 자신들의 씨를 말리려 들 것이라는 두려움 때문이었다. 광사네 집안까지 스며들어온 공포는 쉽사리 멈추지 않을 태세였다. 상상하고 싶지 않은 가정이 광사의 유약한 심신을 헤집고 다녔다. 이인좌와 김일경, 그렇게 끄나풀이 이어진 것이라면, 그 선상에 큰아버지 이진유가 있다는 게 문제였다.

불안감 때문에 견딜 수 없었던 광사는 은밀히 형들의 안부를 묻고 챙겼다. 벽서가 나붙어 그 내용이 떠돌아다니는 거야 처음 벌어진 일은 아니었지만, 이번만큼은 무사하지 못할 거라는 예감이 광사의 종형제들에게 몰아닥쳤다. 형들도 서둘러 소식을 보내왔다.

– 나주 목사 이하징李夏徵이 잡혀갔단다. 돌아가는 낌새가 좋지 않으니, 자중하고 조심하여라.

형들에게 들려오는 소식 중 희망 섞인 내용은 없었다. 이틀도 지나지 않아 사람을 또 보냈다.

– 큰일이다. 윤지를 엮으려나 보다.

선왕 시절 형조판서를 지냈던 윤취상의 아들, 윤지가 주동자로 지목됐다는 소식은 광사를 떨게 했다. 광사는 윤지의 집안과 가깝게 지냈을 뿐만 아니라 윤지의 아들 광철과 교유가 깊었다. 이인좌와 김일경에 연루된 죄로 삼십 년간 제주도 유배를 살았던 집안이었으나 광사는 광철이 좋아 윤지의 집에 드나들었다.

– 그렇다고 어디로 도망갈 데도 없지 않습니까.

광사가 형들에게 반문했다. 윤지에게 덧씌운 혐의는 궁색했다. 노론 제거를 위해 준론이 세를 규합하려 했다는 죄였다. 그들은 윤지를 주시하며 빌미를 찾고 있었다.

– 과연, 버텨낼 수 있을까.

닷새 만에 체포된 윤지는 죄를 자백하지 않았다고 했다. 나주목 관아에서 출처를 알 수 없는 목함木函이 발견됐다 해도 윤지는 입을 열지 않았다. 윤지가 조정에 불만을 품었어도 대놓고 발설할 수 없다는 것을 알고 있었기 때문에 정국을 뒤집어엎어야 한다는 격문이 목함에서 나왔다는 소식조차 믿을 수 없었다. 관아의 나졸과 하인까지 닥치는 대로 잡아들여 족치는 통에 나주 땅이 쑥대밭이 되었다고 했다. 광정 형의 말을 들은 광사는 두려움을 이겨내지 못했다.

– 나주 땅에 벽서를 붙여 본들, 얻을 게 무어라고? 소외된 나주 관아에서 민심을 선동해 봐야 세를 규합하기는커녕 잠복해 있던 마지막 힘줄마저 끊겨버릴 게 아니냐. 단순한 분풀이가 아닌, 우리 모두를 죽이려고 달려들 게 뻔해. 이러다가 우린 다 죽어.

엉뚱하게도 개봉이라는 노비에게서 의외의 자백이 나왔다고 했다. 형체가 없던 흉심이, 짜인 각본대로 꾸며질 판국이었다. 말은 떠돌아 부풀려졌다. 윤지가 괘서를 전하는 장면을 목격했다고 자백하는 것으로, 개봉이는 목숨을 건지는 듯했다. 하지만 풀려난 개봉이는 사흘을 넘기지 못하고 장독으로 죽고 말았다. 윤지에게 처절한 고문이 이어지는 동안 소론은 숨죽였다. 혼맥과 사제로 뭉쳐진 관계망이 낱낱이 들춰지고 파헤쳐진 마당에 이제는 붕당이랄 것도 없었다. 산산조각으로 찢겨 자취도 없이 사라질 지경이었다.

서울로 압송된 나주목사 이하징이 의금부로 끌려온 뒤 국면은 더 악화됐다. 이하징을 친국하던 임금은 분노를 진정하지 못했다. 짙은 눈썹 아래 깊이 팬 눈두덩이 사이로 퀭한 눈알을 부릅뜬 채 이하징이 외친 말이 사태를 극단으로 몰고 갔다. 치켜 올라간 눈썹에 핏발 선 눈을 뜬 이하징은 누구라도 물어뜯어버릴 것 같은 표정을 지었다. 핏물에 담겨 빠져나간 이빨 자국 사이로 악물었던 소리를 뱉어냈다. 이하징의 말은 힘겹고 헐거웠다. 발음은 분명치 않았으나 무슨 말인지 못 알아먹을 정도는 아니었다.

　- 신은 태어나 지금까지 살면서 김일경만 한 신하를 보지 못했소이다. 김일경의 상소야말로 묘당과 사직을 지키려 한, 신하의 절개를 증명했던 것이오. 윤취상은 역적이 아니고 충신이 분명하오.

　사람의 소리가 아니었다. 오장육부를 끌어모아 쥐어짜는 소리였다. 장대로 주리를 틀고 있던 형리가 깜짝 놀라 한 걸음 물러섰다. 임금이 몸을 부들부들 떨다가 간신히 입을 열었다.

　- 불측한 만고역적 저놈의 입을 찢어라. 곤장 수를 헤아리지 말고 마구 쳐라.

　물고物故를 당한 이하징이 그 자리에서 숨을 거두었다는 소식에, 두려움을 아는 자들은 낮게 엎드렸다. 준소와 완소를 가릴 처지가 아니었다. 들리는 말에 의하면, 준소만 화를 당하는 게 아니라 완소도 죽음을 피하지 못한다고 했다. 광사가 귀를 막았다.

　충신도 역신도 의미 없었다. 어떤 날은 한나절에 여남은이나 되는 목숨이 끊어졌다고 했다. 귀를 막아도 들렸다. 듣고 싶지 않다고 해서 들리지 않는 게 아니었다. 가늘어진 목숨이 터덕거렸고 명분은 구차했다. 선왕을 시해할 음모를 꾸몄다며 처단된 신임년 역신이 충신으로 바뀌었다. 그들은 정국을 휘어잡고 상대를 역당으로 몰아갔다. 임금은 비로소 탕평책을 포기했다. 탕평으로 조정을 포용하리라던 허세를 걷어낸 뒤 탕평에 대한 공치사를 대놓고 접어버렸다. 임금은 이성을 잃은 채 친국을 주관했고 처형의 현장을 이끌었다. 죄인은 늘어났고 죽음은 흔해졌다. 임금은 추국청 말고도 별도로 설치된 중문당에

추관推官을 대동했다. 중신을 처형할 때는 반드시 세자에게 참관하도록 명했다. 역당에 대한 자신의 노여움이 얼마나 큰 것인지 보여주려 하는 심산이었다.

– 큰일 났다. 심악沈鍔도 당했다는구나.

형이 보낸 소식을 듣고 광사는 곡기를 끊었다. 심악은 하곡의 제자였다. 밥이 넘어가지 않았다. 먹고 살려는 짓이 부질없었다. 하곡의 문하가 크게 휘청거리는 게 감지되면서 들려오는 소식이 무서웠다. 하곡이 흔들리면서 강화의 입지도 사라졌다.

– 이러다 다 죽겠소. 어쩌면 좋단 말이요?

광사가 류씨 부인에게 말했다.

– 기운 차리세요. 물이라도 마셔 보세요.

아내가 울먹였다. 진전증 병자처럼 몸을 떨고 있는 동안 나쁜 소식만 늘어갔다. 의금부로 끌려간 자들이 역모 가담 사실을 부인하며 목숨을 부지하려 했지만 혹독한 고문이 이어진 끝에 주검이 줄을 잇는다고 했다. 아무런 관련이 없는 자도 역당의 무리라는 죄목이 붙기만 하면 가차없이 끌려갔다. 살아 있는 것도 아닌데, 죽었던 선왕 시절 대신들의 관작을 추삭追削했다.

삼월이 되어도 흉포한 소식은 가라앉지 않았다. 의금부가 감당해 낼 만한 수효를 넘기자 형조까지 달려들었다. 의금부 제조와 판의금 부사가 종사관들을 득달하며 판을 키웠다. 벼슬아치는 의금부에서 다루었고 벼슬이 없는 자는 형조로 넘겨졌다. 죄인의 머릿수가 늘어나면서 형률刑律의 질서를 잃어버렸다. 임금에게 절제력은 없었다. 임금의 명이 떨어지면 즉결 처형으로, 죽을 때까지 때리는 박살형搏殺刑이 시행되었다. 윤지와 관계없는 중신들에게도 역률이 추가되었고 관작이 추탈됐다. 지난날의 명예를 회복하려 했던 시도가 무색했다.

그나마 믿을 데라고는 세자뿐이었다. 상소를 올리기 위해서는 목숨을 건 용기가 필요했다. 나주와 무관한 일이므로 사태를 그만 진정시켜달라는 청원을 상소에 담았다. 하지만 상소를 올린 자들이 오히려 역심을 품었다는 죄목으로 무참하게 관직에서 쫓겨나 귀양을 갔다. 유배형은 사형보다 나았다. 일단 목숨을 건지는 게 중요했다. 종신토록 배제된다는 것을 뜻했지만 죽음보다 나았다. 죽으면 끝장이었다.

불안이 쌓이자 불길한 감각만이 살아 날뛰었다. 붓을 잡지 못한 나날이 이어지면서 광사는 운명을 예감했다. 마을 어귀 계수나무까지 내려온 까마귀가 아침부터 음산한 울음을 울던 날이었다.

— 올 것이 오고야 말았구나.

돈의문 밖 둥그재 마을 초입부터 광사 집 사립으로 이어지는 고샅에 발자국 소리가 떼지어 몰려들었다.

— 죄인 이광사는 오라를 받아라.

맨상투 차림의 광사보다 적삼 바람의 아내가 먼저 툇마루로 뛰쳐나갔다. 검은 더그레를 입은 의금부 백호와 나졸들이 긴 창을 곧추세웠다. 광사는 심의와 넓은 소매의 중치막을 챙겨입고 갓을 쓰려고 했다. 의연하고자 했으나 손가락이 떨려 뜻대로 되지 않았다. 장자인 긍익에게 집안 단속을 당부했다. 무엇보다 병치레가 많은 아내가 걱정이었다. 수년 전부터 앓아온 폐병으로 구기자와 잣을 구해 먹는 중이었다. 각혈하는 아내의 수척한 얼굴과 밑둥치가 닳아져 쓸모없게 된 몽당붓이 눈에 밟혔다. 저 붓을 다시 잡을 수 있을까. 광사는 눈을 뜨지 못했다.

초엿새 날, 금오문 의금부에 끌려 들어간 광사는 살고자 하는 바람을 버렸다. 목에 칼이 덮이고 두 손이 차꼬에 차였다. 다리마저 족쇄에 묶여 꼼짝할 수 없었다. 고문이 시작됐다. 광정 형이 먼저 잡혀 왔다는 얘기가 광사를 절망하게 했다.

– 이광사의 백부가 역적 이진유라?

의금부 당상관의 말을 듣고 눈꺼풀을 들었다. 친국을 위해 행차한 임금을 보고 광사는 고개를 떨어뜨렸다. 연신 똥과 오줌을 싸질렀고 자꾸 눈이 감겼다.

– 이광사가 윤지 부자와 내통했다는 증거를 찾고 있습니다.

광사를 문초하던 대전별감의 노란 초립에 핏물이 튀었다. 이마가 넓고 턱이 벌어진 별감은 임금의 눈치에 따라 움직였다. 붉은 철릭은 핏물이 묻어도 티가 나지 않았지만 철릭 속 파란 저고리와 초립 위에 꽂은 호랑이 수염이 연신 움찔거렸다. 무관이긴 해도 중인 신분임도 잊은 채 별감은 죄인들을 다루며 눈살을 찌푸렸다. 임금 곁에 선 대전별감의 위세가 하늘을 찔렀다. 험피한 속내와 음험한 성질을 감춘 별감이 임금보다 무서웠다.

– 윤지의 아들 윤광철과 내통한 사실이 없단 말이냐?

사흘 밤이 지나고 또 하루의 낮을 보냈다. 혼절한 사이 꿈속에서마저 임금의 격노가 터져 나왔다. 의금부와 내사복에서 친국을 당한 광사는 벼슬이 없다는 이유로 형조로 보내졌다. 목구멍에 물 한 모금 밀어 넣지 못했고 다리가 부러졌는지 감각이 없었다. 목에 채워진 칼을 벗겨냈으나 두 눈이 상해 송장과 다를 바 없었다.

　― 숨통이 끊어졌다면 눈을 뜰 수 없으리라. 처분을 기다려 봐야, 죽은 목숨인데…….

　광사의 귓바퀴에 백부의 이름이 징징거렸다.

　― 잡아떼도 소용없다. 역적 윤지의 안방에서 이진유의 친필 서찰이 나왔는데, 그래도 모른단 말이냐?

　광사는 대답할 수 없었고 눈을 뜨고 바라볼 수도 없었다. 손과 발 모두 회복할 수 없는 지경이었다. 전주이씨 가문은 쓸모없었다. 큰아버지 이진유는 임금의 신하가 아니었다. 선왕 시절, 임금의 즉위를 막고자 김일경 상소에 이름을 올린 전력 때문이었다. 한번 박힌 미운털은 뽑히지 않았다. 큰아버지의 사위 윤상백尹尙白도 잡혀 와 심문을 받았지만 역모 가담 사실 자체를 강하게 부인했다.

　― 윤상백이 실토했으니, 버티지 마라.

　광사가 고개를 가로저었다.

　― 그래도 자복을 못 하겠다는 말이냐?

　윤씨 형제와 흉허물없이 지내왔던 것이 문제가 될 줄 몰랐다. 문초를 받는 과정에서 광사는 돌아가는 형국을 어렴풋하게나마 짐작할 수 있었다. 친국을 받던 윤상백이 이광사를 입을 올린 모양이었다. 윤지의 편지 상자에 광사의 편지도 들어 있었기 때문이었다. 대전별감이 임금께 고했다.

– 전하, 이광사가 윤지의 아들 광철에게 보낸 서찰이 발견됐습니다. 이광사의 필적이 분명합니다.

광사가 입을 열어 힘겹게 말을 이어나갔다.

– 아니옵니다. 아무…… 상관이 없습니다. 그저 안부를…… 물었을 뿐입니다.

– 무슨 소리냐? 윤상백이 죄다 실토했는데도.

별감이 광사를 노려봤다. 광사가 입을 다물었다. 말해서 해소될 일이 아니었다. 순진한 윤상백이 빠져나갈 구실을 찾지 못하고 저들이 원하는 공사供辭를 하고 말았을 것이라 짐작했다.

그때, 의금부 동지사가 다가와 임금께 고하는 말이 들렸다. 윤상백이 국청에서 국문을 당하던 중 맞아 죽었다는 소식이었다. 광사의 눈에서 피눈물이 흘렀다.

– 아아, 가엾은 상백이여.

동지사가 광사더러 들으라는 투로 큰 소리로 말했다.

– 윤상백이 죽기 직전, 윤광철과 이광사가 내통했다는 사실을 자백했다 하옵니다.

광사가 눈을 감았으나 귀까지 막을 수는 없었다. 지금의 끔찍한 참사는 사실이 아니라 포락炮烙의 고문을 견디지 못한 결과였다.

– 붓이 칼이 될 때가 있다더니, 내 붓으로 쓴 편지가 흉기가 되어 돌아왔구나.

결국, 편지 때문이었다. 무료함을 달랠 수 있을 뿐만 아니라 글씨 솜씨를 시험하고 전하는 방편으로 편지 쓰기를 즐겼던 게 문제였다.

시도 때도 없이 편지를 써서 지인들에게 보냈던 것 때문에 이런 사달이 날 줄 몰랐다.

– 후회한들, 무슨 소용이.

편지를 쓰다 보면 지인에게 옹색한 살림 형편을 들먹이며 돈을 꾸어내려는 내용이 담겨 있을 때도 있었다. 편지를 읽은 류씨 부인이 광사에게 하소연했다. 당신의 엄중한 체통이 어찌 이렇게 쉽게 무너진답니까? 벗에게 무얼 빌려달라는 말은 하지 마세요. 제가 어떻게든 변통을 해서 해결할 테니까요. 난감한 광사가 우물쭈물했다. 어려운 청을 부탁하고 들어주는 사이가 벗이 아니겠소? 아내가 정색하며 돌아앉았다. 그렇게 여린 분이라면, 누구에게 의지하고 살아야 한단 말입니까? 당신이 남들과 같은 그저 그런 선비였다면, 제가 더 무엇을 원하겠습니까? 돈이 필요하면 제가 벌어 오겠습니다. 하는 수 없이 광사는 아내의 간청에 따라 편지를 다시 써야 했다. 문화류씨 부인은 광사 곁에서 군자의 체통을 잃지 않도록 내조했지만, 광철에게 보내는 편지는 간예하지 않았다. 어느 구석에도 평상이 어긋나는 내용이 없었기 때문이었다.

– 붓질로 빼기고 살았는데, 결국, 붓질이 나를 죽이고 마는구나.

피 칠갑이 된 광사는 신음을 뱉어낼 힘도 없었다. 대전별감이 죄수를 호명했을 때 광사는 피똥을 싸지르고 혼절했다.

죄목은 단순했다. 광철에게 보낸 서찰의 진위 여부를 떠나, 백부이진유와 관련된 연좌였다. 죄가 있고 없음을 문초하는 자리가 아니었다. 이성을 회복하지 못한 임금은 절로 단순해졌다. 자신의 죄를 인정하고 뉘우친다 해도 용서해줄 아량일랑 아예 의중에 없었다. 광사는 임금과 눈을 마주치지 못했다. 벼루 안에 먹물이 있다면 붓으로 찍어 전하고 싶었다.

– 죽어 마땅하오나, 저에게 남은, 글씨 쓰는 재주를 헤아리셔서 목숨만은 살려주시옵소서.

입에서 말이 떨어지지 않았다. 누구에게라도 아쉬운 청을 하며 살지 말라는 아내의 당부가 떠올라 괴로웠다. 대역죄인 이광사의 손가락 열 마디를 모두 잘라라. 그리하여 다시는 붓을 들지 못하게 하고 저 간악하고 요망한 흉심을 남에게 전하지 못하도록 하라. 오줌을 지렸을 때 헛소리가 들렸고 헛것이 보였다. 광사가 하늘을 올려봤으나 통곡할 기력도 없었다.

목숨은 구차했다. 구걸해서 지킬 목숨이라면 치욕의 절차가 필요했다. 광사는 몸을 움직일 수 없었고 그럴 마음도 일지 않았다. 미구未久에 죽게 될 처지라는 현실만 놓여 있을 뿐이었다. 고통으로 짓이겨진 육신이 가벼이 날아다니려면 차라리 이대로 죽어버렸으면 좋겠다고 생각했다.

– 당장 죽어버렸으면.

죽음이 소원이 되고 나니 마음이 편했다. 눈을 열고 세상을 바라보려 애쓰지 않아도 됐다. 이하징도 윤지도 이런 마음이었을까, 나주목 망화루 기둥에 붙은 벽서와 뜻을 같이하여 죽었다 치면 섭섭할 리도 없었다.

– 이대로 죽어버려라. 내 뜻도 그러하니, 벽서와 연루 사실을 지우

지 말고 그대로 두어라.

그랬는데 끊어진 숨통이 가늘게 열려 있음이 감지되었다. 죽으려 결심한 한쪽 구석에서 살고 싶은 소망이 옹색하게 꿈틀거렸다.

– 아아, 죽으면 모든 것이 끝장인데, 글씨 따위가 무슨 소용인가.

이렇게 죽는다면 헛되고 막막했던 서도의 길은 끊어질 터였다. 광사는 부서진 몸뚱이를 일으키지 못한 채 허공에 대고 공서空書를 썼다. 손가락이라도 움직일 수 있다면 자획이라도 가늠해 볼 텐데, 한 줌의 기운도 차리지 못했다. 공서는 광사의 머릿속에서 터무니없는 모양새로 이어졌다.

세자는 나주 사건과 관련하여 피바람이 잦아들기를 원했다. 힘없는 세자였지만 누구도 그를 원망하거나 보채지 않았다. 무리 지어 올라오는 상소를 나무라지 않았기 때문이다.

역모에 가담한 역도들을 모조리 참斬해야 합니다. 간악한 저 무리를 살려둔다면 장차 돌이킬 수 없는 화를 입게 될 것입니다.

사간司諫[150] 박치문朴致文이 상소를 통해 자신의 들끓는 뜻을 나타냈다. 지평持平[151] 홍양한洪亮漢의 상소에는 이광사라는 이름이 뚜렷하게 적시됐다.

---

150 조선시대 사간원(司諫院)에 속한 종삼품 벼슬.
151 조선시대 사헌부(司憲府)에 속한 종오품 벼슬.

역도 윤지 일당과 밀통한 이광사를 살려둬서는 안 됩니다. 역적 이광사의 손가락을 모두 자르고 목숨을 끊어내야 합니다. 요사스러운 글귀로 모반을 선동한 죄를 엄벌하시어 국법의 지엄함을 보여주소서.

사면초가였다. 한 줌 지푸라기라도 잡고 싶은 심정이 일렁였으나 어떠한 방도도 없었다. 연이어 쏟아지는 상소를 세자만 외면했다. 세자는 상소를 듣지 않았고 임금은 세자의 말을 듣지 않았다. 한때 지존이었던 세자는 힘을 잃었다. 기사년에 세자에게 내렸던 대리 기무 명은 허울뿐이었음이 드러났다. 진정으로 왕위를 물려주겠다는 속내가 아니었다. 임금의 속셈이 무서웠다. 들쥐처럼 숨어서 권력의 저울추를 가늠해 보는 신하를 색출하고자 했다. 권력을 견제하려 하는 자가 누구인지 누가 불충한지 누가 역심을 담고 있는지를 가려냈다.

동녘에서 해가 뜨고 기운 차린 새 떼가 햇살 속으로 날아오르면 어김없이 상소가 올라왔다. 그들은 자신의 주장을 웅숭그려 말하지 않았다. 역신을 처벌하는 법률을 추시追施하자고 주장했다. 하지만 세자가 이를 거두지 않았다. 소론에게 세자는 실낱같은 끄나풀을 쥔 구세주였고 저들에게는 불편한 존재일 것이었다. 피바람이 난무하는 조정에서 세자는 외로웠다. 좌의정에게 도움을 청했다가 거절당했다는 소식이 광사를 절망케 했다.

둥그재 광사의 집에 비보가 날아들었다. 이광사 죽이기를 강력히

요청했던 홍양한의 상소 소식이 광사 가족을 사지로 내몰았다. 손가락을 잘라 다시는 붓을 잡지 못하게 하고 두 눈알을 뽑아 세상을 볼수 없게 하라는 요구는 끔찍한 것이었다.

— 더 살아 뭐하랴. 손가락이 잘려 붓을 잡지 못할 바에야 차라리 죽는 편이 낫다. 고뿔을 앓다가 훌훌 털고 일어나는 것과 다르지 않은가. 목숨을 구걸하여 살아남은들 무슨 소용인가. 붓을 잡지 못한다면 살아도 사는 게 아닌 것을…….

광사는 피눈물로 더께가 진 눈꺼풀을 힘겹게 열었다. 아내와 자식들의 얼굴이 차례로 스쳐 지나갔고 형제들의 안위가 궁금했다. 산맥이 되어 광사를 돌보며 감싸주었던 종형들이 떠올라 괴로웠다. 벗들의 소식도 참담했다. 박천은 홍문관에서 파직당한 뒤 의금부로 끌려갔고 상고당과 석농도 잡혀 들어가 문초를 받았다고 했다. 그들이 겪는 고초의 원인은 두말할 나위 없이 광사와의 친분 때문이었다. 하찮은 관계망을 뒤져 걸리는 족족 역당으로 몰려는 의도가 섬찟했다. 목숨을 부지하여 살아나 봐야 착한 벗들을 볼 면목이 설 것인가. 차라리 죽는 게 나았다. 광사가 눈을 감았다. 더 흘러내릴 한 방울의 눈물도 없었다.

가문이 참혹하게 무너졌다. 정종 임금의 아들, 덕천군德泉君의 후손이라는 자부심은 이제 소멸했다. 왕손임에도 가난한 농민들을 도와 농사를 지었고, 홍수로 범람했던 금강에서 수많은 이재민이 발생했을 때 재산을 바쳐 백성을 구휼했던 명문가였다. 조상은 훌륭했고 자랑스러웠으나 이제는 몰락했다. 백부에 대한 연좌가 집안을 파탄 내고 말았다. 서까래가 넘어진 집안의 후손으로서 한 치 앞도 보이지 않았다. 호조참판을 지냈던 할아버지, 예조판서를 지낸 아버지의 공은 끝났다. 죽음을 앞둔 아비를 애처로이 바라보는, 아들 긍익과 영익의 슬픈 눈망울이 눈에 선했다.

─ 다시는 붓을 잡을 수 없단 말인가.

광사는 눈을 뜰 수 없었다. 죽는 것은 두렵지 않았으나 붓을 잡을 수 없다는 사실이 절통했다. 밤낮을 잊은 채 미치광이처럼 글씨만 써 댔던 시절이 꿈결인 양 멀어졌다. 피범벅이 된 육신에 마지막 남은 기력마저 달아나고 없었다. 진저리치며 정신을 잃었다가 깨어나기를 되풀이하다가, 악몽을 만나 도리질했다. 손을 감싸고 있는 피 묻은 광목천을 풀어 헤치는 순간 기겁을 하고 나자빠졌다. 피고름으로 엉겨 붙은 손가락이 죄다 잘려 있었다.

─ 아아, 붓을 잡을 수 없는 손……. 달리 지옥이 아니라, 글씨를 쓸 수 없는 세상이 지옥이구나.

비명을 지르다 깨어나면 눈을 찌르는 화염이 다시 달려들었다.

도망悼亡
– 1755 乙亥

 뜬구름처럼 떠다니다가 머무를 곳도 모르고 멈춰 선, 헛된 걸음이었다. 실오라기로 나풀거리던 가냘픈 명줄이었으나 끊어지지는 않았다. 을해년 삼월 삼십 일, 금오문 의금부로 끌려간 지 한 달여 만에 광사에 대한 판결이 떨어졌다.

> 이광사는 만고역적 이진유의 조카로서 대역죄인 윤취상의 아들 윤지와 손자 윤광철과 내통하며 조정을 능멸하는 내용을 담은 서신을 보낸 죄상이 명백히 밝혀졌다. 죽음으로 치죄해야 마땅하나, 이광사를 감사하여 유배형에 처한다. 형장은 하루에 스무 대를 넘기지 말 것이며 상처가 아물 때까지 쉬었다가 다시 치도록 하라. 장 오십 대를 며칠에 걸쳐 별도로 치고 이천 리 밖 북방으로 보내라.

 유배형이었다. 그렇다고 저들의 성화가 온전히 가라앉은 것은 아니었다. 속으로는 의뭉하게 다른 흉계를 품었을지라도 그들은 능숙하게 이를 감췄다. 유배형은 광사를 죽이라는 요구를 임금이 받아들이지 않은 결과였다. 나중 알게 된 일이지만, 임금은 광사의 글씨 솜씨를 알고 있었고 이를 아깝게 여겼다고 했다. 죽음 앞에 내몰린 자로서 그나마 다행이었다. 가문보다는 글씨 솜씨가 목숨을 구했으니, 글씨로 인해 맞닥뜨린 죽을 고비에서, 글씨가 광사를 살린 셈이었다. 조선이 백성의 나라라지만 광사의 생사여탈은 임금의 권한이었다.

광사는 임금이 드나들던 궐문 쪽을 향해 엎드렸다. 오시午時가 지나자 해가 정남 쪽으로 떠올랐다. 세상에 태어나 오십 년을 살았으나 지금껏 살았던 것은 죄다 헛것이었다. 임금이 살려주지 않았다면 진즉 끊어졌어야 할 명줄이었다.

사흘 동안 곤장을 맞은 몸은 송장과 다르지 않았다. 정신은 혼미하여 오락가락하는데 뼈와 살이 맞춰지지 않아 따로 움직였다. 폐부 깊숙이 끓어올라 뱉어낸 가래에서 핏덩이가 섞여 나왔다. 몸뚱이 아무 데서나 묻어나오는 핏물은 저승길을 인도하는 표지판 같았다.

궁익과 영익 형제가 끌고 온 달구지에 곤죽이 된 몸을 실었다. 입에서 새 나오는 신음이 형제가 내지르는 울음에 묻혀 사라졌다. 둥그재 집으로 가는 길은 멀었다. 봄비가 흩뿌렸으나 광사는 추위를 느끼지 못했다. 댕기머리 처녀가 코를 막고 지나갔는데 광사는 이를 보지 못했다. 처마 밑으로 떨어지는 빗소리 사이로 두 아들의 울음소리가 그치지 않고 떠돌았다. 망태기를 옆구리에 끼고 달구지 곁을 지나던 동리 아낙이 깜짝 놀라며 뒤로 물러섰다.

― 아이고, 나리.

피범벅이 된 채 걸레처럼 짓이겨져 달구지에 뉘어진 광사의 몸은 사람의 형상이 아니었다. 광사가 눈을 찔끔거렸다.

– 오늘이 며칠이냐?

무슨 말인지 알아차리기 위해 안간힘을 쓰던 긍익이 아버지의 물음에 답했다.

– 사월 초하루이옵니다.

광사가 눈을 감았다. 더 흘러나올 눈물이 없을 줄 알았는데 피딱지가 굳어버린 메마른 눈자위로 또 눈물이 났다. 아들에게 하고 싶었던 말이 입 밖으로 떨어지지 않았다. 형을 따라 영익도 울었다.

– 오늘을…… 내 생일로……, 삼으련다. 긍익아.

– 무슨 말씀이시옵니까?

– 오늘이 아비의 생일이니라.

– 그게 무슨?

– 성은을 입어 다시 태어났으니…… 생일이 아니고 무엇이냐.

새로운 생일을 받은 광사는 숨이 막힐 것 같았다. 임금에게 은혜를 받은 나이라 하여, 은령恩齡이라 칭하리라 마음먹었는데, 가슴이 빠개지는 듯이 아팠다.

– 흐윽…… 쉰한 살이 아니라, 나는 이제 겨우 한 살이로다.

광사가 오래도록 울었다. 울음은 쉬이 그쳐지지 않았다. 집으로 돌아온 광사의 귀에 믿을 수 없는 소식이 들렸기 때문이었다. 의금부와 형조를 거치며 찢기고 널브러진 육신은 아무것도 아니었다. 적막한 둥그재 집에 또 다른 지옥이 기다리고 있었다.

— 어미가 어디 아픈 게로구나.

버선발로 뛰어내려 광사를 맞이했어야 마땅할 류씨 부인이 보이지 않았다. 수레에 실려 온 것이 송장이더냐? 아들에게 물었어야 할 아내였다. 광사는 내심 불안했다. 두 아들이 열린 사립문 앞에서 무릎을 꿇었다.

— 아버지.

아들이 쏟아내는 통곡의 의미를 알지 못했다. 불 꺼진 내당의 사연을 물을 겨를도 없었다.

— 말해 보아라. 무슨 일이냐?

긍익이 속울음을 삼켰다.

— 도…… 돌아가셨습니다.

— 돌아가시다니? 누가?

아들이 쉽게 말하지 못하는 사이 광사가 불길한 기운을 알아챘다.

— 어서 말하라 해도.

몸을 일으킬 수도 없고 역정을 낼 수도 없었다.

— 돌아가셨습니다.

— 무슨 말이냐?

— 어머니께서 자진하고 마셨습니다.

— 자진이라니…… 어미가 죽었단 말이냐?

— 불초 소자도 죽어 마땅합니다.

— 무슨 소리냐? 어미가 무슨 죄가 있다고 죽는단 말이냐?

광사는 믿을 수 없었다. 끌려가 있는 동안 숱하게 들었던 소식들이 죄다 먼발치로 물러섰다. 난데없이 벼락불을 맞은 것처럼 참담했다.

아비 없는 집에서 자식들은 어미의 장사도 제대로 치르지 못하고 있었다. 약을 달여 먹고 장독을 빼겠다는 계획이 부질없었다.

　– 불쌍한 것들…… 헌데 어찌하여…….

　광사는 말을 잇지 못했다. 스물일곱 나이에 안동권씨 부인이 아이를 낳다 난산으로 죽고 가족을 연이어 잃은 뒤 실의에 빠졌었다. 그러다가 두 해 만에 재혼했던 문화류씨 부인이었다. 살림이 곤궁하여 아내를 친정인 나주목에 보내기도 했다. 글씨에만 미쳐 있던 광사를 뒷바라지하며 긍익과 영익, 그리고 딸아이 주애珠愛를 낳았다. 빚도 갚고, 먹고 살 만큼 논밭도 장만했다. 남에게 아쉬운 소리 못하게 단속하고 글씨와 학문에 전념할 수 있게 해줬던 공도 아내에게 있었다. 남편이 가고자 하는 길을 위해 자신의 전부를 바쳤던 반려자였다. 친구에게 돈을 융통하려는 남편의 편지를 회수하여 바로잡았고 집안을 일으키고 지키기 위해 어떤 허드렛일도 마다하지 않았다. 첫째 부인 권씨가 낳은 딸을 잃었지만, 아들 둘과 딸 하나를 낳아 키우며 가세를 바로잡은 아내였다.

　의금부와 형조에서 흘렸던 눈물과는 또 다른 피눈물이 광사의 눈에서 흘러내렸다. 긍익은 어머니의 죽음에 넋이 나가 있었다. 눈물을 삼키느라 말을 잇지 못하다 보니, 어머니의 마지막 모습을 아버지에게 제대로 전하기 어려웠다.

　– 삼월 초엿새…… 아버지께서 잡혀가신 날을 어머니께서 잊지 못하셨습니다. 온갖 흉흉한 소문을 이겨내려 애쓰시면서 실낱같은 희망의 줄을 놓지 않고 계셨어요. 그런데, 홍양한 그 쳐죽일 놈의 상소

에 그만……

긍익이 다시 흐느꼈다. 광사를 죽여야 한다는 상소가 광사가 죽었다는 소식으로 바뀌어 나돈 모양이었다. 죽은 자의 명부에 이광사의 이름이 올랐더라는 소문이었다.

— 별안간 어머니께서 곡기를 끊으셨어요. 식음을 거두고 있던 우리도 깜짝 놀랐습니다. 아무리 만류해도 듣지 않으시는 거예요. 서너 날이 지나자 삼킬 수 있는 침이 입안에서 사라지고 헛것이 보이기 시작한다며, 어머니께서 울음도 그치셨습니다. 심약하고 약골인 너희 아버지가 악귀 소굴 같은 그 속에 들어가셨으니, 살아오실 리 있을까. 그토록 기함하게 하더니 그분이 죽은 마당에 천한 아녀자의 목숨이 붙어 있다고 한들 무슨 의미가 있으랴. 구차한 목숨 거두고 말겠다. 그분이 가신 저승길을 따라가도 여한은 없으니, 나를 내버려 두어라.

긍익이 말을 잇지 못했다. 어머니의 마지막 모습을 마저 전하지 못하고 오열했다. 영익이 형의 말을 이었다.

— 사는 것에 미련을 두지 않겠다며, 또렷이 말씀하셨어요. 아버지 어머니께서 낳아주시고 길러주신 몸에 감히 칼을 대서 훼손할 수는 없질 않냐. 남자가 죽으려면 이레를 굶고 여자는 여드레만 굶으면 죽는다더라. 미천한 몸이 이 세상에 머무를 기한은 앞으로 여드레뿐이다.

— 어찌, 말리지 못했단 말이냐?

— 불효막심한 소자를 용서하지 마십시오. 아버지.

— 가엾은 것들……

물 한 모금 넘기지 않고 버티던 엿새째 날, 홍양한의 상소와 광사의 처형 소식을 혼몽 중에 듣고서 들보에 목을 매버렸다고 했다.

쓰러진 광사의 머릿속이 어지러웠다. 누더기가 된 흉몽 속에 나타나 어른거리던 아내는 이승 사람이 아니었다. 환한 곳에 있는 사람이 아내인 줄 알았는데 어둠 속에 우두커니 서 있는 사람은 귀신이 되고 말았다. 손이라도 잡으려고 발걸음을 옮기면 아내는 뒷걸음질 치더니 남새밭 너머로 사라져버렸다. 흉하고 모진 꿈이었다.

— 내게 왜 이런 일들이……. 흉악한 시국 탓으로 돌리기에는 너무 고통스럽구나.

불과 한 달 사이에 벌어진 참화를 믿을 수 없었다. 이미 광사의 친형들은 세상을 등진 뒤였고 마지막 살아 있던 광정 형도 함경도 길주로 유배형을 받았다고 했다. 광匡자 항렬의 종형제들 모두 처분을 받았다. 나중 차례로 알게 되었지만, 광명은 갑산으로, 광찬은 명주로, 광현은 기장으로 흩어졌다. 광사의 종형 여섯은 북방 갑산부로, 동생들 열 명은 경상도로 귀양을 간 셈이었다. 얼굴도 못 본 채 떠나버린 종형제들, 그 착한 얼굴이 가물거렸다. 다시 만날 수 없는 처지라는 게 광사의 숨을 막히게 했다. 모질고 사나운, 그악하기 그지없는 운명이었다.

몇 날이 지났는지 알 수 없었다. 광사는 자고 또 잤다. 잠을 자는 내내 흉몽이 따라다녔다. 유배형을 집행해야 할 처지였지만 옴짝달싹도 할 수 없는 몸이었다. 첫닭이 울어도 일어나지 못했다.

— 미음을 쑤었습니다. 드셔야 합니다.

울음인지 웅얼거림인지 알아들을 수 없었다. 먼 골짜기에서 전해

오는 듯 아들의 말이 먼 데서 들려왔다. 두런거리는 아들의 말을 듣고 기운을 차려야겠다는 생각도 잠시, 다시 깊은 잠에 빠져들었다.

광사 앞에 백하의 흰 수염이 펄럭였다. 스승과 제자가 장봉 붓을 쥔 채 엉켜 뒹굴었다. 어디까지가 꿈이고 생시인지 가려낼 수 없었다. 그 순간 광사의 눈에 스승의 글씨가 들어왔다.

順寧舍達

벼락을 맞은 듯 정신이 번쩍 들었다. 광사가 엎드려 스승께 물었다.

– 이것은 정녕 순녕입니까, 사달입니까.

스승의 대답을 기다리는데 하염없이 눈물이 흘렀다. 낯익은 글씨 너머에 백하의 말이 떠올랐다.

– 어차피 감내해야 할 순녕이라면 피해 가지 마라. 순순히 맞이해야 하느니라. 그러기에, 순녕이 아니더냐.

스승의 가르침이 힘겨웠다. 모든 참화가 백부로부터 비롯됐다고 해서 백부를 원망할 수 없었다. 가문의 운명이고 팔자 탓이라고 치부했다. 멸문지화를 당했어도 목숨은 살아남았으니 다행이라 안도해야 할지 몰랐다.

– 그래도 그렇지. 순녕으로 받아들이고 혹여 남아 있을지 모를 다음 삶을 도모해야 한다면 이토록 구차한 목숨이 어디 있단 말인가. 살아 있어도 산 것이 아니고, 죽고 싶어도 죽을 수 없구나.

순녕의 길을 가라던 스승의 가르침은 여전히 잡히지 않는 수수께끼 같았다. 광사가 몸을 떨었다.

유배를 떠날 채비를 서둘러야 했다. 버리지 못하고 붙잡아둔 목숨이 가증스러웠다. 부서지고 깨진 가냘픈 몸뚱이가 궁색했다. 평생 구부려 앉은 채 글씨를 쓰느라 성치 않은 무릎 관절이 남의 육신인 양 쓸모없었다.

– 이제 다시는 글씨를 쓰지 않으리.

쓸 수 있는 몸으로 돌아오더라도 쓸 수 없을 것 같았다. 형틀에 묶인 채 차꼬에 차인 손가락을 죄다 잘리는 꿈을 하도 많이 꾸어서 실제 손가락이 남아 있는지를 들여다보는 게 습관이 되었다. 잘려 없어진 손가락을 보고 비명을 지르며 깨어나기를 반복했다. 다시는 붓을 잡을 수 없으리. 끔찍한 악몽이 이어졌다.

삭탈 당할 관직도 없으니 정리할 것도 볼품없었다. 미적거리다가는 더 큰 화를 입을 수 있었다. 장형 댁 가묘에 모셨던 선조 신령께 유배 사실을 고유告由했다. 양반이랍시고 누리던 호사는 없었다. 귀족 흉내를 내며 따라 피우던 담배합과 연죽을 화로 속에 던져버렸다. 더는 누울 일 없을 것 같은 비단 장침도 내다 버렸다. 꺼지기만 기다리던 목숨을 겨우 연명하여 북방에 안치하라는 명을 받들어 유배 길을 떠나야 하는 광사의 심정은 참혹하기 이를 데 없었다. 만사무석萬死無惜의 심정으로 근신하고 자숙하는 것만 필요했다. 멸문 자손으로 살아가며 수모와 멸시를 참아낼 것과 따스한 잠자리에 눈을 팔지 않으리라 다짐했다.

유배지는 부령이라는 변방이었다. 풍토가 척박한 함경도가 적격이라는 형조의 의견을 임금이 받아들였다. 샘물도 솟지 않는 남녘의 절해고도는 사방이 바다로 둘러쳐 있어 죄인들의 적소 이탈을 막을 수 있을지 모르나, 섬은 물산이 풍부했다. 중죄인은 북방이 제격이었다. 부령은 함경도 최북단에 있었다.

유배지까지 가족을 데리고 가는 죄인도 있다지만 광사의 형편으로는 어림없었다. 그러다간 가문이 몰락할 것이었다. 광사에게는 남겨두어야 할 세간살이나 식솔이 많지 않았다. 권세와 여력이 넘치는 유배객들은 큰돈을 들여 넉넉한 살림을 지고 유배지로 향한다는데 광사는 그럴 여유가 없었다. 유배 길에 드는 비용을 최소화해야 했다.

몸이 온전치 못한 광사는 제대로 걸을 수 없었다. 벼슬 없는 처지이지만 문전옥답을 팔아서라도 조랑말 두 필은 사야 했다. 호화로운 유배객은 몸종도 거느릴 수 있다지만 광사에게는 유배지까지 데려갈 시종이 있을 리 없으니 아들이라도 동행해야 했다. 하루에 칠팔십 리를 간다 쳐도 스무 날이 넘게 걸릴 터였다. 유배지 가는 비용을 장만하려면 빈한한 가산이라도 처분해야 했다. 가는 길에 여유로운 음식과 의복은 아니더라도 명줄이 붙어 있는 만큼 최소한의 노잣돈이 필요했다. 두 섬 지기 논과 뒤주에 남은 쌀 한 가마를 팔았다.

둥그재 집은 큰아들 긍익이 맡기로 했다. 아내의 장례를 치른 뒤 함경도 배소配所까지 둘째인 영익이 따라나서기로 했다.

아내의 장사를 치르는 심정은 비통했다. 역도로 몰린 가문이었으므로 조촐한 상여에다 자식 말고는 뒤따르는 문상객조차 없었다. 광사는 상여를 앞장선 긍익의 얼굴을 차마 볼 수 없었다. 아들의 곡소리가 상두꾼 상엿소리를 대신했는데 일곱 살 딸아이 주애의 울음이 광사의 가슴속을 후벼 팠다.

후미진 빈산에 아내를 묻고 누가 돌볼지도 모를 무덤을 바라보았다. 주애가 어머니 목을 감싸고 있던 흰 무명천을 쥐고 있었다.

— 불태워, 길섶에 내다 버려라.

광사가 힘없이 말했다. 주애의 핏기 어린 눈동자가 깜박거렸다. 마음대로 목 놓아 울어본 적도 없는 눈치였다. 가슴을 쥐어짜는 쓰라림이 광사를 짓눌렀다.

결발結髮의 연을 맺은 후 광사를 편히 돌봐준 아내였다. 집 안 구석구석 아내의 부지런한 손길이 닿지 않은 데가 없었다. 정든 집을 떠나는 것은 죽은 아내 곁을 떠나는 것과 같았다. 같은 이불을 덮고 자던 화락의 정회가 물거품처럼 흩어졌다. 집터를 보고 풍수를 살펴 정성을 다해 지었던 둥그재 집을 떠나 산새도 날아오지 않는 변방의 빈산으로 쫓겨나는 처지가 괴로웠다. 살아생전에 죽도록 고생만 했던 아내였다. 떨어지지 않는 발길을 옮기며, 시상을 떠올렸다. 붓은커녕 젓가락조차 들 기력이 없는 몸이 야속했다.

나중 유배지에서 썼던 시는, 지금의 격정을 온전히 되살리지 못했으리라. 죽은 망자를 애도한다는 뜻을 살려 도망悼亡이라는 제목을 붙인 시였다.

我死骨爲灰　　　내가 죽어 뼈가 재 될지라도

此恨定不捐	이 한은 정녕 사라지지 않으리.
我生百輪轉	내가 살아 백 번을 윤회하더라도
此恨應長全	이 한은 응당 오래도록 남으리.

須彌小如垤	수미산이 닳아 작은 개밋둑이 되고
黃河細如涓	황하가 말라붙어 물방울이 되어도
千回葬古佛	천 번을 죽어 장사지내도 고불이 되고
萬度埋上仙	만 번을 죽어 묻힌대도 상선이 되리라.

天地湯成樸	천지가 변하여 태고가 되고
日月黯如烟	해와 달이 어두워져 연기처럼 흐려져도
此恨結復結	이 한이 맺히고 다시 맺혀
彌久而彌堅	오래오래 이어져 더욱 굳어지리라.

煩惱莫破壞	번뇌를 깨뜨려 부술 수 없고
金剛莫鑽穿	금강도 뚫어 부술 수 없네.
藏之成一團	깊이 감추면 한이 응어리 되어
吐處滿大千	토해내니 온 세상에 가득하구나.

我恨旣如此	내 한이 이미 이와 같으니
君恨應亦然	당신의 한도 응당 이러하겠지.
兩恨長不散	두 한이 오래오래 흩어지지 않으면
必有會合緣	반드시 다시 만날 인연 있으리오.

두남斗南

– 1755 乙亥

　　무엇보다 견디기 힘든 형벌은 아내의 죽음이었다. 밤낮을 가리지 않고 자다 깨기를 되풀이할 때마다 아내가 살아났다. 곤장에 맞아 터진 살가죽은 쉽사리 아물지 않았다.

　　– 죽긴 왜 죽어?

　　아내는 죽었으나 떠나지 않고 곁에 머물러 있었다. 닳고 무뎌져 해체된 뼈마디를 도로 맞추는 시간 동안 아내는 멀어지지 않았다. 박복했던 아내의 삶이 가엾고 서러웠다. 여덟 살이나 어렸지만, 광사의 처신을 바로 잡아주었고 곤궁한 가세를 일으켜 세웠던 듬직한 아내였다.

　　북방의 낯선 유배지, 부령에 적응하지도 못했는데 곰살갑던 아내가 시도 때도 없이 살아났다. 아이가 죽었을 때와는 또 달랐다. 아내는 안개 너머로 가뭇없이 사라져 버린 구름 같았다. 아이는 또 얻을 수 있을지 몰라도 아내는 다시 돌아올 수 없었다. 폐족의 자손이 감내해야 할 서러움과는 또 달랐다. 홀아비 유배객으로 전락한 삶을 자신할 수 없어 아내가 간 길을 따라가고 싶었다.

살아생전 아내는 남편의 뜻을 잘 따르고 자식들을 당차게 키워낸, 착하고 어진 여인이었다. 차라리 따라 죽어 옆 무덤에 묻힐 수 있다면, 골수가 갈려 재가 되어 날려도 통한은 사라지지 않을 것 같았다. 죽은 아내에게 편지라도 쓰고 싶었지만, 기력이 빠진 광사는 붓을 들 힘이 없었다. 윤광철에게 보낸 편지로 인해 패가망신했다 해서 아내에게 쓰고 싶은 편지를 거둘 수 없었다. 쓰지 않고서는 견딜 수 없는, 운명 같은 편지. 서울로 떠날 채비를 마친 영익을 불렀다.

— 아비의 말을 받아, 편지를 쓰거라.

살아 있는 사람이 죽은 이에게 보내는 편지가 실감 나지 않았다. 거짓으로 끝난다면 얼마나 좋을까. 을해년 들어 벌어졌던 이 모든 일은 얄궂은 장난이었노라고, 훌훌 털고 예전으로 돌아갈 수 있다면 더 바랄 게 없으리라.

— 지옥 같은 봄날이었다. 돌이키고 싶지 않은 봄이라 했는데, 속절없이 다가오는 여름도 가버릴 테지. 계절은 바뀔 테고 찬바람이 일면 겨울이 오겠지. 그렇게 세월이 흘러 어미도 자식도 다 잊고 살 수 있을까. 별안간 변방으로 떠나온 내 운명이 무참하구나.

봉서에 담은 편지를 서울로 돌아갈 영익에게 건넸다.

— 이겨내셔야 합니다. 아버지.

영익도 발걸음이 떨어지지 않는 눈치였다.

— 이토록 멀고 먼 유배지까지 부축해주었으니 너 때문에 아비가 살아난 셈이다. 너를 다시 보내야 하는 처지가 안타깝다. 너를 보내고 나면, 맥박이 뛰어도 산 것이 아니고 수염이 자라도 내 것이 아닐 것

이니 차라리 죽는 게 낫겠다.

– 무슨 말씀이십니까?

– 앞으로 몇 날을 더 살아야 할지……. 이렇게 살아 무엇 할 거냐? 아내도 죽고 자식도 곁에 없는 이 몸을 누가 지켜줄 것이냐? 몸이 으깨어지고 뼈가 부서진다 해도, 한이 사라질 수 있겠냐?

– 다시 돌아와, 제가 아버지를 모시겠습니다.

– 생각할수록 어미가 불쌍하다. 삭풍이 불어 닥칠 텐데, 쑥 구렁에 홀로 누워 있는 어미가 어찌 견뎌낼까? 내가 죽어 만날 수 있다면 당장 죽어도 좋으련만.

– 기력을 잃지 마세요. 아버지.

울먹이는 영익을 서울로 보냈다. 영익이 나서서 서울과 부령을 왕복하기로 했는데 아들 얼굴에서 싫은 기색이 없었다. 가련한 아비를 위한 아들의 도리라고 생각하는 것 같아, 마음 아팠다.

– 울지 마라. 영익아. 어미 무덤에 가거든 아비의 편지를 읽어다오. 그런 다음 불살라 무덤가에 날려 보내라.

영익을 마을 끝에서 전송했다. 언덕배기에 올라 아들 모습이 한 점으로 없어질 때까지 바라보았다. 못난 아비였다. 세상 밖으로 내밀 머리가 없어져버린 아비는, 땅속 구덩이로 기어들어 가는 지렁이 같았다.

이역만리 유폐된 땅에서 시작된 유배 생활이었다. 가시밭을 두른 위리안치圍籬安置는 아니었으나 세상으로 나가는 길이 단절되고 말았다. 나라의 북쪽 가장 먼 곳, 함경도 부령의 류정柳汀이라는 마을이었다.

– 목숨만 부지할 수 있다면 어떤 험지인들 어떠랴.

한 많은 을해년이었다. 한양에서 이천 리, 봄날 끝자락을 지워버렸던 덥고 먼 길이었다. 질기고 오래간다며 구해 온 가죽신은 닳고 닳아 내다 버렸고 삼으로 짠 흑피혜를 얻어 신었다가 나중에는 미투리 짚신도 마다하지 않았다. 벼슬이 없던 광사의 호송에 의금부는 관여하지 않았다. 허리에 주름을 두른 철릭 차림의 금오랑은 광사의 압송을 나장에게 맡겼다. 명을 받든 역졸 둘이서 광사를 끌어다가 문 앞에 세웠다. 호송관 책임을 맡은 역졸은 형조에서 파견 나온 자였다. 광사를 앞세워 송악산 아래 개성 남문에 들어서더니 개성 역졸에게 인계하고 가버렸다. 콧수염이 삐죽한 역졸이 불만에 찬 눈으로 광사를 힐끔거렸다. 역참에서 말을 바꾸어 광사를 압송했다.

부령은 변방 중 변방이었다. 본디 여진의 땅이었으나 육진 개척 후 부령 도호부都護府의 관할 아래 있었다. 조금만 가면 두만강豆滿江이 나왔고 국경에 닿아 있어 오랑캐의 공격을 의식하지 않을 수 없는 형세였다. 첩첩이 둘러싼 산세는 서울의 지형과 사뭇 달랐다. 북방 대륙의 커다란 기운이 광사를 압도하고 남았다.

거처를 마련해야 했다. 옹골차고 실팍한 집은 감히 기대할 수조차 없고 하늘을 막을 천장만 있어도 다행이었다. 비바람을 피해야 했고 솥을 걸고 나무를 땔 아궁이가 필요했으며 먹고 살아야 할 양식도 구해야 했다. 유배죄인 관리를 고을 부사가 좌지우지한다고 해서 유배죄인을 먹여 살릴 책임이 부령 부사에게 있지 않냐며 따질 수 없었다. 따지기는커녕 유배죄인을 떠맡을 집 주인이라도 잘 정해주면 그 것으로 족했다. 동냥질이나 품팔이를 나서더라도 어떤 식으로든 살아 갈 궁리가 필요했다. 유배죄인 처소를 관장하고 죄인을 감시하는 책 무를 수행할 보수주인保授主人[152]이 누구냐가 중요했다. 보수주인은 관아의 명령을 집행할 테지만 아무것도 하지 않는 늙은 유배객을 고 분고분 대해줄 리 없었다. 보수주인에게 학대받은 나머지 울화병으로 죽은 유배객 사연을, 광사도 들은 적이 있었다.

다행히도, 광사를 감시하고 관장하는 보수주인은 좋은 사람이었 다. 종삼품인 부령 도호부사를 받드는 수청守廳이었는데 광사의 학문 과 글씨를 알고 있었다.

— 큰일 날 뻔했슴매. 목숨을 잃으면 아무것도 아니우다.

— 살아 있음이 죄악이오.

광사가 몸을 세우고 바로 앉았다.

— 맞꼬마. 목숨이 중한 거우다.

습속이 그러한지는 모르겠지만 처음 보는 죄인인데도 인심을 썼 다. 후덕한 인정을 베푸는 주인을 광사는 믿을 수 없었다. 상처투성이 몸에다 오랜 여정 탓으로 사지에 힘이 빠져 녹초가 되어 있는 유배객 의 고통을 이해해 줄 리 만무했다. 그랬는데 주인이 처음 내온 밥상을 받고 광사가 깜짝 놀랐다.

---

152 조선시대에 유배 온 죄인의 거처와 죄인의 음식을 마련하고, 죄인이 도망가지 못하도 록 감시하던 책임자.

– 이럴 수가.

순간이나마 고통을 잊을 정도로 과한 성찬이었다. 얼마 만에 받아 보는 밥상다운 밥상인지, 유배죄인을 손님 접대하듯 대한다는 게 믿어지지 않았다. 밥그릇 듬뿍 퍼담은 보리밥과 더운 국을 보고 눈물을 쏟을 뻔했다. 주종은 모를지라도 술도 한 주발 따라져 있었다. 강이나 바다에서 잡은 물고기는 아니었으나 산새 고기를 구워 왔다. 눈치코치 없이 술부터 한 모금 입 속으로 털어 넘겼다. 서울에서 마셨던 홍로주와 비슷한 향기를 가진 술이었다. 광사가 짓무른 눈시울을 열어 주인을 바라보았다. 이토록 좋은 맛을 내는 이게 무슨 술이냐고 묻고 싶었으나 말이 입에서 떨어지지 않았다.

– 소곡주임둥. 겨울 엄동설한에 빚었꼬마 진달래 피는 봄날에 마시니 춘주라 부릅지비.

넉넉한 웃음을 흘리며 한 잔을 또 따라주었다. 이러면 안 된다는 것을 알면서도 주린 처지에 거부하지 못하고 그것을 받아먹었다. 광사는 안간힘을 다해 눈을 떴다 감기를 반복했다. 숱이 적어 눈썹 가장자리가 힘을 잃고 주저앉은 주인의 얼굴이 부옇게 흐려졌다. 처음부터 술에 취해 군드러진 모습을 보일 수는 없었다.

– 입맛에 맞음메까? 동리 주막 파골집에서 순대를 얻어 왔음둥. 잡숴 보우다.

주인의 권유에 낯을 가리지 않고 먹었다. 목이 막혀 숨을 컥컥대면서 음식을 먹어 치웠다. 배가 불러오자 광사의 눈에 눈물이 다시 고였다. 지금까지 살면서 남에게 보인 적 없는 모습이었다. 게걸스럽게 음식 먹는 모습은 누구에게도 보여주고 싶지 않았다. 기가 막힐 지경이었다. 정신은 퇴화하고 본능적 먹성만 살아남은 짐승 같았다.

– 저기 흐르는 강이 두만강이오?

광사가 힘겹게 물었다. 말도 안 된다며 킬킬대던 주인은 옷소매를
털면서 광사를 향한 시선을 거두지 않았다.

– 데런, 수성천임둥. 두만강이래 저기로 주욱 넘어가야 나옵지비.

한참을 더 가면 두만강이 흐른다 했다. 부령은 마천령摩天嶺 북쪽,
두만강 지류에 있었다. 백두산白頭山 천지天池에서 발원하여 흘러내
린 물이 두만을 이루었는데 두만이 흘러 동으로 가면 동해가 나올 것
이며 반대쪽으로 흐르면 육진의 남쪽, 무산茂山이 있을 터였다.

광사가 깊은숨을 내쉬었다. 둥그재 집에 놔두고 온 붓을 죄다 분질
러 없애버리지 않은 게 걸렸다. 긍익이 물려받아 쓰겠지만 또다시 붓
으로 화를 입게 될 것이 두려웠다. 새롭게 태어나려면 이름부터 바꿔
야 했다. 아버지께서 지어주신 이름을 버릴 수 없을지라도 호는 바꿀
수 있었다. 원교라는 호를 스스로 지었던 것처럼 또 하나의 호를 자신
의 이름 대신 지었다. 손가락 끝으로 성호를 그리듯 천천히 획을 움직
였다.

斗南

두만강 남쪽이라 말하고 싶었다. 두보 시에 나오는 글귀였다. 어쩌
면 이렇게도 두보와 비슷한 상황으로 내몰려, 두보를 따라가고 있는

지 모를 일이었다. 불우하고 신산했던 두보도 이러한 심정이었을까. 북두성은 임금이 계신 서울과 같으므로 죄를 씻고 임금의 은혜를 살피리라는 다짐이었다.

— 두남이 어찌 두만강 남쪽이기만 하랴. 북두성 남쪽이기도 하지. 은령 1세…… 올해 나이 한 살이지 않은가. 생일도 이제는 사월 초하루인 걸, 허허.

광사가 속울음을 삼켰다. 목숨을 부지하여 여기까지 온 것은 임금의 은혜 때문이라고 믿고 싶었다. 한시도 잊어서는 안 될 일이었다. 성은을 입긴 했으나 그간의 사정을 생각하면 살을 째고 뼈를 깎아도 부족할 터였다. 광사는 고개를 들고 흐릿한 세상을 바라보았다.

— 허허, 사람들이여. 부디 원교를 잊어주오. 굳이 나를 기억하여 아는 체하려 한다면, 두남이라 불러주오.

무관이 득세하는 변방 군영의 특성이 없지 않았지만 부령도 반상班常의 지엄함이 살아 있었다. 북방의 풍속을 알 길 없었으나 유배객에게는 과도한 대접이었다. 광사의 명성을 듣고 그러는지 간간이 사람들이 몰려들었다.

— 이것 보우다. 서울 장안을 평정했던 명필이라 했소꼬마.

누군가 속삭였다. 창옷과 저고리를 입은 여인이나 잠방이 차림의 사내는 나서지 못하고 뒷전에 물러나 눈치만 힐끔거렸다. 소매가 짧은 전복 차림 사내가 한 걸음 비척대며 옆으로 빗겨났을 때 그 틈을 비집고 맨 앞으로 나선, 도포에 술띠를 두른 양반이 한마디 거들었다.

— 원교 이광사 선생 아님메까? 천하의 원교 선생, 글씨 구경을 마

다할 수 없지비.

구슬이 주렁주렁한 갓끈에 아청색 도포 자락을 휘감은 붉은 띠로 보아 근동에서는 지위가 있어 보였으나 그가 누구인지 알지 못했다. 주인 말로는 학문과 글씨를 배우겠다고 물어오는 유생도 있다 했다. 광사는 귀를 막았다. 붓으로 인해 망한 인생, 붓을 꺾고 서책을 멀리 두어야 했다. 다시 붓을 잡고 판을 벌이기만 하면 사람들이 몰려들 것 같은 예감이 광사를 불안하게 했다. 떠꺼머리 소년과 채신없이 강동거리는 아이도 어른 뒤를 따라왔다.

다시는 붓을 잡지 않기로 했거늘, 불안한 표정을 감추지 못하던 광사가 방으로 들어갔다. 빈방에 앉아 주위를 둘러보았으나 아무도 없었다. 남의 눈치 볼 것 없이 깃털처럼 가벼워져버린 나날을 기록할 수 있을까. 하다못해 두남집斗南集이라 이름 붙이고 일기라도 남겨야 하나. 화롯가 등잔불 앞에서, 끈으로 묶인 빈 서책 맨 앞장을 노려봤다. 손끝 감각이 돌아오는지 확인하기 위해 손가락을 오므렸다 펴보았지만 마음먹은 대로 되지 않았다.

한양에서와 다를 수 있다. 글씨 청탁을 피해 다닐 만큼 바쁠 일은 이제 없다. 한가로이 책을 읽고 못다 한 서법 정진의 길을 애오라지 걸을 수도 있다. 왕희지가 살던 산음山陰이 이러지 않았을까. 벼루를 씻어내던 연못이 검은 먹물로 변했다는 난정蘭亭에서처럼, 비로소 글씨다운 글씨를 쓸 수 있다면 얼마나 좋을까. 광사는 낯설기만 한 푸새밭을 바라보며 목덜미를 덮은 창의 깃을 여몄다.

이쯤 되면, 필경 미치고 말겠구나. 새하얀 선지를 펼쳐놓고 마음껏 붓을 휘두르고 있는 모습을 떠올리자 별안간 가슴이 뛰기 시작했다. 글씨를 쓰고 싶어 미치거나 글씨를 쓰지 못해 미치거나, 결국 미치기는 마찬가지. 중얼거리던 광사가 붓도 들 수 없는 처지인데도 비어 있는 두남집 책갈피를 펼쳤다.

남녘 하늘

- 1757 丁丑

영익을 한양 둥그재 집으로 보냈는데도 별다른 불편함이 없었다. 돌봐주겠다고 자원하는 이들이 나타났고 그들의 마음 씀씀이도 넉넉했다. 번잡한 사념으로 안정된 날이 없었던 서울에서와 달랐다. 글씨를 쓰고 싶어 미칠 지경이 되었을 때 온갖 잡념이 살아나 온몸이 달아올랐다. 보수주인에게 글씨 한 점 써주겠다 약조하고 지필묵을 구해달라 부탁해 볼 수도 있었다. 기왕에 붓을 잡는다면 궁벽한 유배지라해서 뼈도 약하고 살도 부실한 획을 남발하며 괴발개발 쓸 수는 없었다. 유배 죄수 주제에 걱정거리가 무엇인가, 근심은 저 멀리 밀쳐 두었는데 난데없이 학문과 글씨가 새로이 다가왔다.

- 거기나 여기나 다를 게 뭐람. 사는 건 매한가지.

채마밭과 빨래터가 있고, 출입할 수 없는 곳이지만 술청과 기방도 있었다. 글씨 쓰는 사람과 글씨를 감상하는 사람이 여기에도 있었다. 글씨를 연마하기로 치면, 번잡한 서울보다 유배지가 더 좋을 수 있었다. 내면에서 스멀스멀 움터 오르는 허황한 욕심을 광사가 지그시 눌러 앉혔다.

한양 소식은 듣고 싶지 않아도 들렸다. 귀를 막고 악다구니를 질러 대도 들을 수밖에 없었다. 광사는 잠든 시간이 두려웠다. 해가 저물면 어둠이 찾아왔고 밤이 되면 잠을 자야 했다. 부령에 온 뒤에도, 한양에 서는 두 달이 넘도록 국청이 이어졌고 당고개에서 참수된 머리가 장대 에 꽂혀 성문에 내걸린다 했다. 소식을 전해주는 놈마저 한꺼번에 꿈 에 나타나 호들갑을 떨어대니 황당하기만 했다. 피 칠갑이 된 채 머리 카락을 풀어 헤친 봉두난발의 얼굴이 시야에서 어른거리다 사라졌다. 아는 사람인가 싶어 들여다보면 모르는 사람이기도 했는데, 꿈속에서 마저 번갈아 나타났다. 비명을 지르던 광사가 잠에서 깨어났다.

봄이 지나자 성급한 더위가 찾아왔다. 부령 관아의 사령 놈이 마당 을 서성이며 뇌까렸던 얘기는 참으로 듣기 괴로웠다.

이따위 소식을 듣지 않고 살 수는 없을까. 바뀌지 않은 세상은 무 심했고 살아남은 자의 발악은 참담했다. 봄날이 가기 전에 임금의 명 에 의해 역도 토벌을 축하하는 의미로 특별 과거가 열렸다고 했다.

― 반역 도당은 뿌리마저 뽑혔심둥 어떤 저항도 못 할 줄 알았꾸마, 그게 아니었나 보우다.

사령이 지껄이는 말은 사나웠다. 엎드려 숨죽이고 산다 한들 가만 두지 않을 것이므로 화를 피해 나갈 방도는 없었다. 숨길 자존심도 없 고 남아 있는 부끄러움도 없었다. 훗날을 도모할 인내도 해소할 원한 도 가당치 않았다. 임금께 직간할 수 없는 처지에, 과거 시험은 그들의 뜻을 담아낼 절호의 기회였으리라.

— 방금 누구라고 했소?

광사가 침을 삼키며 사령에게 물었다.

— 심정연沈鼎衍이라 하지 않았음둥. 혹시 아는 사람임메까?

무신년 이인좌에 동조하여 변을 당한 심성연沈成衍의 동생이 분명
했다.

— 그 사람이 어쨌다는 말이오?

쥐 수염을 만지작거리던 사령이 콧소리를 섞어가며 말했다. 말을
하다 보니 흥분됐는지 언성이 점점 높아졌다.

— 무지막지한 화적패 아님메? 들판에 도사리고 있는 이리 떼와 뭐
가 다릅습메까? 춘천에서 서울까지 걸어왔다는 심정연이란 자가 과
거 시험 답안지에다 미꾸라지 같은 글씨를 휘갈겼다꼬마, 담벼락에
낙서하는 것도 아니고…… 천하에 역적 도당 놈이 무어라 했는지 알
겠슴?

— 뭐라 했다는 거요?

— 선왕이 독살되었다는 사실은 감출 수 없는 진실임둥, 조정은 탕
평과는 무관하게 썩어빠진 무리가 장악하여 나라를 말아먹고 있소꼬
마, 이런 망발을 겁도 없이 늘어놓았다 하꼬망……. 천하에 쥐일 놈이
아니고 뭐임메까?

— 끄응.

광사가 된소리를 내며 몸을 틀었다. 사령 놈의 면상을 피해 얼굴을
돌려버렸다.

— 과거 시험이 장난임메까? 역적질하자는 거 아님메?

듣고 싶지 않은 얘기를 사령이 연신 주워 담았다.

ㅡ 말이 너무 심하고만. 목숨을 건 사람들한테 장난이라니? 그따위 막말을 아무렇게나 내뱉는 거요?

참다못한 광사가 버럭 화를 냈다. 사령이 움찔 뒷걸음을 했다.

ㅡ 그러게 어떻게 그런 짓을 했느냐 이거입지비.

임금은 분노했고 심정연은 도륙당했다고 했다. 죽음을 각오한 자가 자초한 참변이었다. 할 말을 잃은 광사는 심장이 쿵쾅거리고 속이 뜨거워 견딜 수 없었다. 윤지의 숙부 윤혜尹惠의 이름도 나왔다. 윤혜도 과거 시험장에 나타나 자신의 이름을 걸고 주제와 다른 답을 썼다고 했다. 목숨을 내던진 항변이었을 터였다. 선왕의 그림자만 나와도 임금은 격노했다. 윤혜가 춘천을 기반으로 반란을 도모했다는 죄목까지 보태어져 능지처사 당했다고 했다.

사령이 떠나간 뒤 광사는 오랜 시간 남쪽 하늘을 바라보았다. 임금은 무엇이 두려운가. 무신년 이인좌 잔당이 벌이는 조직적 소행으로 단정하고 역도라 지목되면 자손까지 잡아들여 죄목을 따지지 않고 효수시켰다고 하니, 임금의 대응이 모질기만 했다.

무지막지한 소문이었지만, 역당으로 내몰린 억울함 따위는 애초부터 없었다. 죽음을 맞이하면서도 살이 찢기고 뼈가 깎여도, 두려워하지 않고 당당하게 역심을 자랑했다고 했다.

ㅡ 의금부에서나 형조에서 나도 그렇게 당당했을까. 목숨을 구걸한 덕분에 여기까지 살아남은 것은 아닌지.

중얼거리던 광사는 귀를 막고 싶었다. 하늘로 열린 길은 멀기만 해 손에 잡히지 않았으나 사람의 길은 가깝기 때문인지 참혹한 일이 끊이지 않았다. 사람들 사이에서 일어나는 세간의 일은 하늘의 뜻이 아니었다. 이름만 떠올려도 가슴이 벌렁거리는 지인이, 별다른 죄목도 없이 참혹하게 처형되고 말았다는 소식을 온전히 받아들일 수 없었다. 임금이 천의소감闡義昭鑑[153]을 공표했다 하나 헛웃음만 날 뿐 개운하지 않았다. 탕평을 버린 임금은 반쪽 임금이었다.

계절이 바뀌면서 흉년이 극에 달했다. 먹고 살 방편이 없는 백성의 삶은 피폐하기만 했다. 굶주려 죽은 주검이 외진 노상에서 발견됐다. 지독한 여름이었다. 한 달이 넘도록 비가 내렸다. 큰비를 이기지 못한 집들이 떠내려가는 것을 광사가 목도했다.

비가 그치자 이번에는 가뭄이 이어졌다. 갈라진 농토에서 건져 올릴 곡식은 한 톨도 없었다. 사람들은 뼈가 굵고 살이 여윈 자기 집 개를 때려잡았다. 기근이 심해지자 슬그머니 금주령이 고개를 들었다. 술청에서 빚던 술이 술동이 너머로 감춰졌다.

– 곡물이 태부족하여 백성들이 굶주려 죽어가는데 양반들이 술타령이나 벌여서 되겠느냐, 라고 했습매.

대리 청정하던 세자가 임금께 금주령을 건의했다는 소문이 나돌았다. 임금의 뜻을 알고 있는 세자가 선수를 치고 나온 셈이었다. 술은 쌀로 빚는 것이므로 술을 만들다 보면 곡식을 소모할 수밖에 없었다. 경강 나루나 용산 청파 다리에서 삼해주를 빚느라 많은 쌀이 소비되

---

153 조선 후기 영조 31년(1755년)에 왕명에 의해 김재로(金在魯), 조명리(趙明履) 등이 왕세제 책봉의 의의를 밝힌 책으로 영조의 집권 의리(義理)를 천명함.

고 있다는 소식에 임금이 격노했다는 후문이 돌았다. 가뭄과 장마로 인해 극심한 흉년이 이어지는데 벼슬아치들이 주야장천 술만 마셔대다니, 임금의 노여움이 폭발할 만했다.

　– 아무리 그렇다고, 농주까지 못 먹게 할 순 없음메.

　농부들 불만이 가득했다. 가을이 되어 찬바람이 불면서 주막에 인적이 드물어졌다. 중노미도 건사하지 못하는 주막에서는 한숨 소리가 그득했다.

　– 무슨 소리를 그리함메까? 우리 같은 장사치들 어찌 살란 말임메? 가뭄이나 전쟁으로 쌀이 부족하다면 모를까, 술을 빚느라 쌀이 부족하다는 건 말이 아님둥.

　서울 지리는 광사가 알았다. 소문을 듣고 꿰어맞춰 보니 흥청망청 시장이 열리는 곳은 마포 서강 나루나 뚝섬 같은 데였다. 충청과 호남에서 올라오는 쌀과 어물이 내려진 곳에 장사치들이 모여 술판을 벌였다. 술청이 속속 문을 열자 물 만난 물고기처럼 유락가가 번창했다. 물산이 모이는 저잣거리에서 한량 행세를 하는 자들이 술에 취해 돌아다녔다. 양주목에서도 백성들을 속이고 이권을 독점해온 무리가 술을 팔았다. 그들의 영향력이 대단하여 지방 관아에서도 다스리기 어려운 지경이라 했다.

　그랬는데, 가을이 깊어가면서 술 보기 힘들었다. 술이 몸에 맞지 않은 체질이라, 임금은 술을 입에도 대지 않는다고 했다.

　– 술 참기가 어디매 쉬운 일임메까? 제 놈들은 마음대로 마시면서.

　반가에서는 제사를 핑계로 술을 마셨다.

─ 일벌백계로 다스리꼬마 누가 법을 어기겠음둥.

백성이 따르지 않는 금주령은 허울이었다. 벼슬아치도 술을 빚어 마시기만 하면 파직을 면치 못하는 시국이었지만 세도가의 창고에는 술동이가 즐비했다. 숨겨놓은 술 단지에서 술을 꺼내와 두더지처럼 숨어서 퍼마셨다. 기름진 주찬은 백성의 신음을 외면했다. 김치와 자반으로 안주 삼는 주막과 달리, 삶은 돼지고기에 채소를 끓인 열구자탕이 화로에 넘쳤다.

임금은 금주령을 애민의 징표로 삼고자 했다. 과녁이 없다면 활을 쏘는 자가 사라지게 될 터이고 길이 없다면 길을 걷는 자도 없어지게 될 것이라고 임금은 믿었다.

술 빚는 자가 없다면 술 마실 곳이 없게 되는 것과 같은 이치니,
술을 빚거나 마시는 자 모두 국법으로 엄히 다스릴지어다.

임금의 명은 엄중했다. 금주령으로 술 보급이 차단되자 술값이 올랐다. 삼해주가 한양 상류층을 대상으로 은밀하게 거래됐고 몰래 빚은 밀주도 시전에 돌아다녔다. 청주는 귀한 술이었다. 농주인 막걸리를 마시는 농군과 달리 양반은 청주를 마셨다. 막걸리와 청주는 그 때 깔만큼 근본이 달랐다.

─ 그렇습매. 막걸리까지 막을 순 없습매. 절간 중놈도 막걸리를 쳐마시갔꼬망.

농부가 일할 때 마시는 막걸리는 허용했다. 농투성이의 술을 막을 수 없었다. 호미질 나갈 때 술 단지를 챙겨가라는 세간의 말을, 농군

은 지킬 수 있었다. 나뭇단 꾸러미 지게를 작대기에 걸쳐놓은 사내가 막걸리 한 모금으로 목을 축였다. 막걸리는 많은 곡물이 소요되는 것은 아니었다. 곡물이 많이 소요되는 청주가 금해졌고 여염집에 제주가 필요하다면 단술을 쓰게 했다.

임금은 백성을 사랑한다 했다. 양반이 개인적 감정으로 노비를 죽이는 일을 금했다. 임금의 눈에는 기근에 찌든 백성의 눈물이 아른거렸다. 스스로 감선減膳[154]을 실천했고 이를 널리 알렸다. 해가 바뀌어 병자년이 되자 임금은 새로운 칼을 뽑아 들었다. 금주령으로 남자의 처신을 바로잡았다면 이번에는 아녀자의 풍속을 휘어잡으려 했다. 반가의 부녀자가 가발 쓰는 것을 금하고 족두리를 쓰게 했다. 불만이 불만을 낳았다. 가체가 클수록 예뻐 보인다며 여자들은 트레머리에 금은보화를 붙였고 경쟁적으로 머리 모양을 키웠다. 가난한 선비 집안은 딸을 시집보내기 위해 논밭을 팔아 가체를 마련했다. 가체 없이 시집온 며느리가 구박받고 쫓겨나기도 했다. 가체의 사치가 극에 달하자 족두리를 쓰게 했는데도 이번에는 족두리에 금과 은을 붙이는 부잣집 여인도 있었다. 족두리의 폐해가 가체를 능가하면서 가체 금지령이 무색해졌다. 영롱한 구슬을 모아 진흙탕 구덩이에 던져놓고, 아름다운 노래와 시냇물 소리를 듣지 못하게 귀를 막은 형국이었다.

정축년에 음주의 폐해를 들어 술을 삼갈 것을 명한 계주戒酒 윤음

---

154 임금이 친히 근신하는 뜻으로 수라상의 음식 가짓수를 줄이던 일.

이 반포되어 또다시 금주령이 전국을 뒤덮었다. 이듬해 무인년에는
권농 윤음을 내려졌다. 조선은 농사가 근본인 나라였다.

부작위不作爲
- 1757 丁丑

나무 막대기를 짚고 몸을 일으키던 광사가 묵직한 된소리를 냈다. 조금씩 걸을 수 있는 몸이 되자 울타리 바깥이 궁금해졌다. 오현평吳玹平이라는, 부령 관아에서 아전 일을 보는 사내가 찾아와 광사에게 주는 선물이라며 지팡이를 놔두고 갔다. 명아주 나무뿌리를 삶아서 만들었다는 지팡이였다.

한 걸음 딛고 나서 쉬었다가 다시 한 걸음을 걸었다. 걸음은 걷는 만큼 늘었다. 마을 고샅길 모퉁이에 멈춰 서서 텃밭에서 김매는 아낙네를 물끄러미 바라보았다. 그러다가도 광사는 남녘의 먼 하늘로 시선을 옮겼다. 집에 두고 온, 눈에 넣어도 아프지 않을 딸아이가 눈에 밟혀 견딜 수 없었다.

부령 적소로 유배를 왔던 을해년 이후, 계절이 몇 번 바뀌었을 무렵이었다. 관아의 사령 놈이 서찰 묶음을 가지고 왔다. 아비를 적소에 홀로 두고 한양 집에서 사는 아이들의 편지였는데 주애가 쓴 것도 들

275

어 있었다.

　이제 글을 깨치고 사물의 이치를 알아가는 딸아이가 대견스러웠다. 고독한 유배지에 고립되어 있던, 쉰이 넘은 아비의 눈에 눈물이 고였다. 다 늙어 얻은 딸이라, 죽기 전에 다시 볼 수 있을지 알 수 없었다. 아버지 옷자락을 잡고 무릎에 안기던 딸이 보고 싶었다. 끄응, 광사가 힘주어 몸을 일으켜 세웠다. 보고 싶은 주애, 견디기 힘든 감정이 복받쳐 오르더니 좀체 가라앉지 않았다. 긍익과 영익은 가정을 가진 가장이니 그렇다 치고, 어린 주애가 아비의 답장을 받으면 얼마나 좋아할까 생각하니 붓을 들지 못하는 자신이 한스러웠다. 붓을 잡고 글씨를 쓰지 못하는 상태로 더 살아 무엇할 것이며, 그리운 자식들에게 편지 한 장 써 보내지 못하는 아비가 더 살아 무엇하랴. 광사의 눈에 맺혔던 눈물방울이 떨어졌다. 다시 붓을 잡고 글씨를 쓴다면 남에게 보이기 위한 글씨가 아닌, 오직 자식들에게 안부를 묻고 싶은 이유 때문이었다. 벼루를 빼낸 광사가 먹을 갈았다.

　비라도 오려는지, 구름 짙은 하늘에 해는 보이지 않았다. 갈피를 잡을 수 없는 바람이 신트림하듯 날뛰었다. 먹장구름이 휘몰아 오는 것을 보니 비가 쏟아질 기세였다. 울음을 멈춘 광사가 손에 잡힌 붓을 내려다보았다. 지난봄, 의금부에 끌려간 이후 처음 잡아보는 붓이었다. 이렇게 다시 붓을 잡다니, 눈물은 가라앉지 않고 가슴은 막혀 터질 것처럼 아팠다. 왼쪽으로 기울어진 몸을 왼손바닥으로 받친 뒤, 헛, 헛, 큼, 큼, 막힌 가슴을 트여놓고 붓을 움직였다. 솜씨를 부리지 않은 보통의 글씨였다.

꿈속에서도 불러보고 싶은 내 딸, 주애야. 네가 벌써 글을 알고 문리를 터득하다니.

영특한 딸이었다. 그리움을 담은 간곡한 심정을 에둘러 말하지 않고 그대로 드러냈다. 유시가 지나자 먼 데서 벼락이 울었다.

하루가 길었다. 몸이 완전하지 않아 편지 한 장을 끝까지 써낼 수 없었다. 한 글자씩 써 내려가는 동안 주애의 모습이 떠올랐다. 부생모육 도리를 베풀어주지 못한 점이 죄스러웠다. 이를 갈고 젖니를 떼어낼 나이에 어미를 여의고 늙은 아비마저 먼 북방으로 쫓겨났다.

몹쓸 팔자로다. 부모에게 넘치는 사랑을 받으며 자라도 모자랄 판에, 장차 어진 유생을 배필로 만나 잘 사는 모습을 볼 수 있을까. 못난 운명이 짓궂기만 했다. 잠시라도 아이들 곁을 떠나지 않으려 했던 절절함도 멀어져 갔다. 오라비에게 기대어 사는 딸아이가 가련했다. 주애의 편지를 보니 글을 깨치고 획을 익혔다는 사실이 신통방통했다. 국문으로 반듯하게 쓴 정자체 글씨가 제법 오라비의 재능을 따른 것처럼 보여 다행이었다. 붓과 벼루는 딸아이가 도모할 수 없는 것들이니 근처에도 오지 못하게 틀어막고, 대신 아녀자의 행실을 가르친답시고 바늘과 실을 쥐게 할 수는 없었다. 사리 분별이 또렷한 아이인데 책을 읽고 글씨 쓰는 걸 흉내 내지 말라니.

한묵翰墨을 가까이하는 일은 본디 여자가 취할 바가 아니라며 금했던 것은 모두 그릇된 처사다. 비단옷을 입어야만 양반이 아니듯 금비녀에 비단 저고리만을 고집하지 마라. 예쁘고 앙증맞은 네 글씨를 보고 또 보아도 눈물만 나는구나.

한숨을 내쉰 광사가 다시 붓을 잡았다. 느리고 더딘 필세였다. 주애도 오라비처럼 글씨에 정진해 보기를 권했다. 광사는 자식들이 대견했다. 헌지 같은 자식을 두었던, 천하의 왕희지도 부럽지 않았다. 될성부른 나무는 떡잎부터 다르다고, 어려서부터 글을 가까이하고 글씨 연마에 진력해온 자식들이었다. 폐족의 불우함을 씩씩하게 이겨내고 있을 자식들이 그리웠다.

보고 싶은 주애야. 너의 오라비 글씨도 만만치 않거니와 네 글씨에 대한 기대도 놓을 수 없구나. 여자로 태어난 것을 아쉬워하지 마라. 나이 차이를 감안하더라도, 오라비와 올케의 말을 아비와 어미 말인 양 명심하고 잘 따르거라. 설혹 오라비와 올케가 꾸짖거든 너의 잘못을 바로 간파하고 부끄러운 줄 알아라. 효경에서 배운 바를 잊어서는 안 된다. 기예를 학문보다 앞세울 수 없고 학문이 행실보다 앞설 수 없으며, 어떤 행실도 효보다 앞세워서는 안 된다. 매사에 알뜰히 실천해 간다면 먼 데로 떨어진 늙은 아비가 불행을 잊을 것이요, 하늘에 계신 어미의 영혼도 편히 쉴 수 있으리라.

긍익의 편지는 단정했다. 닳고 해질 만큼 읽고 또 읽었던 아들의 편지, 봉서를 여는 광사의 손은 또다시 떨렸다. 고민과 근심의 흔적이 가득했지만 명쾌한 필선만은 또렷했다.

어리석고 못난 불초 소자, 화가 가라앉지 않아 방의 사방 벽면에
　참을 인忍 자를 써 붙여 놓고 삽니다.

　　낯익은 아들의 필체가 안쓰러웠다. 화가 가라앉지 않다니, 못에 찔
린 것처럼 마음이 아팠다. 폐족의 자손으로 살아가는 고통을 못난 아
비로서도 짐작할 수 있는 일이었다. 재주와 의욕이 넘쳐 분수를 깨닫
지 못하고 주제에 맞지 않는 언동을 할까 걱정이 됐다. 겨우 목숨을
부지하여 먼 북방으로 쫓겨난 아비를 어찌 여길까. 가문을 원망하기
에 앞서 죄인의 명부에서 이름이 사라지지 않는 한 방자한 행동을 삼
가야 할 터였다. 목숨 부지가 우선이었다.
　　행여 천주학에 물들지는 않을까. 관동과 해서 지방에 천주학이 암
암리에 퍼져나가 제사를 폐하는 유자들이 속출하고 있다는 해괴한 소
식들이 귀를 아프게 했다. 시대가 부정하는 것을 등지고, 세상이 나무
라는 것을 싫어해야 하는데, 천주쟁이들은 그러지 않는다는 게 문제
였다. 시대가 허락하는 것은 일부러 등지고 세상이 칭송하는 것은 결
단코 싫어하는, 이해할 수 없는 학문이었다. 남쪽을 바라보던 광사가
세차게 혀를 찼다.
　　아들에게 기대할 것은 별반 없었다. 입신출세하여 세간의 이목을
끄는 것에 관심을 두지 않았다. 어차피 과거를 볼 수 없고 그렇다고
선비의 길을 버릴 수도 없었다. 글 읽는 것만이 능사가 아니라면 농사
도 지을 수 있고 장사꾼이나 장인바치로 나설 수도 있다. 하곡에게서
사농공상의 위계는 가치를 잃었다고 배웠다. 천문과 지리, 음양과 율
려, 의약과 복서는 사대부의 길이 아니라고 외면했던 날들이 허망했

다. 잡학도 학문이라 말하던 긍익은 나름대로 시사時事의 길을 찾아가는 눈치였다.

아무리 그렇더라도, 집안의 가풍을 잇고 독행篤行에 매진하여 내실을 다져야 했다. 집안은 망했지만 패랭이를 쓴 채 비렁뱅이로 나자빠져 죽을 수 없었다. 동곳을 뽑아 상투를 풀어 헤치고 봉두난발로 나서더라도 가문의 본분을 저버릴 수 없었다. 자손들은 효제에 충실해야 하고 왕가로 이어온 가풍을 훼손해서는 안 될 일이었다. 참화를 입은 가문으로서 위기를 극복하는 방법은 오로지 집안의 내실을 다지는 일이므로, 백 년 이백 년이 흘러 양반의 지위를 잃고 평범한 가문으로 전락하더라도 품행을 가다듬고 내실에 전념했다면 망해도 아주 망한 것은 아닐 것이다. 내실을 가벼이 여기고 신세 한탄만 일삼는다면 한번 망한 집안은 영원히 회복하기 힘들 것이다. 백부 때문에 가문이 쇠퇴하고 모욕의 구렁텅이에 빠졌지만 욕심과 명리를 버림으로써 오히려 삶이 편안해졌다고 볼 수도 있다. 백하 스승의 가르침대로 순녕과 사달의 길을 오롯이 걸으면 될 일이었다. 더 바라고 기대할 것도 없으니 사립문 밖을 나서지 않고 방 구들장을 지키며 학문에 전념할 수도 있다. 오현평이 가져다준 명아주 지팡이를 짚고 서서 하곡의 말을 떠올렸다. 부작위不作爲가 부자기不自欺 아닌가. 애군도 애국도 멀기만 했다.

광사가 다시 붓을 들었다. 긍익에게 편지를 쓰려고 하니 착한 아들의 얼굴이 떠올라 가슴팍이 쪼개지는 것 같았다. 헛, 헛, 큼, 큼, 헛숨을 뱉어냈다. 멋 부릴 글씨가 아니었다. 사시나무 사이로 쓸쓸한 바람이 불어왔다. 가슴은 뜨거웠으나 글씨는 평온했다.

아비도 처음에는 화가 나서 견딜 수 없었다. 아비도 너처럼 참을 인忍 자를 마음에 새기며 하루하루 이겨냈다. 시간이 흐르다 보니 화는 가라앉더라만 그게 꼭 좋은 것은 아니었다. 홍양한이란 자, 원수를 죽이고 싶고 원수의 집에 불이라도 질러야 직성이 풀릴 것 같던 분노는 차츰 사라졌지만 남은 것은 속으로 멍들고 깊어진 속병이었다.

그래서 아비는 참을 인 자를 좋아하지 않는다. 참는 것이 미덕이라는 말도 믿지 않는다. 생각해 보라. 참기만 하면, 억지로 막아놓은 물꼬가 한꺼번에 터지듯 화가 나서 만들어진 거센 힘은 걷잡을 수 없게 될 것이다. 우리 가문이 참화를 입게 된 것도 이 때문이다. 참지 않고 풀어버렸으면 될 일을 이제는 그 무엇으로도 막을 수 없는 지경에 이른 것이다. 호미로 막을 일을 가래로도 막지 못한다면, 이보다 어리석은 일이 또 어디 있겠느냐.

혹여 아우와 다툴 때가 있었더냐. 골육끼리 싸움이 벌어지는 것도 작은 화를 다스리지 못하기 때문이다. 이것 역시 잘못이다. 처음 화가 났을 때 가벼이 표출하여 풀어버리면 아무것도 아닌 것을, 그걸 참고 있다가 뭉뚱그려 폭발하면 돌이킬 수 없는 상황이 되고 만다. 아무리 형제더라도 꼴도 보기 싫은 원수가 되어버린 다음, 죽이고 불을 지르고 나서 후회해 봐야 무슨 소용이랴. 학문도 마찬가지다.

참는 것이 학문의 본질이 될 수 없다고 믿었다. 고통을 감내하고 환난을 이겨낼 순간에야 인내가 필요하겠지만 일상에서 일어나는 노여움을 밑도 끝도 없이 참아야 한다면 마음의 불편을 견디지 못할 것이다. 마음이 움직이는 경로는 매끄럽고 활발해야 하는 법, 억지를 부려서는 안 된다. 마음을 검속檢束할 수는 없다. 마음이 풀어지는 것을 경계하고 내면을 다듬어야 하는데, 무조건 묶어 가두고 조여서는 안 된다고 봤다. 가식과 위선은 학문이 아니었다.

하곡 선생께서 말씀하신 '임진부작위'란 게 무엇이더냐. 본래의 모습에 충실하되 꾸며서는 안 된다는 말이지 않느냐.

꾸미기보다는 있는 그대로의 모습을 재현하며 살아야 한다는 말을 해주고 싶었다. 아들이 겪고 있는 시련에 임직부작위가 처방이 될 수 있을까 싶지만 달리 방도가 있는 것도 아니었다.

우린 폐족이니라. 지난날 명문 가문이었음을 감추어야 한다. 왕족이라니, 오히려 화가 될까 두렵다. 오만하고 방자한 태도로 보여 다칠까 우려된다. 행여 일어날지도 모를 일탈을 스스로 다잡고 경계하기 위해 인忍 자를 떼어내고 금禁이라는 글자를 써 붙여둬라. 말을 타고 다니던 시절을 돌이키거나 부러워해서는 안 된다. 거듭 강조하노니, 폐족임을 잊는 순간 돌이킬 수 없는 재앙이 닥칠 것이다. 조심하고 경계할 것을 한시도 잊지 마라. 사립문을 닫아걸고 손님을 멀리하라. 마음의 담장을 치고 은둔하는 것을 외로워 마라. 적막과 싸우며 사람과 술을 멀리하라. 누구도 사귀지 마라. 행실만 조심할 게 아니라 사는 것 자체를 바꿔야 한다. 누가 부른다고 나서지 말고 티 나는 처신으로 구설에 오르지 마라. 죽지 못해 살아야 하니 밥은 먹되, 질그릇에 담아 먹고 구리나 놋그릇은 쓰지 마라. 다리가 높은 밥상은 쓰지 말고 옻칠한 소반도 쓰지 마라. 반찬도 두어 가지를 넘기지 말고 끼니를 때우려 애쓰지 말고 차라리 굶어라. 비단옷을 입지 마라. 짚신을 신되 가죽신은 신지 마라. 삿갓을 쓰고 굵은 베로 짠 조포를 입어라. 건은 검은 헝겊으로 둘러라. 글씨나 그림을 벽에 걸지 말고 이불은 명주로 하지 마라. 요는 무늬가 없어야 하고 수놓지 않은 베갯모를 써라. 이웃과 어울려 술 마시지 말고 종형제끼리만 교유해라. 육촌을 넘으면 경조사에도 가지 마라. 아비의 조언을 잘 헤아려, 지키고 못 지키고는 너의 마음 먹기에 달렸음을 명심하여라.

적소謫所
- 1758 戊寅

닭마저 울지 않은 새벽이 밝아오자 밤새 내리던 비가 그쳤다. 깊지 않은 잠이 광사를 괴롭혔다. 헐거운 빗소리가 귓바퀴에 징징거리다 사라지기를 되풀이했다. 마루턱에서 인기척이 났을 때 빗소리가 아님을 깨달았다. 누가 왔나? 광사가 몸을 일으켜 창살 문을 열어 보았다. 해진 갓이 비틀어진 채 땀인지 빗물인지 분간할 수 없을 정도로 물기를 뒤집어쓴 사내가 서 있었다. 남루한 답호 자락에 짊어지고 온 괴나리봇짐을 추스르지도 않고 댓돌 앞에 무릎을 꿇었다. 사내가 외마디 신음을 섞어 광사를 불렀다.

─ 아버지.

그가 일어나 큰절을 했다. 영익이었다. 광사가 눈을 끔쩍거렸다. 콧날이 짜릿해지면서 참았던 눈물이 쏟아졌다.

─ 아이고, 영익이 아니냐.

광사가 마루턱으로 나가 아들을 부둥켜안았다. 한양에서 부령까지 그 먼 길을 기별도 하지 않고 찾아오다니, 광사는 피골이 달라붙은 아들의 앙상한 얼굴을 바라보았다.

－ 왜 이리 되었느냐. 영익아.

아비를 찾아오는 길에 끼니를 걸렀는지, 온갖 고생을 겪고 왔다는 증험이 아들의 몰골에 드러나 있었다. 광사는 영익을 방으로 불러들여 물기에 젖어 있는 옷을 벗게 했다.

오현평에게 청을 넣어 닭 한 마리를 삶아오게 했다. 구수한 냄새가 광사의 코끝을 자극했다. 김이 모락모락 오르는 닭과 찐 감자가 개다리소반에 놓여 있었다. 밥상을 들여다본 영익이 흐르는 눈물을 손등으로 감췄다.

－ 아버지. 불초 소자를 용서하지 마옵소서.

－ 무슨 말이냐?

－ 북방 외딴 적소에 아버지를 두고 소자는 한시도 편할 날이 없사옵니다. 제가 드나들며 아버지를 모시겠습니다.

－ 긍익이 그리하라 하더냐?

－ 제 뜻이기도 합니다. 아버지.

젊은 아들의 손등이 검었다. 광사는 닭 다리를 뜯어 아들에게 내밀었다. 뼈만 남은 아들의 몰골이 안쓰러웠다. 이런 약골로 할 수 있는 것은 아무것도 없을 터였다. 학문도 마찬가지였다. 성균관을 가지 않았을 뿐 서책을 멀리하지 않은 아들이었다.

－ 영익아. 이래서는 안 된다. 힘이 없어서는, 붓을 들 수도 없고 글씨를 쓸 수도 없어. 한 손에 능히 맷돌 하나를 불끈 들 만한 힘이 있어야 글씨를 쓸 수 있다. 몸뚱이가 이리도 메마르고 부실해서 무얼 도모

할 수 있겠냐? 애비 가슴이 찢어지는구나. 네 글씨를 볼 때마다 말하지 않더냐? 결구는 정밀해 보이지만 호젓한 자신감이 부족하다 보니 무르고 유약하게 느껴진다고.

영익은 목이 메는지 음식을 삼키지 못했다. 눈을 깜박이며 아버지의 말을 들을 뿐이었다.

— 학문을 하는 이유가 무엇이냐. 폐족이 된 처지를 원망하기도 하겠지. 유방백세를 포기하고 학문의 근본만을 좇아야 하는 처지가 오죽이나 힘들까. 그렇다고 마음을 병들게 해서는 안 된다. 쇠약한 병치레와 굶주림이 자랑일 리 없다만, 옛 선비가 배불리 먹는 것과 편안히 지내는 것을 금했던 이유가 무엇이냐? 학문하는 데에 방해받기 때문이야. 배불리 먹고 편안하길 원하는 자는 결코 도를 이룰 수 없다는 말이다. 그렇다고 일부러 가난을 취하자는 말은 아니고.

— 아버지도 잡수시지요.

아들의 몸이 굽혀졌다. 아들은 음식을 온전히 먹지 못했다.

— 영익아. 학문을 위해서 배부름과 편안함을 피해 다닐 필요는 없다. 필수 조건은 아니라는 것이야. 배불리 먹을 수는 없을지라도 명을 유지할 정도는 먹어야 하지 않겠냐. 병자가 될 정도로 먹는 것을 피해 버린다면 어찌 목숨을 부지하겠냐. 마음의 병이 가장 큰 병, 문전걸식하는 부끄러움이 산처럼 무겁게 쌓인 마당에, 무엇을 도모하겠느냐. 몸을 상해가며 학문에 몰두한다는 것은 전후가 뒤바뀐 형국이야.

— 먹지 않아도 제 몸은 너무 무겁습니다. 아버지.

— 그래도 먹어야 해.

— 먹고 싶은, 생각조차 나지 않습니다.

– 미물인 식물도 그렇고 곡식도 마찬가지다. 가만 놔둬도 잘 자라나는 게 자연의 이치인데, 거기에 물을 주지 않고 거름도 막으면 죽어버릴 것 아니냐. 임진부작위와 같은 처사다. 그냥 두어도 자라나는 이치는 학문도 마찬가지, 노력을 기울일수록 진리는 멀어질 수도 있는 법이니…….

선한 눈망울을 반짝이던 영익이 고기를 씹지 못하고 물었다.

– 동심인성動心忍性[155]이란 말도 있지 않습니까? 마음을 흔들리게 하는 것들을 밀어내지 않으면 불편한 기운이 사라지지 않는데, 이를 어찌해야 합니까? 참고 또 참아내야 하지 않습니까?

광사는 천천히 아들의 말을 되받았다.

– 그렇게 생각할 것 없다. 예법에 맞게 처신해야 하지만 억지로 될 일은 없다. 밀어내려고 해서 사라지는 것은 인위적인 것 아니겠냐. 수양은 억지로 해서 이루어지는 게 아니다. 불같은 욕심이 가득하여 체통도 돌보지 않고 마음을 놓았다가 크게 후회하는 수가 있다.

영익이 또 물었다.

– 억지로라도 잡지 않으면 모두 사라져버리는 것을 어떻게 합니까?

광사가 비로소 웃었다. 영익의 놀란 눈을 들여다보며 말했다.

– 그런 말이 아니다. 사람의 마음이라는 것은, 억지로 잡고 있을 수도 없고 이리저리 보낼 수도 없는 거란다. 가만 놔두면 가만히 있는

---

155 맹자(孟子)의 고자장(告子章)에 나온 글귀로, 마음을 움직이게 하여 성질을 참아낸다는 뜻.

게 마음이다. 지키지 않으면 없어지고 지키면 남아 있는 게 마음이란 말이다. 지킨다는 것은 버린다는 것에 맞서는 말 아니냐. 남아 있도록 하고 버리지 말라는 것이지 붙잡고 단속하라는 말은 아니다.

— 붙잡을 게 조금도 없습니다.

— 글씨도 매한가지야. 무조건 지키고자 고집하면 변화할 수 없으므로 서노書奴로 전락하고 만다. 선인의 법을 따라 쓰면서도, 변화하고 발전하지 못하면 그게 바로 서노일 것이다. 백하 스승께서 말씀하시길, 글씨체의 변화는 글씨 안에 내재된 법칙을 얻은 후에야 비로소 가능하다고 하셨어. 고지식하게 서법만을 고집하며 변화를 무시한다면 서노가 되고 만다는 거지. 옛 선인들은 그랬겠지. 변화하려 하지 않아도 저절로 변화하는 것이야말로 참된 변화인 것을, 학문의 깊은 골짜기에 이르러 처음부터 정해진 틀이 없다면 무수한 물줄기로 흘러내릴 거야. 계곡에 떨어지는 물줄기를 바라보아라. 어디 일정한 법칙으로만 물보라가 떨어지더냐. 조화와 묘용이 기발하다고 해서 전혀 다른 구석으로 물줄기가 꺾이는 것은 아니겠지. 앞 사람의 법도를 버리고서는 새로운 법을 만들 수 없는 법, 고인의 법을 얻어야 창신도 가능하다는 것을 일찍이 스승께 배웠다. 외골수로만 머무르지 마라. 쓸모없는 고집을 자랑하지 말고 격물과 지변을 깨쳐 사물과 현재를 보는 시선을 바꾸어 보아라.

영익이 눈물이 그렁그렁한 눈을 열고 말했다.

— 아버지. 이제 다시 붓을 잡으시어 마음껏 글씨를 쓰십시오. 세상 사람들이 기다리고 있습니다.

몸은 정직했다. 부실하긴 했지만 먹는 것이 일정했고 마음속 울화가 가라앉으면서 광사의 몸도 점차 회복되어갔다. 아침에 눈을 뜨면 적소 주변을 돌아다닐 수 있을 정도가 되었다. 상처 났던 곳에 피딱지가 떨어지고 새살이 돋아났다. 야윈 몸집에 살점이 붙고 관절을 자유롭게 움직였다. 그랬어도 꿈자리는 뒤숭숭했다. 매번 같은 모양의 악몽이 찾아왔다. 형틀에 묶인 채 손가락이 작두로 베어지는 꿈이었다. 광사는 비명을 지르며 잠에서 깨어났다. 땀으로 흥건한 몸뚱이가 비루하기만 했다. 잠자리가 편치 않았으므로 잠은 깊지 못해 늘 어수선했다.

영익이 가져온 소식 중에 박천과 상고당, 석농의 근황이 있었다. 그들의 안위 여부는 한시도 잊은 적 없던 걱정거리였다. 그랬는데, 세 사람 다 고초를 겪긴 했어도 목숨을 다치지 않은 채 풀려났다고 했다. 광사가 두 손바닥을 맞잡고 안도의 한숨을 내쉬었다. 불행 중 다행이었다. 광사와의 인연을 후회하지 않는다고 진술했다는데 그게 누구인지는 영익도 알지 못했다. 광사의 심장을 내리눌렀던 맷돌 하나가 슬그머니 치워진 기분이었다.

비척대던 몸을 일으켜 문간으로 나섰다. 처음 본 낯선 여자가 부뚜막에서 풀무질을 하고 있었다. 광사가 소매로 눈을 씻고 다시 바라보았다. 광사의 적소는 모르는 여자가 와서 부엌일을 도울 만한 곳이 아니었다. 제자를 자처해 왔던 오현평이 소금과 질그릇, 옥수수 등속을 지게에서 내려놓고 간 뒤였다. 짐작 못 한 바는 아니었지만 민망한 일이었다.

― 누구신고?

광사는 채소 망태기를 안고 있는 여자와 거리를 두고 마루턱에 앉았다. 여자는 광사를 제대로 쳐다보지 못했다.

― 이름이?

허리를 숙인 광사가 실눈을 떴다.

― 오라바이께서 부섬이라 부릅지비. 본래 이름은 모르꼬마.

서른 중반을 넘긴 나이로 보이는 여자는 수줍음에 고개를 들지 못했다. 부섬은 오현평의 누이라 했다.

오현평은 부령 관아를 드나드는 아전이었으나 경우가 바르고 예의가 반듯했다. 튀어나온 광대뼈와 깊은 볼, 머리숱이 적어 맨상투 차림에 누비저고리를 입고 말총으로 짠 감투를 썼다. 그의 말에 의하면 누이가 남편을 잃은 외로운 처지여서 오라비가 외면할 수 없다 했다. 남편이 이승을 떠난 뒤에도 시댁에서 살았으나 하나뿐이던 아들 녀석이 난데없는 토사곽란으로 죽어버리자 친정으로 돌아왔다고 했다. 오라비의 근심은 누이의 거취에 있었다. 마냥 데리고 있을 수 없는 형편이었으므로 오현평이 결단을 내렸다는데, 광사를 떠올린 듯했다. 유배죄수 입장이긴 하지만 신분을 댈 수 없는 존경받는 명필이고, 홀로 숙식을 처리하며 근근이 살아가고 있는 처지를 돕고 싶었나 보았다. 심성이 착하고 손매가 야무져서 어디에 두어도 쓸모가 있으니 누이를 맡아달라는 간청이었다.

― 맡아달라니 무슨 말인가?

광사가 기겁하며 물러섰다.

－혼자 사시는 나리를 두고 볼 수는 없었지비. 밥 짓고 빨래를 시켜도 좋습둥. 길티만 부엌데기로만 쓰기엔 아까운 아임메. 시집갔다 돌아왔으니 처녀는 아닙지비. 나리께서 제 누이에게 정을 베풀어주시기만 하꼬마, 은혜를 잊지 않겠습둥.

광사는 두루치 쓰개치마를 입은 여자를 다시 바라보았다. 흑색 삼단 머리를 목덜미 부근에서 댕기로 묶었고 속곳 매무새를 추스르고 앉았다. 살림하며 살겠다는 뜻인지 아예 보따리까지 싸서 왔다. 유배객에게 배수첩配囚妾을 두지 말라는 법은 없다지만 품계 높은 벼슬을 했던 것도 아니고 재산이 있는 것도 아니었다. 겨우 목숨을 부지하여 하루하루 빌빌거리며 연명하는 유배객 주제에 배수첩이라니, 기가 막힐 일이었다.

젊은 아들을 생각했다. 영익을 볼 낯이 없겠다 싶었는데, 꼭 그런 것만은 아니었다. 늙은 아버지를 수발해줄 여자가 집에 들어온다면 아들 입장에서 싫어하지만은 않을 것도 같았다. 아들에게만 의지할 수 없는 아비의 처지로서도 무작정 여자를 밀어내는 것만이 능사가 아닐지도 몰랐다.

집에 들어서자마자 여자는 머뭇거림도 잠시였을 뿐 이내 부엌으로 갔다. 작은 솥단지 하나를 걸어놓은 부뚜막에 시선을 멈추었다. 사립문 앞에서 고개를 들지 못하고 기다리고 있던 모습이 측은했다. 젊은 나이에 맞닥뜨린 여자의 기구한 운명이 가엾었다.

광사는 부섬에게 묻지 않았다. 첩살이를 자처하고 나선 심정을 더 물어 무엇 하랴. 인품과 학문에 매료되었다며 광사를 돌보겠다는 오현평의 뜻이 고마웠다. 집에까지 여자를 들이겠다니, 황겁했으나 물리치지 못했다. 밥상을 들어 눈썹에 맞추는 정성을 갖추겠다는 다짐은 오라비인 오현평이 부섬을 대신하여 전했다.

젊은 여인에게서 나는 살냄새와 반주로 곁들인 백화주 향기가 싫지만은 않았다. 속곳 테두리에 뿌려둔 사향 냄새는 없었어도 잠자리에 들어온 것 하나만으로도 늙은 육신을 깨우기에 충분했다. 종으로 부리다가 사욕의 정회를 풀기도 하는 종첩의 역할만이 아닌 줄 광사가 잘 알았다. 설빈화안은 아니었으나 나이답지 않게 솜털 같은 귀밑머리가 하늘거리는 부섬을 대하며, 아내와는 다른 감정이 일어났다. 오십 줄에 앉은 나이에 혼곤한 운우雲雨의 정은 못 나누더라도 광사에게는 더없는 편안함이 되어주었다. 걸레질로 닦아놓은 정갈한 마룻바닥과 반듯한 토방의 댓돌 위 신발이 광사를 편하게 해주었다. 보리수수밥과 더운 국이 밥상에 올랐다. 밥을 먹고 책을 읽으며 글씨를 쓸 수 있는 여건이 부섬이 오면서 튼튼해졌다.

광사는 탕건을 벗으며 홀가분하게 넘기기로 했다. 첩실을 들여놓은 처지가 분명하나 기방에 드나드는 가벼운 심정과는 달랐다. 한번 맺은 금석의 맹약은 몸에 배어 있는 독소도 제거해줄 수 있었다. 부섬이 광사의 곁에 붙어 있는 게 좋을 리만 없었다. 언젠가는 떠나가리라 짐작했다. 누군가 저 여자를 이익으로 꾀면 떠날 것이고 재앙이 닥쳐 겁을 주어도 떠나갈 것이라 여겼다. 떠나고자 한다면 잡지 않을 것이다. 그때가 언제일지 알 수 없지만 결코 잡지 않으리라 마음먹었다. 부섬이 광사 곁에서 속삭였다.

– 나리 몸에서 먹 냄새가 납니다.

유배객이었지만 사대부의 허울을 벗어던져 버리고 아전들과 흉허물없이 지내며 그들의 환심을 얻었다. 처음에는 핍박하고 감시하던 부령 부사도 점차 광사의 인품을 믿은 나머지 어지간한 일탈은 묵인해주었다.

당귀와 오미자, 송이버섯은 부령에서 흔한 것이었다. 나무뿌리로 담근 술과 소반 가득 소채를 갖다주던 이웃 아낙도 있었다. 솔잎을 쪄서 말린 것을 가루로 빻아 죽 쑤어 먹었다. 봄이면 진달래꽃으로 화전을 부쳤다. 음식을 먹을 때 이웃을 불러 모았고 찾아오는 사람은 손에 무엇인가 들고 왔다. 쇠고기나 돼지고기보다 개고기나 꿩고기가 많았다. 여름에는 개를 때려잡아 국을 끓이고 살점을 뜯어먹었다. 두견주를 담가 느티떡과 함께 먹었고 단옷날에는 수리취떡을 곁들였다. 무릉도원은 아니었으나 살아가다 보니 견디지 못할 험지도 아니었다. 이곳이 적소임을 상기해야 했는데 광사는 점점 노곤해졌다. 김매고 밭 갈면서 먹고 살 궁리를 해야 하는데 농사일에는 몸이 따르지 않은 셈이었다.

따르는 제자가 생겼고 나날이 늘어났다. 이겸李謙과 김지열金知列이 앞장서 광사를 따랐다. 방외현方外鉉과 김태명金太明도 있었다. 부령에서 광사의 글씨를 받아들여 필명을 날리던 박충곤朴忠坤도 제자임을 자처했다. 양태 넓은 갓을 쓰고 중치막을 입은 사대부들이 찾아와 아쉬운 소리를 했다. 그들은 광사의 글씨를 한 점이라도 얻어내기 위해 온갖 수단을 강구했다. 천신만고 끝에 광사의 글씨를 손에 넣으면 풀을 먹여 귀하게 보관했다.

밥을 먹고 살 만큼은 됐다. 조석 두 끼니 정도야 문제없이 해결할 수 있었다. 한양에서야 세 끼를 먹을 때도 있었지만 변방에서는 두 끼로 족했다. 씨 뿌리고 가꿀 만한 남새밭이 있었고 물을 길어 올려 떠마실 샘도 마을 어귀에 있었다. 기름진 음식과 나물국은 아니더라도 이웃과 나눠 먹을 음식이 있었다. 한 가지 음식도 나누어 먹고 한 가지 옷도 나누어 입는 처지에 동지이고 가족이었다. 없는 처지였으나 겨울이 되면 떡국을 쑤었고 정월보름에는 부럼을 깼으며 오곡밥과 나물을 무쳐 먹었다.

이배移配
– 1762 壬午

임오년 여름이었다. 인시에 닭이 울고 묘시卯時가 되어 해가 떴다. 꿈자리가 뒤숭숭해 잠에서 깨었어도 광사는 일어나지 못했다. 담쟁이 넝쿨이 우거진 사립문 너머로 난데없는 발자국 소리가 소란스럽게 들이닥쳤다. 부섬의 외마디 비명을 듣고 광사가 창살 문을 열었다. 낯설지 않은 군관이었다.

– 죄인 이광사는 나오너라.

화살도 뚫지 못할 것 같은 전립을 쓴 군관이 주변을 두리번거렸다. 전복에 남전대를 맨 영문의 장교 손에 장검이 들려 있었다. 군관이 광사를 가리키며 단호하게 외쳤다.

– 죄인 이광사를 포박하라.

한양 소식이 군관을 따라 당도했다. 사헌부에서 지평으로 있는 윤면동尹冕東이란 자가 임금께 상소를 올려, 광사의 죄를 추궁하고 나섰다는 것이다.

함경도 부령에 유배 중인 대역죄인 이광사의 행적이 요망합니다. 몸을 낮추고 죄를 반성하며 죽은 듯이 여생을 보내도 모자랄 판에, 부령 지방의 어수룩한 유생들을 꾀어 학문과 글씨를 가르친다는 명목으로 세력을 규합하는 등 불충하고 요사스러운 흉계를 획책하고 있습니다. 즉각 이광사를 잡아들여 요절을 내서 국법의 지엄함을 세우고, 관련자들을 색출하여 엄히 처벌해야 하옵니다.

사헌부에 제소된 광사는 또다시 목숨을 건 처분을 기다려야 했다. 매사에 조심하고 자제하리라 되새겼건만, 기미를 보아 일을 처리해나가라는 다짐은 공염불이 되고만 셈이었다. 절제하려 했고 경계하고자 애썼으나 결국 사달이 나고 말았다.

후회해도 소용없었다. 생계만 해결하려 했던 처음 소박한 뜻은 흔적도 없이 사라졌고 분수에 맞지 않은 호사를 누리고 살았다. 넘쳐도 한참을 넘치는 짓을 한 것이다. 광사의 가세가 넉넉했다면 한양에서 물품을 가져오고 종을 부리며 여유 있게 살았겠지만 그럴 형편이 아니었다. 유배객 처지에 글을 가르치고 글씨를 팔아 생계를 유지하려 했다면, 누가 판단하더라도 죄수가 벌일 짓은 아니었다.

광사의 처지를 살피지 않은 부령의 선비들이 수시로 드나들며 학문을 물었고 글씨를 청탁했다. 광사는 그럴 때마다 완곡히 거절했다. 죄를 짓고 온 죄인이므로 이래서는 안 된다는 사실을 밝혔다. 임금의 은혜를 생각해서라도 은인자중하며 살아야 한다고 믿었기 때문이었다. 하지만 사람들이 광사를 가만 놔두지 않았다. 거절하기 어려운 환대와 유혹을 심각하지 않게 받아들인 적도 있었다. 한순간 방심이었다. 마지못해 써준 글씨를 병풍이나 족자에 담아 온 고을에 소문을 내며 자랑했던 자도 있었을 터였다. 고량진미를 먹자는 게 아니었다. 목구멍에 풀칠이라도 해야 했으므로 글씨 값을 대신해 푼돈이라도 건네주면 굳이 물리치지 않았다. 곡식을 사고 땔나무를 장만하면 북방의 추위와 굶주림에서 벗어날 수 있으리라 여겼다. 이것이 화근이었다. 죄인의 신분으로 어리석은 백성을 선동하고 다녔으므로 치죄해야 한다는 사헌부의 제소는 광사를 꼼짝달싹 못 하게 했다. 밝은 눈을 열어도 제대로 보지 못하는 것이 있고 명석한 지혜를 펼쳐도 헤아리지 못하는 것이 생겨난 것이다. 유건을 쓰고 넓은 소매의 도포 자락을 휘날리는 이들의 왕래가 늘다 보니 죄인을 잡아 가둔 적소가 아니라 거드름이나 피는 반가로 착각할 만했다. 게다가 배수첩까지 둔 호사스러운 죄인이라니, 광사는 창졸간에 분수를 모르는 유배객이라는 조롱거리로 전락하고 말았다.

지난 오월, 그토록 옳고 굳세던 세자가 폐위되었다가 마침내 죽고 말았다는 충격적인 소식을 들은 지 얼마 지나지 않아서였다. 더구나 임금의 명에 의해 뒤주에 가두어져 참화를 당했다 하니, 믿어지지 않는 비보에 혼백이 나갈 지경이었다.

세자까지 죽인 임금은 저간의 눈치를 살폈을 것이다. 그렇다고 사헌부의 제소를 무시할 수는 없었다. 임금의 하교는 찬 서리와 같았다.

대역죄인 이광사는 을해년 잘못을 뉘우치고 근신해도 모자랄 판국에 경솔한 처신으로 죄를 가중시키고 말았다. 글씨 쓰기에 재주가 있다 하더라도 적소에 가만히 엎드려 죽음을 기다리고 있어야 지당하거늘 어리석게도 자신의 본분을 깨닫지 못하고 변방의 민심을 어지럽힌 죄가 막중하도다. 외부와의 소통을 완전히 차단시켜야 할 것이로되, 부령 부사로 하여금 곤장을 치게 하고 다시 먼 곳으로 이배移配시킴으로써 국법의 지엄함을 알게 하라.

이겸과 김지열뿐만 아니라 박충곤과 방외현, 김태명까지, 광사를 따르던 유자들이 모조리 동헌으로 끌려가 곤장을 맞았다. 아전이던 오현평까지 틀에 묶여 매를 맞았을 때 광사는 눈을 감았다. 부섬이가 끌려오지 않은 게 그나마 다행이었다. 부섬은 충격으로 말을 잃고 제 오라비의 집으로 돌아갔다고 했다. 오현평의 비명에 질린 광사는 저항하지 못했다. 술을 담가 유통했다는 죄목으로 끌려온 자들과 함께 처리될 뻔했다가 죄의 경중에 따라 별개로 분류됐다. 유배 도중에 자신의 처지를 잊고 방자한 죄를 범한 자와 이를 벌하지 않은 관리도 용서치 않겠다는 임금의 명은 부령 부사를 벌벌 떨게 했다.

감영 밖에서, 쌔기도 없는 평립을 쓴 사람들이 고의춤을 추스르며 물끄러미 바라보았다. 청삼을 입고 복두를 쓴 관아의 역졸들로부터 치도곤이 이어졌다. 국록을 받는 처지인 만큼 돌연 태도를 바꾼 부사가 가당치 않게 남여藍輿를 타고 나타났다.

- 어느 안전이라고 비명이냐? 이런 망측하고 무엄한 자들을 보았나? 무엇 하느냐? 매우 쳐라.

부사의 고함이 동헌에 울려 퍼졌다. 광사는 눈을 감았으나 귀까지 막을 수는 없었다. 의금부에서 맞은 매가 떠올랐다. 나장이 묶고 형리가 때렸던 매질이 숨통이 끊어지기 전에 어찌 잊히랴.

– 방금 무어라 했소?

– 신지.

– 신지라니. 거기가 어디요?

광사의 입에서 신음이 새 나왔다. 조정의 명을 받들어 광사는 남해 섬으로 이배시킨다 했다. 종착지는 도대체 어디인지, 지지리도 박복한 이놈의 구활苟活은 언제 어느 곳까지 이어질 것인지, 광사는 까마득한 자신의 처지를 돌아볼 겨를조차 없었다. 그의 나이, 쉰여덟이었다.

이배 길에서 꿈에도 그리던 광정 형을 만났다. 광사의 다섯 형제 중에서 살아남아 있던 이는 막내 형인 광정뿐이었다. 서로의 생사를 확인하지 못한 채 따로 귀양 가 있던 처지였다. 함경도 길주吉州 땅이었다.

– 그리운 광정 형님.

그토록 보고 싶던 형이 지척에 있었어도 만나지 못했던, 그간의 세월이 억울했다. 수척하게 야위어 뼈만 남은 광정 형의 몰골이 광사를 울게 했다. 입을 열어도 말이 나오지 않았고 손이 있어도 맞잡을 수 없었다. 주막에서 광정 형과 함께 더운 국밥 한 그릇을 말아 먹었다. 어렸을 때 소녀처럼 모여앉아 풀꽃각시 놀이를 가르쳐주던 다정다감

한 형이었다. 지나간 시절이 떠올라 괴로웠다. 숨이 끊기고 목이 막혀 더 먹을 수 없었다. 수염발이 국물에 적셔져도, 눈물과 콧물이 국물에 엉켜져도 아무 말도 못 했다.

형제는 다시 헤어져야 했다. 형은 적소 지역인 길주를 벗어날 수 없었다.

– 다시 형제 우애를 나눌 길이 없으리라.

바람에 휘청거리는 대숲 사이로 형의 거처가 멀어졌다. 먼 길을 가야 하는데 자꾸만 눈물이 쏟아졌다. 눈물을 닦아내기에도 손등은 볼품없고 너절했다. 찬 기운이 뼛골까지 파고들어 온 삭신이 시리고 아팠다.

신지도薪智島

- 1762 壬午

갈매기 무덤은 있는가. 갈매기도 죽으면 무덤에 묻힐까. 아무리 둘러보아도 끝 가는 곳 모를 바다만 있었다.

― 여기는 어디인가. 이곳이 정녕, 내가 죽어 묻힐 곳이란 말인가. 말라 죽어버리면 다시 꽃 피우지 못하는 게 자연의 이치일진대 살갗은 문드러지고 뼈는 부서져 가루로 흩날리고 말리라.

가늘게 눈을 뜬 광사가 갈매기 날아다니는 바다 저편을 바라보았다. 낳아주시고 길러주신 부모님, 두 번이나 목숨을 살려준 임금의 은혜에 비하랴. 지존을 거역한 죄 죽어 마땅했지만 크나큰 성은에 힘입어 또다시 목숨을 부지하게 되었다. 유배지에서 죄인의 신분을 잊은 채 유생들을 끌어모아 강학을 하고 글씨를 가르친 죄는 가중처벌감이었다. 즉각 소환하여 국문하고 극형에 처해야 한다는 삼사의 의견을 임금이 외면했다.

― 전하를 다시 뵐 일 있을까마는, 북방의 먼 곳에서 죽었어도 마땅한 죄인이 또다시 성은을 입었습니다. 남쪽 바다 멀리 외딴 섬으로 옮

겨 왔으니 이제는 은령을 헤아리기도 염치없습니다.

신지도에 당도하자 광사는 북녘 하늘을 향해 엎드렸다. 오래도록 울다가 백하 스승을 나지막하게 불렀다.

– 순녕입니까. 사달이옵니까. 제 운명을 짐작하기라도 하셨습니까. 죽지 않고 살아남은 목숨을 목도하셨다면 무어라 하시겠습니까.

쉽게 취하고 대충 버릴 수 없는 게 목숨이었다. 살기 위해 애쓰지 않았고 죽기 위해 버리지 않았다. 위기가 닥칠 때마다 스승의 말이 살아났다. 사달의 순간에 순녕을 떠올렸을지도 몰랐다. 겪어 보니, 순녕과 사달이 다르지 않았다. 순녕이 사달이고 사달이 순녕이었다.

사람도 만나지 않고 글씨도 쓰지 않으리. 죄의 뿌리는 다른 데 있지 않았다. 눈과 귀, 그리고 손과 입이었다. 두 눈을 파내고 입을 꿰맬 것이며 손가락을 잘라버려야 했다. 북방의 아둔한 선비들이 유자 흉내를 낸답시고 광사를 들볶았지만 남쪽 섬나라는 다를 것이다. 풍비박산이 난 집안에서 이단의 학문에 몰두한 채 남이 알아주지도 않는 글씨를 쓴다며, 분수를 모르는 놈이라 놀렸을 것이다. 화산華山[156]에 대한 그리움은 없었다. 둥그재 집에 대한 걱정이나 노파심도 부질없었다. 한강을 건너고 싶은 마음도 목멱산을 바라보고 싶은 그리움도 오래전 지웠다. 경계하고 자중하려 했으나 뜻대로 될 일이 아니었다. 변방의 거센 바람 속에서 버텨온 만큼 임금의 은혜를 잊지 않기 위해서라도 새 사람으로 거듭나야 했다. 몸을 찢고 뼈를 갈아서라도 성은에 보답해야 했다.

---

156 조선시대 삼각산(북한산)을 이르는 말.

햇살 아래 얼굴을 들기도 부끄러운 죄인의 신분임을 각성하고 짐을 꾸렸다. 붓과 먹, 벼루를 넣은 필낭을 챙겨갈 것인지 망설였다. 행선지마다 갈아 신어야 할 미투리 등속보다 가치 없어 보이는 필낭이었다. 붓을 들어 무엇을 쓴다는 말인가.

칠월에 부령을 떠나 한 달 하고도 스무날이 걸렸다. 구월 초닷새에 남쪽 진도珍島에 안치되었다가 그보다 더 남쪽 절도에 고립시켜 사람들과의 교류를 철저히 차단해야 한다는 의견에 따라 청해淸海 신지도薪智島로 이배됐다. 눈썹달이 침침히 내린 야밤에 신지 물하태에 당도했다. 광사의 울음은 오랜 시간 이어졌다. 구월 초아흐레였다.

멀고 먼 섬이었다. 진도는 화혼이 깃든 땅이라 했고 완도는 한이 많은 섬이라 했다. 그도 그럴 것이 진도에는 붓 다루는 자가 많았고 완도는 칼 쓰는 자가 많았다. 청해진을 건설하고 바다의 꿈을 펼쳤던 장보고張保皐의 섬이 완도였다.

천 리 유배 여정은 고단했다. 부령을 출발해서 한양까지 스무 날이 걸렸고 다시 한양에서 신지도까지 스무 날이 걸렸다. 김제 평야를 지나 장성長城 갈재를 넘었을 때 이름 모를 갈맷빛 산봉우리들이 시야에 넘실거렸다. 불민한 유배객은 자신의 기박을 탓하지 않았다. 극락강極樂江을 건너 강진康津에 닿은 다음 배를 대서 마도진馬島鎭 고금도古今島를 거쳤다. 뱃머리에 앉은 광사가 메마른 수염을 날리며 만경창파를 바라보았다. 언뜻 바다가 넘실거리는 것 같았는데 가만 보니 배 위의 사람이 출렁거렸다. 바람은 차고 날이 흐렸다. 검은 먹지 같은 섬 하나가 다가왔다. 현감의 명을 받고 강진 현에서부터 호송해온 나졸이 광사에게 말했다.

– 저 섬이 신지요.

코끼리 코처럼 길게 늘어진 모양이라 해서 지섬이라 불렀는데 섬답지 않게 산세가 높고 가팔랐다. 산꼭대기에 상산象山이라는 봉우리가 솟아 있었다.

말馬이 많았다. 한양에서 쓰는 말도 여기에서 길러 보낸다 했다. 넓은 양마지가 있었고 능선에 말이 뛰어넘지 못하게 돌담을 쌓아 두었다. 수군이 주둔한 탓에 송곡 노루목과 진리에 만호진萬戶鎭이 있었다. 병선과 사후선이 드나들었고 내아와 객사를 갖춘 작은 관아를 수군 만호가 관장했다.

대곡이나 한들 같은 넓은 논이 있어서 벼농사를 짓기도 했지만 섬이니만큼 물고기를 잡아 생계를 해결했다. 가지가 죽죽 늘어진 수양버들 사이로 색색의 깃발이 나부꼈다. 고기 잡으러 나간 사람들의 풍어와 안전을 비는 갯제의 흔적이었다. 송곡은 솔과 굴참나무 숲으로 우거졌고 용주암에서 샘물이 넘쳐흘렀다.

동고리를 가다 바라본, 가인 마을 뒷산 등성이에서 철새가 날아올랐다.

– 저 새 이름이 무어요?

광사는 손가락을 펴서 새하얀 깃을 지닌 풍채 좋은 새를 가리켰다.

– 왜가리 아녀?

뒤따르던 향리가 혼잣말처럼 중얼거렸다. 바다로 난 길은 낮았고 갯내가 진동했다. 광사가 적소 툇마루 앞에 섰다. 아래로는 창망한 들판 너머 바다가 내려다보였고, 위로는 끝없는 하늘이 펼쳐져 있었다. 죄인을 섬으로 보낸 이유는 단순했다. 섬을 벗어나지 말라는 명이었다. 위리안치는 아니더라도 유배인은 섬 밖으로 나가서는 안 된다는 이탈 금지령이었다.

글자를 모르는 자들이었으므로 글을 읽고 쓸 줄 몰랐다. 섬사람들은 자기 스스로 비하했다. 향리가 광사를 물끄러미 건네다 보았다.

— 여기 사람들은 그래라우. 육지를 부러워함시로도 감추고 살제라. 섬놈이네 뱃놈이네 자신을 깎아내리기 바쁘다가도, 한번 뭉치기만 하면 무섭당게요.

광사도 의아했다. 처음 그들의 질편한 말을 들었을 때 모두 종친인 줄 알았다. 누구라도 만나면 아짐, 아재라 부르는 것을 보고 집성촌인 줄 알았는데, 알고 보니 혈연이나 친족이 아니었다. 부령에서와 달리 논밭 일이 많았고 품앗이 삼아 농사짓는 것을 서로 도왔다. 네 것 내 것 없이, 틈이 나면 함께 농사를 지었다. 벙거지에 잠방이 차림의 농사꾼이 찡그리지 않고 일을 했다. 사모관대 차림은 고사하고 망건을 썼거나 답호를 입은 자마저 흔치 않았다. 네 편 내 편 따지지 않는, 경계가 없는 한통속 안에서 남의 눈치를 보지 않았다. 웃통을 벗어젖힌 채 바짓가랑이를 걷고 더위를 식히는 장면은 흔한 것이었다. 길가 보리밭에 주저앉아 오줌을 눈 뒤 고쟁이를 추스르는 아낙의 표정에 부끄러움은 없었다.

북방에 비할 바 없이, 따뜻한 날씨였다. 북방 사람들은 차가운 자연에 맞서는 강한 기질을 가졌다면, 남쪽 섬사람들은 따뜻한 기후와

풍요로운 물산에 정착하고 순응했다. 봄이면 산과 들에 먹딸기가 흔했고, 바다에서 건져 올리는 풍부한 어물로 자급자족했다. 신지도는 갯벌과 어장이 좋을 뿐만 아니라 상산 등성이에서 내려오는 물이 마르지 않아 농사짓기도 좋은 섬이었다. 산과 바다가 공존하는 땅이어서 먹을 것이 넘쳤다. 산자락과 갯벌을 끼고 있는 작은 촌락에는 철따라 꽃이 피고 지초가 흐드러졌다. 섬의 끝에서 끝자락을 가더라도 하루면 족했다. 섬사람들은 사치가 무엇인지 몰랐고 자신을 내세우지 않았다. 복록을 누리고자 하는 욕심이 없고 잇속을 챙기지 않았다. 남에게 받은 게 있으면 그만큼 돌려주어야 직성이 풀렸다. 힘이 센 자가 횡포를 누리며 다른 사람을 압박하지 않았다. 오직 자신의 자리에서 힘써 일하며 살았다.

광사가 처음 살았던 곳은 당골 산기슭이었다. 신지도로 들어와 배를 댄 곳이 물하태 나루였다. 그러다가 금실촌金實村으로 적소를 옮겼다. 행랑채나 문간방은 없어도 비를 피하고 바람을 막아줄 거처로는 충분했다. 왜소한 들보에 서까래가 짧았다. 광사는 추녀 끝에 서 있는 보수 주인을 만났다. 집주인은 황치곤黃致坤이라는 노인이었는데 만나자마자 방촌厖村[157]의 후손임을 밝혔다. 그는 탕건을 단정히 쓴 채 장죽을 손에 쥐고 일어섰다.

　– 원교 선생 아니신가요? 누추한 집이오만 이렇게 인연을 맺게 되어 반갑고만요.

---

157 조선 전기 문신 황희(黃喜)의 호.

광사가 손사래를 쳤다.

― 됨됨이가 녹록지 않아 팔자가 드센 죄인이올시다. 이젠 머릿속에도 윤기가 다 빠져버려 헛바람만 날아다니는 늙은이일 뿐이오.

― 피차 다를 바 없제라. 없는 녹봉에, 해찰하지 않고 초야에 머무르기는 매한가지 아니겠소.

황치곤이 신기하다는 눈빛으로 광사를 바라보았다. 황치곤은 기축생으로 을유생인 광사보다 네 살 아래였지만 벗처럼 지내기로 했다. 황희 정승의 후손답게 도량이 넓고 사리가 통했다. 경우를 곧게 따졌으나 셈은 빠르지 않았다.

― 괴이함이 참 편안하도다.

광사는 그의 모습을 괴이함의 으뜸이라 하여 괴괴怪魁라 불렀고 나중에는 괴괴당怪魁堂이라는 편액을 써주기도 했다. 황치곤은 기상이 중후하고 박력이 넘쳐 기이한 것 같으면서도 운치가 있었다. 하는 일이 어귀차서 믿을 만했고 행동도 범상치 않았다. 사람을 건성으로 대하는 것 같았는데 가만 보니 격식을 따지지 않는 호방한 성격 때문이었다. 겉으로는 태연하면서도 속으로는 섬세하게 배려하는 미덕이 있었다. 옷차림도 실속이 있어 소매가 넓은 도포를 입지 않았다. 연갈색의 직령이 유일한 외출복이었다. 늙은 유배객 처지로서는 그의 괴이함이 오히려 편안함이 되어 보통 사람과 다르게 느껴지곤 했다. 괴괴함이란 감정의 절제이면서 적적함이기도 했다. 사사로운 정에 의존하다 보면 참된 길을 저버릴 것이라는 자각도 황치곤 앞에서만은 무력했다.

이웃에 사는 덕에 황치곤은 광사의 거처에 자주 찾아왔다. 목련이 시들어가는 봄날 오후였다. 두 자루의 붓과 손바닥 크기의 벼루, 절반쯤 닳아진 먹과 몇 장의 종이를 싸 들고 왔다. 자신이 쓰던 지필묵이라 했다.

– 원교 선생 같은 대가가 글씨를 안 쓰면 누가 쓴당가? 나 같은 촌구석 늙은이야 고첩을 임서하는 수준도 못되는디, 요즘 시속을 보면 조금이라도 이름을 날리기만 하면 임서를 부끄러워하지 않던가.

광사가 오기 전까지 신지도에서 첫째가는 필력을 인정받았던 문사는 황치곤 같았다. 글씨를 청탁하거나 써주어야 할 일이 있다면 섬 안에서는 황치곤이 그 일을 도맡아했던가 보았다. 나름의 교양을 갖추었고 문자 속이 넓은 그로서는 격에 맞는 일이었다. 광사는 황치곤이 가져온 지필묵을 물리치며 조용히 말했다.

– 속인의 말이야 그럴싸 하지만 어찌 임서의 의미를 깨닫기나 했겠나. 시속의 경도된 풍조에 좌고우면하지 않고 옛것의 법칙을 정밀하게 따르고 싶었지만, 붓으로 죄를 짓고 보니 다시 붓을 잡기가 쉽지 않네. 나는 노망이 난 게 분명해. 하루에도 열두 번씩 붓 잡는 망상에 빠져 헤어 나오지 못하고 있어 나도 깜짝 놀라네. 나를 내버려두게. 선인들이 걸었던 고법의 길은 더 이상 따를 수가 없다는 걸 알고 있네. 원통하지만 어쩔 수 없잖은가.

– 무슨 상관이여? 정 그렇다면 아무에게도 보여주덜 않고 혼자만 글씨를 쓰면 될 것 아닌가.

– 그렇지 않네. 내가 나를 다스릴 수 없으니, 나라가 나를 다스리

는 것 아닌가.

— 붓을 잡고 싶어 미칠 지경인 사람을 누가 대신 다스린다는 말이여? 서울에서 쓰던 것에는 솔찬히 떨어지는 것이긴 하겠지만 암말도 마시고 그냥 쓰소. 글씨 쓰지 못해 미치는 것보다는 글씨 쓰다 미치는 것이 나을 것 아닌가.

— 대역죄인 유배객 처지에다 이순이 가까워진 나이에 무슨 미련이 있겠나. 글씨를 처음 쓸 때만 해도 점 하나라도 허투루 찍지 않고 스승의 체본과 똑같이 쓰고 싶어 피를 말렸네. 지금 생각해 보면 참으로 순진한 얼치기였지. 이제는…… 나이만 먹었지 죄 많은 업보조차 풀 방도가 없는 무지렁이 신세인데, 문예는 하찮고 학업으로도 이룬 바 없으니 그냥 이대로 죽어가면 되네. 글씨는 사람의 성정에서 나오는 것이니 어찌 속일 수 있겠는가. 글씨에 아무런 미련도 없네. 정말이네.

상고당은 지금 어찌 살고 있을까. 광사는 황치곤을 보며 둥그재 시절, 상고당을 떠올렸다. 글씨 쓰는 광사에게 내도재를 열어주고 아낌없이 지원했던 벗이 상고당이었는데, 지금 황치곤이 그랬다. 성질이 괴팍하고 씀씀이가 인색해서 자식들에게는 곡식은커녕 닳아빠진 부채 하나도 주지 않는 사람이 광사한테만 달리 대했다. 집과 방을 내주었고 한 되의 곡식도 찧어 나눠 먹으려 했다. 주찬을 소담히 차려놓고 먼 데서 찾아온 벗처럼 정성껏 응했다. 광사는 주는 대로 먹고 고개만 숙일 뿐 가탈을 부리지 않았다. 과보를 따지지 않은 배려가 고마울 뿐이었다. 서울에서처럼 귀족의 향락적인 감식안은 없어도 남쪽 바다의 외딴 섬사람치고는 드문 인물이었다. 시문과 글씨에 대해 말길이 통하는, 광사가 신지도에서 의지할 수 있는 유일무이한 존재가 황치곤이었다. 틈날 때마다 만났고 서로의 존문을 칭송했다. 황치곤은 명랑하고 화통했다. 노상 절반은 취해 있다가 절반은 깨어 있는 사람이었다. 취하지도 깨지도 않는 상태로 갈대 우거진 바닷가를 함께 거닐기도 했다.

– 귀한 종이네. 어디서 구했나?

서울에서는 창의문 밖 조지소에서 나온 화선지를 구해 썼던 광사였지만 신지는 절해고도였다. 닥나무 껍질을 재료로 만든 누런 한지가 눈앞에 있었다. 광사가 기쁜 표정을 감추지 않았다.

– 첨 보는가? 이것이 고정지藁精紙[158]여. 이곳은 전라도 아닌가?

성질이 부드럽고 곰살궂은 황치곤이 손가락 끝으로 종이를 가리켰다. 좋은 종이는 기름기가 없이 물기를 잘 빨아들이고 먹물의 번짐을 막아주었다.

– 원교 선생, 붓 잡고 싶어 미쳐부러라고 주는 것인게, 제발 글씨 좀 써 보시랑게.

– 무슨 말씀? 글씨 솜씨에 손방이 된 지 오래라, 가당치도 않네.

그는 종이뿐 아니라 육지에서 구해왔다는 붓과 먹도 새로 보여주었다. 소나무 그을음과 사슴 아교로 만든 먹은 아니었지만 여기서는

---

158 귀리의 짚으로 만든 종이로 함경북도에서 주로 생산되며, 전라도에서도 생산됨. 황지(黃紙).

귀한 것이었다. 벼루에 먹을 대고 갈기만 하면 묵향이 은은해져 제법
붓을 놀릴 만한 분위기가 만들어질 것도 같았다. 황치곤이 돌아간 뒤
에도 광사는 오래도록 지필묵을 바라보았다.

수북壽北
− 1768 戊子

　서안과 지필묵이 갖춰졌고 귀하다는 고정지를 얻은 김에 붓을 들어야 한다면, 그것은 아들과 딸에게 보내는 편지이어야 했다. 감춰둔 보물인듯 짐 꾸러미 깊숙이 담아온 필낭을 끄집어냈다. 묶어둔 자식들의 편지를 다시 읽으며 닳아진 벼루에 먹을 갈았다.

　헛, 헛, 큼, 큼, 숨을 뱉어내는데 가슴이 아팠다. 그리운 얼굴들을 떠올리며, 아들과 딸에게 차례로 편지를 썼다. 부치지 않을 수도 있었으나 오래도록 열망해왔던 글씨였다. 글씨는 쓰기만 하면 새로웠다. 아픔을 가진 자가 아픔을 잊기 위해 글씨에 몰두하면 아픔을 잊을 수 있을 것인가. 붓끝으로 눈물이 떨어졌다.

　고정지가 떨어지자 새로운 선지를 펼쳤다. 매끄럽지 않은 지질이었지만 이곳에서는 귀한 것이었다. 먹물을 찍어 한 번도 멈추지 않고 두 글자를 썼다.

壽北

붓을 내려놓고 글씨를 응시했다. 부령에서 스스로 두남斗南이라 불렀던 것처럼 신지도에 와서는 수북이라는 호를 쓰고 싶었다.

– 이제는 수북 노인이라 불러다오.

부령에서 당했던 경험을 되풀이하지 않으려면 낮게 움츠려야 한다고 다짐했다. 사람을 만나지 않으려면 적소에 객을 맞지 않아야 했다. 하지만 부령에서처럼 신지도에서도 쉬운 일이 아니었다.

집주인 황치곤의 두 아들 성원成元과 성길成吉이 제자를 자임했다. 황치곤의 아들은 얼굴이 푼더분하여 복성스러웠다. 황치곤이 광사에게 베풀어준 정성을 생각하면 피할 수 없었다. 성원 형제는 옆집에 살며 수시로 드나들었다. 광사가 써 준 괴괴당 편액을 자신의 집에 내다 걸고 기뻐했다. 신지도에도 유생을 자처하는 자들이 있었다. 먼 데서 온 유배객이었으나 광사의 학문과 글씨에 대한 소문을 듣고 찾아오는 이들이 여기에도 있었다.

광사가 먼바다를 바라보며 혼잣말로 중얼거렸다. 달빛은 교교하고 밤이슬은 촉촉했다. 나뭇잎이 무성한 여름밤에 풀벌레 소리만 가득했다.

– 벼슬이나 재물을 탐하지 않고 욕심 없이 살아왔는데 늘그막까지 죄인의 몸을 풀지 못하고 이곳까지 왔구나.

북두칠성 별빛이 창 안으로 새어 들어올 때 광사의 눈이 뜨거워졌다. 바다 위로 쏟아지는 별빛과 수목의 그림자가 수면 위로 떠올랐다. 달을 보니, 망간望間이었다.

내도재에서 상고당과 어울렸던 시절은 다시 오지 않으리. 글씨에 전부를 걸고 매진한 지 수십 년 만에 닳아서 버린 붓이 몇백 자루였던가. 밤에는 잠을 잊은 채 글씨를 썼고 낮에는 식음을 폐하고 썼다.

왜 그토록 글씨만 썼던가. 숱하게 되뇌었던 물음이었다. 주류에서 멀어져 잊힌 지 오래였다. 부와 무관한 글씨는 외로웠다. 좋은 글씨를 써서 사람들에게 인정받고 많은 돈을 벌어들이면 좋으련만 유배지라는 궁지에서 피를 토하듯 글씨를 써 봐야 궁색하기 짝이 없었다.

아름다운 꽃은 이름 없이도 홀로 피어도 되는 건가. 꽃이기만 하면 무엇 하랴. 늙은 몸을 송두리째 집어삼키고 피어난 미혹한 꽃이었다. 언제 어디서나 쓰고 싶은 글씨를 마음대로 써 보고 싶은 병은 고황膏肓에 이르러 백약이 무효일 터였다.

신지에서의 삶은 단조로웠다. 목숨을 부지하고 있는 것이 기적이었다. 살아 있는 것만도 천행이었으므로 학문을 고집할 수 없었다. 글씨만이라도 쓸 수 있다면, 그래서 마지막 불꽃을 피울 수 있다면 그것만으로 족했다. 가문의 참화로 벼슬길에는 나아가지 못했으나 백하 스승 아래에서 당대 최고의 문인들과 교유하며 성취를 이룬 시기가 있었다.

모진 운명이로고. 늙고 병든 육신을 바다 끝 섬마을까지 끌고 왔으니 이제는 무엇을 바라며 살아갈 것인가. 울모래鳴沙라는 이름을 가진 바닷가를 찾아 거닐기도 했다. 한 맺힌 울음소리가 모래 갯벌에서 난다 했다. 모래 입자는 고왔고 백사장은 길었다. 그냥 긴 정도가 아니라 끝이 보이지 않았다.

이런 바닷가가 있다니. 모래밭에 엎드리어 북녘 하늘을 바라보며 절을 올렸다. 손가락을 펴서 모래 위에 글씨를 쓰자 부드러운 모래에서 울음소리가 났다. 파도가 밀려와 광사의 글씨를 휩쓸고 지나갔다. 광사가 흠칫 놀라 바다 너머를 바라보았다. 세상으로 나아가겠다는 태세를 갖춘 글씨가 먼바다로 떠났다. 갈매기가 허공에서 실을 물고 날아다니듯 자유를 찾는 마음도 담아냈다. 수평선 너머에 까치놀이 물들었다. 글씨를 휩쓸고 떠나버린 바다를 바라보는 광사의 눈시울이 붉어졌다. 뭍에서 누군가는 광사의 글씨를 만나 박 탄 흥부 심정처럼 조선 최고의 명필 글씨를 알아봐주면 좋으련만, 불행으로 점철된 대가의 심정까지 헤아릴 수 있으랴. 그래도 좋았다. 빈 바다를 향해 외치는 절규라 치면 조금이나마 막힌 속이 풀릴까. 광사는 늘어진 고의춤을 여민 뒤 지팡이를 짚고 일어섰다.

영익은 한마디 군소리도 하지 않았다. 죄인의 굴레를 벗지 못한 채 나라의 막된 경계로만 묶여 다니는 아비를, 불평 없이 찾아왔다. 영익은 든든한 아들이었다. 무엇을 시키든 아들은 싫은 내색 없이 아비를 따랐다. 몸이 쇠약한 나머지 힘써서 할 수 있는 일이 없음에도 영익은 아버지 곁을 지켰다. 죄를 짓고 유배지를 전전하는 아비를 따라 자신도 죄인인 양 고개를 숙였다. 긍익은 서울의 둥그재 집을 선산의 소나무처럼 지켰다. 아비의 고초를 목도하고 일찌감치 과거를 포기하더니 긍익은 잡학과 역사에 천착했나 보았다. 문객이랍시고 치졸한 허방다리를 좇지 말고 직접 발로 걸어 세상에 나아가라는 뜻을 심어주고 싶었다. 청려장 지팡이가 떠올라 아들의 서실을 연려실燃藜室이라 지어

주었다. 긍익이 연려실이라는 호를 쓰고 있다는 소식이 광사를 흐뭇하게 했다. 아비를 통해 글을 깨쳤고 글씨를 배운 아들이었다. 하지만 장자를 유배지까지 데려올 수는 없었다. 긍익은 궁벽하나마 서울의 집과 가문을 지키길 원했다.

　― 아버지께서 기침하시는 시각 이전에는 얼씬도 하지 않겠나이다.

영익 말고도 늙은 아비를 수발하는 자식은 또 있었다. 부령에서 신지도로 이배되어 올 때 오라비를 따라왔다가 눌러앉아 버린 딸아이, 주애였다. 딸아이는 영특했다. 몸이 약해 밥 끼니도 제대로 못 채우는 고삭부리 딸이어서, 광사는 주애가 안쓰러웠다. 여식이었지만 학문과 글씨를 가르치고 싶었다. 어떤 이는 딸의 글씨가 오라비보다 낫다고 했다. 아버지 글씨를 똑같이 쓸 수 있는 사람은 아들이 아니라 딸이라는 말도 들렸다. 광사는 총명한 딸아이가 아까웠다. 여염집 규방의 평범한 아낙으로 살게 두고 싶지 않았다. 한 글자라도 더 가르치고 한 획이라도 더 가다듬게 해주고 싶었지만 달리 방도가 없었다. 광사는 가련한 딸을 애처롭게 바라보았다. 외로운 유배지까지 아비를 따라와 지극정성으로 받드는 딸이었다. 광사는 왕희지 헌지 부자가 부럽지 않았다.

몸이 회복되자 필력이 돌아왔다. 붓끝은 홀가분했고 습관이 된 획의 놀림은 억지 부리지 않아도 분방하게 움직였다. 예전 감각이 살아나자 글씨 청탁이 밀려들었다. 제자를 길러내는 것은 유배객으로서 허락되지 않은 중죄라 했기에 불가했지만 글씨 정도는 써줄 수 있지 않냐고 스스로 반문했다.

　광사의 글씨를 받기 위해 사람들이 찾아왔다. 멀고 가까운 곳에서 다투어 몰려들었다. 글씨 한 장만 얻어도 풀을 먹여 가보로 전승하겠다는 사람들이었다. 서로 기량이 엇비슷한 이들이 광사 글씨를 겯고 틀며 챙겨갔다. 섬 안에서는 이명의李明義나 김광선金光善 같은 젊은 선비가 광사의 제자임을 자처하며 득의연했다. 그들 글씨는 저마다 달랐으므로 가르치는 재미가 있었다. 동근同根이나 이색異色, 같은 문하에서 배웠다 하더라도 똑같은 글씨가 아니었다.

　대흥사大興寺에서 스님이 찾아왔다. 광사에게 글씨를 배우기 위해서였다. 제자를 자처하며 광사를 우러러봤다. 스님의 장삼 위에 두른 농회색 가사에서 찻잎 냄새가 났다. 광사는 다향 대신에 묵향을 안겨주었다. 스님은 대흥사의 염주대웅전 현판 글씨를 부탁하며 대웅보전의 모양을 설명했다. 단층 전각과 팔작지붕이 광사의 머릿속에 떠올랐다. 휘어진 고목을 썼다는 대들보와 가운데 모신 목조삼존상을 상상하며 광사는 '大雄寶殿' 네 글자를 썼다. 살아 있는 사람이 걸어가는 듯한, 힘 있는 글씨였다.

　선운사禪雲寺와 내소사來蘇寺 같은 큰 절에서 광사의 글씨를 받아갔다. 글씨를 연마하고자 했던 젊은 시절에는 불교에 관련한 글씨가 많았기 때문에 불교를 배척하지 않았다. 부령에서는 사촌 광현匡顯의 아들 충익忠翊이 유교를 밀어내고 불교에 심취한다는 소식을 듣고 강하게 질책하기도 했다. 하지만 지금에 와서 배불론을 펴면서까지 절에서 부탁하는 글씨를 거절하지는 않았다. 어쩌다 들리는 불자의 타락을 개탄하기보다는 오히려 불자의 여유가 부러웠고 얼마 남지 않은 여생에 이를 반영해야겠다고 생각했다. 절의 대웅전 편액을 쓰는 것은 외롭거나 불편하지 않았다. 세월을 넘나드는 영속성이 느껴졌고 후세의 불자들이 불심을 담아 글씨를 감상하게 될 것이라는 기대도 있었다. 무엇보다 빈한한 유배객의 호구책으로, 피할 수 없는 선택일 수도 있었다. 네모난 사방건도 이제는 쓰지 못한다면, 양반 집에서 쓰던 물건을 불태워 없애야 할 것이고 생각했다. 삿갓에 도롱이 차림이더라도 쏟아지는 빗줄기를 피할 수 있으면 그만이었다.

지리산 천은사泉隱寺의 일주문 현판을 쓴 것은 불교와 무관했다. 임진년 전란 때 화재로 소실된 후 절을 재건하는 과정에서 벌어진 일화를 믿을 수 없었다. 일주문 곁에 있던 샘에서 구렁이가 나타나자 놀란 스님이 구렁이를 잡아 죽였다고 했다. 그날 이후로 샘에 물이 말라버렸다는 얘기였다. 땅에서 솟는 물이 메말라버린 탓에 겨울이면 대나무 수풀에 눈을 녹여 물을 마셨다. 천은사의 옛 이름은 감로사甘露寺라고 했다.

– 말이 되는가. 샘이 말라버렸다는데, 절 이름이 천은泉隱이라니.

광사가 낮게 중얼거렸다. 부처의 공덕이 존재한다면 수맥부터 살아나야 했다. 먹이 갈리고 종이가 펼쳐졌다. 붓을 잡은 광사가 눈을 감았다. 글씨를 쓰는 동안 흐르는 물을 상상했다. 백하 스승의 가르침대로, 뜻을 앞세운 다음 써 나가는 글씨는 머뭇거림이 없었다. 물 흐르듯 나아가는 획에 물기가 넘쳤다. 한 줄이 아닌 두 줄로, 구불구불

세로로 비틀어 썼다. 굽이쳐 휘감아 도는 물줄기를 보는 듯했다. 물줄기에 바람 소리를 담았다. 불을 막으려면 물이 흘러야 하리라. 스님의 목탁 소리가 났다.

– 부처님의 무량공덕이 내렸습니다. 글자에서 물 흐르는 소리가 들립니다.

백련사白蓮寺의 스님이 찾아와 '大雄寶殿' 현판 글씨를 받아갔다. 광사는 눈을 가늘게 뜨고 종이 위에 쓸 글씨의 자형을 가늠했다. 편액 글씨는 크고 굵은 해서로 써야 했다.

– 이 글씨는 백련사의 얼굴과 같은 존재일 것이니, 일주문에서 요사에 이르기까지 절의 깊은 인상을 심어주리라.

스님이 합장했다. 사람과 사람이 만나는 것이 윤회에 의한 자비라더니 우매하고 느려터진 중생의 업보를 풀어달라 했다. 몇 해 전 경진년에 불타버린 사찰을 복원하려 한다는 얘기가 광사를 움직였다. 해서체였으나 획의 모서리 부분에서 붓끝을 깊게 찍어내고 획의 삐침과 파임에 힘을 넣었다. 큰 대大 자의 경우 직접 사람이 활개를 치고 걸어가는 모양을 살리듯이 썼다. 불타버린 대웅전을 중창 불사하고자 하는 스님의 마음을 읽어낸 필치였다. 지옥 불에라도 뛰어들어 마지막 한 명의 중생이라도 구원하겠다던 지장보살 같은 스님이었다. 광사는 합장하고 허리 굽혀 절했다.

광사의 인장 관리는 영익이 했다. '圓嶠'라는 두인과 '李匡師印'이라는 방인을 찍어 글씨의 주인을 밝혔다. 영익이 제 손으로 글씨를 써

놓고 낙관을 찍기도 했다. 글씨 쓴 사연이나 장소 따위가 필요치 않은 맨 글씨라면 얼마든지 그럴 수 있었다. 그렇게 해도 티가 나지 않았으며 사람들이 누구 글씨인지 진위를 알지 못했다. 그럴 수밖에 없는 것이 광사의 심신이 허약해 부탁받은 글씨를 써내지 못할 때가 많았으므로 영익이나 주애가 글씨를 써서 낙관을 찍어 보낸 적도 있었다. 그것을 들켜 아버지에게 혼나기도 했다. 그랬어도 사람들은 아버지와 자식의 글씨를 구별하지 못했다. 고단한 유배 생활의 피로가 스민 노건老健한 붓놀림을 깨닫고 흉내 낸 글씨였다. 글씨 주문이 밀려 어떤 이는 광사의 진품이 아니더라도 광사의 낙관을 보고 크게 만족해하며 글씨를 안고 가기도 했다.

주문이 밀리면 하루 날을 잡아 글씨를 썼다. 사람들 속에서 판을 벌이고 일필휘지로 써 내려가는 광사 글씨를 보고 사람들은 탄성을 내질렀다.

— 옴마. 저게 바로 말로만 듣던, 원교 선생의 동국진체東國眞體 아니당가? 서울에서도 만나기 힘든 명필 글씨를 보니, 눈을 뜨기 어렵고마잉.

사람들의 감탄을 광사는 못 들은 척했다. 남의 시선 앞에 가필이나 보획은 안 될 말이었다. 처음 글씨를 썼을 때와 묵색의 농도나 붓의 빠르기, 운필의 압력이 다를 것이기 때문이다. 사람들의 감탄 속에서 일필휘지는 어쩔 수 없는 절차였으며 선택이었다.

비문이나 병풍 글씨를 받아가는 이는 크게 사례했다. 영익과 주애가 이를 모았다. 유배객의 살림을 어느 정도라도 꾸려 나가야 했기 때문에 거절하지 않고 받았다. 글씨를 팔아먹을 때 광사는 웬일인지 호생관 최북이 떠올랐다.

– 호생관은 지금 어디에서 신출귀몰의 붓을 휘둘러 먹고 살고 있는지. 호생관처럼 당당하지도 못하면서 연명의 도구가 글씨뿐이라면, 이보다 철없는 필객이 또 어디 있겠는가.

먹고살 양식이 없던 시절도 아니었다. 배부르지는 않았어도 먹고는 살았다. 누에를 치고 옷을 만들 뽕나무를 심었고 땔감도 남아 있었다. 그랬어도 글씨를 부탁하기 위해 가져온 물품을 대청에 모아두었다. 곳간에 곡식이 떨어지지 않았다.

– 어인 일이냐? 방금 글씨를 받아 간 자가 무얼 놔두고 가더냐?

– 귀한 술이라 해서 받아두었습니다. 꿩고기와 물고기 몇 마리, 그리고 동난지이 게젓 한 보시기를 놔두고 갔습니다.

섬이라 흔한 것이 젓갈 반찬이었다.

– 남에게 받아도 되는 것을 받을망정, 받아서는 안 될 것을 받아서는 안 된다.

– 헤아리고 가려가면서 받습니다.

– 글씨 팔아서 먹고산다는 게 참으로 괴란쩍구나. 이렇게 살아야 하니, 답답하다.

– 하지만 아버지. 놓고 간 사람들의 표정이 밝고 환했습니다.

체면은 가벼웠지만 목숨은 무거웠다.

농필弄筆

– 1773 癸巳

영익은 하늘이 내려준 효자였다. 부령에서 신지까지, 아버지를 가장 가까운 곳에서 지켰다. 믿고 의지할 수 있는, 하늘 아래 딱 한 사람을 꼽아야 한다면 광사는 서슴없이 영익을 가리킬 것이다. 부령에서 오현평의 여동생 부섬이 광사 곁에 머물렀던 적이 있었으나 신지로 이배된 후에는 영익과 주애가 아버지를 돌보았다.

영익은 조석으로 아버지의 문안을 물었고 밥상을 들였다. 뭉텅이로 빠져나가는 흰 머리카락과 메마른 잔기침 횟수까지 챙겼다. 이부자리에서 먹는 자릿조반은 유배객 처지로는 호사였다. 영익은 지중한 아들이면서 학문과 글씨를 배우는 영특한 제자였다. 광사의 필체를 온전히 전수받은 계승자이기도 했다. 며느리는 하곡의 손녀였다. 하곡의 문하인만큼 신재信齋라는 호로 불리며 영익이 펼치는 학문의 틀도 단단했다. 강화의 후학으로 흠결이 되지 않기 위해 노력하는 흔적이 역력했다. 세상에 나아가고자 하는 욕망을 접고 두문불출 글을 읽으며 행실을 가렸다. 영익은 아비의 이름에 누가 되지 않았으며 격물의 분별을 또렷이 했다.

살아 있음이 축복이었다. 광사에게 신지는 무릉도원일지 몰랐다. 적막한 밤에 삼마 해변을 거닐다가 노학봉 등성이까지 올라가 고즈넉한 마을을 내려다보면 욕심 없는 편안함이 느껴졌다. 사대부 시절을 지워낸 죄인 신분에, 사람들과 허물없이 지냈다. 신지 사람들도 광사를 좋아했다. 먹을 것이 있으면 나누어 먹었다. 녹두를 맷돌에 갈아 빈자떡을 부쳐 왔고 왜놈한테서 들여왔다는 남만초를 된장에 찍어 먹었다. 청장과 감장을 만들어 먹었고 나박김치나 소박이 같은 양념 묻힌 김치를 담갔다. 바다에서 나는 해산물이 많아 젓갈로 절이기에 좋았다. 가뭄이 들어 모내기를 놓친 땅에는 메밀을 심었다. 밭농사 짓기가 편해 채소도 풍성했다. 부령에서는 조밥이나 감자가 주식이었는데 신지에서는 보리나 잡곡이 흔했다. 황치곤이 말하길, 볍씨 한 말을 뿌려 예순 말을 수확하면 살기 좋은 곳이고 쉰 말을 거두면 그저 살 수 있는 곳이며 서른 말도 거두지 못한다면 그곳은 살기가 팍팍한 곳이라 했는데, 그의 말대로라면 신지는 족히 예순 말을 넘게 거두는 곳이니 살기 좋은 땅이었다. 기근이 들어 초근목피로 연명하던 시절도 없진 않았겠지만 그래도 해산물은 풍부했다. 가가호호 붉은 함지박 안에는 말린 생선이 떨어지지 않고 담겨 있었다. 생선을 구워야 밥그릇을 들었으며 섬사람 누구도 굶어 죽지 않았다.

봄기운이 들녘을 덮을 때면 대숲을 뒤져 죽순을 캐고, 죽순을 토막으로 데쳐 장아찌를 만들어 먹었다. 봄날 상산 자락에서 철쭉꽃을 따 화전을 부쳤다. 단오 무렵이 되면 보리를 벴고 모를 심었다.

산과 바다에서 나오는 물산도 흥성했지만 음식 맛을 위해서는 술이 필요했다. 신지도는 술이 넘쳐났다. 섬사람을 말할 때 술을 빼놓기 어려웠다. 눈을 떠 하루 일을 시작하면서 술을 마시고, 일상을 술과 함께 나누며 하루를 보내다가 눈을 감고 잠들기 직전까지 술을 마셨다. 마치 술을 마시기 위해 사는 사람들 같았다.

신지에서는 막걸리가 흔했다. 막걸리는 신지의 술이었다. 만들기도 편해 배고픔을 쉽게 달래주었다. 아무 집에서나 막걸리를 빚었고 즐겨 마셨다. 밥을 고들고들하게 말린 뒤 누룩을 빻은 가루에 섞어 항아리에 담았다가 따뜻한 물을 부어주면 항아리 안에서 뽀르륵 소리가 났다. 술밑에 물을 살살 부으며 체로 걸러낸 술이 막걸리였다. 발효시킨 누룩과 고두밥을 체로 거르지 않은 상태에서 술독에 고인 맑은 물을 떠낸다면 청주가 만들어졌다. 찌꺼기를 거르는 대신 불을 대어 증발하는 액체를 모아 담았다면 소주라는 고급술이 만들어졌겠지만 신지 사람과는 맞지 않는 술이었다. 그럼에도 신지 사람들은 주종의 청탁을 가리지 않았다. 술은 신지의 상징이면서 일상이었다. 집마다 술 익는 냄새가 넘쳐난 탓에 나라에서 공포한 금주령이 무색할 지경이었다.

밭에서 일하던 젊은 아낙이 그늘로 와서 아이에게 젖을 물렸다. 짧은 검정 무명 저고리 밑으로 젖가슴을 드러낸 여인네가 천진한 웃음을 던졌다. 아이를 낳은 여자였다. 장옷을 입은 여인들이 나들이할 때 얼굴을 가리기 위해 머리부터 감싸던 서울과는 달랐다. 쓰개치마로 얼굴을 가리는 것으로 모자라 머리와 윗몸까지 가리던 서울 여인네와는 달랐지만 보이지 않는 왼손으로 흐트러진 치맛주름을 여미며 해맑은 웃음을 건네는 모습을 보면, 이곳이 훨씬 순박해 보였다. 삼베옷만 걸친 채 아랫도리를 입지 않은 뱃사람들이 아무렇지 않게 활보했다. 툇마루에 기대어 앉아 있다가 지나가는 사람들의 행색을 보고 알아차렸다. 물기에 젖은 발목과 들메끈으로 묶은 짚신을 보고, 비가 얼마나 내렸는지 물고기는 얼마나 잡혔는지 짐작했다. 웃음의 깊이와 길이를 재며 광사도 편안해했다. 삐비꽃 이파리를 꺾은 사내가 호드기를 불며 지나갔다. 사내에게서 땀내가 짙게 풍겼고 어깨를 둘러맨 망태기가 신이 난 듯 들썩였다.

글씨 쓰는 것도 한결 여유가 생겼다. 마음이 편안하다 보니 붓놀림에 신명이 났다. 달빛 아래에서 황치곤이 그림자도 없이 다가왔다.

– 달이 저로코롬 뜨는 건 초생달과 그믐달뿐이랑게.

– 저렇게 엎어 놓은 모양으로 달이 뜨더라도 상관없네. 초승달은 밤중에 뜨는 일이 없고 날이 샌 후라야 생긴다 했으니 벌써 날이라도 샌 건가.

광사가 쓰고 있던 글씨를 멈추고 한밤중에 찾아온 손님을 맞이했다. 황치곤은 광사의 글씨에 넋을 놓고 있었다.

– 신 내린 무당인갑네. 글씨에 빠지기만 하믄 곁에서 먼짓을 해도 모르고마. 실로, 농필弄筆[159]의 경지일세.

붓을 가지고 노는 경지라는 것은 대가의 여유가 아니면 불가능했다. 광사의 붓질에 근심이나 고통의 기미가 없었다. 벼루에 먹을 갈며

---

159 멋을 부려 붓을 흥청거리며 놀면서 쓴 글씨.

놓았고 먹물을 붓에 묻혀 글씨를 쓰며 놀았다. 설사 틀린 글자가 나왔더라도 틀린 것이 아니었으므로 고치지 않고 그대로 두었다.

― 어쩌면 이런당가. 풀어지고 흩어져불 것만 같은 초서 글씨가 요로코롬 단정하게 보이니, 참말로 신통방통한 일이시.

― 어허, 뭐가 그리 어렵나? 정신을 집중하려 하지 말고 한가롭게 놓아두게나. 정신은 요사스러워 힘껏 붙잡으려 할수록 멀리 달아나고 말 테니.

정신을 앞세우기 전에 붓을 잡지 말라던 스승의 말이 생각났다. 광사가 붓을 내려다보았다. 터럭이 닳아 짧아진 붓이었다. 유배객의 빈한한 처지에 좋은 문방사보를 갖는다는 것은 꿈같은 일이었다. 무사가 상대를 베려면 예리한 칼을 가져야 하는데 광사의 칼은 무디기만 했다. 닳아져 뭉텅이만 남은 붓으로 좋은 글씨를 써낼 수 없었다. 붓이라면 모름지기 굳으면서 곧아야 하고 둥글게 펴져야 했다. 붓을 당기면 굽혀지고 붓끝을 놓으면 일어서서 처음으로 돌아와야 좋은 붓이었다. 무딘 칼날로 적을 벨 수 없듯 유약한 붓으로 좋은 글씨를 쓸 수 없었다.

― 몽당붓 신세로구나.

광사가 글씨를 쓰다 말고 쥐똥 얼룩이 밴 천장 구석을 바라보았다. 둥그재에 살던 시절, 상고당이 구해준 중국 붓이 그리웠다. 탄력이 강한 강모로 만든 붓이었다. 청을 다니는 역관에게 통사정해서 연경 붓도 얻어서 썼지만 유배객이 된 후로는 몽당붓도 감지덕지했다. 광사가 곧 몽당붓이기 때문이었다.

황치곤은 좋은 벗이었다. 유배인은 점고點考를 통해 정기적인 점검을 받아야 했다. 적소의 죄인을 사찰하고 동향을 보고해야 할 책임이 황치곤에게 있었다. 유배객을 감시하고 장계를 올려야 했는데 황치곤은 일부러 일을 소홀히 했다. 늙은 유배객에게는 점고를 면제할 수도 있다는 게 황치곤의 논리였다. 학문을 알고 현지 사람을 가르칠 수 있다면 유배객이라 해도 그 역할을 해야 한다는 생각이었다. 소매가 좁은 소창옷에 중치막을 입고 방건을 쓴 그의 얼굴에 웃음이 이어졌다.

– 여기에서 무얼 할 수 있겠나? 이미 늙어빠진 몸, 아무짝에도 쓸모가 없고 발호할 힘마저 없지 않은가.

황치곤은 수염을 쓸어 담으며 너스레를 떨었다.

– 무슨 말이여? 다담茶啖도 없는 단출한 접대를 나무라는 거시여, 뭐여?

세자가 뒤주에 갇혀 죽은 지 십여 년이 지났음에도 세자의 죽음을 둘러싼 한양 소식이 소란스러웠다. 임진년이 가기 전이었다. 오동잎이 떨어지고 방바닥 윗목에 서늘한 기운이 찾아왔다. 귀를 막아도 어쩔 수 없는 노릇이었다. 강진현 관아에서 파견 나온 장교가 나졸 하나를 데리고 왔다. 쥐수염을 꼬던 나졸 놈이 광사를 부르더니 마당에서 어슬렁거렸다. 광사가 힘겹게 지팡이를 짚고 나왔다. 장교는 먼 산 보듯 한양 소식을 전했다. 임오년 세자의 죽음을 두고 노론끼리 쪼개져 싸우는 모양이었다. 세자를 죽게 만든 자들은 세손도 죽이려 들 것이다. 사건 주동자의 이름을 들었지만 누구인지 가물가물했다. 임금의 분노는 한쪽으로 치우쳤을 테고 또 누군가는 죽어 나갔을 것이다. 신임년과 무신년, 을해년에 일어난 모반이 모두 같은 뿌리에서 나왔다고 믿는 임금이었다. 잔당의 무리를 싹쓸이하면 끝날 줄 알았을 텐데, 이제는 자기들끼리 싸웠다.

  – 그렇다고 날 해배解配[160]시켜 줄 것도 아니면서…….

광사는 못 들은 척 몸을 비틀었다. 먼 데서 개 짖는 소리가 들렸다.

계사년, 광사의 나이 육십 구세였다. 함경도 길주에 유배가 있던 광정 형이 적소에서 죽었다는 소식을 영익이 전해주었다. 한양에서 긍익이 보낸 서신에 들어 있는 내용이었다. 바람 같기도 하고 그림자 같기도 했던 형이었다. 생애의 끄트머리를 스치고 지나갈 뿐 자취가 남지 않았던 형이었다.

  – 광정 형님이 죽다니.

인후한 광정 형의 성품이 떠올라 며칠째 서책을 전폐했다. 유배의 막바지일지 몰랐다. 병들고 궁한 몸, 추레하기 그지없어 문안도 여쭙지 못했는데, 늙은 광사의 눈에 점액처럼 끈적거리는 눈물이 흘러내렸다. 아침에 일어나 울고 해가 중천에 이르렀을 때 또 울었다. 소리내어 울다가 울음을 멈추고 숨이 넘어갈 듯 한숨을 내질렀다. 날이 가도 울음은 그치지 않았다.

  – 불쌍한 형님…… 이를 어쩌나?

억울한 인생들이 통째로 지나갔다. 명대로 살지도 못하고 죽은 아

---

160 귀양을 풀어줌.

내의 파리한 얼굴이 떠올랐다. 오지로 귀양 가서 비명횡사한 형제들이 광사의 가슴을 후비고 지나갔다. 울음은 삼켜지다가 오열로 번졌다. 딸아이가 아비의 눈물을 닦아주었지만 광사의 속은 말라버려 한 줌 재로도 남지 않았다.

─ 아버지. 그리하셔야 한다면 진지를 잡수세요. 곡기를 끊으시면 안 됩니다.

영익의 말이 가물가물 들려왔다. 순녕과 사달의 길은 왜 이리도 모질기만 하는지. 광사는 몇 끼의 밥을 더 걸렀다.

독필禿筆, 닳아 홀린 붓
-1774 甲午

봄이 되어 날이 풀리자 갈라진 도랑에 물이 흘렀다. 담장 너머 개
나리가 몸살을 앓다가 꽃망울을 터뜨렸어도 광사는 몸을 일으키지 못
했다. 지팡이를 짚고 마당이라도 나가 바람을 쐬고 싶었지만 몸을 움
직일 수 없었다. 허리는 굽어 펼 수 없었고 눈은 침침해 보이지 않았
다.

 ― 남겨둬야 남는 것이지.

 ― 무슨 말씀이온지…….

광사의 중얼거림을 영익이 듣지 못했다.

 ― 글씨만 써 왔는데……. 글씨 쓰는 동안만큼 추위도 몰랐고 더위
도 느끼지 못했고 밥을 먹지 않아도 배고픈 줄 몰랐다. 하지만 다 지
나고 말았어. 남겨두지 않으면, 아무것도 남아 있지 않으리.

순서를 가리지 않고 광사가 해오던 말이었다. 몸이 무거워지면서
조급해졌다. 서법에 관한 생각을 정리하여 『원교서결圓嶠書訣』이라는
저술로 담아낸 적이 있지만 끝난 게 아니었다. 생각은 나이테처럼 자

라나 사방팔방으로 흩어졌다. 음식을 삼킬 수 없었고 잠을 자도 금세
깨고 말았다.

― 먹을 갈아다오.

영익이 먹을 갈았다.

― 무엇을 쓰고자 하십니까?

영익이 아버지 마음을 알았다. 아버지를 위해 자신이 해야 할 일이
무엇인지 알았다.

― 모아둔 글씨를 보니, 남겨두어야겠다는 마음만 간절하다. 똑같
이 다시 쓰라 하면, 다시 쓸 수 있겠냐? 쓸모없이 버려진 글씨라 해도
다시 보고 싶구나.

― 버려진 글씨가 어디 있겠습니까? 아버지.

― 명은 다했고 다시 쓸 수 없으니, 안타깝구나.

― 모으는 데까지 모아두었습니다. 아버지.

― 어려워하지 마라. 무리하지도 마라. 하지만, 몸이 이리 망가져
서…….

광사는 불안했다. 누워 지내는 시간이 잦아서 글씨를 쓸 수 없었
다.

― 더 아프기 전에…….

첫닭이 울고 날이 밝았다. 타구에 가래를 뱉고 나서 광사가 몸을
일으켰다. 흰 수염이 길게 늘어뜨려져 있었고 수염발에 침 자국이 말
라붙어 있었다. 노인의 힘겨운 기색이 역력했다.

― 영익아. 서결을 가져오너라.

근래 들어 광사는 서결의 구절을 다시 읽고 되새겨 보기를 원했다.

– 누워 계십시오. 아버지. 제가 읽어드리겠습니다.

영익이 천천히 말했으나 몸은 바삐 움직였다. 서결의 갈피를 넘기던 손이 멈췄다.

– 意裕筆緊而貴遲라고 하셨습니다.

– 무슨 뜻으로 그리 쓴 것이냐?

– 글씨를 쓰기 전에, 쓰고자 하는 의도를 필의 속에 잘 담아내야 한다는 말씀이십니다. 무엇을 쓸 것인가 마음을 앞세운 뒤 여유를 갖고 천천히 운필하라는…….

– 그렇지. 글씨는 쓰는 자의 의기와 자연의 만물이 부응해 조화를 이루어야 한다. 너도 글씨를 쓰면서 이 말의 뜻을 새겨보았겠지?

– 그러합니다.

– 쓰는 자의 의기가 앞서야 한다는 말, 수월할 것 같지만 막상 쓰다 보면 놓치기 쉽다. 글씨를 쓰려고 붓을 잡았을 때 만물이 응통하여 다른 모양과 궤적으로 의기 안으로 들어와야 하는데, 그래야만 살아 움직이는 글씨가 될 텐데, 그런 글씨를 힘들이지 않고 쓰고 싶었는데, 아무래도 난…….

– 무슨 말씀이십니까?

– 나는 글씨를 제대로 쓰지 못했어. 평생 글씨를 썼어도, 획을 내려그을 때와 획을 거두어들여야 할 때를 가려내지 못하니…….

– 왜 그런 말씀을?

– 생각을 미리 정하고 쓰기를 실천하여 평생을 그렇게 써 왔지 않느냐. 그런데 글씨를 쓸 수 없는 몽당붓 신세가 되고 보니…….

– 몽당붓 신세라뇨?

– 간혹 정신 못 차리고, 미리 정해진 모양 없이 붓을 휘돌릴 때 죽은 글씨가 되어 멀리 달아나 버리더라. 살아 움직이는 양물이 획이라면 운필은 이를 실행하는 법칙 아니더냐. 아무런 속박 없이 마음껏 날아다니는 글씨란…….

– 아버지 글씨는, 이 나라 으뜸이십니다. 모두 그렇게 말합니다.

– 살아 있는 날짐승과 길짐승이, 정물이 아니고 시체가 아닌 바에야 응당 꾸물거리고 움직여야 하지 않겠느냐. 사람이나 곤충이나 가만 누워 있으면 죽은 거지. 그렇다고 짐승이 어찌 마음먹은 대로만 움직이더란 말이냐. 제풀에 구속당하여 살아 움직이는 묘미를 갖지 못한 글자는 죽은 목숨일 뿐, 사람과 산천이 조화를 이루듯 살아 움직이는 글씨를 써야 하는데, 이제 쓰지 못해.

– 동국진체라는 이름으로, 원교 글씨는 빛나고 있습니다.

– 부질없는 일, 이제는 쓸 수도 없는데, 쓸모없는 몽당붓………독필禿筆[161]이 되고 말걸. 글씨는 두고두고 모를 일……. 저기 말 없는 붓과 외로운 먹, 대답도 메아리도 없는 종이 위에 내가 했던 짓이 무엇이었더냐?

영익은 광사의 혼잣말을 온전히 알아듣지 못했다.

갑오년 겨울, 칠순을 맞은 광사가 진시辰時가 지나도록 방구들 아랫목에 누워 있었다. 아궁이에 불쏘시개를 헤집고 나오던 영익이 아버

---

161 끝이 거의 닳아 못쓰게 된 몽당붓. 자신이 쓴 글을 겸손하게 이르는 말.

지를 불렀다. 소란스러운 인기척에 광사가 비척비척 몸을 일으켰다.

― 어인 일이신가?

마루에 선 광사의 눈에 황치곤이 보였는데, 그의 뒤로 처음 보는 사람들이 있었다.

― 언젠가 말하지 않던가? 신지 만호께서 새로 부임해 오셨다고 말이시. 기억나는가?

황치곤의 말을 듣고 보니 비로소 생각이 났다. 이력이 특이해서 잊지 않고 있었다. 신지 수군을 지휘하는 만호로 왔다는데 한양에서는 도화서 화원이었다고 했다. 무관이 화원이 된 건지 화원이 무관이 됐는지 광사는 알지 못했다. 광사의 명성을 듣고 초상화를 그리고 싶다는 의사를 황치곤을 통해 전해왔었다.

― 차마 누추한 적소에 모시기 거북합니다만, 어서 안으로 들어오십시오.

광사가 해야 할 말을 영익이 예를 갖춰 대신했다.

― 고령신高靈申가哥, 한평漢枰이라 합니다. 원교 선생 명성을 익히 듣고, 뵙기를 고대해 왔습니다.

황치곤이 그랬다. 임금의 어진御眞을 그린 공으로 벼슬을 제수받고 내려왔다는데, 신지도 만호였다. 신한평의 그림은 필법이 굳세고 힘이 넘쳐 미려하기 그지없노라고 했다.

― 죄인의 적소인데…… 어찌 이런 누지까지 나를 찾으신단 말이오?

광사가 마른침을 삼켰다. 광사의 초상을 그리러 왔다는 사실은 이미 알고 있었다. 남겨두지 않으면 아무도 기억하지 못할지 모른다는 강박에 집착해서였을까. 유배객 주제에 화공을 불러들여, 그것도 죄수를 관장해야 할 관리의 손으로 초상을 그린다는 것이 가당치 않은 일이었으나, 기록하고 남겨두겠다는 의지가 병적으로 살아나면서 생각이 바뀌었다. 신한평은 광사보다 스무 살이나 적었지만 그도 오십대 늙은이였다.

— 공무로 바쁘실 터인데, 어찌 귀한 걸음을…….

광사가 손사래를 쳤다. 절해고도의 적소에 가두어진, 미천하기 짝이 없는 노인의 초상을 무엇 때문에 그리려 하는지 광사는 이해하지 못했다.

— 원교라는 이름을 남겨두고자, 반드시 남겨두어 헛되지 않게 하고자 합니다. 원교를 익히 알고 있습니다. 서법이 기묘하고 특출나 조선을 넘어 대륙에 견주어도 손색없는 명필이라고, 점획이 근엄하고 필획이 활발하여 보는 사람의 정신을 빼앗아간다고…….

— 무슨 말씀이시오? 그만두시오. 이제는 늙어빠져 기력을 다하고만, 닳고 닳은 독필일 뿐이외다.

— 지나친 겸양이옵니다.

광사가 영익의 도움을 받아 의관을 갖췄다. 사방건의 먼지를 털어 머리에 쓰고 흰 도포를 입었다.

— 앉아 계실 수 있겠습니까?

광사가 끄응, 된소리를 내며 자세를 고쳐 앉았다.

— 기색이 편치 않아 보이십니다. 초상화란 모름지기 있는 그대로 그려야 하는 것 아닙니까. 터럭 한 오라기라도 다르게 그린다면 아니

될 일입니다.

신한평이 가만히 앉아 있는 광사를 걱정했다. 광사가 두 손을 앞으로 모았다. 꼿꼿이 세운 허리에, 행여 엉겨 붙을지 모르는 풍상의 티를 걷어내고 단정한 매무새를 드러내고 싶었다. 하지만 가래톳이 돋아 오래 앉아 있기 힘들었다. 영익이 벼루를 꺼내 먹을 가는 동안 세 노인이 얘기를 나누었다. 먹이 갈릴 때까지 광사는 그 자리 그대로 앉아 있었다. 신한평이 세필을 들어 떨리는 손으로 광사를 그리기 시작했다. 오래 앉아 있기 힘들었지만 참아냈다. 어진을 그릴 만큼 초상화로 유명한 화원이니만큼 이러한 기회가 다시 오지 않으리라 믿었다. 몸은 산림에 있으나 예인의 길을 놓치려 하지 않았던 고집을 초상화에 담아냈을까. 그림을 그리는 호 끝이 예사롭지 않았다. 알 수 없는 침통함과 무상감이 그대로 그림에 담겼는지 광사는 보지 못했다.

– 남기지 않으면 사라지고 말리라 애가 탔지만, 이 또한 세월이 지나면 잊힐 터……. 늙은이가 글씨 쓸 기력은 없으나 공의 정성과 솜씨가 지나쳐 글씨 하나를 써드리리다. 그림과 맞바꾸는 것 같아 부끄럽지만 받아가소서.

제대로 그려진 그림인지 보기 위해 광사가 일어서는 순간이었다. 눈앞이 아찔하더니 헛것이 보였다. 빈 바람 소리를 끌고 먼발치로 멀어져 버린 사람이었다. 닿을 수 없는 아득한 곳이었다.

– 누구요?

광사가 그 자리에 주저앉았다. 사내인지 아낙인지도 분간할 수 없었다. 흰 수염을 쓸어 넘기는 백하 스승인지, 흰색 도포에 흑립을 쓴 것을 보면 먼 곳으로 떠나버린 형들인지도 알 수 없었다. 문설주를 잡고 일어서려 했는데 가슴이 뻐근하고 숨을 내쉬기조차 버거웠다.

– 아버지.

영익의 목소리가 무겁게 광사의 이마 위로 떨어졌다. 광사가 힘주어 일어서려 할수록 아들의 목소리가 멀어졌다.

격물과 지변을 헤아리지도 못하면서 이리도 힘겹게 살았을까. 무엇 때문에 글씨를 썼더란 말이냐. 백하 스승이 퀭한 눈빛으로 광사를 내려 보았다. 광사가 안간힘을 다해 입을 열었다. 파리한 아내의 얼굴과 형들의 억울한 표정이 시야에서 멀어져 갔다. 스승께 힘주어 소리쳤다.

– 정녕, 이 길이 순녕······이고 사달이었습니까?

광사의 목소리가 목젖에 잠겨 입 밖으로 나오지 못했다.

– 아, 아버지.

쉰 바람이 빠져나가듯, 울음을 삼키던 영익이 소리 높여 아비를 불렀다. 바다에서 밀려온 물안개가 마을 앞까지 몰려들었고 햇살은 좀체 얼굴을 내밀지 못했다.

유배지에 핀 붓꽃

김영삼_ 문학평론가

1. 세상을 등지다

원교 이광사의 가문은 폐족廢族임을 자처했다. 집 안의 정자에는 '원포遠逋'라는 글자의 목조 편액이 걸려 있었다. '세상을 등지고 동산으로 달아나다'라는 의미다. 가문은 조선 제2대 임금 정종의 서얼 왕자였던 덕천군 이후생의 후손으로 왕가의 피가 흘렀고, 이광사의 고조부 이경직은 호조판서를 그의 부친 이진검은 예조판서를 지냈다. 그럼에도 일족은 권력과 거리를 두고 부귀를 삼가며, 서도書道를 추구하면서 양명학의 정신을 가다듬었다.

　－ 무엇에 써먹기 위해 글을 읽는 것이냐? 그렇지 않다는 걸 깨달을 때까지, 서책을 읽는 데 게을리하지 마라. …(중략)…
　욕심을 버리면 누구나 태평한 세상을 누릴 수 있다. 우리 집안은 본디 왕족이었고, 명필 가문이니라. 서도를 지킬 것이며 우리 법도

대로 살아가면 된다. (17~18쪽)

광태 장형의 말은 폐족 가문의 정언명령과도 같았다. 비극의 씨앗은 신축년과 임인년(1721~1722)에 일어난 사화에 연루된 백부의 상소문이었다. 이른바 '신임사화辛壬士禍'는 왕위 계승 문제를 둘러싼 노론과 소론의 당쟁으로 소론이 노론을 역모로 무고한 사건이었다. 숙종 승하 후 희빈 장씨의 아들이었던 경종이 즉위했지만, 후사가 없고 병약하여 왕위 계승에 대한 치열한 싸움이 불가피하였다. 이때 노론은 연잉군(영조)의 왕세제王世弟 책봉을 관철시키고, 한 걸음 더 나아가 두 달 후 조성복의 상소로 세제청정을 요구하였다. 경종 보호를 정치적 명분으로 삼았던 소론은 강경론자였던 김일경金一鏡의 소를 통해 세제 대리청정을 요구한 조성복과 노론 4대신(김창집, 이이명, 조태채, 이건명)을 왕권 교체를 기도한 역모로 공격하였다. 그리고 목호룡睦虎龍은 노론 측에서 숙종의 죽음 전후에 당시 세자였던 경종을 해치려고 모의했다는 소위 삼급수설三急手說을 고변하였다. 이 고변에 의해 국청鞫廳이 설치되고 역모에 관련된 자들이 처단되는 대옥사가 단행되었다. 이로 인해 노론 4대신은 파직과 유배를 당했고, 노론의 권력 기반은 와해되고 소론 정권으로 교체되는 환국이 단행되었다. 국청에서 처단된 자 중에 정법正法으로 처리된 자가 20여 명이고 장형杖刑으로 죽은 자가 30여 명이었으며, 그 밖에 그들의 가족으로 체포되어 교살된 자가 13명, 유배된 자가 114명, 스스로 목숨을 끊은 부녀자가 9명, 연좌된 자가 연인원 173명에 달하였다.[1]

그러나 경종이 재위 4년 만에 죽고 세제였던 영조가 즉위하자 정치 권력은 다시 노론으로 교체되었다. 임인년의 옥사에 대한 책임을 물어 김일경과 목호룡이 처단되었고, 이 과정에서 노론 4대신의 탄핵을 주도했던 이광사의 백부 이진유가 연관되어 있었다. 이광사의 가문은 소론의 세력이었고, 이진유는 김일경과 함께 노론 4대신을 탄핵하는 상소의 소초所草, 즉 초고를 썼다. 명필가문의 내력이 몰락의 씨앗이 되었다.

소설은 영조 즉위 2년째인 을사년을 다음과 같이 서술하고 있다.

을사년 여름은 유난히 더웠다. 울다 지친 새들마저 입을 다물었다. 유배지 밀양에서 돌아온 뒤 겨우 몸을 가누기 시작한 아버지는 새 임금을 두려워했다.

— 세제世弟 시절의 조심스럽던 웅크림은 찾아볼 수 없어. 보위에 올랐으니 한풀이에 나설 거야. 저들의 기세까지 합하여 하늘을 찌르겠지. …(중략)…

피할 재간도 없이 아버지가 붙잡혀 가더니 기어이 강진 유배형을 받고 말았다. 벼락을 맞은 듯 집안이 무너지고 있었다. 폐족이라 자처하며 주의를 기울였으나 창졸간 몰아닥친 참화를 당해내지 못했다. 가세가 기울어진, 집안의 몰골은 볼품없었다. 임금의 죽음을 고하러 연경燕京에 갔던 큰아버지는 돌아오자마자 나주로 유배 안치되었다. 큰아버지가 올렸던 상소가 독하게 되돌아오는 셈이었다.

1　이희환, 「경종대(景宗代)의 신축환국(辛丑換局)과 신임옥사」, 『전북사학』 15, 1992. ; 이은순, 「조선조 노소당론(老少黨論)의 대립과 그 정론」, 『조선 후기 당쟁의 종합적 검토』, 한국정신문화연구원, 1992.

전주이씨全州李氏 가문을 내세우기 구차했다. 나주로 보내져 한숨 돌린 줄 알았던 큰아버지가 의금부로 다시 소환되었다. 김일경의 역당과 합세하여 역모를 도모했다는 죄로 문초를 받다가 압송된 지 나흘 만에 장독으로 죽고 말았다.

…(중략)…

파당의 멍에는 졸렬하기만 하여 목숨이 하찮아졌다. 짓궂은 수레바퀴에 밟혀 어디로 흘러갈지 알 수 없는 운명이었다. 면책된 아버지가 집으로 돌아오긴 했지만 이미 얻은 병이 깊어져 구월 초아흐레에 숨을 거두고 말았다. 종형제 가족의 울음소리가 울타리를 넘나들었다. 누구에게도 알리지 못한 채 광사 형제는 소슬한 가을바람을 헤집고 고양高陽 선산에 아버지를 묻었다. (22쪽~25쪽)

신임사화 이전부터 폐족을 자처하며 주의하고 삼갔지만, 당쟁의 파장은 이광사의 집안을 세상의 바깥으로 내몰게 했다. 백부 이진유와 아버지 이진검이 목숨을 잃었고, 가문은 예언처럼 폐족이 되었다. '원포'는 선택이 아니라 노론 세력이 내민 정치적 청구서와도 같았다. 이광사가 어린 시절부터 글씨에 천착할 수밖에 없었던 것 또한 가문의 운명이었던 셈이다.

그러나 화는 여기서 멈추지 않았다. 경종의 석연찮은 죽음은 재위 기간 내내 영조를 괴롭혔고, 1755년 을해년 '나주괘서사건'(을해옥사 乙亥獄事)은 다시 한 번 영조의 역린을 건드렸다. 소론 일파가 노론을 제거할 목적으로 일으킨 역모 사건으로 국청이 열리고, 소론 명문가 인사 500여 명이 사형에 처해졌다. 이때 임인년(1722년)의 사화가 다시 소환되면서 50세의 나이였던 이광사 또한 백부 이진유에 대한 연좌로 국청을 당하게 된다. 판결은 다음과 같았다.

> 이광사는 만고역적 이진유의 조카로서 대역죄인 윤취상의 아들 윤지와 손자 윤광철과 내통하며 조정을 능멸하는 내용을 담은 서신을 보낸 죄상이 명백히 밝혀졌다. 죽음으로 치죄해야 마땅하나, 이광사를 감사하여 유배형에 처한다. 형장은 하루에 스무 대를 넘기지 말 것이며 상처가 아물 때까지 쉬었다가 다시 치도록 하라. 장 오십 대를 며칠에 걸쳐 별도로 치고 이천 리 밖 북방으로 보내라.
> (244쪽)

유배형이었다. 연루자들이 모두 장살 또는 옥사되는 상황에서 왕족의 후예이자 예술적 천품이 참작되어 영조는 이광사에게 사약 대신 유배형을 내렸다. 목숨을 부지한 이광사는 이후 두만강이 지척인 함경북도 부령에서 7년의 생활을 하다가 재지의 문인에게 글과 글씨를 가르쳐 선동한다는 죄목으로 전라남도 완도에 있는 신지도로 이배되어 15년의 유배를 더 살았다. 원교는 이곳에서 생을 마칠 때까지 글씨를 쓰면서 서도를 추구했다.

육체의 고통은 오히려 정신을 날카롭게 벼려주었고, 물질의 궁핍은 예술적 영혼을 풍부하게 했다. 세상을 등진 유배지의 삶은 그를 '외롭고, 높고, 쓸쓸한' 경지로 이끌었다. 강진의 다산과 제주의 추사와 완도의 고산이 그러했던 것처럼. 역사는 원교 이광사의 글씨를 '원교체圓嶠體'로 칭하면서 동국진체東國眞體의 대가로 평가하고 있다. 소설 『원교』는 평생을 방외인으로 살았던 이광사의 삶을 차분하게 추적하면서 그가 추구했던 서체의 정신이 어떤 삶의 굴곡에서 만들어졌는지를 서사화하고 있다.

2. 뜻을 먼저 세워라

스승 백하 윤순과의 이야기는 소설 전반부 내내 예술적 긴장감을 형성하면서 이 소설을 정치권력 간의 쟁투가 아니라 한 예술가의 세계관이 완성되어 가는 과정을 그린 서사로 읽히게 한다. 백하의 가르침은 언제나 날카롭고 차가웠다. 모자란 부분을 송곳처럼 찔렀고, 인정욕망이 드러날 때마다 가혹하게 베었다. 원칙과 파격이 공존했고, 법고法古와 창신創新을 모두 강조했다. 가르침은 간결했으나 뜻은 넓었고, 말은 짧았으나 그 의미를 실행하는 시간은 아득히 길었다. 간혹 날선 말 속에 안쓰러움을 담았으나, 동정하지 않음으로써 스스로 서게 했다. 방관하듯 품었고, 질책하듯 독려했다. 원교는 그런 스승을 한 번도 원망하지 않음으로써 스승의 가르침을 증명했다. 그리고 스승은 유품으로 남긴 필함에 제자의 글씨를 함께 담음으로써 그를 인정했다.

名無翼而長飛 道無根而永固

스승 글씨 곁에 놓인 자신의 글씨는 언젠가 무례함이 지나치다고 혼이 났던 바로 그것이었다. 득여의 말이 담담했다.

  ― 장차, 조선을 대표할 글씨라 하셨습니다. 두고두고 지켜보아
도 물리지 않는 글씨, 가르치지 않았어도 순연히 내뿜는 분방함이
야말로 타고났다 하셨습니다. 왕희지를 익히라 했더니 마침내 왕희
지를 뛰어넘는 글씨를 써낸 제자라 하셨습니다.

  ― 무, 무슨, 말씀을…….

  ― 조선 최고의 명필, 아버님께서 원교 이광사의 글씨를 두고 하
신 말씀입니다. 허무맹랑한 필흥인 줄 알고 광사를 나무랐는데 어찌
된 일인지 놔두고 볼수록 영묘한 감흥이 일렁이게 하는 걸작이라 하
셨습니다. 참으로 오묘한 일이라며, 보면 볼수록 진가가 묻어나는
글씨, 누구도 흉내 낼 수 없는 조화를 부린 거라며, 저에게 당부하셨
습니다. 이 글씨를 진본으로 지키고 가보로 전하라 하셨습니다.

  ― 당치…… 않으신……. (171쪽)

  필흥이 너무 솟구친다며 엄하게 단속했던 글씨였다. "봉두난발로
머리를 풀어 헤치고 날아다닌 것"(159쪽) 같다며 노여워하던 글씨였
다. "새를 그린 것처럼 머리와 꼬리가 날렵하지만, 급한 마음을 감추
지 못하고 멋대로 활개를 쳐서 엇되고 되바라져"(160쪽) 있다던 글씨
였다. 아직까지 버릇을 고치지 못했느냐며 질책하던 글씨였다. 그 글
씨가 스승의 필함에 간직되어 있었다. "청어람할 수 있는 유일한 제자
는 오직 한 사람, 원교 이광사"(172쪽)라는 스승의 전언에 제자는 엎
드려 울음을 토했다.

  마음을 전하는 직접적인 표현은 없었으나, 시간을 거슬러 글씨를

매개로 통하는 가르침과 배움의 대화가 소설을 묵직한 묵향으로 가득 채우고 있다. 특히 소설은 원교가 신지도에서 유배살이를 하면서 『원교서결』을 집필하던 노년의 시간과 어린 그가 백하의 문하에서 글씨에 정진하던 시간을 교차시키고 있는데, 소설 전체를 톺아보면 스승의 호된 꾸지람은 이후 원교가 그의 아들 영익에게 전하는 말에서 정확한 언어의 옷을 입고 서결로 승화되는 구성을 띠고 있다.

　백하 스승을 처음 만났던 때를 소환해 보자. 인정욕망으로 가득했던 어린 광사가 "한 획을 긋더라도 단번에 놀라게 해"주고 싶어 흘림 글씨를 쓰려고 마음 먹었던 순간이었다. "글씨를 보고 놀라 뒤로 넘어지시면 어쩌나"(이상 47쪽)하는 설익은 걱정을 앞세우며 예의 그 '헛, 헛, 큼, 큼' 소리를 내던 순간이었다. 벼루가 마른 탓에 붓이 먹물을 채 머금지 못한 상태에서 종이에 붓끝이 닿으려던 순간이었다. "이놈!"(47쪽) 벽력같은 호통이 터졌고, 문진이 날아와 이광사의 이마에 부딪혔다. "당장 내 눈앞에서 사라져! 이런 놈을 아들이랍시고, 그래도 문사로 키우고 싶었을 아버지가 구천을 떠돌며 무어라 하실꼬? 이놈은 필시 근본도 없는 망나니가 되고 말 터, 문객은커녕 세상 등질 초부로도 살지 못할 놈 아니냐."(47~48쪽) 바짝 엎드린 그에게 꽂힌 스승의 비수였다. 걸음마도 채 깨우치지 못한 어린아이가 어른의 뒷짐을 흉내 내는 것과 다르지 않았던 욕심이 스승에게는 '묵창墨瘡(먹을 잘못 운용해서 글씨가 병든 것처럼 망가진 상태)'으로 보였을 터, 그의 치기는 처음부터 호된 회초리를 맞았다. 그러나 훗날 원교는 이렇게 말한다.

- 좋은 글씨를 쓰려면, 묵법부터 익혀야 한다는 걸 알게 됐어. 하늘빛이 파랗다고 매양 같은 때깔이 아니듯, 먹빛이 검다고 늘 같을 수만은 없지. 먹물이 짙고 엷음에 따라 윤기가 나기도 하고 메마를 수도 있을 터, 먹물에 따라 획이 굵다가도 가늘어지며 미끄럽다가도 깔깔해진단 말이야. 묵법을 바로 세우면, 글씨가 먹물에 따라 천차만별 달라질 수 있다는 사실을 깨우치게 된 거지. (50~51쪽)

　글씨를 쓰려거든 먹부터 갈아야 하는 것처럼 묵법이 제대로 서야 서법이 설 수 있다는 것이다. 스승의 벽력같은 호통이 몇십 년 후 제자의 『원교서결』에서 서사로 되살아난 셈이다. 백하는 무엇보다 '속필俗筆'을 경계했다. 병오년(1726)에 젊은 이광사가 일허 임치경의 조카들 앞에서 왕희지의 흘림체를 쓴 후 어쭙잖은 평을 나누던 때였다.

　　- 이놈이 필경 미친 게로구나. …(중략)…
　　- 천한 놈. 점획도 모르고 결구도 터득하지 못한 주제에…….
먹물인지 구정물인지도 가려내지 못하는 놈이, 속기에 빠져 남 앞에서 글씨 자랑질을 해? 제 글씨에 스스로 목을 치는 망나니가 되었구나. 개 꼬리 묵혀 둔다고 황모 된다더냐? 어디, 서도가 눈앞에 어른거리던? …(중략)…
　　- 해가 밝고 달이 높으니, 아무렇게나 낯짝을 쳐들고 길바닥을 돌아다녀도 된다더냐? 글씨 좀 끄적거려 보니 과거를 보고 싶은 욕심이라도 발호한 것이냐? 사람들 불러 모아 난장이라도 벌일 심산인 거냐? 이제 곧 네놈의 천박한 글씨에다 낙관落款을 찍어 팔아먹

겠구나. 내 일찍이 너를 알아봤지만, 이제 더 두고 볼 것도 없다. 개
꼬리는커녕 쥐꼬리만도 못한 놈. 쥐꼬리에 터럭 나는 것 봤더냐?

…(중략)…

– 제 손으로 썼으니 제법 근사해 보일 거고, 이제는 뽐내고 싶어
미칠 지경이겠지. 속기를 버릴 수 없거든 일찌감치 집어치워라. 천
박한 창기의 웃음과 꽹과리 널리리 소리가 네놈 글씨에 가득해. 광인
처럼 이죽거리며, 남에게 인정받고 싶은 마음만 앞서 있는 네놈 글씨
가 가여워서 더는 두고 볼 수가 없구나. 그럴 바에야 차라리, 일허 글
씨와 다투든지 일허를 쫓아다니는 게 낫겠다. 이놈아. (87~89쪽)

스승은 겉멋과 허세와 욕심을 나무란 것이다. 스승은 제자의 글씨
가 부와 권력의 수단이 되는 길로 접어드는 길목을 막아선 것이다. 세
상의 인정을 얻는 것은 필경 화를 부를 것이며, 정신을 흩어놓을 것이
기 때문이다. 훗날 원교는 이날의 스승의 말을 '심획心劃'으로 정리했
다.

– … 글자보다 마음이 앞서야 한다. 손끝과 붓털로 놀리는 획이
아닌, 마음에서 터져 나오는 심획心劃이어야 한다는 말이다. 일찍이
스승께 숱하게 들었던 말이지만, 실천은 가볍지 않았다. 스승 말씀
으로는, 심획이 이루어지면 글자마다 인의기人意氣가 스며든다 했
는데, 막상 써 보면 기운은 스러지고 용속한 욕심이 글자마다 똬리
를 틀고 있으니 얼마나 허망한 노릇이냐. 글씨를 쓰기 위해 붓을 들
었던 초심은 사라지고 용렬한 거짓 획만 남발하고 말았던 것을……

347

돌이켜 생각해 보면 심획과 멀었던 탓이다. 글씨는 사람의 마음을 꼭 그만큼 비춰 드러내는 경대鏡臺 같은 것이니, 어진 사람에게서 어진 글씨가 나오고 심경이 사나운 사람은 어지러운 글씨를 감추지 못하는 것이다. (62~63쪽)

　스승의 가르침을 삶으로 증명했다는 앞서의 서술이 수사적 표현만은 아니다. 원교는 '임진부작위任眞不作爲', 즉 본래 제 모습에 충실할 뿐 꾸미지 않는다는 정신을 그의 글씨와 삶의 원칙으로 삼았다. 꾸미는 것을 지독히도 경계하며, 글씨의 대상이 되는 세계의 마음을 그대로 종이에 옮겼다. 원교는 글씨를 쓸 때 가객에게 노래를 청하기도 했다고 한다. 그 노래가 우조면 쓸쓸한 분위기로, 노래가 평조에 이르면 그에 어울리는 글씨가 쓰였다고도 한다. 자신을 먼저 내세우지 않고 대상에 집중한 결과다. 꾸미지 않는 것이 '부작의不作意'이고, 자신을 속이지 않는 것이 '부자기不自欺'이며, 이 둘을 모아야 '부작위不作爲'를 이룰 수 있다는 가르침을 원교는 평생을 통해 터득하고자 했다. 하곡 정제두의 가르침도 다르지 않았다. "자신을 단속해야 하네. 안과 바깥에 흩어져 따로 놀지 않는 바에야 안과 바깥이 일치할 테니 스스럼없이 내실을 다질 수 있을 것이네. 마땅히 글씨도 그러하겠지. 삿된 가획과 같은 유혹을 뿌리치는 것"(118쪽), 원교가 평생을 두고 실행하려던 스승의 정신이었다.

3. 동국진체와 순녕사달

사진1   사진2   사진3

　사진1은 원교가 남긴 '오언시팔곡병' 중 여섯 번째 부분이다. 문학
비평가 주제에 글씨를 논할 바 못 되지만, 뾰족한 듯 날카롭고, 일관
된 듯 자유롭다. 사진2는 미친 글씨체 즉 광초로 불리는 원교의 초서
다. 둥글면서 동시에 얽매이지 않은 것이 파격과 함께 한恨을 담은 듯
도 하다. 사진3은 신지도에 있을 때 원교가 써준 대흥사의 대웅보전
현판이다. 큰 대大자를 보면 "살아 있는 사람이 걸어가는 듯한, 힘 있
는 글씨"(317쪽)라는 소설의 문장이 괜한 말이 아닌 것 같다. 세간에
는 추사 김정희가 제주 유배길 도중 대흥사에 들렀을 때 초의 선사에
게 이광사의 글씨를 비판하며 떼라고 했다가, 춥고 서글픈 8년간의
유배를 겪은 후 원교의 글씨를 다시 걸라고 했다는 이야기가 전한다.
근거가 있는지는 모르겠지만 평생을 세상의 경계 바깥에서 살았던 원
교의 서글픔과 가난과 쓸쓸함에 추사가 공감했을지도 모른다는 생각
이 든다.
　문외한이지만 '동국진체東國眞體'의 완성자로 평가받는 원교의 글

씨에서 스승인 백하의 흔적이 보이는 것도 같다. 그도 그럴 것이 "모난 것도 둥근 모양으로 바꾸어" 놓고 "빽빽하다가도 성기고 뚱뚱하다가도 늘씬해지며 강해 보이는 것 같지만 다시 보면 한없이 부드럽"고 "누워 쉬다가도 갑자기 일어나 힘껏 달리는"(이상 106쪽) 듯하다는 스승 글씨에 대한 제자의 느낌이 정작 그 제자의 글씨에도 담겨 있으니 말이다. '둥글다'와 '뾰족하다'는 뜻을 지닌 '원교圓嶠'라는 말과도 잘 어울리는 걸 보니, 제자의 호는 스승의 글씨에게서 따온 것도 같다.

물론 원교의 동국진체가 백하에게서만 유래한 것은 아니었다. 백하와 하곡이 서체의 정신이었다면, 옥동과 겸재는 욕망의 대상이었고, 애꾸 최북과 임치경은 파격의 사례였다. 새로운 것을 터득하기 위해서는 무엇보다 원칙에 대한 체화와 임서臨書(선대의 비첩이나 법첩을 체본 삼아 글씨를 익히는 방법)가 선행되어야 했다.

　　― 이걸 가만 봐라. 내 글씨와 어떤 차이가 있는지 보이냐? 잘 봐. 무조건 베끼려고만 들었지 정작 너의 것은 없다는 게 문제다. 왕희지를 썼어도 왕희지가 드러나지 않는 천연덕스러운 경지, 그렇게 되려면 왕희지를 완벽하게 떼어야 가능해진다. 흉내 내는 글씨에 머물러서는 안 된다는 말이다. 왕희지는 이 대목에서 왜 이렇게 썼는지를 헤아려야 해. 고인의 붓질을 너만의 솜씨로 가져와야 하는데, 그게 안 되는구나.
　　…(중략)…
　　― … 경지란 게 무어냐? 죽는 날까지 써도 경지에 오르기는 쉽지 않을 것이다. 왕희지를 넘어서고 싶거든 왕희지를 써야 한다. 알

아야 이길 수 있는 것 아니냐? 왕희지체라면 눈 감고도 쓸 수 있어
야 하는데, 그게 그냥 이루어지기야 하겠느냐?" (74쪽)

— 글씨의 바탕을 왕희지에게 배우되 왕희지를 뛰어넘어, 우리
조선 글씨를 모색해야지. 한 가지 서체에 집착하다 보면 우물 안에
갇히는 편협에 빠질 수도 있을 터, 넓게 보고 멀리 가야 한다. 죽는
날까지 걸어야 할 길이라면. (79쪽)

왕희지를 넘어서기 위해서는 왕희지를 써야 한다. 임서臨書를 거
쳐야 배임背臨(체본 없이도 똑같이 쓸 수 있는 임서의 경지)이 가능하
며, 뜻이 따라와야만 자유로움이 가능해진다는 것이 스승의 가르침이
었다. 인고의 시간을 견디면서 왕희지의 서체를 쓰고, 쓰고, 또 쓰는
시간이 있었기 때문에 원교가 이후 최북과 임치경의 파격을 보고 자
유를 터득했을 것이다. 왕희지를 배우되 왕희지를 뛰어넘어야 한다는
가르침을 잊지 않았기 때문에 겸재의 그림에게서 진경眞景을 보았을
것이다. 이는 마치 원교가 스승의 글씨를 쓰고 또 쓰면서 수련을 했기
때문에, 스승과 비슷하면서도 다른 글씨를 완성할 수 있었던 것과 다
르지 않다.

그리고 무엇보다 이 논리는 백하가 말한 '순녕사달順寧舍達'과도 통
한다.

— 살다 보면 순녕과 사달의 때가 찾아올 것이다. 아무나 만나지
말고 아무에게나 마음 던지지 마라. 너의 처지가 곤궁하다 하여 세

상을 원망하거나 탓하지 마라. 재능 없는 불민한 붓놀림을 부끄럽게 여길망정 벼슬아치의 현란한 길을 부러워 말 것이며 속물 가득한 재주꾼들이 걸었던 천박한 누습을 멀리해라. 내가 온전히 너를 받아들이겠다는 말은 아니니, 방자함을 버려라. (100쪽)

스승은 순리와 편안함을 뜻하는 '순녕順寧'은 살아서 순리를 따라 매사에 임해야 죽어서도 편하다는 뜻이라고 했다. 곤궁한 처지에 불만을 갖지 말고 세상의 편견과 고통을 그대로 받아들이라는 말이었다. 그러나 원교의 삶에서 순리에 따라 편안했던 순간은 길지 않았다. '둥그재'와 '내도재'를 오가면서 글씨와 예술에 취했던 시간이 유일했다. 반대로 고통과 유배의 시간은 길었다. 순리가 무엇인지 알기 어려운 시간들이었다.

'사달숨達'은 불안과 잡념을 버리고 아무리 어려운 지경에 이르러도 달관하려는 의지라고 말했다. 먹고 사는 일의 어려움에 불안해하지 말고 정치의 칼날에 세상 밖으로 밀려난다고 해서 원망하고 탓하지 말라는 뜻이다. 하지만 노론이 득세한 시대의 순리가 그와 맞지 않으니 어떻게 달관할 수 있겠는가. 순녕을 따르자니 사달을 버리지 못하고, 사달을 버리지 못하니 순녕에 임하기 어렵다. 그렇다고 순리를 거스르거나 자신을 드러내려고 애쓴 것도 아니었다. 불안과 잡념 때문에 초조해하거나 조급해하지 않았다. 벼슬의 화려함을 부러워하지도 않았다. 즉 사달을 실천했으나 순녕이 따르지도 않았으니 순녕사달은 어렵고 모순적이었다.

때문에 사화士禍에서 자유로울 수 없었던 시간 동안 가장 어려운 것이 이 순녕사달이었을 것이다. 그래서 작가는 작품의 곳곳에 순녕과 사달의 모순에 처한 원교의 푸념을 배치하기도 했다. 그러나 노년에 이르러 그가 깨달은 것은 두 가지의 모순이 아니라 합일이었다. 순리에 따르라는 말이 세상의 시류에 편승하라는 말은 아니다. 학문을 하여 벼슬에 오르고, 벼슬에 올라 권력을 누리라는 말이 아니었을 테니까. "아무도 만나지 말고 아무에게나 마음 던지지 마라"라는 백하의 말은 글씨에 기교를 부리지 말고 글씨를 부의 방편으로 삼지 말라는 말과도 같다. 그러니까 스승이 말한 순리에 따르라는 말은 세속의 논리를 따르라는 말이 아니라 원칙을 지키라는 말이다. 원칙을 지키는 글씨는 쉽게 불안해지거나 조급해지지 않을 테니, 순녕이 곧 사달이 된다. 가난을 원망하거나 세상의 권력이 나의 편이 아니라고 해서 탓하지 않는 것, 백부의 죄에 연좌되어 유배를 살고 있다고 해서 백부를 원망할 것이며 임금을 탓할 것이 아니니까. 원교는 사는 내내 순녕과 사달 사이에서 길을 모르겠다고 했지만, 죽음을 앞둔 순간 그는 순녕이 곧 사달임을 알았다.

왕희지의 글씨를 쓰고 또 쓰라는 것은 정론의 법을 알라는 것이고, 그것이 곧 글씨와 삶에서의 순리에 해당한다. 그리고 순녕과 같은 원칙이 있어야 파격이 가능해진다. 파격이 가능하면 자유롭고, 자유로우면 조급해지지 않는다. 마음이 조급하지 않으면 여유로워지고, 여유로워지면 다른 것을 흡수할 수 있다. 다른 것을 흡수할 수 있으면 그제서야 나만의 것이 가능하다. 그렇게 왕희지를 알면 그제서야 조선의 글씨를 쓸 수 있다. 그러니 힘든 처지에 있더라도 원칙을 지키면 달관할 수 있다. 원교의 동국진체는 이러한 깨달음의 결과이다.

4. 절대적 가치

글씨에는 현실을 재현하는 미메시스의 능력이 내재되어 있다. 단순히 뜻을 전달하는 수단이 아니라 정신과 삶의 흔적이 담긴 글씨에는 그 안에 존재론적 자아의 흔적이 스며 있다. 뜻을 전달하는 수단으로서의 글씨는 동물의 보호색처럼 본능이 작동한 결과이면서 자연의 시스템을 반복하는 단순한 유사성에 가깝다. 때문에 이러한 글씨에서 우리는 글씨를 쓴 사람의 삶을 발견하기 힘들다. 반면 정신이 베인 글씨에는 인간과 자연이 소통하면서 하나였던 시간의 흔적이 담긴 최초의 상형문자처럼 현실의 세계와 삶이 재현되어 있다. 때문에 이러한 글씨에서 우리는 글씨를 쓴 사람의 삶을 재현해 낼 수 있다.

원교의 동국진체에서 삶의 곤궁함과 자유로움을 동시에 느끼는 것이 이와 다르지 않다. 역사적 사실과 소설적 상상력을 통해 복원된 원교의 삶과 글씨에는 '부작위'에 이르기 위한 인간적인 고민과 내적 투쟁의 과정이 고스란히 담겨 있는 듯하다. 이는 그의 글씨가 기술, 즉 '술術'이 아니라 미학에 정신을 담는 예술, 즉 '예藝'에 가깝다는 것을 증명한다. 기술이 남고 예술이 사라지는 시대다. 실용성과 효용성이 추구되는 시대에 '뜻을 세운 후 글씨를 쓰라'는 가르침은 삶의 전부를 담보로 승부를 걸어야 도달할 수 있는 미학의 경지일지도 모른다. 그리고 익히 알다시피 그것은 무용하다. 그러나 또 익히 알다시피 무용하기 때문에 문학은 자유롭다. 교환가치로 환원될 수 없는 절대적 가치를 추구하는 것이 곧 문학과 같은 예술의 길이며, 조선 후기 원교 이광사가 보여준 하나의 삶이기도 하다. 원교가 보여준 그 절대적 가치의 핵심에 바로 '우리의 글씨'가 있다. 진경眞景과 진시眞詩와 진체眞體로 불리는 우리만의 주체적인 문화가 있다. 동북공정의 황사가 다시 동진하는 시대에 우리의 것을 만들어내는 문화적 힘을 원교에게서 찾으려는 것이 작가가 원교 이광사를 현재에 소환한 이유인 것도 같다.

소설은 붕당 정치의 희생양이라는 점에서 조선 후기의 정치적 역학 관계를 배경으로 삼고 있지만, 권력과 거리를 두면서 예술적 정신의 고양에 삶을 바친 원교의 삶에 주목하고 있다는 점에서 작가의 문장과 문장 사이에는 '한 예술가'의 인고의 정신과 묵향의 정신이 가득 배어 있다. 수많은 자료와 고증을 거쳐 소설적 상상력을 융합해야만 했을 글쓰기의 과정을 생각해 볼 때, 이 '한 예술가'가 원교인지 정강철인지 구분하기 어렵다. 붓을 가지고 논다는 '농필弄筆'의 경지를 넘어서야 비로소 자신의 글에 겸손해진다는 '독필禿筆'에 이르게 된다는 점을 정강철의 소설을 통해 되새긴다. 몽당붓의 가치를 터득할 때까지 읽고 쓰고 또 읽고 써야 할 일이다.

옥동과 백하, 원교와 창암으로 흐르던 동국진체의 맥을 이어받으신 분이 학정 선생님이다. 호남동성당에 자리하고 있던 '학정서실'에 처음 발을 딛었을 때 나는 까까머리 중학생이었다. 청년처럼 젊으신 선생님께 역입의 필법을 배워 한 일 자를 썼다. 1980년 봄날 금남로 전일빌딩으로 서실이 옮겨진 뒤에도 당연한 일상인 듯 행감치고 앉아 먹을 갈았고 선생님의 체본을 받아 글씨를 썼다. 군대 다녀오고 대학을 마칠 때까지 붓과 함께하는 일과를 되풀이했는데, 글씨보다 글을 쓰는 쪽으로 방향이 비틀어진 뒤 선생님 문하에서 그만 멀어지고 말았다. 선생님을 다시 뵐 수 없게 된 지금, 그 배역背逆을 갚을 길이 없다.

붓을 잡지 않아도 비릿한 먹 냄새를 잊지 못했던 탓인지, 추사에 밀려난 원교 이야기를 다룬 단편소설, 「수양산 그늘」을 썼다, 30년도 지난 일이다. 지금껏 추사 소설은 더러 만난 적이 있었지만 원교의 삶을 그려낸 소설은 없었다. 더 늦기 전에 원교 이야기를 써야지, 그렇게 시작한 장편소설 원교.

그러는 동안 다른 소설을 발표하지 못했다. 게으른 천성에다, 원교를 쓰기 위한 준비 과정이 지루하고 어수선했겠지만, 누구도 보채거나 타박하지 않았다. 소설 안 쓰냐며 근황을 묻는 이에게는 '폐업작가'

라 얼버무리면 그만이었다. 해거름에 동네 주점에 앉아 해찰하던 시간 말고는 별반 다른 데 기웃거리지도 않은 채 원교만 붙잡고 살았다. 이쯤 마무리해도 되겠다 싶어 '굿바이 원교!' 외치며 작별을 고했다가도 끝내 낙관을 찍지 못하고 돌아서기 일쑤였다. 먹의 농담은 너절해 희미해지고 자획의 태세는 경계를 짓지 못해 엇나가 보였다. 화선지 앞뒷면을 만져 봤어야 했는데 막상 써 놓고 보니 앞면이 아니라 뒷면에 쓴 셈이었다. 자화상에 그려진 원교의 침울한 얼굴, 오래도록 들여다보니 나도 닮아 있었다.

세상이 달라졌다. 신언서판의 개념은 사라진 지 오래고, 비첩도 없는 캘리그래피 서체에다 다양한 컴퓨터 활자가 활개를 치는 전자 스마트 시대가 도래하면서, 서예 인구는 급감해버렸다. 운명처럼 서예가라는 길을 선택해 묵묵히 걷고 있을 재야의 명필 고수들을 떠올리면 먹먹하다. 불우한 생애를 예술혼 하나로 견뎌냈던 원교의 후예임을 자임하면서도, 한 끼의 밥, 먹고 사는 일의 가혹한 무게에 짓눌려 신음했던 원교의 고통을 그대로 물려받은 것만 같아 아프다. 그분들 손을 잡고 고단한 어깨를 주물러드리고 싶다.

일일이 뵌 적은 없지만, 빼어나신 대가들의 참고문헌에 힘입은 바가 컸다. 오랜 세월 말없이 옛 글씨를 지켜보고 계셨을 그분들께 엎드려 존경과 감사의 마음을 전한다. 가필도 보획도 용납하지 않고 일필휘지했던 원교와 달리, 나의 문장은 짧고 견문은 어두워 어지럽고 부끄럽다. 시대의 재현을 가로막는 편협한 시각이거나 실존과 가상 인물 관계의 착오, 서법과 서론의 견해 차이 같은 문제가 나타날지 모르겠다. 그러더라도 역사적 고증보다는, 소설이라는 허구로 읽혔으면 하는 바람이다.

2021년 가을

금당산 자락에서

| 참고자료 |

곽병찬, 「원교의 '도망', 끝내 이 한은 사라지지 않으리」, 한겨레신문, 2015. 12.

김경식, 『남도길, 숨은 명소, 그 사람 2』, 교육과학사, 2016.

김남형 외, 『한국서예사』, 한국서예학회, 미진사, 2017.

김영복, 「옥동서첩」「백하서첩」, 법률신문, 2017. 12.

김종현, 윤은섭, 『서예가 보인다』, 미진사, 2015.

문정자, 『동국진체 탐구』, 다운샘, 2001.

문정자, 『한국 서예 선인에게 길을 묻다』, 다운샘, 2013.

박상하, 『조선의 3원 3재 이야기』, 일송북, 2011.

심경호 외, 『신편 원교 이광사 문집』, 시간의 물레, 2005.

안대회, 『선비답게 산다는 것』, 푸른역사, 2007.

오주석, 최완수, 『진경시대 1, 2』, 돌베개, 1998.

『월간 서예』, 미술문화원.

유덕선, 『서예백과』, 홍문관, 2010.

이규상, 『18세기 조선 인물지, 서가록』, 민족문학연구소 한문분과 옮김, 창작과비
    평사, 1997.

이덕일, 「스승의 길, 제자의 길」, 한국일보, 2015. 5.

이덕일, 「어느 양명학자의 커밍아웃」, 한겨레21, 2007. 8.

이동국, 「서예가 열전 – 원교 이광사, 옥동 이서, 백하 윤순, 원교체는 비학의 선
    구」, 경향신문, 2006. 11.

이서, 『서예란 무엇인가』, 이종찬 옮김, 이화문화출판사, 1998.

이송, 『서예비평』, 김남형 역, 한국서예협회, 2002.

이진선, 『강화학파의 서예가 이광사』, 한길사, 2011.

정윤섭, 「유배지 신지도에서 터득한 이광사의 동국진체」, 오마이뉴스, 2020. 10.

정지승, 「신지 명사 갯길에서 원교를 만나다」, 완도신문, 2018. 5.

조선왕조실록, 영조실록, 국사편찬위원회.

최경춘, 『18세기 문인들의 서예론 탐구』, 한국학술정보, 2009.

최준호, 『원교와 참암의 글씨에 미치다』, 한얼미디어, 2005.

허경진, 「'왕실의 광대' 되기를 거부했던 화가」, 서울신문, 2007. 8.